Wo weiße Blumen stehen

Mystery Thriller

AF140201

Liebe Leserinnen und liebe Leser,

fragen wir uns nicht alle tagtäglich, wie unser Leben in glückliche Bahnen gelenkt werden kann? Sind wir zufrieden mit dem, was wir haben oder besitzen?

Nein! Ich glaube, auch wenn man einen gewissen Standard erlangt, erwacht in einem der Wille, mehr zu erreichen. Immer wieder vergessen wir, dass es Menschen gibt, die Hilfe benötigen. Menschen, die aus beachtlicher Kraft tagtäglich kämpfen für ihr eigenes freies Leben, für ein eigenes freies Denken. Für ein Leben in Geborgenheit, in Glück, für eine sichere Zukunft.

Doch wie sind all diese Fragen und Gedanken genau bzw. richtig zu beantworten? Worin verspürt ein Mensch Geborgenheit? Was ist Glück? Ist es so zu difinieren, wie es einst Samuel Johnson meinte: „Hoffnung ist eine Art Glück, vielleicht das größte Glück, das diese Welt bereit hat."[1]

Meine erfundene Protagonistin Eugenia Heidenreich verfolgt diese Spur. Möchte das Glück finden. Ihr Glück. Auch wenn sie ihr eigenes Glück im Bestreben darin findet, verstorbenen Seelen zu helfen. Sich Dingen stellt, die viele Menschen als Einbildung oder Unsinn bezeichnen. Letztendlich gerade in dieser Aufgabe ihre eigene Erfüllung, ihr eigenes Glück und darüber hinaus ihrer wahren Liebe begegnet.

Obwohl teilweise von wahren Begebenheiten beeinflusst, sind Namen und Handlung meiner Geschichte frei erfunden.

Ester Bianka Zufelde

---

[1] „Hab Sonne im Herzen; Gedanken zum Glücklich sein Nr. 76" Samuel Johnson: (Zitat S. 10), 2014 Coppenrath Verlag GmbH & Co.

FSC
www.fsc.org

MIX

Papier aus ver-
antwortungsvollen
Quellen
Paper from
responsible sources

FSC® C105338

Bibliographische Information der Deutschen Nationalbibliothek
Die Deutsche Nationalbibliothek verzeichnet diese Publikation in der
Deutschen Nationalbibliographie, detaillierte bibliografische Daten
sind im Internet über dnb, dnb.de abrufbar.
TWENTYSIX- der Self- Publishing- Verlag
Eine Kooperation zwischen Random House und
BoD – Books on Demand

©2016 Ester Bianka Zufelde

Herstellung und Verlag:
BoD - Books on Demand, Norderstedt

ISBN: 9783740724559

Inhalt

Ester Bianka Zufelde

Wo weiße Blumen stehen

Mystery Thriller

Ist es immer das Unfassbare was uns anstrebt,
fasziniert, inspiriert oder gar lenkt?
Wo stehen wir? Sind wir real?
Existiert eine Welt aus Geistern in Wahrheit?
Was sind wir und vor allem, wer sind wir?

Die unzähligen Tage waren es, die für mich im Verborgenen lagen. Düster und trist erschien mir die Welt. Ein Schnellzug, der in einer Art Trance vorbeizog. Gedanken, Gefühle, Ereignisse aus meiner Vergangenheit. Manchmal klar, manchmal im Nebel. Unerwartet, fühlbar tauchten sie aus meinem zurückliegenden Leben auf, verwandelten mein Wesen in eine unsichere, eingeschüchterte Person, die ich auf keinen Fall mehr sein wollte.

Wieder brach einer der Tage an, an dem der Nebel überwog. Ich lauschte, ich fühlte. Doch ein klares verlorenes Bild konnte ich nicht in meiner Vorstellungskraft wiederfinden.

Viele Jahre verflogen seither. Trotzdem erlaubte die Zeit nicht alle Wunden zu schließen. Ich wusste, dass sie vorhanden sind und dennoch gelang es mir nicht, sie zu ergründen, zu heilen. Ein Teil aus meiner Vergangenheit. Ein Teil, der zu mir gehört. *„Wo ist er?“*, fragte ich mich tagtäglich insgeheim.

Erneut versanken meine Gedanken, um meine Vergangenheit zu erforschen. *„Ich will, ich muss!“*, redete ich mir ein.

„Meine Vergangenheit ist der Schlüssel! Das ist mir bewusst!“, wollte ich mir gerade ins Bewusstsein rufen, als flüsternde Stimmen in meinem Kopf erklangen. Unheilvoll umgaben sie mich. Entfernt, verschwommen darüber hinaus fremd schienen sie zu sein. Ein eigenartiges Stimmengewirr.

„Sind sie in meinem Kopf? Kommen sie aus meiner Umgebung? Wo bin ich?“

Meine Gedanken schwangen umher, doch den Ort, an dem ich mich befand, konnte ich nicht erkunden. Schwarze Nacht, die mich umgab. Beginnend in dieser Sekunde bemerkte ich, dass meine Augen geschlossen waren.

Die flüsternden Stimmen kamen auf mich zu. Ich hörte, doch verstand sie nicht.

„Was ...? Was wollt ihr von mir?", flohen die Schreie aus meinem Mund. Alles drehte sich im Kopf, dennoch konnte ich die gesprochenen Worte in keinster Weise erfassen.

„Was geschieht mit mir?"

Ich versuchte, meine Augen zu öffnen. Doch es gelang mir nicht.

„Aber warum?", stellte ich mir die Frage. Panik stieg in mir auf. Noch einmal ertönten die flüsternden Stimmen. *„Sie sind mir vertraut"*, erkannte ich in diesem Moment. *„Ich erinnerte mich. Ich kenne sie."*

Ich wusste jetzt, was sie zu mir sprachen. Ganz unerwartet trat eine kalte Träne aus meinem linken Auge. Sie floh. Meine Haut verspürte das Salz, was brennend bis zu meinem Mund entglitt. Ich schmeckte, begann zu fühlen. Zu fühlen und zu begreifen. Es ist nur eine Erinnerung, die diese Träne zusätzlich unterstreicht. Weit zurück liegt sie in meiner Vergangenheit. Trotzdem gehört sie zu mir. Bis heute.

„Öffne deine Augen! Hab keine Angst meine Kleine!", sprachen die Stimmen klar, verständnisvoll.

Gerade als mein Körper sich entspannen wollte, passierte es. Ein starker Schmerz, den ich verspürte. Urplötzlich trat er auf. *„Meine Knie!"*, begriff ich.

Ich versuchte meine Qual mit einem Schmerzensschrei auszusprechen, und meine Knie zu berühren. Ich konnte weder das eine noch das andere.

Erneut erklangen die Stimmen in meinen Ohren. „Öffne deine Augen, hab keine Angst!"

Zweifel brachte mein Bewusstsein hervor. *„War es wirklich ein Traum? Aber warum verspüre ich Schmerzen?"* Meine Gedanken an zurückliegende Erinnerungen wurden auf einmal zu real. Ich wusste nicht mehr, ob ich Träume oder meine verborgene Vergangenheit zum wiederholten Male aufrufe? Verwirrung und Panik kehrten zurück. Langsam versuchte ich, meine Augen zu öffnen. Ich wollte ... Ich wollte diesen Stimmen Folgeleisten. Krampfhaft mit starkem Willen. Ich konzentrierte mich.

Endlich wurde die Umgebung hell, die Bilder allmählich erkennbar.

Ein markerschütternder Schrei floh aus meiner Kehle.

„Hab keine Angst! Wir sind bei dir", sprachen die Stimmen beruhigend.

Ich brauchte einen Augenblick, um das Entsetzliche klar vor Augen zu haben. Eine mumifizierte Leiche stand vor mir. Die Haut stark ausgetrocknet, braun, fast schwarz. An manchen Stellen des Kopfes erkannte man deutlich Knochenstücke hervorschimmern. Ihr Mund war geöffnet, als habe sie zuletzt geschrien. Erst gegenwärtig bemerkte ich, dass der untere Teil des Körpers, versunken im Moor steckte. Auge in Auge, schaute ich sie mir an. Obwohl sie mumifiziert war, sah man eindeutig ein paar lange weiße Haarsträhnen an ihrem Kopf herunterhängen. Die rechte Hand nach vorn gestreckt. Zudem schien sie etwas greifen zu wollen. *„Jedoch wonach?"*

Nochmals nahm ich wahr, dass meine Knie schmerzten. Wollte mich bewegen. ... Es gelang mir nicht. *„Was passiert mit mir?"*, stellte ich mir angsterfüllt die Frage. *„Ist es ein Traum? Oder ist dieser Moment real?"*

Die Furcht kehrte zurück. Gerade als ein erneuter Schrei aus meiner Kehle zu fliehen drohte, fühlte ich Hände an meinen Schultern. Sie schüttelten mich kräftig. Meine Gedanken wirbelten umher, und die Übelkeit erfasste mich.

„Wach auf Eugenia! Wach auf!" Die Worte kamen von jemand Vertrautem. Von jemandem, den ich schon mein ganzes Leben kannte. Jemand, der seitdem ich die gelebte

Vergangenheit zurückverfolgen konnte, schützend an meiner Seite stand.

Ich öffnete die Augen und blickte in das erschütternde Gesicht meiner geliebten Mutter. Erschöpft sank ich zu Boden. Abermals hatte mich die Dunkelheit eingeholt.

Stunden vergingen, ehe die stille Nacht um mich herum beendet schien.

Sanfte Streicheleinheiten über Stirn und Wange befreiten mich aus der Düsternis. Mein Bewusstsein kehrte allmählich zurück. In diesem Moment fühlte ich die geborgene Wärme um mich herum. Ich atmete entspannt ein. Ganz deutlich erkannte meine Nase den Duft des Lieblingsparfüms meiner Mutter. Auch den Pfeifengeruch meines Vaters erfasste mein Geruchsinn. Ich fühlte mich so wohl wie schon lange nicht mehr. Im Hintergrund hörte ich das beruhigende Knistern des Feuers vom offenen Kamin. Jetzt wusste ich, dass ich zu Hause im Wohnzimmer liege.

Lang war es her, als ich bei meinen Eltern gewesen war. Jahre müssen vergangen sein. Nach Abschluss der Schule verließ ich mein zuhause. Wollte unbedingt Archäologie studieren. Doch wieder war es meine Gabe, die meinen Plan zunichtemachte.

Damals, ich weiß es noch wie heute, begegnete ich einer sehr erfolgsorientierten jungen Frau auf dem Campus in Leipzig. Ihr Name war Dorothea Könnemann. Eine selbstbewusste Frau, die sehr taff bei der Kriminalpolizei durchstarten wollte. Von Anfang an mochten wir uns. Beide teilten wir uns eine Wohnung nahe der Stadt, nicht weit vom Hochschulgelände. Unbedingt wollte sie Kriminologin werden. Ich fand ihre Erzählungen sehr faszinierend. Mörder, Opfer, Betrüger und Lügner. Spannende polizeiliche Kriminalfälle, die mich in ihren Bann zogen.

Eines Nachmittags schleifte sie mich in die Pathologie. Ein Mordopfer wollte ich schon immer mal sehen. Kalt war es dort. Grelles Licht brannte. Es ließ den Raum noch kälter erscheinen. An der Wand stand die riesige Kühlung mit den Kühlfächern. Die viereckigen Türen, hochglanzpoliert. Darin bewahrte man die Toten auf. Ich zählte neun. Der Geruch von Formaldehyd lag in der Luft. Endlich war es so weit. Sie öffnete eine der Türen, zeigte mir eine ermordete Frau. Friedlich lag sie vor mir. Ihre Haut aschfahl. Auf der Brust sah man ganz deutlich den Y-Schnitt des Pathologen, der sie seziert hatte. Die Haare der Leiche waren dunkelblond und gingen etwas über ihre Schultern. Ich betrachtete sie sehr aufmerksam. Keine Winzigkeit sollte mir entgehen. Eindeutig erkannte ich Fesselungsspuren an ihren Handgelenken. An ihrer rechten Schläfe befand sich ein Loch. „Ein Schuss?", fragte ich neugierig.

„Nein", antwortete Dorothea damals. „Man hat der armen Frau ein Loch in den Kopf gebohrt."

„Mit einer Bohrmaschine?", fragte ich erschüttert.

„Ja."

„Gibt es Spuren?", wollte ich wissen.

„Ja. Aber du weißt doch, dass ich über laufende Ermittlungen nichts berichten kann. Du darfst noch nicht einmal hier sein! Ich komme in Teufels Küche, wenn man dich mit mir hier unten findet. Langsam müssen wir wieder verschwinden!", bestimmte sie, dabei schaute sie etwas aufgeregt zur Tür.

„Warte!", bat ich. Ich berührte die ermordete Frauenleiche. Tausende Bilder schossen sofort durch meinen Kopf. „Sie waren zu dritt."

„Wer?", fragte Dorothea damals. „Von wem sprichst du bitte? Du willst doch nicht behaupten, dass du die Täter kennst?", ungläubige Blicke warf sie mir entgegen.

„Nein, nicht wirklich. Ich meine. Ich kenne sie nicht. Persönlich meine ich, aber …"

„Was meinst du mit, aber? Möchtest du mir ernsthaft erzählen, dass du die Mörder gesehen hast?"

„Ja, aber …"

„Ja, aber was?"

Ich stockte und nach kurzem Zweifeln erzählte ich ihr doch über meine Gabe. Eine Gabe, die ich nicht wollte, dennoch bekam. Wie ein Fluch kam sie über mich. Zog das Böse magisch an. Es dauerte, bis sie die Tragweite meiner Fähigkeiten begriff. Bis ich begriff, dass diese Gabe unendlich viel Schmerz und Leid mit sich ziehen wird.

Meine Gedankengänge verschwammen erneut, zurück in das Heute, wurde mein Körper kurzzeitig versetzt. Ein Traum, eine Vision. Wieder zu Hause im Wohnzimmer umgeben vom Parfümduft meiner Mutter, dem Pfeifengeruch meines Vaters. Das beruhigende Knacken des Holzes vom offenen Kamin.

„Wir müssen endlich etwas tun!", sprach meine Mutter. „So kann das nicht weitergehen!"

„Du hast recht. Wir müssen etwas unternehmen!", entgegnete mein Vater. „Es ist jetzt schon das dritte Mal, dass sie fantasiert. Aber diesmal habe ich entsetzliche Angst bekommen."

„Ich weiß, der Schrei ... Unheimlich ist er gewesen. Minuten habe ich gebraucht, um das Kind aufzuwecken. Als ob sie weit entfernt war. Meine Bedenken, ich könnte sie aus diesem tiefen Schlaf nicht mehr wachrufen, waren für mich, in dieser Situation, unerträglich. Ich habe Angst. Angst unser Kind zu verlieren! Verstehst du das?" Sie begann zu weinen.

„Bitte weine nicht! Wir finden eine Lösung. Du wirst sehen." Die Worte meines Vaters klangen beruhigend,

Sorge um mein Wohlergehen erkannte ich trotz alledem in seiner Stimme.

Ich spürte die Angst meiner Eltern. Ihre Verzweiflung.

„Ja, und hast du ihre Knie gesehen? Sie sind wund, bluten. Anscheinend hat Eugenia Stunden auf dem kalten Asphalt, vor unserem Haus, knieend verbracht. Ich begreife das alles nicht. Erst dieser Unfall. Dann der tote Soldat. Eugenia kannte seinen Namen! Und jetzt hat sie wunde, aufgeschürfte Knie. Fast nicht mehr zu sich gekommen wäre sie, erzähltest du mir."

Ein starkes, angsterfülltes Zittern, erkannte ich jetzt in der Stimme meiner Mutter. „Ich weiß, vielleicht müssen wir trotzdem keinen Arzt um Hilfe bitten. Es ist das Alter. Sie ist in der Pubertät. … Es könnten doch Tagträume sein? Oder Phasen, die bald vorbei sind?"

„Sei doch bitte nicht so überaus naiv! Pubertät, dass ich nicht lache. Unser Kind hat Visionen. Das kann nicht normal sein! Dieses unsägliche Ereignis mit dem toten Soldaten. Woher kannte Eugenia seinen Namen? Zufall? Ein Arzt kann ihr mit Sicherheit helfen."

Schluchzend erklärte meine Mutter. „Eugenia ist mein Kind! Unser Kind. Behüten müssen wir sie! Aber gleich ein Psychiater? Wer weiß, vielleicht verabreicht er starke Medikamente. Sie ist doch noch ein Kind! Bedenke die vielen Nebenwirkungen!"

„Wir haben doch schon unzählige Male darüber gesprochen. Ihre Zustände werden schlimmer! Du spürst es doch auch! Das fühle ich. Es ist das Richtige. Doktor Leichtenschlag, wurde mir wärmstens empfohlen. Du siehst doch selbst, dass sich ihr Zustand ständig verschlechtert", sprach mein Vater leise. „Ich habe schreckliche Angst unser Kind zu verlieren!", Verzweiflung und Hilfosigkeit lagen in seiner Stimme.

„Ich lasse einfach meine Augen geschlossen", dachte ich bei mir. *„Hier bin ich sicher. Keiner kann mir etwas tun.*

Ich bin ein Kind! Ein normales Kind! Lebe in einem kleinen Kurort. Bin glücklich. Gut, hier im Harz bin ich umgeben von alten Sagen und unzähligen Legenden. Deshalb vielleicht meine lebhafte Fantasie. ... Oder nicht? ... Aber was sage ich dem Arzt? Was sage ich, wenn er fragt, was mit mir passiert? Sage ich, dass ich Stimmen höre? Dass ich Tote sehe? Oder zumindest glaube, Tote zu sehen. Man ..., wo bin ich da nur rein geraten? Hätt ich doch nicht diesen Stein gefunden. Diesen vermaledeiten Stein! Seitdem ich den Stein in den Händen hielt, veränderte sich mein ganzes Leben."

Einige Monate sind seither vergangen, als ich mit einem Freund am Stausee, nahe unserem kleinen Kurort, gewesen bin. 1994 war eine aufregende Zeit, für alle. Vieles änderte sich in diesen Tagen. Jeder war im Aufbruch. Es wurde hektischer, aber das langersehnte freie Leben war auch irgendwie unbeschwerter. Die Menschen orientierten sich neu. Der Missmut der letzten Jahre vor der Wiedervereinigung kam jetzt endlich zum Erliegen. Obwohl viele junge Leute in die alten Bundes-länder abwanderten. Menschen arbeitslos wurden, neue Wege finden mussten. Nicht stehen bleiben, weiter gehen, erhobenen Hauptes und diese Neue Welt entdecken, um sie für sich gewinnen zu können. Das war für alle etwas Unbekanntes. Nur bei uns Kindern, so schien es, blieb alles beim Alten.

Heiß war dieser 28. Juli, als mein Leben das erste Mal von nicht erklärbaren Ereignissen überschattet wurde. Exakt eine Woche nach meinem dreizehnten Geburtstag. Eine Erinnerung, die bis heute intensiv in meinem Gedächtnis verwurzelt ist.

Ich angelte an jenem Tag mit einem meiner Freunde. Mathias, ein begeisterter Angler. Schon eine Weile saßen wir ruhig und schweigend an einem See in der Nähe unseres Wohnorts. Fische wollten nichtsdestotrotz keine beißen. Der See lag in einer Senke, umgeben von unendlich erscheinenden Feldern, auf denen Getreide angebaut wurde. Mohnblumen, Kornblumen, vereinzelte langstielige Gräser wuchsen an ihren Rändern. Ich liebte diese bildlichen Eindrücke vom Knallrot, Blau nebst einem leuchtenden Goldgelb. Überall zirpten die Grillen. Die Sonne brannte heiß auf meinen Körper. Intensiv atmete ich den Geruch, einer Mischung aus Wiesenblumen und Kornfelder, gepaart mit einer warmen, wohltuenden zugleich erfrischenden Windbriese ein. Ich genoss den Augenblick.

Doch die Hitze auf meiner Haut erwies sich als unerträglich. Schwerfällig stand ich auf.

„Meinst du die Fische beißen noch?“, wollte ich von Mathias wissen.

Keine Reaktion kam von ihm. Kein Laut glitt über seine Lippen, obwohl ich fast flehend fragte. Der Blick von Mathias strikt auf den See gerichtet.

„Sag schon! Ich möchte jetzt wissen, ob ...“

„Pst, sei ruhig!“ Sprach er mit zorniger Miene.

Jetzt empfand ich eindeutig langeweile. Die Hitze, die Stille und das fortwährende Sitzen. Am liebsten wäre ich in den See gesprungen. Jedoch die Angst einen Streit zu verursachen ließ meine Wut verfliegen. Kurz entschlossen beschloss ich flache Steine am Ufer des Sees zu suchen. Ärgern, mit dem Schnipsen der Steine über die klare, glatte Wasseroberfläche, Mathias lethargische Haltung beenden, das war es, was ich damit bezwecken wollte.

Seltsamerweise fand ich keine Geeigneten. Wie verhext erschien mir der Umstand in Anbetracht der Tatsache, dass das Ufer aus Schieferbruch bestand. Unerwartet erblickte ich ihn. Einen Stein, der absolut nicht in unserer Region vorkam. „Schau Mathias, ein Hühnergott!“ Ich hob den Stein auf. Betrachtete ihn. Unförmig, fast eckig, doch dann an einigen Stellen, etwas rund. Nicht einmal die Hälfte meiner Handfläche bedeckte er. Schneeweiß waren manche Stellen, andere pechschwarz. Die weißen Stellen auf dem Stein bestanden aus versteinerter Kreide. Die schwarzen Stellen hingegen aus Bernstein. Ein Stein, der sehr untypisch für diese Gegend war, in der es nur Fels und Schiefer zu finden gab. Ungefähr in der Mitte des Steins befand sich ein Loch. Ich schaute durch das Loch im Stein, in Richtung Mathias.

Ungläubig blickte er mich an. „Ein Hühnergott, das glaubst du doch selber nicht. Hier bei uns gibt es fast keine! Es sei denn, man hätte ein Loch hineingebohrt."

„Doch! Sieh selbst, du kannst mir ruhig glauben", bestand ich darauf.

Mathias schaute ihn an und konnte es nicht glauben. „Tatsächlich, ein Hühnergott. Aber dieser ist nicht aus unserer Gegend. Eindeutig ein Stein, der an der Ostsee zu finden ist. Den hat bestimmt jemand verloren. Hundert Prozent."

„Egal, ich habe den Stein gefunden. Jetzt gehört er mir! Er wird mir Glück bringen."

Als ich den Satz ausgesprochen hatte, geschah es das erste Mal. Ich sah einen Mann, gestützt auf Krücken. Er besaß eine große mächtige Gestalt, fast ausgeprägt war seine Glatze. Die restlichen Haare, die sich an beiden Seiten seines Kopfes befanden, waren hell ergraut. Ich kannte ihn. Der Mann hatte immer eine weiße, ich glaube aus Gummi bestehende Schürze um. Von Beruf Fleischer. Seit vielen Jahren in Rente und dennoch trug er immer diese Schürze. Wenn er lachte, blitzten die vielen Goldzähne in seinem Mund. Das Lächeln des Mannes ließ mich jedes Mal erschaudern. Es war mein Nachbar. Im Dorf erzählte man sich, dass er ein Nazi sei, der sich versteckte. Gut, er war immer mies gelaunt, hatte einen herrischen Tonfall. Aber deshalb gleich ein Nazi? Ich weiß nicht. Glauben konnte ich das nicht.

Der Mann rief meinen Namen. „Eugenia ... komm zu mir! Du musst mir helfen!", befahl er.

„Was macht der denn hier? Und was will er von mir?", sprach ich erstaunt, auch irritiert.

„Wer? Wen meinst du?", erwiderte Mathias skeptisch.

„Bist du blind? Mein Nachbar, Herr Stahl."

„Meinst du den alten Nazi? Wo ist er denn?"

„Er ist kein Nazi. Lass solche Ausdrücke! Nur weil die Leute Behauptungen aufstellen, denkt gleich jeder, diese würden der Wahrheit entsprechen. Herr Stahl ist nur ein alter Mann. Sonst nichts." Es machte mich immer wütend, wenn Menschen Behauptungen aufstellten und andere noch etwas dazu dichteten, ohne einen einzigen Beweis, dass es sich um Tatsachen handelte.

„Wahrscheinlich hast du recht. Aber die Leute im Ort sagen etwas Anderes. Wo ist er?"

„Na da. Bist du blind? Am vorderen Ende des Sees. Auf dem Hügel, vor dem Getreidefeld." Ich zeigte auf die Stelle, drehte mich dabei zu Mathias um. „Wo bist du? Mach keine Scherze! Das ist nicht komisch. Bitte komm heraus! Mathias!", hallten die Worte fast schreiend aus meiner Kehle. Aber weit und breit war er nicht mehr zu sehen. Nicht nur Mathias war verschwunden, sondern auch seine ganze Angelausrüstung.

Irritiert blickte ich erneut in die entgegengesetzte Richtung. Herr Stahl stand immer noch an der gleichen Stelle. Er lächelte. Eiskalte Gänsehaut verbreite sich über meinen Körper. Deutlich nahm ich sie unter meiner leichten Sommerkleidung wahr. Angst stieg in mir auf. Suchend, innerlich flehend drehte ich mich nach allen Seiten. Mathias war unwiderruflich verschwunden. Weg. Endgültig, keine Spur von ihm.

Allein stand ich da. Angst und gleichzeitig existierte Ungewissheit in mir. Fragen schossen durch meinen Kopf. Nochmals drehte ich mich um. Ich zuckte zusammen, trat einen Schritt zurück, denn Herr Stahl stand jetzt nur noch ein paar Meter, in voller Größe, vor mir. Auf beiden Krücken gestützt, lächelte er mich an. Seine Zähne kamen zum Vorschein. Die Goldzähne glänzten für mich unheimlich in der Sonne. „Hab keine Angst! Ich möchte nur mit dir reden!", befahl er. Der Tonfall herrisch wie eh und je.

Augenblicklich ging ich ein paar Schritte rückwärts. Ich stolperte und fiel auf meinen Po. Langsam kam er auf mich zu. Mein Herz raste. *„Was mach ich jetzt bloß? Soll ich laut Schreien? Aber wer hört mich denn hier?"*

Bedächtig und vorsichtig ging er ein paar weitere Schritte auf mich zu. Deutlich sah ich, wie sein mächtiger Schatten meinen Körper langsam bedeckte. Die Angst in mir wich unbändiger Furcht. Ich spürte den rasenden Herzschlag in meiner Brust. Es kam mir so vor als wolle mein Herz jeden Moment meinen Brustkorb sprengen. Er hob den rechten Krückstock, richtete ihn auf mich. Schützend hielt ich meinen Arm vor Augen.

„Mädchen, was machst du denn da? Du musst aufpassen! Sonst verletzt du dich womöglich noch." Überrascht blickte ich zu ihm. Die gesprochenen Worte waren nicht mehr gepaart mit einem herrischen Tonfall. Nein, Herr Stahl sprach ganz ruhig und schien etwas besorgt. Noch nie hatte dieser Mann, in diesem sorgsamen Ton, mit mir gesprochen.

Mein Herzschlag verlangsamte sich. Er lächelte. Doch dieses Mal erschrak ich nicht vom Glanz des Edelmetalls in seinem Mund.

„Fass fest zu! Du musst meinen Krückstock mit beiden Händen fest umfassen! Danach kann ich dir wieder auf die

Beine helfen. Hast du dich verletzt? Geht es dir gut?",
sprach er mit besorgniserregender Stimme.

Misstrauisch blickte ich zu ihm. Nach kurzem Zögern
umfasste ich dennoch seinen Krückstock, den er mir
geduldig entgegenstreckte. Er zog an, bis ich wieder fest
auf meinen Beinen stand.

„Mir geht es gut. Ich hoffe, mein Kleid ist nicht
beschmutzt. Meine Mutter veranstaltet immer einen
riesigen Aufstand, wenn ich mit beschmutzter Kleidung
nach Hause komme. Sie denkt, ich unternehme zu viel mit
Jungs. In meinem Alter unternimmt man nichts mehr mit
ihnen. Ich muss andauernd diese unpraktischen Mädchen-
sachen anziehen." Ich strich über mein Kleid und sah
danach zu Herrn Stahl.

Er schmunzelte, bevor er antwortete. „Weißt du, Mütter
sind immer besorgt. Sie meint es bestimmt nicht böse.
Aber wir leben in einem kleinen Ort. Du weißt doch, wie
die Leute reagieren. Jede Kleinigkeit wird zu Tratsch."

„Ich weiß." Antwortete ich etwas beschämt über meine
letzten Worte. „Ich kann nicht verstehen was sie an diesen
Ort bringt? Zu weit von zuhause entfernt, das gestützt auf
Krücken?", ich erschrak vor meinen eigenen Worten.
Merkte, wie die rote Farbe in meinem Gesicht zu glühen
begann.

„Ja, Mädchen. Das würde ich selber gern wissen. Leider
weiß ich nicht, wie ich an diesen Ort kam. Ich bin viel zu
entfernt von meinem Haus. Jahre sind seither vergangen,
als ich solch eine lange Strecke das letzte Mal gegangen
bin. Eigenartig .... Das Letzte, an das ich mich erinnere
war, ich ging zu Bett. Schlief ein. Nicht einmal an das
Aufwachen, geschweige denn das Anziehen blieb in
meiner Erinnerung. Weißt du, was für mich besonders
bedenklich erscheint?"

Ich schüttelte verwirrt den Kopf.

„Es ist äußerst sonderbar, dass ich keinerlei Schmerzen fühle. Dennoch halte ich meine Krücken in den Händen, um mich abzustützen. Ich überwinde mich nicht, ohne zu gehen! Die Angst, diese entsetzlichen Schmerzen kehren zurück, ist allgegenwärtig!"

Gedankenversunkene Blicke tauschten wir einander aus.

Grübelnd sprach ich darauf. „Ja, das ist alles sehr verwirrend. Auch Mathias ist mit seiner gesamten Angelausrüstung verschwunden."

„Welcher Mathias? Warst du nicht allein?", fragte er. Sogleich blickte er suchend durch die Sommerlandschaft.

„Nein, vor wenigen Augenblicken stand er noch neben mir und angelte."

„Das kann nicht sein, Kind. Ich sah nur dich."

„Aber ich stand hier! Mit Mathias! Ich schwöre, bei allem, was mir lieb ist!"

„Mmh. Eigenartig. Ich bin schon ganz verwirrt. … Du sagst, wie hieß er noch mal?"

„Mathias."

„Ah, ja. Mathias war bei dir und ihr habt gemeinsam geangelt …. Aber wo um Himmels willen ist denn das Angelzubehör? Nur du stehst hier. Vorhin standest du allein am See. Kein Mathias. Glaube mir bitte, wenn ich dir sage, dass ich nur dich sah! Meine Augen sind zwar alt, sehen kann ich jedoch wie ein Luchs."

Ich war total durcheinander. Tränen standen in meinen Augen. Doch weinen wollte ich auf keinen Fall. Nicht in diesem Moment. Und das vor meinem Nachbarn. Nein. Ich überlegte angestrengt, bevor ich zu sprechen begann. „Ich stand hier! Habe mit Mathias geangelt. Das schwöre ich!" Hilfesuchende Blicke warf ich Herrn Stahl entgegen. Eindeutig erkannte ich Mitleid in seinen Augen. „Dann fand ich den Stein ...", fuhr ich fort.

„Welchen Stein?", unterbrach mich Herr Stahl.

„Na den." Ich öffnete meine rechte Hand und offenbarte den Stein. Mit Schweiß überzogen glänzte er in der Sonne. Meine Hand schmerzte.

„Tatsächlich, ein Hühnergott. Eigentlich nichts Besonderes. Nur hier hat ihn bestimmt jemand verloren. Bernstein. An der Ostsee findet man viele von denen. Sie bringen angeblich Glück."

„Ich weiß, aber seit ich den Stein in meiner Hand halte, sehe ich sie Herr Stahl und Mathias verschwand."

Herr Stahl schaute nachdenklich auf den Stein, der noch immer auf meiner ausgebreiteten Handfläche lag.

Er klemmte sich seine Krücke unter den linken Arm, griff mit der rechten Hand nach dem Stein. Als er ihn in der Hand hielt, sah er mich an und begann zu fragen. „Wie ist es jetzt? Siehst du mich noch, oder bin ich weg? Ich sehe dich, aber nur dich. Kein Mathias weit und breit."

„Ich sehe sie. Mathias ist wie vom Erdboden verschluckt. Ich glaube, ich verliere meinen Verstand", brachte ich leise und zugleich traurig hervor.

Herr Stahl lachte. „So schnell verliert man nicht den Verstand. Du bist noch viel zu jung, und wie ich das beurteilen kann, viel zu gesund und schlau." Er gab mir den Stein zurück. Ich lächelte, wenn auch etwas verlegen. Angestrengt versuchte ich mich zu konzentrieren. Die letzte Stunde hatte mein bis dato kindliches Bewusstsein verändert. Eine Welt, die ich bis dahin für unbeschwert wahrnahm, hörte auf für mich zu existieren. Es geschahen Dinge, die ich mir nicht erklären konnte. Trotz der Aufmunterungsversuche Herrn Stahls war es mir einfach nicht möglich, eine plausible Erklärung zu finden.

„Sind ihre Schmerzen wirklich verschwunden?"

Seine unbeschwerten Gesichtszüge verschwanden. Er dachte nach. „Ja, das ist korrekt. Darüber bin ich auch sehr froh."

„Das ist doch sehr eigenartig. Ich verstehe das alles nicht!"

Wir überlegten angestrengt. Unser Blick konzentriert aufeinandergerichtet. Meine Betrachtung ihm gegenüber forschend, zugleich neugierig.

Sein Lächeln kehrte zurück. Mutiger, schien es, wurde er. Herrn Stahls Schultern bewegten sich langsam, die gekrümmte Haltung verschwand. Die Krücken schmiss er achtlos beiseite. Die Statur erschien mir jetzt gigantisch. Er zögerte. Letztendlich hatte die Euphorie der Schmerzlosigkeit ihn dermaßen beeinflusst, dass Herr Stahl jegliche Vorsicht beiseiteschob. Er streckte die Arme in die Luft, ging gleichzeitig in die Hocke. Zu guter Letzt stieß er sich kräftig vom Boden ab.

Herrn Stahls Gesicht strahlte vor Freude, als er diesen kleinen Sprung in der Luft vollbrachte, um danach wieder auf dem Boden zu landen. Doch dabei strauchelte er und fiel direkt auf meinen Hocker, den ich noch vor wenigen Momenten gelangweilt verlassen hatte.

Ich erschrak, wollte ihm helfen. Entsetzliche Angst, er könnte sich schwer verletzt haben, stieg in mir auf. Er schien benommen. Hektisch griff ich ihm unter die Arme. Aber was konnte ich schon ausrichten. Einen massiven Mann aufheben. Ich, ein Kind, versagte kläglich bei diesem Versuch.

„Eigenartig! Eugenia weißt du, ich verspüre keinen Schmerz. Nicht den Geringsten. Ich verstehe das nicht!" Vorsichtig erhob er seinen massiven Körper. Herrn Stahls gigantische Größe wurde erneut erkennbar, während er direkt neben mir zum Stehen kam.

Er schaute mich nachdenklich an. „Nein, im Gegenteil, mir geht es sehr gut." Er lachte, doch gleich darauf verging die Freude, sie wich einem unglücklichen Gesichtsausdruck. Ich verfolgte die Blicke, erkannte, warum sein Lächeln verschwand. Mein Gesicht erstarrte.

Wir wussten, was wir sahen, trauten uns jedoch nicht, darüber zu sprechen. Unwirklich, nicht vorhanden schien diese Tatsache. Dennoch war sie da. Real! Herr Stahl, war nur noch ein Geist, eine Seele. Das stand für uns beide jetzt fest.

Er setzte sich freudlos auf den Boden. Gleich darauf nahm ich neben ihm Platz. Heimlich berührte ich ihn. Deutlich fühlte ich die Kleidung. Ein eigenartiges Gefühl überkam mich. *„Warum kann ich ihn berühren? In Büchern, im Fernsehen sind Geister nie greifbar für Sterbliche.“*, flau wurde es mir in der Magengegend. *„Vielleicht bin ich doch ein Geist? Vielleicht bin ich gestorben?“* Panisch kniff ich mir mit der rechten Hand in den linken Arm. *„Au, das war schmerzhaft! Aber wenn ich schmerzen verspüre, bin ich nicht gestorben. Das kann nicht sein!“* Hektisch griff ich nach meinem Stuhl. Anstatt mich auf ihn zu stützen, stieß ich ihn versehentlich an. Als er daraufhin kippte, atmete ich befreit ein. Erleichtert über die Tatsache, ihn zu berühren, darüber hinaus ihn zu bewegen. Das machte mich glücklich. Beruhigt darüber blickte ich, genau wie Herr Stahl, über die spiegelglatte Wasseroberfläche. Zusammen sahen wir eine Weile über den glasklaren See, der vor uns lag.

Schließlich brach Herr Stahl das Schweigen. „Ich glaube, das ist mein Ende. Mein Leben ist vorbei.“ Tränen füllten sich in seinen Augen. Deutlich erkannte ich, dass dieser kräftige, ältere Herr, erfüllt von Trauer war. Trauer, die mich sehr berührte. Ich wollte etwas sagen, wusste aber nicht was. Ich wollte seine Hand berühren, traute mich aber nicht. Ich sah in sein Gesicht. Mit bedrückten Blicken schaute er über den ruhenden spiegelglatten Stausee. Kurze Zeit darauf bemerkte Herr Stahl meinen nachsichtigen, unglücklichen Gesichtsausdruck. Er drehte sich zu mir um und seine Mimik brachte ein mildes Lächeln hervor. Ich merkte, dass er in diesem Augenblick versuchte, mich nicht zu ängstigen. Ja, eine Art Beschützerinstinkt machte sich bei ihm bemerkbar. Ich versuchte meine Traurigkeit zu überspielen, indem ich lächelte. Aber die Träne, die sich schon in meinem Auge staute, konnte ich nicht mehr unterdrücken. Unaufhaltsam rollte sie meine Wange hinunter. Schnell wischte ich sie weg. Denn auf keinen Fall wollte ich den armen Mann in seinem Kummer bestärken.

Herr Stahl bemerkte meine einfühlsame Haltung. Er begann erneut das Schweigen zu brechen. „Du musst nicht weinen! Mein Leben war lang und dennoch erfüllt. Vierundachtzig bin ich. Verzeihung! Bin ich im vergangenen Monat geworden." Ein leichtes ironisches Lächeln glitt über sein Gesicht. „Einen guten, starken Sohn, schenkte mir meine Frau. Wir führten eine segensreiche, von Glück erfüllte Ehe. Na ja, wenn ich bedenke, dass ich einige Jahre an der Front in Russland kämpfte. Verlorene Jahre. Endloser Schmerz, tausende Tränen und trotz alledem brachte sie mir in dieser schweren Zeit, einen gesunden Sohn zur Welt. Stolz war ich. Doch die Panik, ihn in dieser beschwerlichen Zeit, durch Hunger oder den verdammten Krieg zu verlieren. Diese unsägliche Angst, ein ständiger Begleiter. Gott sei Dank überstand er die entbehrungsreiche Zeit. Ich hatte das Glück, dass meine gesamte Familie überlebte. … Als ich nach dem Krieg, halbverhungert, aus russischer Gefangenschaft nach Hause kam, konnte mein Sohn schon laufen. Glücklich war ich in jenen Tagen. … Ja, das Leben meinte es gut mit mir. Vom ersten Augenblick an, liebte ich meine Frau und das bis heute."

Er wurde nachdenklich. In Herrn Stahls Worte mischte sich unendliches Bedauern. „Es stand immer ein Geheimnis zwischen uns. Eigentlich war es das nicht. Ich kannte es. Dennoch meine Frau Magda … sie dachte ein Leben lang, dass ich es nicht weiß. Immer hatte ich die

Hoffnung, sie würde es mir irgendwann erzählen. Jedoch tat sie es nicht. Einige Male stand sie kurz davor. Aber im letzten Augenblick machte sie stets einen Rückzieher. Das fand ich jedes Mal sehr schade. Danach war meine Stimmung ihr gegenüber gedrückt. Und zu meinem Bedauern wurde ich sehr grob zu ihr."

Entsetzt sah ich Herrn Stahl an. Er bemerkte sofort meine tadelnden, gleichzeitig bestürzenden Blicke. Auf der Stelle warf er ein.

„Nicht was du denkst! Nie im Leben hätte ich ihr körperliche Gewalt angetan. In meinem vergangenen Leben habe ich viel zu viel Gewalt erlebt ... gesehen. Meine Familie wollte ich immer davor schützen! Nein, was ich damit sagen möchte ... verbale taktlose Äußerungen, die mir hinterher stets leidtaten."

Er schwieg. Die Blicke schienen mir weit entfernt zu sein. Ich war der festen Überzeugung, dass er bereit war, endlich mit jemandem über sein Geheimnis zu reden. Dieses Geheimnis, das unausgesprochen zwischen ihm und seiner Frau lag.

„Welches Geheimnis stand denn zwischen ihnen und ihrer Frau?", wollte ich wissen. Erschrocken über meine ausgesprochene Neugier, hielt ich mir die Hand vor dem Mund.

Er lächelte nachsichtig, holte tief Luft, bevor er sein Geheimnis mit mir teilte.

„Ich bin nicht verärgert. Im Gegenteil. Erleichtert möchte ich eher sagen. Erleichtert endlich mit jemandem darüber zu sprechen. Mein Leben ist beendet. Wer weiß, ob ich noch eine Gelegenheit bekomme", sprach er gedankenversunken.

Deutlich fühlte ich die Anspannung in mir aufkommen. Meine Neugier wuchs.

Nochmals atmete Herr Stahl kräftig ein, bevor er weitersprach. „Mein Sohn ... mein Sohn, ist nicht mein

Sohn! ... Jedoch, wenn ich es recht bedenke, ist er es doch! Vielleicht nicht genetisch. Aber er ist mein Sohn! Als ich ihn das erste Mal auf meinen Armen hielt, wusste ich es. Ich weiß nicht warum. Aber ich erkannte es. Auch als er älter wurde, bemerkte ich, dass wir keinerlei Ähnlichkeit miteinander hatten. Trotz alledem liebte ich ihn. Von Anfang an. Das musst du mir glauben! Achtundvierzig Jahre waren wir glücklich verheiratet. Weitere Kinder waren uns nicht vergönnt. Mein Schicksal hatte das entschieden. ... Vielleicht konnte ich nie Kinder zeugen? Ich hatte mir immer gewünscht, dass sie mir eines Tages die Wahrheit sagte. ... Von Anfang an hätte ich ihr verziehen. Du musst wissen, dass ich nur maßlos enttäuscht darüber war, dass mir Magda das Geheimnis nicht anvertraute. Hatte sie Angst, ich setzte sie mit unserem Kind vor die Tür? ... Nie wäre es mir in den Sinn gekommen. ... Viel zu sehr liebte und liebe ich sie und unseren Sohn musst du wissen!"

Trauer verspürte ich in meinem Inneren. Tiefe Trauer. Ich wollte helfen, wusste aber nicht wie. Ich wollte ein tröstendes Wort sprechen, wusste aber nicht welches. Meine Gedanken kreisten unaufhörlich. Warum geschieht das mit mir? Warum erzählt mir ein Erwachsener sein größtes Geheimnis? Ein Geheimnis, was er schon lange mit sich trägt. Einem Kind mit dreizehn. Ich spürte die Verzweiflung, den Hilferuf von ihm und doch konnte ich in dieser traurigen Situation nicht helfen. *„Was kann ich tun? Was soll ich ändern? Ich bin ein Kind! Wenn ich es erzähle, glaubt es mir keiner. Ganz im Gegenteil, man wird mich wegschicken, behaupten ich verbreite Lügen."*

„Du brauchst es niemandem zu sagen! Nur einer ... Meiner Frau, Magda. Bitte! Ich weiß es wird nicht einfach, aber wenn du ihr meinen Ring gibst, vertraut sie dir. Bestimmt. ... Sie ist eine gutherzige Frau. Hab keine Angst!"

Herr Stahl zog seinen Ehering vom Finger. Überreichte ihn mir. Zögernd nahm ich ihn an und las die Gravur vom Innern des Ringes. „In ewiger Liebe, deine Magda 1.5.1934."

Als ich darauffolgend in Herrn Stahls Gesicht schaute, lächelte er sanftmütig.

„Bitte sag es ihr!" Flehende Blicke waren es, die er mir entgegenbrachte.

Ein flüsterndes „Ja", brachte ich über meine Lippen und langsam verschwanden Herrn Stahls Umrisse, die Umgebung wurde unscharf. Ein Kratzen in meinem Hals trat unwiderruflich ein. Luft wollte ich holen, konnte es nicht. Mein Körper schlaff. Keine Kraft mehr in mir.

Ich klappte zusammen. Das Kratzen im Hals, kaum zu ertragen. Ich konnte nicht atmen. Aber irgendetwas pustete Luft in meine Lungen. Das kratzige Gefühl war unerträglich. Schlagartig wurde mir klar, dass etwas meine Luftröhre blockierte. Mein Körper bündelte seine letzten Kraftreserven. Ich hustete, dabei drehte ich mich auf die Seite. Der Drang mich zu übergeben kam in mir auf. Wasser floss aus meinem Mund.

„Eugenia, hörst du mich?", rief jemand weit entfernt. Obgleich ich nicht erkennen konnte, wer mich rief. Eine männliche Stimme, das ist mir bewusst gewesen. Doch wer sprach mit mir? Gedanklich wollte ich die Stimme zuordnen. Ihr ein Gesicht geben, als plötzlich eine weitere Stimme meinen Namen rief. Vertraut war sie. Unwiderruflich wurde mir bewusst, dass ich sie kurz zuvor noch schmerzlich vermisste. Ich öffnete die Augen. Verschwommen erkannte ich deutlich zwei menschliche Umrisse über meinem Kopf auftauchen. Langsam, wurden die Bilder klarer.

„Gott sei Dank, sie lebt."

Es war Mathias Stimme, die ich erleichtert wahrnahm.

Ein leichtes Klatschen bemerkte ich auf meiner Wange. Die Hand zittrig, die mich berührte. Ein aufgeregtes Gesicht, das ich dazu erkannte. Zuordnen wollte ich es endlich. Die Person erkennen. Diesem Gesicht einen Namen geben. Es veränderte sich, die Nervosität und gleichzeitige Besorgnis wich daraus zu einem Lächeln. Es war der Sohn Herrn Stahls, der mir sein befreites Lächeln entgegenbrachte. Ja, das erkannte ich jetzt.

„Mädchen.", sprach er ganz aufgelöst. „Ich bin sehr glücklich darüber, dass du es geschafft hast! Bin ich froh, in deiner Nähe gewesen zu sein."

Mathias und der Sohn Herrn Stahls sahen mich erleichtert an.

„Was ist passiert? Warum bin ich nass?", flüsterte ich erschöpft.

Mathias Augen funkelten, Tränen sah ich darin. Hektisch erzählte er mir, was geschah.

„Du hast mir den Hühnergott gezeigt, dabei bist du ausgerutscht. Direkt am Ufer. Dein Kopf schlug auf irgendetwas. Das Ufer ist sehr steil, der Schlamm zog dich ins Wasser. Du bist sofort untergegangen. Ich wollte dir helfen, aber meine Kraft reichte nicht. Ich schrie! Dann kam plötzlich Herr Stahl und rettete dich. Er zog dich ans Ufer, beatmete dich sofort. ... Ohne ihn wärst du vielleicht nicht mehr am Leben! Man, du hattest ver-dammtes Glück, dass er hier war. Wenn er nicht zufällig seine Wildplätze abgesucht hätte, wärst du wahrscheinlich nicht ...", er schwieg.

Ich lächelte leicht. Benommen, vollkommen entkräftet blickte ich in das Gesicht von Herrn Stahls Sohn. Auch er brachte mir ein Lächeln entgegen.

„Danke!", floh es gerade noch aus meinem Mund. Ich fror, trotz der heißen Temperaturen. Aufstehen wollte ich. Konnte es aber nicht. Heftige Schmerzen durchfuhren meinen Kopf. Durchnässt, vollkommen erschöpft versuchte ich aufzustehen.

„Bleib bitte liegen! Du hast eine große Beule an deinem Kopf. Ich hole Hilfe. Mathias wird hier bei dir bleiben. Du wirst sehen, im Handumdrehen, bringt man dich ins Krankenhaus."

Verwirrt war ich. Versuchte meine Gedanken zu ordnen.

Doch ich war zu schwach, dachte über das Geschehene nach.

Ein kräftiger, stechender Schmerz fuhr durch meinen Kopf. Froh bin ich in diesem Moment gewesen, denn ich dachte, geträumt zu haben.

Vorsichtig hob ich meine starkverkrampfte Hand, die noch immer eine Faust bildete. Langsam öffnete ich sie einen Spalt. Den Hühnergott noch einmal sehen. Mir eingestehen, dass alles nur ein Traum war.

Jedoch, als ich sah, was meine Hand offenbarte.

Mit Schrecken erkannte ich den Ring. Gold, das glänzend mir entgegen leuchtete. Und obwohl meine Hand schmerzte, ballte ich sie wieder zusammen.

Meine Gedanken spielten verrückt. „*War es ein Traum, die Realität oder hatte der Wahnsinn in mir die Vorherrschaft übernommen?!*" Der Schmerz in meinem Kopf verstärkte sich. Ich wurde unendlich müde. Meine Gliedmaßen bewegungsunfähig und die Traumwelt übermannte mich erneut.

Erst Stunden später wachte ich im Krankenhaus auf. Meine Mutter saß damals an meinem Krankenbett. Sie hielt meine Hand. Die Kopfschmerzen schienen immer noch unerträglich für mich.

Als sie bemerkte, dass ich zu mir kam, streichelte sie zärtlich über den Kopf. „Es wird alles gut. Hab keine Angst! Du bist hier in den allerbesten Händen. Schlaf, ich bleibe bei dir!" Sie strich ein weiteres Mal sanft über meinen Kopf, gab mir einen liebevollen Kuss auf die Stirn.

Eine Gehirnerschütterung, war die Folge meines Unfalls. Zusätzlich zierte eine dicke Beule meinen Hinterkopf. Einige Tage später wurde ich aus dem Krankenhaus entlassen, konnte zurück nach Hause. Zu diesem Zeitpunkt war der Ring nicht mehr in meinem Besitz. Ich vermutete, dass das Geschehene meiner fantasievollen Traumwelt entstammte.

Doch dann wurde das Unerwartete wahr.

Das Schöne ist nicht immer das,
was es zu sein scheint

Wohlige Wärme, die mich umgab. Hier im Wohnzimmer meiner Eltern, umgeben von ihrer Nähe. Den Duft des Parfüms meiner Mutter, den Pfeifengeruch meines Vaters. Das Geräusch vom Knistern des Holzes, vom offenen Kamin. Umgeben von denen, die mich Lieben, fühlte ich mich am wohlsten. *„Die Zeit soll einfach nicht verge-hen!"*, dachte ich bei mir. *„Nur klar muss mein Verstand sein! Damit ich das Erlebte ordnen kann. Das Erlebte, die Angst, den Kummer und die vielen positiven, leider auch die vielen negativen Eindrücke. Sie mussten einfach in meinem Kopf geordnet werden! Wer bin ich? Bin ich ein Kind? Oder ist die Zeit schon so weit fortgeschritten, dass ich bereits als Frau durchs Leben schreite?"*

Als junge Frau, die damals ihre erste ermordete Leiche zu sehen bekam. Wie sie dalag, kalt, aschfahl. Ein leichtes Lächeln auf ihrem Gesicht. Keine weitere Mimik war zu erblicken. Mimik, die den grausamen Tod sichtbar machte. Nichts, nur ein leichtes Lächeln. Das Loch, in der rechten Schläfe. Es konnte auch ein Schuss gewesen sein. Der gut verschlossene Y-Schnitt des Pathologen, auf ihrer Brust. Die Fesselungsspuren, die deutlich an ihren Handgelenken zu sehen waren. Etwas Formaldehyd vermischt mit dem süßlichen Geruch der Verwesung. Alles war möglich. Ihre Mörder immer noch auf freiem Fuß. Ich allein kannte die Täter, glaubte ich. Nicht mit ihren Namen. Nein, das nicht. Aber ich hatte sie gesehen.

Gesehen, wie sie die arme tote Frau quälten. Ihr zum Schluss ein Loch in den Kopf bohrten.

„Wer war sie?", wollte ich damals von Dorothea unbedingt wissen.

„Ich kann es dir nicht sagen! Du weißt doch, dass ich über laufende Ermittlungen nichts berichten darf! Wann hörst du endlich damit auf?" Dorothea war sauer. Sie war sauer, da ich ihr nicht schon längst über meine Fähigkeiten berichtete. Schon mehr als drei Semester lebten wir in unserer kleinen WG als Studenten.Sie, eine angehende erfolgsorientierte Kriminologin. Ich in einer staubigen, steinigen, faszinierenden, doch für sie langweiligen Welt der Archäologie.

„Bitte sei mir nicht böse! Aber wenn du ehrlich bist, hättest du mich am liebsten ausgelacht. Du hättest gelacht und mich für verrückt erklärt. Genau so verrückt, wie damals mein Arzt. … Ich war erst dreizehn Jahre, als er mich mit Antidepressiva vollpumpte. Zwei, für mich, endlos erscheinend lange Jahre. Sie sind einfach weg. Doktor Leichtenschlag hat mir nie geglaubt. Alles, was ich bis zu diesem Zeitpunkt der Aufnahme in der Klinik sah und erlebte, war für den Arzt nicht greifbar. Er erklärte es, für nicht vorhanden. Wahnvorstellungen stellte er als Diagnose fest. Nach meiner fingierten Aussage keine Toten mehr zu sehen, beschloss mein behandelnder Arzt, mich endlich aus der Psychiatrie zu entlassen. Menschen, die mich bis dato kannten, mieden mich. Alte Freunde wechselten die Straßenseite. Eine falsche Diagnose machte mich zum Einzelgänger. Einige Erwachsene, vor allem Lehrer, behandelten mich wie ein rohes Ei. … Freunde, hatte ich keine mehr. Sogar mein bester Freund Mathias sprach nur noch mit mir, wenn uns niemand beobachtete. Ich glaubte, ich tat ihm damals leid. Er fühlte sich durch den erlittenen Unfall, wegen dem meine angeblichen Wahnvorstellungen begannen, schuldig. … Leid, wollte ich dir, nun wirklich nicht tun! Auch wollte ich nicht, dass du mich für geistesgestört hältst.", bittere Tränen füllten meine Augen. Tränen, die ich nicht mehr weinen wollte. Ich blickte Dorothea fest an. Auch ihr Blick war mir zugewand. Eindeutig erkannte ich, dass Schuldgefühle bei ihr aufkamen.

Sie fing an zu stottern. „Ich … weiß … gar nicht, was … ich sagen soll … Ich glaube, du hast recht … aber glaub mir bitte! … Auf keinen Fall … kündige ich dir die Freundschaft!"

Dorothea schritt auf mich zu und wir umarmten uns. Wir umarmten uns und weinten. Wir weinten und schluchzten. Schnieften, nahmen uns Taschentücher aus der Box, die immer auf dem kleinen Küchentisch stand. Schlossen gemeinsam einen noch festeren Bund der Freundschaft. Und endlich erzählte ich ihr, was schon so viele Jahre auf meiner Seele brannte.

Ich erzählte ihr, wie alles begann. Vom Hühnergott, den ich fand, während ich mit Mathias angelte. Vom Unfall, den ich erlitt. Und ich erzählte die Familiengeschichte Herrn Stahls. Die Geschichte, die mein bis zu diesem Zeitpunkt gelebtes Leben extrem beeinflusste.

Müde wurde ich. Dorothea kochte Tee. Wir aßen etwas. Die Zeit verflog. Doch letztendlich wollte ich mir alles von der Seele reden. Sie stand mir bei und hörte geduldig zu. Ich war glücklich, denn ich glaubte endlich eine Freundin gefunden zu haben. Eine Freundin, der man alles erzählen kann. Die zuhört und einem vor allem auch beisteht. Beisteht, egal in welcher Lebenslage. Dieses Gefühl war fantastisch. Ich merkte, wie sich wohlige Wärme in mir ausbreitete, als die schwere Last, die ich über viele Jahre hinweg ansammelte, endlich jemanden anvertrauen konnte. Wie ein Wasserfall sprudelte sie aus mir heraus. Eine unwirklich erscheinende Wahrheit, die für mich Tatsache gewesen war. Doch für andere erschreckend und unlogisch zugleich.

„Als ich damals aus dem Krankenhaus entlassen wurde und zurück nach Hause kam, war ich froh. Denn mein zuhause war wie eine Festung für mich. Das ist es auch heute noch." Erzählte ich Dorothea. Sie schmunzelte, denn anscheinend hatte sie schon lange von ihrem zuhause Abschied genommen. Ich war noch nicht so weit. Obwohl ich es mit fünfundzwanzig Jahren, schon längst getan haben müsste. Weiter fuhr ich mit meinen Ausführungen, über die unvorstellbaren Geschehnisse und meiner bestehenden Gabe, fort. …
Ich ging auf mein Zimmer, legte mich wieder ins Bett, schlief sofort ein, obwohl der Vormittag schon weit fortgeschritten war. Am Nachmittag kam mich damals Mathias besuchen.
„Wie geht es dir? Hast du dich erholt?", fragte er und dabei schaute er mir suchend ins Gesicht.
„Was meinst du wohl, wie es mir geht? Ich hatte eine Gehirnerschütterung! Ab und zu brummt noch mein Schädel. Müde bin ich auch andauernd." Eingeschüchtert schaute er mich an. Er nahm zögernd den Stuhl von meinem Schreibtisch, stellte ihn neben mein Bett und setzte sich.
„Schon gut, reg dich nicht auf!", sprach er schnell.
Das Lachen verkneifen konnte ich mir jedoch nicht. Darauf wurde ich ernst. „Danke!", bat ich. „Ich weiß gar nicht, wie ich mich je revanchieren kann. Danke, noch mal!" Ich nahm seine Hand. Er wurde ein wenig rot und winkte belanglos ab.
„Du musst dich nicht bedanken! Wenn der Sohn vom Nazi nicht gewesen wäre, hätte ich dich nie aus dem See bekommen."

„Sprich doch nicht so über diesen alten Mann! Du weißt doch ganz genau, dass ich das nicht möchte. Was die anderen sagen, ist mir egal."

„Oh, man. Du klingst schon wie meine Mutter", erneut lachten wir. Gleich darauf umarmten wir uns. „Freunde?"

„Freunde.", antwortete ich.

Meine Mutter kam ins Zimmer. Sie trug ein Tablett mit Tee und Keksen darauf. Erschrocken sah sie uns an. Sofort beendeten wir unsere Umarmung.

Etwas gereizt sprach sie. „Eugenia muss sich noch ausruhen. Noch ein paar Minuten und dann musst du gehen!"

„Ja, natürlich Frau Heidenreich."

„Trinkt langsam! Er ist noch heiß. Du magst doch Kamillentee?", fragte meine Mutter Mathias und dabei strich sie vorsichtig über meine Stirn.

Mathias, der wieder neben meinem Bett auf dem Stuhl saß, brachte nur ein schüchternes „Ja.", heraus.

Sie verließ daraufhin mein Zimmer.

Ich lachte. „Hast du gesehen, wie sie uns anstarrte? Als ob sie uns bei etwas Unanständigem erwischt hätte.", wieder lachte ich. Mathias wurde rot, bemühte sich dennoch ein gespieltes Lächeln vorzutäuschen. Verlegen griff er in seine Hosentasche.

„Bevor ich es vergesse. Hier!", sprach er schnell, zeigte mir den Hühnergott, den ich am Stausee fand.

„Wo hast du denn den her?", fragte ich Mathias und bemerkte, dass Unbehagen in mir aufstieg.

„Er fiel dir aus der Hand. Als du wieder bewusstlos wurdest." Mathias überlegte. „Eigenartig, als wir am See angelten, hast du mich nach dem alten Herrn Stahl gefragt und behauptet, er wäre in unserer Nähe gewesen. Kannst du dich noch daran erinnern?"

„Kann sein, weiß nicht mehr. Warum?", wollte ich wissen. Mir war überaus bewusst, was er mich fragte.

Meine Beule am Kopf war immer noch vorhanden, dennoch konnte ich mich an jede Kleinigkeit erinnern, die ich am See erlebte. Mir wurde flau im Magen. Ich bekam Angst. Doch auf keinen Fall beabsichtigte ich, darüber zu sprechen. Ich hatte Furcht, Mathias zu verärgern, wenn er denkt, dass ich lüge. Aber würde ich lügen? Oder ihm eine geträumte Geschichte erzählen? Würde ich das? Selbst konnte ich mir diese Frage nicht beantworten. Wenn ich heute darüber nachdenke, wollte ich es auch auf keinen Fall herausfinden. Ich tat so, als mochte mich das nicht sonderlich interessieren.

Mathias erzählte. „Na ja, er kann dort nicht gewesen sein. Denn am gleichen Tag ist er verstorben. Im Dorf erzählt man sich, er sei einfach nicht mehr aufgestanden. Beim Schlafen hätte sein Herz ausgesetzt. Erzählen die Leute."

Erschrocken blickte ich ihn an. Mathias fragte. „Was hast du? Geht es dir nicht gut?"

„Doch.", erwiderte ich beschwichtigend. „War da noch etwas, als ich am See lag?", fragte ich gespielt.

Er dachte erneut nach. „Nein, nur dieser Stein. Dein Glücksbringer. Warum?", fragende Blicke waren es, die mich in diesem Moment etwas verwirrt anschauten.

„Ach, nichts. Schon gut."

Ich überlegte einen Augenblick, während das Unbehagen in mir fast unerträglich wurde. *Sollte ich den Stein annehmen? Aber vielleicht sehe ich dann wieder etwas. Etwas, was nicht da ist"*, dachte ich angsterfüllt über diese Situation nach.

„Was ist, willst du ihn nicht mehr?"

„Doch." Zaghaft griff ich nach ihm. Als ich ihn schon fast in der Hand hielt, sagte Mathias. „Soll ich dir vielleicht beim Tragen helfen?", er grinste spöttisch.

„Haha, sehr witzig! Selten so viel gelacht." Doch als ich den Stein in meiner Hand betrachtete, war er verschwunden. Es war der Ring. Der Ehering von Herrn Stahl. Ganz deutlich erkannte ich die Umrisse des Ringes in meiner Hand. Ich zuckte zusammen, der Ring fiel zu Boden. Ich machte eine hektische Bewegung, wollte den Ring unbedingt allein vom Boden aufheben. Mir wurde schwindlig. Dabei fiel ich fast aus meinem Bett. Mathias fing mich gerade noch rechtzeitig auf. Vorsichtig half er mir zurück ins Bett.

„Eugenia! Du musst dich noch ausruhen! Ich hebe den Stein schon auf!" Er bückte sich, legte den Stein auf den Nachttisch. „Ich glaube, ich gehe jetzt besser. Morgen kann ich dich nicht besuchen kommen. Ich fahre mit meinen Eltern drei Wochen in den Urlaub. Italien. Wenn ich zurückkomme, bist du wieder wie neu. Glaub mir!" Mathias schaute mich an. Anders als sonst. Damals dachte ich, er schaut mich so an, weil ich ihm leidtat. Oder vielleicht fühlte er sich schuldig. Schuldig, weil dieser Unfall gerade passierte, als er mit mir zusammen am Stausee angelte. Er ging.

Ich blieb allein, blickte auf mein Nachtkästchen. Dort lag er. Mein gefundener Hühnergott. Verwirrt, jedoch zu erschöpft um darüber weiter nachzudenken, schlief ich ein. Die Tage vergingen. Oft betrachtete ich den Stein, den Mathias mir brachte. Aber ihn zu berühren, traute ich mich nicht. Drei Tage verstrichen. Mir ging es wesentlich besser. Immer öfter konnte ich aufstehen, ohne dass mir schwindlig wurde. Auch die entsetzlichen Kopfschmerzen verschwanden.

Endlich fasste ich den Mut, den Stein in meine Hand zu nehmen. Abermals verschwand der Stein und der Ring wurde sichtbar. Als ob das noch nicht reichte, hörte ich das erste Mal flüsternde, unheimlich wirkende Stimmen. Erschrocken drehte ich mich nach allen Seiten um. Aber niemand war in meinem Zimmer. Niemand, außer mir. „Aufhören!", schrie ich. Mein Puls raste. Mein Herzschlag wurde schneller. Panik stieg in mir auf. Ich legte den Ring zurück auf den Nachttisch, hielt mir die Ohren zu, schloss meine Augen und summte ein altes Schlaflied. Als Kleinkind beruhigte mich dieses Lied stets. Erst als sich meine Gedanken etwas ordneten, erkannte ich, dass dieses unheimliche Stimmengewirr verklungen war. Immer noch allein. Mein Herzschlag verlangsamte sich. Es war so still um mich herum.

„Konnte es sein, dass alles, was ich dachte geträumt und gesehen zu haben, real existierte? Konnte es sein, dass der Ring wahrhaftig vorhanden war? Herr Stahl, obwohl er schon verstorben war, wirklich mit mir sprach?" Ich blickte auf den Ring, den ich vor wenigen Augenblicken auf meinen Nachttisch gelegt hatte. Doch da war kein Ring, sondern nur mein Hühnergott. Ein Stein, der Glück bringt. Mich nicht in Verzweiflung und Angst stürzen sollte. *„Was bleibt denn noch? Ist es Wahnsinn?"* Schnell verdrängte ich meine letzten Gedanken. Verzweifelt wog ich alle Möglichkeiten ab. Erzählen konnte, nein wollte ich niemandem von den unwirklich erscheinenden Begebenheiten. Folglich blieb nur eine Option. Ich musste mein Versprechen einlösen.

Ich nahm den Stein, erblickte den Ring. Ganz deutlich hörte ich den Herzschlag in meiner Brust pulsieren. Ich steckte ihn schnell in meine Hosentasche und ging mit einem sehr unguten Gefühl zu meinem Nachbarn. Bedanken wollte ich mich. Schon länger verfolgte ich diesen Plan. Doch jetzt musste ich endlich mein Versprechen einlösen! Egal mit welcher Konsequenz, gestand ich mir ein.

Das Haus der Familie Stahl war nur sechzig Meter entfernt. Als ich endlich am großen, bordeauxroten Holztor stehend stoppte. Zweifel, ansteigende Nervosität, zitternde Hände, all das wurde mir in diesem Augenblick bewusst.

„Nur keine Panik!", dachte ich. Ich wollte die Tür, die sich direkt in der Mitte des Tores befand, öffnen.

Plötzlich kehrten die Stimmen zurück. „Du darfst es nicht erzählen! Nein, es ist falsch!", befahlen sie mir. Deutlich vernahm ich sie in meinen Ohren. Hektisch drehte ich mich nach allen Seiten um. Angst. Aber wovor? Niemand war da. Nichts. Nicht einmal ein Vogel sang in den Bäumen, die rundherum standen. Nur diese unheimlichen Stimmen.

„Ich werde wahnsinnig!", dachte ich gerade noch, bevor Worte aus meiner Kehle flohen. „Lasst mich in Ruhe! Hört auf!" Ich zweifelte, ich zitterte, ich hatte unbändige Angst, aber in mir war da etwas, das mich bekräftigte weiterzugehen. Schnell, ohne nochmals darüber nachzudenken, drückte ich die Türklinke nach unten, betrat einen großen, fast komplett überdachten Innenhof. Die Stimmen verstummten abrupt, während die Tür hinter mir ins Schloss fiel.

Schatten verdunkelten den Innenhof. Das hohe Dach schluckte die Lichtstrahlen wie nichts. Auf der rechten Seite befand sich ein großer Hundezwinger. Jagdhunde waren darin. *„Eigenartig, sonst bellen die Hunde immer"*, dachte ich bei mir. Schnellen Schrittes ging ich auf das Wohnhaus zu. Ein kleiner Garten lag davor. Hier endete das Dach, der Schatten verschwand. Das Leuchten der Sonne wärmte angenehm meine Haut, die mich die unheimlichen Stimmen für einen kurzen Zeitraum vergessen ließen. Endlich stand ich vor dem Wohnhaus. Dort befand sich eine Bank, direkt rechts neben der Eingangstür. Auf dieser saß eine Frau. *„Magda, die Frau von Herrn Stahl."*

Ich überlegte, was ich als Nächstes tun sollte. Blieb jedoch stehen und starrte gefühlte Minuten auf die alte von Trauer gezeichnete Frau. In Trauerkleidung saß sie vor mir. Ihr Blick starr auf den rosablühenden Rosenbusch gerichtet, der nur wenige Meter entfernt stand. Tränen liefen unaufhaltsam über ihr Gesicht. Ich hatte Mitleid. Denn ich wusste, dass sie eine trauernde Witwe, Mutter mit einem für sie qualvollen Familiengeheimnis war.

Doch dann erklangen die Stimmen erneut. Sie flüsterten. Ihr Tonfall wurde rauer. „Sag es nicht! Geh, bevor es zu spät ist!" Wieder und wieder die gleichen Worte. Ich hielt es nicht mehr aus. Ich schrie. „Nein, hört endlich auf!" Gerade als ich mich umdrehen wollte, um davonzurennen, bemerkte ich, dass mich Frau Stahl erschrocken anblickte. Die Stimmen verschwanden.

„Mädchen. Eugenia geht es dir gut? Du hast mich ganz schön erschreckt. Wer soll aufhören? Und vor allem Dingen, was? Hier ist niemand. Außer du, ich und … Ach, entschuldige … die Hunde! Sie wären mir fast entfallen."

Ich schaute sie nur an. „Ja", log ich. „Die Hunde haben mich ein wenig erschreckt. Aber jetzt sind sie ja wieder ruhig."

Ein sanftes Lächeln sah ich auf dem Gesicht der alten Frau. „Komm Kind, setz dich etwas zu mir. Ich bin ganz allein. Mein Sohn, meine Schwiegertochter sind arbeiten. Meine Enkelkinder in der Schule. Du bist bestimmt noch zu schwach für die Schule? Setz dich doch bitte!", sagte sie freundlich.

Ich setzte mich neben Frau Stahl auf die linke Seite. Sie drückte mich, mit ihrem Arm sanft etwas an sich, entließ mich aus ihrer Umarmung. Sprach daraufhin liebevoll. „Schön, dass du uns besuchen kommst. Mein Sohn fragt jeden Tag deine Mutter, wie es dir geht. Schade, dass er nicht zu Hause ist. Wenn er nicht arbeitet, geht er zur Jagd. Für die Familie hat er kaum Zeit. Aber na ja. Weißt du? Seit diesem Tag, als er dich aus dem Wasser zog und sein lieber Vater, Gott hab ihn selig, starb, hat er sich gewandelt. Endlich nimmt er sich Zeit für seine Familie. Das ist wirklich wundervoll."

Ich nickte zaghaft, antwortete aber nicht. Denn auf keinen Fall mochte ich ihre frohe Stimmung zerstören. Sie hatte schon genug gelitten, das war mir bewusst. Also beschloss ich, zu schweigen.

„Eugenia Kind, du bist so schweigsam? Geht es dir wirklich gut?" Ich nickte, bevor Frau Stahl weiter sprach. „Ich langweile dich, du möchtest doch bestimmt etwas Sinnvolleres an einem so wunderschönen Tag unternehmen, als hier mit einer alten gramerfüllten Frau zu sprechen?"

„Nein, nein. Bitte entschuldigen sie! Aber ich höre gern zu, außerdem weiß ich gar nicht, was ich mit der vielen Freizeit anfangen soll."

Wieder lächelte die alte Frau freundlich. Ich sah ihr an, dass sie erleichtert über meine Worte schien."

„Weißt du Kind, ich hole uns meine selbstgemachte Limonade und dann genießen wir beide diesen schönen Tag." Ich nickte höflich. Sie stand langsam auf, ging zur Tür. Als sie gerade in der Tür verschwinden wollte, fragte ich. „Kann ich ihnen helfen?"

„Nein, danke! Hab vielen Dank, aber ich schaffe das schon! Ruh du dich nur ein wenig aus! Ich bin gleich wieder bei dir. Schön sitzen bleiben!", erwiderte sie und verschwand ins Wohnhaus.

„Was mache ich nur? Wie fange ich es an? Diese alte Frau ist voller Kummer. Wenn ich ihr nun alles anvertraue und sie mir nicht glaubt. Man, sie schimpft mich vielleicht aus und sagt ich würde Lügen erzählen. Ich kann mich doch nirgends mehr blicken lassen", überlegte ich angestrengt.

Ich stand auf, fasste in meine Hosentasche und holte den Ring heraus. Fest hielt ich ihn in meiner linken Hand und setzte mich zurück auf die Bank.

Wieder begannen die unheimlichen Stimmen drohend zu flüstern. „Sag es nicht! Du darfst es ihr auf keinen Fall erzählen! Eugenia ... Sag es nicht!"

Eiskalte Gänsehaut verbreitete sich über meinen Körper. „Aufhören!", schrie ich erneut.

Im gleichen Moment kam Frau Stahl aus der Tür. Sie schaute sich um. „Haben dich die Hunde wieder angebellt? Ich hörte sie gar nicht. Hab keine Angst! Sie sind ganz harmlos und außerdem im Zwinger. Keine Angst, Eugenia!"

Sie stellte das Tablett auf den kleinen Gartentisch unweit der Bank, goss uns kalte Zitronenlimonade ein. Reichte mir ein Glas, daraufhin setzte sie sich.

Frau Stahl trank einen Schluck. „Das tut gut! Herrlich.", freundlich sah sie mich an. „Du trinkst ja gar nicht. Magst du keine Zitronenlimonade?"

„Doch", erwiderte ich schnell und trank einen Schluck. „Mm", antwortete ich. Mein Gesicht verzog sich ein wenig.

Sie lächelte. „Ich weiß, ich bereite sie immer etwas sauer zu. Wie heißt es so schön? Sauer macht lustig." Ein erneutes Schmunzeln erkannte ich, währenddessen sie genüsslich einen weiteren Schluck ihrer Limonade trank. „Wenn du möchtest, hole ich dir noch etwas Zucker."

„Nein danke! Sie schmeckt auch so.", wieder log ich. Auf keinen Fall wollte ich, dass sie noch einmal ins Haus geht und ich die Stimmen womöglich erneut wahrnehme. Meine Gedanken schweiften ab. Ich fühlte deutlich den Ring in meiner linken Hand. Fester hielt ich ihn. Fühlbar verspürte ich den Schweiß in meiner Faust. Kurz entschlossen stellte ich das Glas zurück auf den Tisch, drehte mich etwas zu ihr.

Meine Nervosität stieg. *„Wie fange ich es nur an?"*, überlegte ich. „Frau Stahl ..."

„Ja, Kind?" Sie sah mich an. „Was hast du denn? Du wirst ja ganz rot."

„Nein, es ist nichts. Ich meine. Ich wollte … Ich wollte, mein aufrichtiges Beileid! Ich weiß nicht …"

„Eugenia, Liebes. Ich weiß, was du mir sagen möchtest. Danke! Hab vielen Dank, mein Kind! … Wir führten eine glückliche Ehe … Ja, das war sie.", Tränen rollten erneut aus ihren Augen.

„Ich wollte nicht …", sprach ich erschrocken.

„Schon gut! Ich weiß, ich sollte womöglich nicht mehr weinen, aber ...." Sie dachte nach. „Glücklich, das waren wir.", sie lächelte trotz ihrer tiefen Trauer, währenddessen sie meine rechte Hand sanft drückte.

Mir wurde heiß. Die Nervosität in mir tauchte erneut auf. Ich wurde unruhig. Der Schweiß wurde für mich unerträglich. Meine Blicke fielen auf sie. Langsam öffnete ich meine Faust, sah den Ring, der im grellen Sonnenlicht glänzte. All meinen Mut nahm ich zusammen. Ich ließ ihre Hand los, mit der sie mich die ganze Zeit berührte, drehte mich dabei zu ihr um. Danach legte ich vorsichtig den Ehering ihres Mannes in Frau Stahls Hand. Mein Herz raste. Doch als er auf ihrer Hand lag, sah ich ganz deutlich den Stein. *„Was ist nur los mit mir? Ich werde wirklich irre."*

Frau Stahl blickte überrascht auf den Stein. „Oh, ein Hühnergott. Danke, er wird mir auf meiner Reise Glück bringen."

Ich schaute sie bestürzt an. „Welche Reise?", fragte ich ganz aufgelöst. Nervös, meine Gedanken komplett verwirrt. Nicht mehr wissend, was ich als Nächstes tun sollte. Was ich sprechen wollte. Angsterfüllt stand ich blitzschnell auf, am ganzen Körper zitternd. Ich sah auf die Bank und da war er wieder. Herr Stahl saß neben seiner Frau, hielt ihre Hand. Genau an dieser Stelle hatte ich vor wenigen Augenblicken noch gesessen.

Er blickte sie liebevoll an, flüsterte zärtlich. „Magda, meine Magda. Kannst du mir je verzeihen?"

Ihre verweinten Augen richteten sich direkt in das Gesicht ihres verstorbenen Mannes. Ihre Hände gefühlvoll umschlungen. Mit einer Hand strich sie danach sanft über sein Gesicht. „Ich weiß nicht, was du meinst, aber ich liebe dich!"

„Sag es endlich! Sprich es endlich aus!", bat er flehend.

Nach kurzem Zögern überwand Magda sich. „Unser Sohn. … Er ist … Er ist nicht dein Sohn …!", Tränen von Sturzbächen rannen aus ihren Augen.

Behutsam hob er seine Hände, berührte zärtlich ihre Wangen. „Das weiß ich. Das wusste ich schon lange. Glaub mir, wenn ich dir sage … Er ist es! Er ist unser Sohn! Wir haben ihn aufgezogen und zwei wundervolle Enkel. … Er ist es! Für mich, für dich, für uns.", Herr Stahl küsste die Hände seiner Frau, die er jetzt wieder behutsam festhielt. Danach gab er ihr einen Kuss auf die Stirn. Sie waren glücklich. So unendlich glücklich schienen sie in diesem Moment. Dieser innige Moment der vollendeten, übergroßen Liebe. Tiefe glückliche Blicke tauschten sie einander aus. Beide sahen zu mir, mit einem sanften, freudestrahlenden Lächeln auf ihrem Gesicht.

„Danke, hab vielen Dank, Eugenia! Wir werden dich nie vergessen und über dich wachen. Genau wie über unsere kleine Familie. Danke!", sprach Herr Stahl ein letztes Mal zu mir und beide verschwanden langsam aus meinen Augen. Nur die leere Bank stand noch vor mir.

Ich stand da, suchte. Rieb mir die Augen, schloss sie, kniff sie fest zusammen, öffnete sie. Doch nichts war mehr von ihnen zu sehen.

Schlapp, ausgelaugt fühlte ich mich. Meine Beine begannen zu zittern. Die Umgebung verschwand. Ich glaubte zu schweben, zu fühlen wie mein Körper in das

Unendliche glitt. In das unendliche Dunkel, der stillen Ferne.

Am gleichen Tag erwachte ich in meinem Bett. Es war kurz vor Mittag. Mein Magen knurrte, ich zog mich an, ging das erste Mal seit meinem Unfall glücklich die Treppen nach unten. Ohne Angst etwas könnte mich aus meiner realen Welt verwirren. Setzte mich an den noch immer gedeckten Frühstückstisch, an dem meine Mutter wartend saß. Sie schien traurig. Als sie sah, dass ich mit Begeisterung aß, erhellte sich ihre Stimmung.

Eine Nachbarin kam. Sie erzählte, dass Frau Stahl am frühen Morgen vor ihrem Haus verstarb. Ganz plötzlich. Meine Mutter war etwas geschockt. Sie sah mich besorgt an. Aber mein Gesicht wies keinen Kummer auf. Ein dickes Lächeln stand auf meinem Gesicht. Glücklich, einfach nur glücklich bin ich gewesen. Bezaubert über das Erlebte, denn ich wusste, dass alles, was mir widerfahren war, der Wahrheit entsprach. Und es war gut. Mir wurde bewusst, dass diese menschlichen Seelen vereint miteinander für immer und ewig, glücklich verbunden waren. Ich, ein Kind, hatte einen großen Anteil daran.

Verträumt beendete ich meine Erzählung. Meine gedankenverlorenen Blicke wieder in das Heute gerichtet. Dorothea, die mich immer noch gebannt, mit verweinten Augen ansah.

„Das war eine unfassbar, schöne Erinnerung. Hör bitte nicht auf! Was passierte dann?", wollte Dorothea entrückt wissen, immer noch gefangen von meiner Erinnerung.

Doch ich wusste, dass meine Geschichte im Ganzen zu schmerzvoll war. Zu schmerzvoll, um weiter an einem kleinen schönen Teil festzuhalten. Ablenken mochte ich sie unbedingt. Die jetzige Welt wiederfinden. Ich überlegte angestrengt. Darauf bat ich Dorothea. „Erzähl mir doch bitte mehr über das Mordopfer!"

Sie schaute mich unvorbereitet an. Zögerte kurz. „Also gut. Eigentlich darf ich das nicht! Aber du gibst ja doch keine Ruhe. Wir Studenten kopieren uns ab und zu ein paar Akten. Über Kriminalfälle, an denen wir indirekt mit ermitteln. Warte!" Sie stand auf und ging schnellen Schrittes in ihr Zimmer, kehrte mit einem dünnen Hefter zurück, legte ihn auf den Tisch. „Bitte lies!"

Ich nahm die Akte aufgeregt in meine Hand, öffnete sie und las. „Sie war also keine Deutsche?"

„Nein, eine junge Polin. Die Arme hat vor ihrem Tod sehr gelitten. Sie muss erst kurz vor ihrem Tod entbunden haben. Vom Kind fehlt jede Spur. Alle Krankenhäuser wurden benachrichtigt, aber keiner kannte die Frau."

„Lese ich das richtig, man fand dieses arme Geschöpf nackt, auf der Straße?"

„Ja, nicht weit von Leipzig, in einem verschlafenen kleinen Ort mit dem Namen Pomßen, fand man sie. Ein paar Anwohner sahen einen weißen Lieferwagen durch den Ort rasen. Ob der etwas damit zu tun hat, weiß man nicht."

„Aber woher wisst ihr denn, dass sie eine Polin war? Sie war doch nackt, als man sie fand."

„Das ist richtig. Wir arbeiten mit allen Nachbarländern zusammen. Haben alle Vermisstenanzeigen durchgesehen und sie dabei entdeckt. Dreiundzwanzig war die Frau. Seit elf Monaten wird sie schon vermisst. Stell dir vor! Sie arbeitete in der polnischen Botschaft in Berlin. Ihr Name war Wiktoria Petrowa Pestalotzi."

„Praktikantin was?"

„Ja, woher weißt du das?"

„Ich kann mich noch an das Gesicht erinnern, eine wirklich schöne junge Frau war sie."

Dorothea dachte nach, doch dann sprach sie weiter. „Wer macht nur so etwas. Ich meine, ich möchte wirklich gern Kriminologin werden. Wenn es dann aber solche

Fälle sind, mit denen ich mich befassen muss, stehen mir die Nackenhaare buchstäblich zu berge. Vor allem sagtest du damals, dass es drei gewesen waren. Überleg mal, die laufen immer noch frei und unbestraft herum!"

„Ja, das ist entsetzlich. Leider kann ich dir im Augenblick nicht weiterhelfen. Bisher kamen die Verstorbenen, besser gesagt ihre Seelen stets zu mir. Ich brauchte niemanden suchen. Aber das waren auch keine Mordopfer, sondern nur Seelen, die mich ein letztes Mal brauchten, bevor sie für immer verschwanden. Verstehst du?"

Dorothea nickte. Erneut wurde sie nachdenklich.

„An was denkst du?"

„Möchtest du mir immer noch helfen?"

„Ja, natürlich. Ich möchte nur zu gern diese Täter hinter Gittern sehen. Schade nur, dass wir nicht in Amerika leben."

„Warum?"

„Die Strafen dort sind härter für Abschaum."

Sie schaute mich entsetzt an. „Meinst du das ernst?"

„So ernst, wie ich hier sitze." Ich spürte Wut in mir aufsteigen. Wut über diese Gräueltat und erzählte meiner Freundin Dorothea meine Erinnerungen der ersten Stromtherapie, die mir mein damaliger, so hoch anerkannter Arzt Doktor Leichtenschlag, verabreichte.

„Hab keine Angst Eugenia, gleich wird es dir besser gehen!", sagte eine sehr freundliche Männerstimme zu mir.

„Ich kann mich noch an jede Einzelheit erinnern." Begann ich wütend und traurig zu gleich meine Ausführungen verbal fortzusetzen. „Die sterile Luft, der kalte Raum. Nur mit einem leichten weißen Kittel bekleidet. Angst stieg in mir auf. Immer wieder dachte ich an mein zuhause. Mein zuhause, das so weit von diesem für mich so schrecklichen Ort entfernt war. Ich sehnte mich nach dem vertrauten Duft meiner Eltern und das Knacken des Holzes vom offenen Kamin. So weit weg war ich. Ich versuchte die Erinnerung, an das Schöne zu bündeln, konnte aber nicht. Meine langen Kopfhaare waren nicht mehr vorhanden. Ich weinte. Sagte immer wieder. „Bitte hört auf!" Aber diese sanfte Männerstimme sprach. „Es ist gleich vorbei. Du wirst dich danach besser fühlen."

„Ich möchte das nicht. Nein, bitte!", flehte ich.

Er ignorierte meine Worte. Nur die Schwester, die an meiner Seite stand, mir zärtlich über die Wange strich, brachte sich beruhigend ein. „Gleich ist es vorbei, hab keine Angst! Doktor Leichtenschlag weiß, was er tut. Glaub mir! Er ist der Beste."

Ich lag auf dieser Trage, konnte mich nicht bewegen. Meine Hände, meine Beine wurden sorgfältig festgeschnallt. Um meiner Stirn lag ein dickes straffes Band. Schwach fühlte ich mich. Meine Gliedmaßen kaum spürend. Mein Kiefer schlaff. Nie hätte ich aufstehen können. Ich verstand nicht, warum man mich trotz alledem anschnallte. Ängstlich erblickte ich das Weiß an der Decke. Das kalte Licht, was mich blendete. Ein Kind. Keine vertraute Person um mich. Allein in einem kalten Raum. Der Geruch von Sterilität in der Luft.

„Bitte lasst mich gehen! Ich mache alles. Ich sage alles. Lasst mich zu meinen Eltern, bitte!", waren meine letzten innerlich flehenden Worte, bevor ein kräftiger Stromfluss durch meinen Kopf geleitet wurde. *Ich schrie,* aber niemand kam. *Ich schrie,* aber niemand erlöste mich. *Ich weinte,* doch niemand munterte mich auf. Gleichzeitig froh, dass der Schmerz nachließ. Danach erneut. Strom fuhr durch meinen Kinderkopf. Der Schmerz, das Leid. Ich schwieg. … Kein Ton floh aus meinem Mund, verschwunden der Schmerz, das Leid, auf einmal. Wieder

fand ich mich an einem anderen Ort. Vertraut nahm ich ihn wahr. Ein warmer Ort. Hell war es dort. Ich spürte das Weiche unter meinen Füßen. Eine Mischung aus Gras, Moos und Erde. Ganz deutlich erkannte ich, dass ich in einem Moor stand. Überall um mich herum standen kleine verformte Kiefern. Ich liebte ihren Duft. Ab und zu erblickte ich eine vereinzelte Birke. Keinen Vogel, keine Grillen vernahm ich, nur die wispernden Stimmen begleiteten mich. Nicht unheimlich, sondern vertraut, beruhigend. „Hab keine Angst, wir sind ja bei dir! Eugenia. Hab keine Angst! Du bist nicht allein", sprachen sie zu mir.

Ich ging ein paar Schritte. … Langsam. Der Boden war weich und warm. Immer noch mit dem leichten, weißen Hemdchen bekleidet, barfuß. Ich schritt fast gleitend über den Boden.

Da stand sie wieder. Es war der mumifizierte Körper, den ich schon einmal gesehen hatte. Nichts schien verändert. Die ausgetrocknete dunkelbraune Haut. Das Durchschimmern einzelner Knochenstücke am Kopf. Halb versunken im Moor, stand sie vor mir. Erst zu diesem Zeitpunkt bemerkte ich, die von Wind und Wetter zerfetzte schmutzige Kleidung. Einige gemusterte Stofffetzen hingen noch am Oberkörper der Mumie. Leider konnte ich das Muster nicht genau erkennen, da es von der andauernden Sonneneinstrahlung schon sehr gebleicht war. Mitgefühl durchströmte meinen Körper. Ich fiel auf die Knie. … Unsere Köpfe standen sich nun gegenüber. Ihr Mund war geöffnet, als habe sie zuletzt geschrien. Auge in Auge schaute ich sie mir an. Lange weiße Haare hatte die Mumie. Obwohl sie schon mumifiziert war, sah man noch ein paar lange Strähnen an ihrem Kopf. Die rechte Hand der Mumie nach vorn gestreckt. Etwas geöffnet schien sie. Als ob sie nach etwas greifen wollte. … Leblos stand sie da. Ganz in Ruhe betrachtete ich die Mumie. Aber irgendetwas erkannte ich an ihr. Ich wusste nur nicht was. Irgendetwas verband diesen leblosen Körper mit mir. Langsam hob ich meine Hand. Unbedingt wollte ich sie berühren. Zärtlich, nur ein leichtes Streicheln über ihre Wange. Warm war mir ums Herz und ich fühlte mich frei. Frei von allem. … Vom Schmerz, vom Leid. … Meine Seele kam mir so unbeschreiblich leicht vor. Nicht mehr weg, wollte ich von dort. Einfach nur an diesem Ort, wollte ich sein. Bei ihr. *„An diesem schönen friedlichen Ort, ohne Schmerz"*, dachte ich bei mir. Meine Hand erreichte fast die Mumie.

Plötzlich, vollkommen unerwartet, klatschte mir jemand grob auf meine Wangen. Diese friedlich, wundervolle Umgebung der Ruhe, des Einklangs, sie verschwand. Abermals wurde mir kalt. Die Angst, als auch der Schmerz kehrten zurück.

Ich hörte, wie jemand sagte. „Herr Doktor Leichtenschlag! Ich glaube, das war zu viel für das Mädchen!"

„Das ist immer noch meine Entscheidung, Schwester Klara! Wenn sie ein Problem mit meinen bewehrten Behandlungsmethoden haben, das Personalbüro liegt im Erdgeschoss!", das waren die Worte meines famosen Arztes, Herrn Doktor Leichtenschlag. Die letzten Worte eines renommierten Psychiaters, an die ich mich zu diesem Zeitpunkt erinnere. Tief ist sie bis heute in meine Seele eingebrannt."

Erschöpft, ausgelaugt den Tränen nahe, beendete ich die Erzählung über meine Erinnerungen. Ich leerte meine Teetasse ohne ein weiteres Wort. Ohne einen weiteren Blick. Verließ die Küche. Ging in mein Zimmer, ließ mich fast lautlos aufs Bett fallen, um endlich zu schlafen. Kein weiterer Blick in meine Vergangenheit. Kein weiterer Gedanke, nur Schlaf.

Der verschlüsselte Weg führt erst zum Ziel
der Erkenntnis

Es war eine ganz normale Vorlesung, die ich am folgenden Tag besuchte. Nichts Aufregendes, doch war da dieser Gastprofessor. *„Faszinierend"*, dachte ich für mich. Aufmerksam verfolgte ich die Ausführungen des Professors. Ja fast gebannt klebte ich an diesen Lippen. Aber warum faszinierte mich dieser Mann? Ein Mann, dessen besten Jahre schon beendet waren und dennoch zog er mich in seinen Bann. Einen Bann, dem ich nicht entfliehen konnte. Ich kannte ihn, aber woher?

Plötzlich viel es mir wie Schuppen von den Augen. Er war der Vater von Mathias, meinem besten Freund, aus längst vergangenen Tagen. Mathias sah ich, ein halbes Jahr nach meinem Krankenhausaufenthalt das letzte Mal. Danach zog er mit den Eltern, die Ärzte waren, nach Berlin. Mathias Vater hatte damals eine begehrte Oberarztstelle in der dortigen Uniklinik erhalten.

Deshalb besuchte ich eine Vorlesung für Mediziner. Es war der Name Nitschke, der mich neugierig machte. Prof. Dr. Nitschke, der Vater von Mathias. Meinem besten Freund, aus längst vergangener Zeit.

Nach dem schrecklichen zweijährigen Aufenthalt in der psychiatrischen Anstalt, den vielen für mich qualvollen Erlebnissen, die mich allezeit erneut aus meinen Horrorträumen erschrocken aufwachen ließen, war er mein einziger Freund. Mein einziger Freund, der damals an meiner Seite stand. Er redete mit mir, als ob ich nie weg gewesen wäre. Ein guter Freund. Trotz der zwei Jahre, die er älter war, konnte ich mit ihm über alles lachen, diskutieren, einfach alle Kommunikationsmöglichkeiten waren mit Mathias möglich.

Dann kam der Tag des Abschieds und er ging aus meinem Leben. Eine große Lücke hinterließ er, die sich bis heute nicht geschlossen hatte. *„Bis heute!"*, die Worte brannten sich in meinen Kopf. Ich überlegte, was könnte ich als Nächstes tun? Nervös verfolgte ich jetzt die Vorlesung. Kein einziges Wort, von dem was der Professor erzählte, passte mehr in meinen Kopf. Ich sah nur den Vater meines alten Freundes Mathias. Eines Freundes, den ich über die Jahre so schmerzlich vermisste. Ich musste ihn einfach nach seinem Sohn fragen! Ungeduldig, fast flehend, saß ich im Hörsaal. Immer der Gedanke an das Hallo, Wo und an das Was.

Endlich kam der Zeitpunkt, an dem ich meine Fragen stellen konnte. Die Vorlesung war beendet. Noch standen zu viele Studenten um den Professor. Alle wollten sie Verbindungen knüpfen.

„Wie armselig!", dachte ich bei mir. Doch ich wusste, dass ich den anderen Studenten unrecht tat. Da es ein wichtiger Aspekt der Karriere ist, den sie verfolgten.

Schließlich musste ich mir in diesem Moment eingestehen, dass ich selber ein Anliegen hatte. Nervös griff ich in meine große Tasche, um etwas zu suchen. Mich ablenken, meine Nervosität wollte ich unbedingt überspielen.

„Ein Taschentuch wäre hilfreich!", erkannte ich. Wie immer war es in diesem Chaos nicht möglich, das Gesuchte schnell zu finden.

Ohne es zu bemerken, stand der Professor vor mir. „Ja? Wie kann ich ihnen helfen?"

Erschrocken blickte ich auf. Meine linke Hand immer noch in meiner Tasche steckend. „Entschuldigung!", bat ich. „Ich …" Meine Hand fühlte endlich die gesuchten Taschentücher. Sie waren zwischen etwas verkeilt. Ich zog kräftig an. Kaum hatte ich sie aus der Tasche gezogen, fielen sie auch schon auf den Boden.

„O, wie peinlich." Sofort hob ich sie auf, steckte sie zurück, streckte ihm nervös meine Hand entgegen. „Ich habe gar nicht bemerkt, dass …", brachte ich stockend heraus, blickte ihm fest ins Gesicht. „Eindeutig, Mathias Gesichtszüge!", stellte ich fest. „Mein Name ist Eugenia Heidenreich, ich kenne sie …"

Auch er blickte mir nachdenklich ins Gesicht. Danach sprach der Professor nachdenkend. „Die kleine Eugenia. Ich weiß, wer du bist. So schön wie deine Mutter, wenn ich das sagen darf?", unterbrach mich der Vater von Mathias, dabei drückte er fest meine Hand. „Das ist ja schon eine Ewigkeit her. Groß bist du geworden. Eine junge Dame. Du studierst Medizin?"

„Nun ich …"

„Sag, wie geht es deinen Eltern?", ein gespieltes, höfliches Lächeln breitete sich über sein Gesicht aus.

„Gut danke! Aber was ich fragen wollte …"

„Das ist schön", antwortete er sofort. Deutlich erkannte ich, dass sich der Professor in Eile befand. Einfach stehen lassen, wollte mich dieser Mann. „Hat mich gefreut. Grüße doch bitte deine Eltern!"

Gerade als er sich umdrehen, einfach zu verschwinden beabsichtigte, klopfte mir jemand auf die linke Schulter. Ich war darüber gar nicht begeistert. Ignorierte die Berührung.

„Herr Professor!", sprach ich eindringlich weiter. „Herr Professor, sagen sie mir doch bitte! Wie geht es ihrem Sohn?"

Eine unvorbereitete Stimme hörte ich hinter meinem Rücken. „Gut und selbst?"

Etwas überrascht, doch auch erzürnt schaute der Professor auf die Person, die hinter mir stand. Sogleich drehte ich mich um. Ein junger dünner Mann stand direkt vor mir. Ich musste meinen Kopf in die Höhe strecken und blickte dabei in ein erfreutes Gesicht.

„Mathias?" Ich sah ihn an. Jetzt erkannte ich, dass er wahrhaftig vor mir stand. Das lockige, wirrgekräuselte, dunkelblonde Haar. Die freundlichen Gesichtszüge. Die hellbraunen, fast magisch wirkend anziehenden Augen. Ein heller Flaumbart, der das Kinn, ebenso die Wangen umschmeichelte. *„Ja. Das ist er, mein Mathias. Mein bester Freund."*, eine Träne bündelte sich in meinem linken Auge. Ganz deutlich bemerkte ich meine Verlegenheit. Mir wurde heiß. Unangenehm berührt erstrahlte die rote Farbe in meinem Gesicht.

Mathias lächelte. „Na, na! Was sehe ich da? So schlimm sehe ich nun wirklich nicht aus, dass du gleich weinen musst! Bin nur etwas älter."

Er breitete seine Arme aus, sogleich stürzte ich mich hinein. Diese warmherzige Umarmung hatte ich schon lange vermisst. Ich genoss diesen wunderschönen Augenblick, den Duft, den gleichmäßigen Herzschlag. All das Innige, zugleich sehr vertraute herrschte erneut zwischen uns. Niemals mochte ich diesen Moment enden lassen.

„M…, mhkrrrm…", erklang es erneut hinter meinem Rücken. Doch dieses Mal vom Gastprofessor, der Vater von Mathias. Abrupt ließ ich ihn los. „Ja, ich freue mich auch, dich nach dieser langen Zeit wiederzusehen",sprach Mathias freudig. Er lächelte das verschmitzte Lächeln wie schon vor vielen Jahren.

„Mathias. Stell doch bitte deine Verlobte vor!", erklärte sein Vater kühl. In dieser Minute erkannte ich, dass es ihm gar nicht behagte, mich wieder in Mathias Leben zu sehen. Kein Platz war dort, in seinen Augen, für mich vorhanden.

Er zog eine junge Frau, die neben Mathias stand und ich bis dato ignorierte, zu sich heran. Eine Gruppe von vier

Personen, stand jetzt gegenüber. Ein Augenblick, der dem Professor und der jungen Frau, die neben Mathias stand, eindeutig missfiel. Der Professor deutete seinem Sohn mit einer bestimmenden Gestik diese vorzustellen.

„Ach ja, entschuldige bitte! Wie unhöflich von mir. Eugenia darf ich dir vorstellen? Meine Verlobte, Diana."

Die junge Frau lächelte gespielt. Ich wusste sofort, dass wir keinesfalls Freunde werden. Sie musterte mich arrogant. Ich streckte ihr freundlich meine Hand entgegen. Übersah absichtlich ihre abwertende Haltung. „Sehr erfreut, dich kennenzulernen. Du musst etwas ganz Besonderes sein, wenn Mathias dich heiraten möchte", antwortete ich sehr liebenswürdig, aber auf gar keinen Fall gekünstelt zu Diana, seiner Verlobten. Danach blickte ich zurück in die Augen von Mathias, dessen Gesicht mich immer noch freudig anstrahlte.

Diana erkannte sofort, dass Mathias mir zu erfreut gegenüberstand. Sie klammerte sich krallend an ihn, streckte mir kampfbereit die linke Hand entgegen. Ein Diamantring kam zum Vorschein. „Ein Karat. Ist er nicht wunderschön? In einem Jahr wollen wir heiraten", sprach sie ganz unverhohlen, mit einem Ausdruck der Abneigung mir gegenüber.

„Ja, wunderschön", brachte ich noch immer freundlich, doch innerlich kochend vor Wut, heraus.

„Mathias wird nach unserer Trauung bei meinem Onkel in der Psychiatrie, als leitender Stationsarzt beginnen. Er heißt Doktor Leichtenschlag. Dieser Name dürfte jedem bekannt sein. Jedem, der mit Medizin zu tun hat. In fast allen Fachzeitschriften wird der Name in anerkennender Weise erwähnt. Ein brillanter Arzt, der die Behandlung mit der EKT, in neue Bahnen gelenkt hat. Sehr vielen Patienten konnte er schon helfen. Ein rastloser Wissenschaftler. Seine Forschungen immer zum Wohle der Menschheit. Aufopfernd. Unermüdlich ist er."

Die letzten zwei Sätze kamen nur noch verschwommen in meinem Bewusstsein an. Mir kam es vor, als wolle mir jemand den Boden unter den Füßen wegziehen. Ich fühlte, wie meine Gesichtsfarbe verblasste. Übel war mir. Meine Umgebung begann sich leicht zu drehen. Ich versuchte mich an einem der vorderen Sitzmöglichkeiten, denen ich im Hörsaal immer noch sehr nahe gegenüberstand, festzuhalten. *„Reiß dich zusammen!"*, befahl ich mir innerlich.

Aber Mathias unterbrach die Stille. Er bemerkte, dass mit mir etwas nicht stimmte. Versuchte die Spannung, die sich zwischen mir und seiner Verlobten Diana aufbaute, zu entschärfen.

Erneut begann Mathias das Gespräch unauffällig in eine andere Bahn zu lenken. „Das ist noch gar nicht sicher! Ich weiß noch nicht, ob ich in der Klinik arbeiten möchte. Oder mich vielleicht zunächst als Gefängnispsychologe bewerbe. Meine Doktorarbeit steht noch bevor. Welchen Weg ich folglich einschlagen werde, ist noch nicht entschieden!", verteidigte er seinen Standpunkt. „Aber langweilen wir uns nicht mit nichtigen Kleinigkeiten! Wie geht es dir, Eugenia? Studierst du auch an dieser Uni Medizin? Erzähl doch bitte!"

Ich stand nur da. Ich stand da, vernahm die Worte, hörte die Fragen und konnte nichts, aber auch rein gar nichts antworten oder kommentieren. Mein Lächeln war verschwunden. Entsetzen, Gram hatten sich in mir ausgebreitet. Ich verharrte, konnte mich nicht rühren. Diese wundervolle Begebenheit endete in einem fürchterlichen Fiasko. Mein schmerzgetränktes Herz, darüber hinaus ein kräftiger Stich, den es ertragen musste. Nur noch weg wollte ich. Weg vom Professor, der mich anscheinend nicht mochte. Weg von der Nichte meines damaligen Arztes, der mich als Kind zwei Jahre lang quälte. Und weg von ihm. Von ihm, nach dem ich mich viele Jahre sehnte. Jetzt, nachdem er wieder in mein Leben trat, wollte ich nur noch verschwinden. Diesen letzten Augenblick, der sehr schmerzvoll für mich war, beenden. Einfach und letztendlich beenden.

„Eugenia, was ist mit dir? Geht es dir nicht gut?", fragte er mich sehr besorgt. Ich sah ihn an. ... Tränen füllten sich in meinen Augen. Keine Freudentränen. Nein, Tränen des Schmerzes, der Trauer, rollten über meine Wangen. „Es tut mir leid, aber ich habe noch einen dringenden Termin, den ich unbedingt einhalten muss." Ich blickte gespielt auf meine Uhr, wischte die Tränen aus meinem Gesicht, verabschiedete mich mit einem sehr kurzen kühlen „Tut mir leid, aber die Zeit drängt! Hat mich gefreut." Danach drehte ich mich abrupt um und verschwand aus dieser für mich unerträglichen Situation.

Ein paar Schritte lagen erst zwischen uns, als ich diese arrogante Person Diana hörte. „Eigenartiges Mädchen. Muss ich sie kennen?"

„Mädchen? Sie ist eine junge Frau, die genau so alt ist wie du! Viele Jahre sah ich sie nicht mehr. Fast vergessen hatte ich sie. Du musst mich entschuldigen, Diana! Ich komme gleich wieder. Vater!", Mathias blickte eilig beide an, nickte kurz und eilte mir nach.

Ganz deutlich erkannten meine Ohren hektische Schritte auf mich zukommen.

Ich fühlte mich einfach nur hilflos. Die Angst. Der Schmerz, der in mir erneut zum Vorschein kam. Mir war bewusst, dass Mathias nicht wissen konnte, dass der Onkel seiner Verlobten mein behandelnder Arzt war. Ein Arzt, der mich zwei Jahre malträtierte. Wie auch. Meine Erinnerung an diese Zeit war damals lange verschwunden. Erst als der weiterbehandelnde Arzt nach meinem Klinik-aufenthalt die vielen Medikamente langsam absetzte, kam die Erinnerung nach und nach zurück.

Doch Mathias wohnte schon lange in Berlin. Kein Kontakt. Und jetzt? Jetzt da er wieder in mein Leben trat, gab ich einfach auf.

Die Schritte kamen näher. Mir war diese ganze Situation unendlich peinlich. Wie ein trotziges Kleinkind stahl ich mich aus der Unterhaltung. Ich schämte mich, die gerade eröffnete Arena, ohne Kampf verlassen zu haben. Mathias war immerhin ein Freund. Ein Freund, den ich viele Jahre vermisste.

Ich fühlte seine Hand, die meine Schulter berührte. „Bleib bitte stehen! Es tut mir leid, wenn dich jemand verletzte! Weißt du, Diana ist sonst immer sehr liebenswert. Genau wie mein Vater. Ich verstehe es selber nicht. Oder liegt es daran, dass ich Psychologie studiere? Ich dachte, du kannst damit umgehen. Jetzt da du aus eigener Kraft entschlossen hast Ärztin zu werden! Es wäre mir doch nie ...", wollte Mathias weiter erklären.

Schnell legte ich behutsam meine Finger auf seinen Mund. „Nein. Ich glaube, du verstehst da etwas ganz falsch. Ich muss dringend zu einem Termin", log ich ihn an. „Ein anderes Mal sprechen wir ausführlich."

„Wirklich?"

„Wirklich."

Er lächelte, gab mir seine Visitenkarte, drückte mich noch einmal fest an sich. „Warum hast du nie auf meine Briefe geantwortet, Eugenia?" Sprach er leise, sah mir in die Augen, strich zärtlich über meine Wange. Behutsam küsste er meine Stirn zum Abschied. „Schön, dass du wieder in mein Leben getreten bist. Bitte melde dich! Wir müssen uns unbedingt noch einmal verabreden!"

Ich nickte, wenn auch etwas verwirrt. Er ging zurück zu den anderen. Deutlich erkannte ich dabei die argwöhnischen Blicke des Professors und Dianas. Einen Moment glaubte ich Hass zu spüren, den sie meiner Person entgegenbrachten. Aber warum? Schnell verwarf ich den letzten Gedanken, trat grübelnd den Heimweg an.

Auf dem Weg in meine kleine WG dachte ich über die verwirrenden Geschehnisse nach. Meine Gefühle spielten in meinem Inneren verrückt. Mit einer Berg- und Talfahrt waren sie zu vergleichen. Das Glück, den Menschen wieder zu treffen, der mir damals als einziger Freund geblieben war. Der einzige Freund, ein Fels in der Brandung, der auch heute noch eine Verbindung mit mir eingehen möchte. Ein Hochgefühl, schluchzen, jauchzen. Alles auf einmal. Dieser glückliche Moment. Mein Herz machte bei dem Gedanken, Mathias wieder zu sehen, einen großen Sprung. Doch zweifelnd. Gleichzeitig Angst. Angst, wieder an die Vergangenheit zu denken. Eine Vergangenheit des Schmerzes, die ich nur zu gern verdrängen wollte. Doktor Leichtenschlag, Arzt des Grauens. Für mich, aber auch der vielen anderen Menschen, die sich vertrauensvoll in seine barbarischen Hände legten.

Meine Gedanken wirbelten zurück. Zurück an das Vergangene. Ein rückblickender Traum an das Schöne, aber auch an das für mich so Verhängnisvolle. Mein dreizehntes Lebensjahr begann. Unerklärbare Ereignisse überschlugen sich. Ein neuer Abschnitt der Jugend brach an. Eine Welt, die ich bis dato wahrnahm, verschwand. Dreizehn. Eine Unglückszahl, die meine Existenz lang verfolgen sollte. Eine dunkle Wolke über mein Leben. Die Wolke, die einfach nicht mehr verschwinden mochte. Meine unbeschwerte Kindheit endete. Eine Gabe, die ich nicht wollte und dennoch bekam, erfasste mein Leben.

Erinnerungen an die ersten unfassbaren Ereignisse. Herr Stahl, seine bis über den Tod hinaus geliebte Frau. Verstorbene Seelen. Glücklich darüber, ihnen geholfen zu haben. Auch nachdenklich über die Stimmen, die mich in dieser Zeit und weit darüber hinaus immer von Neuem begleiteten. Ich erkannte, dass sie nicht unheimlich, nein gewissermaßen vertraulich, auch schützend an meiner Seite standen. Sie führten mich. Das Leben ging unaufhaltsam weiter. Bis eines Tages erneut fremde Stimmen in meinen Ohren zu säuseln begannen.

Wolkenreich war dieser Tag aus meiner Vergangenheit. Ein Herbsttag, eher grau. Er führte mich in den Wald, um mit meinem Vater Pilze zu suchen. Gerne genoss ich die gemeinsamen Stunden mit ihm. Jede Jahreszeit hatte für mich seinen Reiz. Der Sommer war vergangen und die Freude in mir, zwei Seelen geholfen zu haben, machte mich glücklich. Ich betrachtete den wunderschönen Wald, der langsam begann sein grünes Kleid abzulegen. Leichte bunte Verfärbungen waren schon zu erkennen. Ich sog den Duft der Bäume um mich herum tief ein.

Nach einer Stunde unermüdlichen Suchens setzten wir uns auf eine kleine Wiese, mitten im Wald. Die Wolkendecke brach etwas über uns auf. Warme Sonnenstrahlen glitten sanft auf meinen Körper. Ich lehnte mich mit dem Kopf an seine starke Schulter. Mein Vater steckte sich eine Pfeife an. Der vertraute Geruch des Pfeifenrauches, kroch durch meine Nase. Ich sog ihn genussvoll ein, lauschte den Vögeln in den Bäumen, die rings herumsaßen und ihr Lied sangen. Geborgenheit verspürte ich. Glücklich schlang ich meine Arme noch fester um den Arm meines Vaters, an dessen Schulter mein Kopf lehnte. Die Geborgenheit genießend schlief ich ein. Weit weg in einer Welt der Ruhe, so schien es, als die flüsternden Stimmen erneut auf meine Wahrnehmung trafen. Nicht mehr unheimlich. Nein vertraut, schützend zugleich führend, erklangen sie für mich.

Ich hörte aufmerksam zu. Sie sprachen: „Eugenia, steh auf! Du musst ihn suchen! Hab keine Angst, wir sind immer bei dir!"

Meine Augen öffneten sich. Die Welt, in der ich noch vor wenigen Augenblicken war, verschwand. Allein auf dieser Wiese mitten im Wald wachte ich auf. Der Himmel nicht mehr grau, sondern blau. Die Sonnenstrahlen sanken blendend auf mich hernieder. Nochmals erklangen die wispernden Stimmen in meinen Ohren. Fast flehend säuselten sie.

„Hab keine Angst! Du musst ihn suchen!"

Ich verspürte den Wind, sah die Gräser auf der Wiese, die zärtlich im Einklang hin und her wogen. Abermals raunten die Stimmen: „Komm, komm schnell!"

Ich rannte. Aber wohin? Ich lief. Einfach geradeaus. Über die Wiese, über einen kleinen Baumstumpf, der fast verrottet, kurz vor dem Wald noch wurzelte. Alsdann umgeben von riesigen Laubbäumen, stand ich mitten im Wald. Ich durchforstete die Umgebung mit meinen Augen. Ein großer Birkenpilz stand vor mir. Ich lächelte. Ging auf ihn zu. Erfreut wollte ich ihn aus dem Waldboden herausdrehen. Doch flinke Bewegungen unweit entfernt nahm ich in meinem Augenwinkel wahr. Ein menschlicher Kopf, der hinter einem der vielen Laubbäume verschwand. Ich kniff meine Augen etwas zusammen, um den Ort genauer zu betrachten. War es ein Traum, eine Fata Morgana, oder spielte meine Wahrnehmung verrückt? Kaum hatten die Zweifel in mir gewonnen, erblickte ich ihn erneut. Den Kopf eines Fremden. „Wer sind sie? Sie brauchen sich nicht zu verstecken. Ich bin nicht allein. Ich werde meinen Vater rufen."

Abrupt schnellte ein junger Mann hinter dem Baum hervor. „Njet, nein bitte! Hab keine Angst. Bitte, verrate mich nicht!", flehte er mich an.

Fragende Blicke warf ich ihm zu. Er trug eine Uniform. Das fiel mir als erstes auf. Aus meinem Geschichtsbuch kannte ich einige Abbildungen von Soldaten in Uniform.

Der sehr kurze Haarschnitt war typisch. Die Uniform eindeutig russisch. „Sie sind Russe? Was machen sie hier allein im Wald?"

„Pst, nicht so laut!" Aufgeschreckt blickte der junge Soldat durch die Gegend.

Es knackte. Abrupt drehte ich mich um. Sah, dass ein Reh im hohen Gras zwischen den Bäumen aufsprang und weglief. Wieder blickte ich in Richtung des Soldaten. Verschwunden schien er. Ich suchte. Duckend am Boden, direkt neben der Buche, entdeckte ich ihn. Er kauerte verängstigt.

Die Stimmen flüsterten. „Hilf ihm!"

„Ja." Antwortete ich.

„Ja, was! Redest du mit mir? Was meinst du mit da, ja?" Sprach der Soldat.

Forschende Blicke warf ich ihm entgegen. Ein paar Jahre müssen schon vergangen sein, als russische Soldaten auf deutschem Boden stationiert waren. Der Kalte Krieg war beendet. Ich dachte nach. *„Wie kann ich ihm helfen?"* Endlich fiel mir etwas ein. „Ah, eine militärische Übung. Ich verstehe. Aber wo sind die Anderen? Haben sie ihre Truppe verloren? Ich habe noch nie einen russischen Soldaten allein gesehen. Erst recht nicht kniend, vor Angst zitternd, neben einem Baum!"

„Was weißt … du schon!", stotterte er. Verstohlen durchforstete er die Gegend mit seinen Augen. „Woher weißt du Naseweis, dass ich ein Soldat bin? Ich bin vielleicht Soldat, aber im Urlaub!"

„Russische beurlaubte Soldaten sah ich auch noch nie im Wald. Ich glaube sie sind abgehauen!", ich erschrak bei den letzten Worten. Frech und unüberlegt waren sie.

Zornige Blicke warf mir der Soldat jetzt entgegen. Er stand auf und ging mit großen Schritten auf mich zu.

„Ich verrate sie nicht!", sagte ich schnell. Versuchte die Situation zu retten.

Wieder sprachen die flüsternden Stimmen zu mir. „Igor Kaschtchenko!"

„Ich verrate sie nicht, Igor Kaschtchenko", schrie ich fast.

Er blieb abrupt stehen, sah mich verwirrt an. „Woher weißt du ...? Woher kennst du meinen Namen? Ich habe ihn dir noch nicht verraten. Ist es schon so weit, dass man Kinder beim KGB ausbildet, um Deserteure zu stellen?" Sein Blick bedrückt. Er setzte sich aufgebend auf den Boden. „Ich werde auf keinen Fall ein Kind bedrohen. Das … könnte ich mir nie verzeihen. Hol schon deine Vorgesetzten! Ich ergebe mich."

Er tat mir leid. Ich wusste, was man mit einem Deserteur machte. Erst recht, wenn es sich um einen armen russischen Soldaten handelte. Die alten Leute im Dorf erzählten manchmal über die Vergangenheit. Über die Besatzung der Russen.

Langsam setzte ich mich neben ihn. Vorsichtig reichte ich ihm die Hand. „Mein Namen ist Eugenia, Eugenia Heidenreich", versuchte ich den Soldaten abzulenken. Ich bin nicht vom KGB. Ich bin hier, um ihnen zu helfen, Igor."

Der Soldat schaute mich verwirrt an. „Aber, wenn du nicht vom KGB bist, woher kennst du meinen Namen?"

Ich schwieg, sah dabei auf meine Füße. Irgendwie brachte ich es nicht über mein Herz. Er war tot. Das stand für mich fest. Eine arme Seele, die noch keine Ruhe fand. Ich hoffte, die Stimmen würden mir erneut helfen. Jedoch schwiegen sie. *„Was sage ich nur? Wie fange ich an zu sprechen?"*, stellte mir gedanklich die Fragen. „Wissen sie, ich glaube, sie möchten mir etwas erzählen." Begann ich langsam zu sprechen. „Nur zu! Ich habe alle Zeit der Welt, die sie dafür benötigen, Herr Igor."

Der Soldat blickte mir nachdenklich in die Augen. Zögernd begann er seine Sätze zu formen. „Korliki, das ist in Westsibirien."

„Russland?", fragte ich.

„Da. Ja."

„Aber was machen sie hier?"

„Ich bin Soldat in der sowjetischen Armee. In ein paar Wochen muss ich zurück in meine Heimat. Man sucht mich. Ich versuche die Grenze zur BRD zu erreichen. Leider weiß ich nicht, wo ich mich befinde. Ich habe keinen Kompass. Wenn mich meine Kameraden erwischen, bringen sie mich sofort zurück nach Russland." Kurzzeitig schwieg er. „Dort werde ich eingesperrt. Wegen Hochverrats gefoltert. Danach ist eine Kugel vielleicht noch gut genug."

Erschrocken, fassungslos sah ich den Soldaten an. Ich hörte von der Grausamkeit der Russen. Geglaubt hatte ich es, bis zu diesem Zeitpunkt, nicht. „Aber warum sind sie denn geflohen? Warum wollen sie nicht zurück nach Hause? Ich verstehe das nicht."

„Ich komme aus einer Arbeiterfamilie. Mein Vater trinkt schon viele Jahre. Selbstgebrannten Wodka. Meine Mutter versucht alles, um mich, meine fünf Geschwister und meine Großeltern durch die harten Winter zu bringen. In der Armee musste ich keinen Hunger leiden. Doch jetzt, wo ich weiß, dass ich wieder zurück nach Russland muss. Ohne Arbeit, ohne das Nötigste zum Leben. Noch ein Mund, den sie stopfen müssten. In der westlichen Welt gibt es vielleicht Arbeit für mich. Ich kann hart arbeiten! Zupacken, verstehst du?"

Ich nickte. Traurig blickte ich ihn an. Ich konnte gar nicht verstehen, dass er ohne seiner Familie, trotz der vielen Entbehrungen, leben wollte. Unbegreiflich schien es für mich. „Ohne Familie, das könnte ich nicht", brachte ich hervor!

„Meine Mamutschka ist eine starke Frau. Aber mit meinem Vater ist kein Auskommen. Der Alkohol hat ihn fest im Griff. Wenn mich die Armee nicht eingezogen hätte. Vermutlich hätte ich ihn eines Tages umgebracht!"

Ich erschrak, über seine harten Worte. Der Ausdruck des Hasses in seinen Augen, ließ mich jedoch keinen Augenblick an diesem Vorhaben zweifeln.

Unbeeindruckt fuhr er fort. „Kurz davor stand ich, ihn einfach zu erschlagen. Im Schlaf. Meine Familie von diesem Tyrannen befreien. Mit einem Knüppel das Leben aus seinem brutalen Körper prügeln. So wie er es immer wieder, bei meiner Mutter vollzog. Die Sucht nach Alkohol, die jahrelange Arbeitslosigkeit. Aus ihm wurde ein brutaler, herrschsüchtiger Diktator. Meine Mutter verteidigte seine Handlungen … jedes Mal. Obwohl sie schon mehrfach mit Knochenbrüchen ins Krankenhaus kam. Sie arbeitete, wie viele andere Frauen, beim Straßenbau. Die Männer zu besoffen, um zu arbeiten. Das wenige Geld, das die Frauen verdienten, brauchten die Männer für Wodka. Das ist bei uns nichts Ungewöhnliches. Die kleine Rente meiner Großeltern hält uns mehr schlecht, als recht über Wasser. Erst als ich zum Militärdienst kam, versprach ich meiner Mutter nicht wieder zurückzukehren. Sie wollte ... Der versoffene Kerl, der sich mein Vater nannte, war ihr wichtiger. Das dachte ich zumindest, zu diesem Zeitpunkt." Er schwieg.

Ich sah, wie er eine Träne mit seinem Uniformärmel aus den Augen wischte. „Heute weiß ich, dass sie mich schützen wollte. Ein besseres Leben für mich wünschte sie sich. In meiner Heimat ist das kaum möglich. In der westlichen Welt hingegen, wollte ich ein neues Leben beginnen. Vielleicht sogar mit einer neuen kleinen Familie. Meiner kleinen Familie."

Er überlegte, dabei blickte der Soldat verloren in den Himmel. Ich erkannte seinen Kummer, aber auch die Sehnsucht. Für eine neue Welt.

„Glauben sie, in einer neuen Welt wird das Leben leichter?"

„Nein, du verstehst das nicht. Ich weiß, dass man dort auch hart arbeiten muss. Aber die Gedanken sind frei. Man darf alles äußern. Darum öffentlich kämpfen. Ohne, dass man verfolgt wird, oder gar eingesperrt. Gefoltert. Ein Leben zur Zwangsarbeit gezwungen. Ich weiß, dass ich die Hoffnung nicht aufgeben darf. Darum versuche ich es einfach! Egal, mit welcher Konsequenz ich rechnen muss."

„Ich verstehe. Aber wenn sie gefunden werden, wird vielleicht auch ihre Familie bestraft."

Er sah mich erschrocken an. „Ich weiß, deshalb ist es besser, wenn ich einfach hier bleibe. Man darf mich nicht entdecken!", langsam griff er in die Innentasche seiner Uniformjacke. Der Soldat brachte einen Brief zum Vorschein, der mit einer klaren Folienhülle liebevoll umwickelt war. „Bitte, schick ihn zu meinen Eltern! Das ist alles, was du für mich noch tun kannst."

Ich blickte den Soldaten an. „Ich werde ihn zu ihren Eltern schicken. Ich verspreche es!", brachte ich einfühlsam ein.

Jetzt lächelte er. „Nicht ihnen! Mein Name ist Igor. Und Igor Kaschtchenko ist dir zu ewigen Dank verpflichtet!"

„Igor", sprach ich freundlich. „Ich verspreche dir, keiner wird dich finden!", Erleichtert schien er zu sein. Ein zufriedenes Gesicht. Plötzlicher warmer Wind, der mich erfasste, mich in wohlige Wärme hüllte. Seine Seele verschwindend vor meinen Augen. Der warme Wind, ein Herzschlag und meine Umgebung fallend in stille Dunkelheit.

Kurz brauchte ich Zeit mich im Leben wiederzufinden. Aufzustehen. Mein Versprechen einzulösen.

Ich erwachte sitzend neben meinem Vater. Immer noch an seiner starken Schulter lehnend. Der Augenblick verflog. Ich sprang auf. Schrie förmlich meinen Vater an. Erschrockene Blicke tauschten wir aus. Ich brüllte aufgebracht. „Komm, Papa! Schnell, sonst ist es zu spät!"

„Was ist passiert?", wollte er wissen, doch ich rannte schon los. Ich rannte zurück an einen Ort, den ich vor wenigen Augenblicken verließ und einen bis dahin unbekannten Soldaten traf.

Ich rannte über die Wiese, bis hin zum Wald. Alsdann umgeben von riesigen Laubbäumen, ich erneut an diese Stelle trat.

Seine Seele noch einmal sehen. Hoffnung glomm in mir auf, meine Gabe mit meinem geliebten Vater zu teilen. Vielleicht war ich nicht allein. Die Euphorie kaum bremsend. Ich suchte. Seine Seele immer noch spürend, doch sah ich sie nicht. Nur die im hohen Gras, bereits verwesende Hülle. Mit Entsetzen verharrte mein Blick auf dem armen russischen Soldaten, der sich selbst in diesem Wald erschossen hatte.

Mein Vater stand kurze Zeit später neben mir. Kniend schob er einige Grashalme zur Seite und erblickte den toten, fast vergessenen Körper eines Soldaten, dessen Gedanken jetzt endlich frei und glücklich waren.

„Schau weg Eugenia! Dieser tote Mensch ist kein Anblick für ein kleines Mädchen", sprach er fassungslos.

Doch ich blickte nicht weg. Ich sah in die Augen meines verwirrten Vaters, dann auf den verstorbenen Soldaten. Der Oberkiefer zersplittert. Durch den Schuss, mit dem der Soldat freiwillig aus dem Leben trat. Seine Pistole immer noch in der rechten Hand. Sein Schädel deutlich zu erkennen. Das Gras wuchs schon sehr lang aus seinem Mund.

„Das ist Igor Kaschtchenko", sprach ich ganz ruhig. Keine Angst hatte ich vor diesem friedvollen toten Körper, der schon fast mit der Natur verschmolzen war. Nein, gefasst und fest entschlossen stand ich neben ihm. „Ein armer Soldat, der nur ein neues Leben in einer neuen Welt gründen wollte. Jetzt sind endlich seine Gedanken frei." Sprach ich die Sätze. Ich kniete mich neben meinen Vater. Griff, ohne auf ihn zu achten, in die Uniformtasche des toten Soldaten und hielt den liebevoll in Klarsichtfolie eingewickelten Brief in meiner Hand. „Den muss ich zu seinen Eltern schicken! Das habe ich Igor versprochen." Traurig blickte ich noch einmal auf die leblose Hülle des armen Soldaten, dabei strich ich sanft über den Brief. „Man darf ihn nicht finden!", sagte ich fast flüsternd. Sah zu meinem Vater, der beunruhigt und fast starr vor Angst in mein Gesicht blickte.

Meine Gedanken kreisten zurück. Klar unaufhaltsam besann ich mich in das Heute. Schlendernd ging ich entlang einer Straße, die ich eigentlich nicht gehen wollte. Ich stoppte. Da der Sprung in meine Vergangenheit mich erkennen ließ, dass ich zu weit von meiner WG entfernt war.

Ich grübelte. Die letzten Ereignisse brachten mich komplett durcheinander. Vermischten meine Vergangenheit mit der Gegenwart. Das freudige Wiedersehen mit einem alten Freund. Ein darauffolgendes Desaster mit dem Professor und Diana, der Verlobten von Mathias. Der Name Doktor Leichtenschlag. Der Name eines Arztes, der mich immer noch durcheinander brachte, mich aufwühlte, mein Leben ins Chaos stürzte.

Ganz benommen von den vielen Eindrücken, kam ich endlich in meiner kleinen WG an. Ging in mein Zimmer. Verschloss die Tür. Ich wollte einfach nicht mehr an das

Vergangene denken. Auch darüber sprechen, wollte ich nicht.

Unruhig schlief ich in dieser Nacht. Meine erlebten Eindrücke. Der Name meines Arztes Doktor Leichtenschlag. Ein Name, der für mich nicht mehr existierte. Ich war der festen Überzeugung, er würde nicht mehr praktizieren. Der Glaube jemand könnte diesen unmenschlichen Arzt schon lange das Handwerk gelegt haben, stützte mich bisher . Erkannte denn nur ich sein wahres Gesicht? Meine schlimmen Erinnerungen, meine Visionen und die vielen Schattenbilder tauchten unaufhörlich auf. Sie begleiteten abermals einen Alptraum. Einen Alptraum, aus dem endlos furchtbare Träume wurden. Zu meiner Bitterkeit musste ich erkennen, dass ich noch lange nicht mit dem Dunkel der verschwundenen Lebensabschnitte, die immer greifbarer aufkamen, abgeschlossen hatte.

Alpträume können auch der Heilung dienen, um das Leid zu lindern

Mit fast fünfzehn, kam ich endlich aus dieser vermaledeiten Klinik für psychisch Kranke. Meine Eltern waren darüber sehr glücklich. Wieder bei ihnen zuhause. Ich geheilt von meiner angeblichen Krankheit. Einer Krankheit, die keine gewesen ist. Aber wer glaubte mir schon? Wer glaubte mir schon, dass ich nicht krank war, sondern eine Gabe besaß? Eine Gabe, an die ich mich noch nicht einmal selbst erinnern konnte. Wie auch. Jeden Tag schluckte ich Unmengen an Medikamenten. Stimmen hörte ich damals keine mehr. Dass ich aus einer psychiatrischen Klinik kam, das war mir bewusst. Doch die Zeit an diesen Aufenthalt, nicht existent. Die Erinnerungen daran, verschwunden.

Teilnahmslos verbrachte ich die Tage. Nach einer Woche der Trostlosigkeit vergaß meine Mutter ein paar Medikamente, die ich eigentlich täglich einnehmen musste. Als sie diesen Fehler am folgenden Tag bemerkte, erschrak sie anfangs. Doch dann kam alles anders.

Mein Leben verlief klarer. Das Lachen kehrte zurück. Bücher, verschlang ich förmlich. Tag für Tag ging es mir besser.

Endlich begann der Tag, an dem ich wieder zur Schule konnte. Aber nicht in die neunte Klasse, wie es meinem Alter entsprach. Nein erneut in die Siebente. Meine Mitschüler waren alles andere als entgegenkommend. Hinter meinem Rücken hörte ich immer wieder die Worte. „Das ist die Irre." Jeder hielt Abstand, nur die Lehrer behandelten mich, als sei ich ein rohes Ei. Alte Freunde schlugen einen großen Bogen um mich.

Hinter mir wollte ich schnellstens die Schule lassen. Ich lernte zu kämpfen. Aufrecht den missfallenden Blicken entgehen. Bücher wurden meine besten Freunde. Ab und an besuchte mich Mathias, der mittlerweile in der elften Klasse war. Mit ihm konnte ich lachen. Einen Moment dem Alltag des Alleinseins entfliehen. Er war der Einzige, der mich wie einen normalen Menschen behandelte. Manchmal jedoch glaubte ich, dass ich Mitleid in seinen Augen erspähte. Im ersten Moment machte mir das nichts aus. Dennoch wurde ich traurig, darüber hinaus schroff zu ihm.

An das letzte Gespräch kann ich mich besonders gut erinnern. Ein Gespräch, das mir bis heute leidtat. Ein Gespräch, das ich bis heute nicht ungeschehen machen konnte. Die erste Erinnerung an den schrecklichen Krankenhausaufenthalt tauchte währenddessen auf. Wie ein Schlag traf sie mich, ließ mich fallen in meine von Schmerz geplagte Vergangenheit.

Es war ein Donnerstag. Ein düsterer Donnerstag. Freudig verlief der Besuch von Mathias. Wir lachten viel, genossen diese Unterhaltung. Einen Augenblick konnte ich die Einsamkeit vergessen. Ich genoss seine lockere Haltung, die er dabei an den Tag brachte. Trotz alledem fiel mir auf, dass ihn etwas bedrückte.

„Eugenia weißt du, ich wollte schon lange einmal darüber mit dir sprechen", begann er konzentriert ein neues Gespräch. „Wir kennen uns schon viele Jahre. Mit dir konnte ich schon immer über alles reden. Einfach alles. Verstehst du, was ich damit sagen möchte?"

Fragend sah ich ihn an. „Nein, weiß ich nicht. Du musst mir schon klar und deutlich zu verstehen geben, was du damit meinst!", erwiderte ich etwas irritiert.

„Na ja, es ist so. … Also. … Wir sind schon lange befreundet. Immer konnte ich dir alles erzählen. Aber heute fällt es mir besonders schwer.", er sah mich an, druckste dabei, doch kein weiterer Laut kam über seine Lippen.

„Was meinst du? Sprich bitte klar und deutlich! Ich kann dir nicht folgen."

„Na ja, … was ich dich schon lange fragen möchte, … ist …?"

Ich wurde wütend. Denn ich dachte, dass er mich über den Aufenthalt in der Klinik ausfragen wollte. Einen Aufenthalt, den ich selbst nicht kannte. Verblasst war diese Erinnerung. *„Wenn ich sie irgendwann wieder-erlange, möchte ich bestimmt nicht darüber sprechen. Ich bin jetzt gesund. Beginne ein neues Leben."* Maßlos enttäuschte Blicke warf ich ihm zu. Antworten mochte ich auf keinen Fall. Die Augen füllten sich mit Tränen, Gedanken flogen wild durch meinen Kopf. Meine Umgebung verschwand.

Als mein Blick klar wurde, befand ich mich nicht mehr in meinem vertrauten zuhause, sondern saß in einer kleinen cremeweiß gepolsterten Zelle. Helles Licht umgab mich. Mein Kopf umhüllt von kalter Luft. Langsam tastete meine Hand über ihn. Eindeutig, meine Haare waren verschwunden. Angst, wo bin ich. Leere erfüllte mein Innerstes jetzt. Ich versuchte gedanklich zu fliehen. Weg von diesem für mich so furchteinflößenden Ort. Doch es gelang mir nicht.

Unerwartet ein klirrendes Geräusch. *„Schlüssel"*, dachte ich sofort. Erschrocken kroch ich in eine Ecke. Wenn man den Ort, in einem gepolsterten Raum, überhaupt so bezeichnen kann. Die Tür öffnete sich. Ein großer kräftiger Krankenpfleger tauchte vor mir im Eingang auf. Er fragte freundlich. „Geht es dir besser? Dr. Leichtenschlag meint, dass du wieder in dein Krankenzimmer kannst."

Anfangs zögernd, dann stand ich auf. Vorsichtig ging ich zur Tür. Der Pfleger trat einen Schritt auf die Seite. Schnell schlüpfte ich an ihm vorbei. Betrat einen langen hellerleuchteten Flur mit Türen an beiden Seiten. Der Boden hellbeige, hochglanzpoliert. Spiegeln konnte man sich darin. Ich wollte das nicht. Nein, mein Spiegelbild sollte nicht vor meinen Augen erscheinen.

„Komm Eugenia! Ich bringe dich zurück auf dein Zimmer."

Abermals zuckte ich zusammen, als er meine Schulter berührte. „Komm!", bat er nochmals.

Unsicher folgte ich ihm. Am Ende des Korridors erkannte ich einen Aufzug. Wir betraten ihn, Fuhren eine Etage aufwärts. Erneut gingen wir einen hellerleuchteten Gang entlang. Froh bin ich gewesen, als mein Bewusstsein erkannte, dass der Boden nicht glänzte. Unsere Schritte hallten. Plötzlich, entsetzliche Klage-schreie erklangen in meinen Ohren. Angsteinflößend erlebte ich sie. Ich erschrak. Zuckte zusammen. Daraufhin ließ mich kauernd zu Boden fallen, die Hände schützend vor meinem Gesicht.

„Hab, keine Angst!", sprach der Pfleger beruhigend. Gleichzeitig versuchte er, meinen kahlen Kopf zu berühren. „Keine Angst, ich bringe dich auf dein Zimmer. Dort kannst du endlich in Ruhe einschlafen."

Noch immer durcheinander und eingeschüchtert nahm ich vorsichtig meine Hände vom Gesicht. Nickte zaghaft. Verweigerte dennoch seine Hand, die er mir mit einem freundlichen Lächeln auf dem Gesicht entgegenstreckte. Endlich kam ich in mein Krankenzimmer. Dort ange-kommen, schnallte er mich auf mein Bett, deckte mich zu und verschwand. Das Licht erlosch. Die Einsamkeit verstärkte das Gefühl der Hilflosigkeit in mir. An diesem unsäglich von Leid erfüllten Ort allein. Ich sah mich um. Nur das Dunkel der Nacht, die mich umgab. Suchende Blicke. Hoffende Blicke. Doch nichts. … Angsterfüllte Momente, die verflogen.

Dann tauchten sie auf. Flüsternde Stimmen, in meinen Ohren. „Eugenia hab keine Angst, wir sind immer in deiner Nähe! Wir sind immer bei dir! Wir wachen über dich! Du bist nicht allein."

Verstört fragte ich. „Wo wart ihr so Lange? Ich habe Angst! Bringt mich weg, bitte! Dieser Arzt macht schreckliche Dinge mit mir. Ich will nach Hause! Ich will wieder nach Hause!" Tränen rollten unaufhaltsam über meine Wangen.

Darauf verschwand diese schreckliche Umgebung und die von Angst erfüllte Erinnerung verblasste. Erwacht aus diesem Traum. Immer noch ein Meer aus Tränen, die unaufhaltsam über meine Wangen liefen. Mein Blickfeld verschwommen, dann klar.

Ich entdeckte das Gesicht von Mathias. Flehende Blicke, die er mir zuwarf. Sah, dass er sprach. Verstand jedoch nichts. Endlich hörte ich ihn, verstand seine Worte.

„Begreifst du, was ich damit sagen wollte? Ich, ich …"

Die Verwirrung in mir. Der Schmerz, den ich bisher vergaß, neu entfacht. Die Erinnerung an das Geschehene noch nicht verarbeitet. Zusätzlich fühlte ich mich verletzt, enttäuscht von Mathias. Am ganzen Körper zitternd, formte ich meine Hände zu Fäusten. Wut stieg in mir auf. Aggressiv flohen die Worte aus meiner Kehle. Worte, die ich zu spät als falsch erkannte.

„Ja ich verstehe, was du mir sagen möchtest!", jetzt brüllte ich förmlich. „Aber da mache ich nicht mit! Du bist wie die anderen. Du denkst, ich bin irre! Zur Bestätigung möchtest du, dass ich dir alles erzähle."

Mathias Unterkiefer klappte nach unten. Auch er wurde zornig. „Hörst du mir überhaupt zu? Hast du irgendetwas von dem verstanden, was ich dir die ganze Zeit zu sagen versuche? Glaubst du wirklich, es geht jedes Mal nur um dich? Nein, dieses Mal solltest du mir einfach nur zuhören! Aber wie immer zerfließt du in Selbstmitleid. Ich habe endlich den Mut, auszusprechen was schon lange hätte gesagt werden müssen! Du hast nichts Besseres zu tun, als mich zu beschimpfen. Und das Allerschlimmste daran ist … dass du mich mit den anderen Idioten vergleichst. Mich, deinen Freund, der immer zu dir gehalten hat! … Mich stellst du mit denen auf eine Stufe!", wutentbrannt stand er auf, Verbitterung erkannte ich in seinen Augen.

„Ein schönes von Selbstmitleid erfülltes Leben wünsche ich dir!", stark schnaubend vor Aufregung verließ er damals mein Zimmer.

Die Jahre vergingen. Vergessen konnte ich ihn jedoch nie. Erst im zweiten Jahr meiner Studienzeit begegneten wir uns wieder.

Ich weiß nicht, warum ich in dieser Nacht wieder und wieder von ihm träumte. Der Übergang daran fast fließend schien. Doch lagen zwischen den Erinnerungen mehr als zwei Jahre.

Weiter zurück. Dreizehn. Die Zahl des Schreckens, der Angst. Gedankensprünge, die immer wiederkehrten, zunehmend klarer vor meinen geistigen Augen auftraten. Die Zeit ein Mittel der Heilung. Ein Moment des Glücks durchlief ich damals im Traum. Ein Traum, den ich am liebsten festhalten wollte.

Es war das erste Mal, dass ich Mathias zuhause betrat. Etwas außerhalb meines Wohnortes. Umgeben von einem weitläufigen Park, der ansässigen Kurklinik. Eine

Personalwohnung in einem der mehrstöckigen Wohnblöcke.

Mathias zuhause, dass ich vollkommen falsch einschätzte. Nie hatten wir über seine Eltern gesprochen. Ich wusste auch nicht, dass beide Ärzte waren. Er war ein Einzelkind, das war mir bekannt. Aber dadurch, dass er immer etwas verrückt herumlief, schätzte ich seine Wohnverhältnisse komplett falsch ein. Heute würde man sagen, sein Aussehen entspricht dem eines Punks.

Drei Monate, bevor ich in die psychiatrische Klinik eingeliefert wurde, bestand Mathias darauf, mich bei seinen Eltern vorzustellen. Seine Eltern wünschten unbedingt meine Bekanntschaft zu machen. *„Anscheinend hatte er viel über mich erzählt"*, dachte ich bei mir. Na ja, für mich war das keine sonderliche Verwunderung, denn seine Freunde hat er sträflich vernachlässigt. Ich jedoch verbrachte viel Freizeit mit ihm. Er war mein bester Freund.

Der Tag kam. Ich ging zu ihm nach Hause. Ein fünfstöckiger Neubau. Im dritten Stock klingelte ich. Mathias öffnete freudig die Tür. Ich betrat die kleine Diele der Vierzimmerwohnung. Wir umarmten uns. Alles schien wie immer.

„Schön, genau pünktlich. Zieh bitte deine Schuhe aus!" Gleich darauf betraten wir das Wohnzimmer. Es hatte einen normalen Schnitt mit etwa zwanzig Quadratmeter. Die Eingangstür befand sich direkt an der rechten Seite vom Zimmer. Wenn sie geöffnet wurde, berührte die Tür schon die dahinterliegende Wand. Gleich auf der rechten Seite stand der gedeckte Esstisch. Eine weiße Tischdecke, Stoffservietten lagen neben den Kuchentellern. Mathias Eltern saßen auf der Couch. Der Vater las Zeitung. Die Mutter ein Buch. Ich las den Titel im Stillen. *„Adipositas und die Auswirkungen der Gesundheit auf die Gesellschaft."* Neugierig erkundete ich die Umgebung mit meinen Augen. Unbehagen, ja sogar Anspannung, stiegen in mir auf.

„Mama, Papa! Darf ich euch vorstellen, das ist Eugenia Heidenreich!", begann er freudestrahlend zu sprechen. Beide schauten mich an. Ich lächelte. Die Eltern standen auf. Etwas zittrig streckte ich ihnen die Hand entgegen. Mein Puls beschleunigte sich. Als ich seinem Vater die Hand reichte, schaute er mir überrascht ins Gesicht, darauf sagte er.

„Das ist sie also, Eugenia Heidenreich. Ich hörte, dass du fast tagtäglich mit meinem Sohn abhängst?", er lachte gekünstelt, denn anscheinend hatte er beabsichtigt, in der Jugendsprache zu sprechen. Ich schmunzelte.

„Ernst!", sprach die Mutter. „Ich bitte dich! Wir freuen uns, dich endlich einmal kennenzulernen!", ein kurzes Lächeln kam über ihre Lippen. Sie bat alle an den kleinen Esstisch. Wir setzten uns. Der Vater von Mathias beobachtete abwechselnd mich, danach seinen Sohn, der mich ständig anlächelte. Mir ging es überhaupt nicht gut. Ich wollte ein Gespräch anfangen, wusste aber nicht wie. Meinen gesenkten Kopf benutzte ich dazu, die Eltern zu beobachten. Beide saßen mir direkt gegenüber. Alle Blicke schienen auf mich gerichtet. Unerträglich heiß kam mir die Umgebung vor. In diesem Moment bemerkte ich, dass ihre Hände leicht gefaltet auf ihrem Schoß lagen. Schnell tat ich es ihnen gleich. Ich ahnte, was kam.

„Ernst bitte!", forderte die Mutter, Mathias Vater erneut auf und er sprach ein Gebet. Ich war vollkommen durcheinander. Ich konnte nicht fassen, was hier geschieht. Christen. Ich komme aus einer für mich ganz normalen Atheisten Familie ohne Konfession. Ich kam mir so blöd vor und gleichzeitig war ich Teil einer Welt, die meine Eltern vollkommen ignorierten. Die Furcht etwas falsch zu machen, mich eventuell zu blamieren, stieg in mir auf.

„Amen", sprachen sie.

Ich wollte auch, aber der Kloß, der sich in meinem Hals verankert hatte, ließ es nicht zu. Also schwieg ich.

„Magst du Kuchen, Eugenia?", fragte die Mutter.

„Natürlich mag sie Kuchen", antwortete Mathias. Mir war diese Situation unendlich peinlich. Ich nickte. Die Hitze in mir wurde unerträglich. Mathias Mutter legte mir ein Stück des Marmorkuchens auf den Teller. Ganz deutlich erkannte ich den glanzvollen Überzug der Schokoladenglasur. Das Wasser lief mir im Mund zusammen. Ich nahm die Kuchengabel in die Hand, trennte ein Stück von dem gut marmorierten Kuchen ab. Der wohlschmeckende süßliche Schokoladengeschmack breitete sich köstlich in meinem Mund aus. Die Anspannung fiel von mir. Gerade als ich den Augenblick genoss, fragte mich der Vater. „Welchen Beruf möchtest du denn später einmal ergreifen?"

Mein Mund war gefüllt mit Kuchen. Ich versuchte, schneller zu kauen. Es gelang mir nicht. Ich wusste, wenn ich jetzt zu sprechen beginne, bin ich bei seinen Eltern durchgefallen. *„Was mache ich nur? Mathias wollte mir nur sein zuhause zeigen. Ich dachte, ich sage kurz zu seinen Eltern hallo und wir verschwinden in sein Zimmer. Für diese Situation war ich nicht vorbereitet. Der Vergleich, Schlachtvieh auf dem Präsentierteller schwirrte durch meinen Kopf."* Ich hustete. Trank einen kleinen Schluck vom Kakao, dabei verbrannte ich mir die Zunge. *„Na toll, schlimmer kann es nicht mehr werden!"* Ich bemerkte die rote Farbe in meinem Gesicht aufleuchten. Zu allem Überfluss wurde die Hitze in mir erneut unerträglich. Am liebsten wäre ich davongelaufen.

Mathias Mutter erlöste mich aus dieser peinlichen Lage. „Das kann sie später immer noch erzählen. Lass sie erst einmal in Ruhe essen!" Sie lächelte mich an.

Die Minuten vergingen. Die Augen des Vaters ruhten beständig auf meine Person. Seine fordernden Blicke erweckten in mir die Nervosität. Innerlich beschloss ich ihm keine Gelegenheit zu geben mich auszufragen. Ich achtete penibel darauf meinen Mund zu füllen. Das fiel mir nicht schwer. Denn jeder Bissen war für mich ein Genuss. Endlich begannen Mathias Eltern ein intensives Gespräch. Froh darüber nicht mehr unter Beobachtung zu stehen, blickte ich Mathias an. Ich hatte das Gefühl, er fühlte sich genau so unwohl.

Beruhigt verzehrte ich den Kuchen, stupste gleich darauf Mathias mit meinem Fuß unter dem Tisch an. Er bemerkte meine Unruhe und unterbrach höflich das Gespräch seiner Eltern. Ich bedankte mich für den Kuchen. Gleich darauf verschwanden wir in sein Zimmer. Das dachte ich zumindest.

Als wir endlich ein anderes Zimmer betraten, staunte ich nicht schlecht. Antiquitäten, wohin ich auch blickte. Sogar ein Klavier stand an der Wand. Verwirrt, doch gleichzeitig beeindruckt, sah ich zu Mathias. Er lächelte. „Das ist nicht mein Zimmer. Nur unser kleines Gästezimmer. In meinem regiert das Chaos. Meine Mutter hat strengstens untersagt, dass du es betrittst."

Ungläubig betrachtete ich ihn, dann sah ich durch den Raum. In der Mitte stand ein sehr alter dunkelbrauner runder Holztisch, darum vier Stühle. Alles wirkte sehr gepflegt. Kein Staubkorn war zu entdecken.

„Setz dich!", bat Mathias.

Ich setzte mich. „Warum um alles in der Welt, hast du mir nicht erzählt, dass ihr Christen seid?"

„Ich dachte, du weißt das. Hast du etwas gegen Christen?"

„Nein! Wie kommst du denn auf diese dumme Idee?"

„Gut, ich dachte schon …"

„Was dachtest du? Dass ich etwas gegen Christen habe? Meine Großeltern sind auch Christen. Bei meinen Eltern ist das nicht so. Bist du Katholik?"

„Nein, wie kommst du darauf? Wir sind evangelisch."

„Ach so. Katholisch wäre für meine Großeltern furchtbar.", ich lachte, denn ich fand diese Diskussion, wenn man sie so nennen konnte, einfach nur lächerlich. „Man könnte ja denken, du stellst mir deine Eltern vor, als Nächstes möchtest du mich womöglich heiraten." Wieder lachte ich und winkte dabei etwas verspottend ab. „Das wäre eine schöne Bescherung. Dreizehnjährige heiratet fünfzehnjährigen. Was für eine Schlagzeile."

Mathias wurde rot. Er lächelte. „Kannst du Schach spielen?"

„Natürlich, wer kann das nicht. Spielst du gut?"

„Nein, mein Vater gewinnt immer. Spielen wir?", fragte Mathias.

Ich nickte. Er holte das Spiel aus dem Schrank und wir spielten. Nach einer halben Stunde hatte ich fast gewonnen, als sein Vater den Raum betrat. Sofort verspürte ich den Kloß zurück im Hals. Es ärgerte mich, dass ich mich von der Anwesenheit seiner Eltern einschüchtern ließ. Hitze stieg wiederholt in mir auf.

„Oh, wie ich sehe, spielt ihr Schach. Bringst du Eugenia bei, wie man das Spiel der Könige spielt?", eröffnete er das Gespräch.

Jetzt hatte er es geschafft, der Vater wurde mir unsympathisch. Es kam, wie es kommen musste. Die Unachtsamkeit, die darauffolgende Nervosität verleiteten mich dazu, einen verhängnisvollen Schachzug zu tätigen. Es ärgerte mich. Meine Königin war in Gefahr. *„Oh man, jetzt hatte mich dieser Mann komplett aus dem Konzept gebracht"*, ich kochte innerlich vor Wut. Eine kleine Hoffnung schimmerte in mir auf. Ich wusste, dass Mathias kein besonders guter Spieler war. Das hatte er mehrfach, bei seinen vorhergehenden Zügen, bewiesen. Fast hatte er die Schutzlosigkeit meiner Dame übersehen. Gerade als er sein Pferd an eine andere Stelle platzieren wollte, mischte sich der Vater ein. „Junge!"

Er schreckte auf. Blickte wieder auf das Spielfeld und erkannte meinen Fehler. Meine Dame war futsch, mein Drang zu gewinnen auch. Mathias gewann das Spiel, das ich durch eine kleine Unachtsamkeit, fehlendem Selbstbewusstsein in diesem Moment verlor, als der Vater den Raum betrat. Gespielt lächelte ich. Das zornige Funkeln meiner Augen verriet Mathias meine wahren Gefühle.

Schnell sagte er. „Eugenia ist eine sehr gute Schachspielerin."

„So, ist sie das?" Deutlich bemerkte ich seine musternden Blicke. „Um noch einmal auf die vorhin gestellte Frage zurückzukommen. Hast du schon eine Vorstellung davon, was du später einmal beruflich werden möchtest?"

Ich schluckte. Mein Kloß im Hals machte sich wieder bemerkbar. Dennoch riss ich mich zusammen und antwortete mit einem Räuspern am Anfang. „Das weiß ich noch nicht. Vielleicht studiere ich einmal Archäologie. Denn Steine haben mich schon immer fasziniert."

„Ich glaube Geologie wäre dann besser für dich geeignet!", antwortet der Vater etwas überheblich.

Mein Puls raste vor Wut. Dem ungeachtet, versuchte ich mir, nichts Anmerken zu lassen. „Na ja, ich habe noch viel Zeit. Schließlich bin ich erst dreizehn."

„Bald wird Eugenia vierzehn!", warf Mathias in den Raum. Der Vater blickte Mathias aufhorchend an, hob dabei seine linke Augenbraue. „So, so. Sag mir doch bitte Eugenia, was machst du denn den ganzen Tag mit meinem Sohn?"

Verdutzt, komplett überrascht blickte ich den Vater an. „Wie meinen sie das?"

„So wie ich es gerade geäußert habe.", er blickte mich eindringlich und sehr ernst an.

Mathias mischte sich ein. „Papa, was denkst du eigentlich? Wir sind nur Freunde."

Mathias Vater zögerte. Abwechselnd blickte er uns an. „Na dann ist das geklärt. War schön deine Bekanntschaft gemacht zu haben. Grüße bitte deine Mutter! Natürlich auch deinen Vater!", er stand auf, verließ ohne ein weiteres Wort den Raum.

Ich saß total perplex an diesem Tisch, schaute Mathias an. „Ich muss gehen!"

„Du musst entschuldigen! Hätte ich gewusst, was hier abgeht, wäre es nie so weit gekommen. Entschuldige bitte!"

Ich stand auf, drehte mich ohne ein weiteres Wort um und verließ den Raum. Mathias folgte mir.

„*Ganz so kampflos, gehe ich nicht!*", waren meine Gedanken. Ich klopfte an die Wohnzimmertür, betrat erneut den Raum. Seine Eltern saßen abermals auf der Couch. Beiden gab ich, wie es sich gehört, freundlich die Hand zum Abschied. Vor dem Vater konnte ich einen leichten Knicks nicht unterdrücken. „Vielen Dank für die freundliche Einladung! Der Kuchen war überaus schmackhaft, Frau Nitschke."

Überraschende Blicke warfen mir beide zu.

„Hat mich nochmals sehr gefreut." Ich für meine Person verließ, ohne auch nur auf Mathias zu achten, die Wohnung.

Als ich vor der Wohnungstür ganz allein stand, hörte ich deutliche laute Worte. Mathias war wütend. Er stellte seinen Vater zur Rede. Seine Mutter war fassungslos, über den mangelnden Respekt des Vaters eines Gastes gegenüber. „Ernst, eine solche Dreistigkeit hätte ich nicht von dir erwartet! Es sind doch Kinder."

„Mach die Augen auf Sophie! Siehst du nicht, wie unser Sohn das Kind ansieht? Und überhaupt was heißt Kind? Eine, wenn auch sehr junge Frau, ist Eugenia!"

Ich kann nur raten, wie die Mutter mit ihrer Mimik reagierte. „Liebst du dieses Mädchen? Muss ich mir Sorgen machen? Ich bin noch zu jung, um eine Großmutter zu werden. Junge, du verbaust dir dein ganzes Leben!"

„Nein, wir sind nur befreundet! Sie ist nicht so, wie ihr das in eurer krankhaften Vorstellung denkt! Mit ihr kann ich über alles reden und über alles lachen. Wenn ich Hilfe brauche, ist sie immer für mich da. Und jetzt? Was wird sie von mir denken? Wenn sie nicht mehr mit mir spricht, verzeihe ich euch das nie!", sprach er sehr energisch.

„Verzeih bitte deinem Vater! Er hat wieder einmal überreagiert. Sie wird dir verzeihen. Freunde verzeihen immer einander, halten fest zusammen. Du wirst sehen! Im Übrigen, ich finde deine Freundin sehr nett, wenn auch etwas schüchtern", beruhigte die Mutter ihren Sohn Mathias.

Ich lächelte. Verließ danach das Treppenhaus, ging erschöpft, aber glücklich nach Hause.

Der Morgen brach an. Als ich erwachte, konnte ich mich noch genau an diese Begebenheiten mit Mathias erinnern. Darüber hinaus offenbarte sich ein neuer Zeitabschnitt über meinen Aufenthalt in dieser für mich schrecklichen psychiatrischen Klinik. Erinnerungen im Traum, dennoch waren sie ein Bestandteil aus meinem wahren Leben. Ein Stück aus der Vergangenheit. Real. Sie spielten sich zwar in verschiedenen Jahren ab, doch hatten diese Begebenheiten eine Verbindung. Eine Verbindung, die ich noch nicht erkannte. Trotz alledem brachte die Zeit immer neue Erinnerungen an den Tag. Letztendlich wusste ich, dass ich irgendwann alles miteinander verbinden kann. Jedes Teil meiner Erinnerung ein Puzzleteil, ein Schlüssel. Ein Schlüssel für das passende Schloss. Doch wann ich das Schloss öffnen könnte, entscheidet meine verlorene Erinnerung, die mir die Zeit irgendwann offenbaren wird.

Eines stand für mich fest. Meine Gabe kehrte zurück. Sie kam plötzlich, doch Angst hatte ich keine mehr vor ihr. Jetzt da ich endlich einem anderen Menschen berichten konnte, was mit mir geschah, breitete sich wohlige Wärme in mir aus. Wärme, die ich teilen konnte mit einer Freundin, Dorothea, und vielleicht mit einem neuen alten Freund, der vor einem Tag zurück in mein Leben trat.

Die Tage vergingen. Dorothea sah ich nur selten und wenn, dann nur sehr kurz. Ihr Studium, auch mein eigenes, ließ nicht sehr viel Freizeit zu. Wenn ich manchmal etwas Luft zwischen den Vorlesungen, dem Lernen fand, schweiften meine Gedanken immer wieder zu Mathias. Fast jeden Tag hielt ich seine Visitenkarte in der Hand. Aber anrufen, das traute ich mich nicht. Obwohl ich der Versuchung einige Male fast unterlag.

Endlich begann das Wochenende. Samstags, pünktlich fünfzehn Uhr, trafen wir uns in unserer Gemeinschaftsküche, tranken Tee. Ein festes Ritual, das keiner missen wollte. Alle Neuigkeiten, die es zu berichten gab, tauschten wir einander aus.

Jetzt da sie wusste, über welch eine Gabe ich verfügte, war sie besonders gespannt. Voller Erwartung überreichte sie mir die Akte über die bisherigen Mordermittlungen, die sie heimlich mitbrachte. Ihre Augen leuchteten vor Neugierde. Ich begann, gewissenhaft zu lesen. Nicht das geringste Detail sollte mir entgehen. Jedes Blatt Papier nahm ich vorsichtig in die Hand, strich gedankenversunken darüber. Die leise Hoffnung nach einer Vision. Das Verbrechen noch einmal zu sehen. Doch nichts. Zu meinem Bedauern musste ich feststellen, das keine weiteren Bilder vor meinem geistigen Auge auftraten. Kein Bild, kein Stück des grauenvollen Geschehens schoss durch meinen Kopf.

Nervös rutschte Dorothea auf ihrem Stuhl hin und her. Nach einiger Zeit konnte sie ihre Anspannung nicht mehr aushalten. Sie fragte. „Hast du etwas von den Tätern erfahren?"

„Nein, leider kann ich mit deinem Material nichts anfangen."

Dorothea wirkte enttäuscht. Auch ich war unzufrieden über meine dürftige Aussage. Aufgeben, wollte ich keinesfalls. „Weißt du zufällig, ob sich die Leiche noch in der Pathologie befindet? Oder ist sie schon freigegeben?", sprach ich nach einer Minute des Schweigens.

„Nein, ein paar Laboruntersuchungen sind noch fällig. Aber ich denke, spätestens am Dienstag, kommt sie in ein Krematorium zum Einäschern."

„Ich muss sie unbedingt noch einmal sehen!", forderte ich Dorothea auf.

„Meinst du, dass du mehr über das Opfer erfahren kannst, wenn du sie nochmals berührst?"

„Ich hoffe, versprechen kann ich dir nichts. Ein Versuch ist es auf jeden Fall wert. Was meinst du, kommen wir da heute noch unbemerkt hinein?"

Sie überlegte. „Lass mich telefonieren! Ein paar Leute sind mir noch einen Gefallen schuldig."

Dorothea telefonierte. Eine Stunde später fuhren wir mit der Straßenbahn zur gerichtsmedizinischen Pathologie. Dort angekommen fuhren wir sofort mit dem Fahrstuhl ins Souterrain, um die Leiche der ermordeten Frau zu sehen. Kein Mensch weit und breit. Alle Türen, die Dorothea öffnete, waren nicht verschlossen.

„Wie macht sie das nur?", überlegte ich angestrengt. Eine passende Antwort fand ich jedoch nicht.

Kalt war die Umgebung. Grelles Licht brannte, ließ den Raum noch kälter erscheinen. An der Wand stand die riesige Kühlung mit den Kühlfächern. Hochglanzpolierte Türen, kein Fingerabdruck. Nochmals zählte ich neun, drei in jeder Reihe. Rechts in der mittleren Reihe lag sie. Die ermordete Frau.

Gespannt verfolgte ich die Bewegungen von Dorothea. Erst jetzt bemerkte ich den Geruch des Formaldehyds in der Luft. Es war so weit. Sie öffnete die Tür, zog die Bare nach draußen. Mit beiden Händen erfasste sie das obere Ende des Leichentuches, entfernte es bis zum Brustansatz. Da lag sie nun. Die ermordete Frau, Wiktoria Petrowa Pestalotzi.

Meine Blicke wanderten über die Leiche. Ihre Haut aschfahl, der Anfang der Narbe des Y-Schnittes, den der Pathologe hinterließ, war zu erkennen. Dorothea holte ihre linke Hand unter dem Leichentuch hervor. Vorsichtig legte sie die Hand auf ihren Bauch. Eindeutig erkannte ich die Fesselungspuren an ihrem Handgelenk. Auf ihrer rechten Schläfe das Loch, welches ihre Mörder mit einer Bohrmaschine verursacht hatten. Süßlicher Geruch durchströmte meine Nase. Der Verwesungsprozess hatte begonnen.

Zögernd sah ich sie an. Irgendetwas hielt mich davon ab, sie zu berühren. Aber was? Ich blickte fragend in Dorotheas Gesicht. Ich wurde das Gefühl nicht los, das etwas an dieser Situation nicht stimmte.

„Was ist? Berühr sie doch! Vielleicht hast du eine erneute Vision. Oder sie erscheint dir in ihrer unsterblichen Hülle?"

Ich schaute Dorothea eindringlich an.

„Was spielst du mir vor?", wollte ich aus irgendeinem unerklärbaren Impuls von ihr insgeheim wissen. Ein ungutes Gefühl durchzog meinen Körper. Deutlich erblickte ich einen menschlichen dunklen Umriss in der

rechten Ecke des Raumes. Die Ecke nicht ausgeleuchtet. *„Vielleicht ihre Seele."* Doch Zweifel brachen in mir aus. Plötzlich erklang eine warnende Stimme in meinem Ohr. „Eugenia verlasse diesen Ort! Geh bitte! Du darfst überhaupt nicht hier sein! Du musst verschwinden!", beschwor sie mich.

„Aber warum soll ich verschwinden?"

„Trau ihr nicht! Sie ist nicht die Person, die sie behauptet zu sein. Du darfst ihr nicht vertrauen! Geh, sofort!", erklang die Stimme erneut in meinen Ohren.

Wer war sie? Dorothea konnte es nicht gewesen sein, denn ihr Mund war die ganze Zeit geschlossen. Außerdem stand sie direkt vor mir, beobachtete mich.

„Geh, sofort!", erklang die Stimme noch einmal fordernd in meinen Ohren. Merklich zuckte ich zusammen.

„Was hast du? Geht es dir nicht gut?" Sprach Dorothea und lächelte gleichzeitig.

Das Telefon klingelte. Dorothea ging darauf zu, nahm den Hörer ab. Lauschte. Ihren Rücken fest im Blick.

Doch die Stimme in meinem Ohr hallte erneut, befahl. „Lauf!"

Fliehende Blicke warf ich durch den Raum, suchte. Verharrend in der dunklen Ecke. Der menschliche Umriss, ein Schatten. Deutlich zu erkennen für mich. Mein Herz raste, als ich bemerkte, dass der Schatten sich bewegte. Auf mich zukam. Ich wusste, dass dieser Schatten nicht Wiktoria war.

Er war anders. Keine Seele. Unheimlich. Grausam. Eisige Kälte, die mir entgegenschlug. Panik erfasste mein Wesen. Nichts denkend, die Angst im Nacken rannte ich an Dorothea vorbei. Verließ die Pathologie. Ich rannte, obwohl ich nicht wusste, ob jemand mir folgte. Ich rannte den langen dunklen Flur entlang. Die Stimme flehend. „Lauf Eugenia! Lauf! Du darfst nicht stehen bleiben!"

Angst, die mich durchströmte. Hetzte ich bis zur nächsten Bahnstation. Eine Straßenbahn kam. Ich stieg ein. Der Blick nach draußen gewand. Niemand folgte. Meine Atmung schnell. Mein Puls rasend. Ich wollte meine Gedanken ordnen. Konnte es nicht. Innerlich flehend, die Stimme noch einmal zu hören. Doch nichts. Kein Wort. Kein Laut.

Verzweifelt bin ich gewesen. Ich überlegte angestrengt. Eine innere Eingebung erfasste mein Bewusstsein.

„In meine WG muss ich!" Dort angekommen betrat ich schnellen Schrittes mein Zimmer. Ich suchte, wusste aber nicht was. Durchforstete jeden Winkel. Plötzlich, aus einem bestehenden Impuls heraus, sah ich zur Lampe. Stieg auf einen Stuhl. Da fand ich sie. Eine Kamera. Kaum größer als zwei Finger. Riss sie wutentbrannt heraus.

Erschöpft, sank ich sitzend aufs Bett. Meine Gedanken spielten verrückt, es drehte sich alles um mich herum. *„Wer macht so etwas? Wer beobachtet mich? Wer war dieser Schatten? Eine Seele oder ein Mensch? Warum gerade ich? Warum, muss ich allein auf dieser Welt wandeln? Ohne Freunde und ohne jemanden an meiner Seite zu haben, dem ich vertrauen konnte? Mein Leben, eine einzige Lüge."* So kam es mir in dieser schier unsäglichen Situation vor. Enttäuscht. Verzweifelt. Wie schon oft in meinem bisherigen Leben. Die Wut in mir begann zu brodeln. Mein innerer Instinkt meldete sich erneut.

Ich stand auf, betrat hektisch Dorotheas Zimmer. Die Freundin, die ich dachte, gehabt zu haben.

„Freundin, was ist das?", kam mir gerade in den Sinn. Die Hoffnung, ich habe mich geirrt, flammte in mir auf. Auch bei ihr suchte ich eine Kamera. Zielstrebig durchforstete ich den Raum.

„Vielleicht werden wir beide beobachtet. Aber von wem? Gibt es überhaupt jemanden, der mich verfolgt?" Die Kamera in meinem Zimmer war echt. Das stand fest! Aber hier? Nichts. Überhaupt nichts deutete auf eine Kamera auch nur ansatzweise hin! Ich blickte mich verzweifelt um. Angestrengt überlegte ich. Meine Blicke wanderten suchend durch den Raum.

„Ihr Schreibtisch, der Computer. Das ist es!", fiel es mir wie Schuppen von den Augen. Ich setzte mich auf Dorotheas Stuhl, durchwühlte ihre Schubfächer. Die Unruhe in meinem Körper wuchs. Eigenartig erschien diese Situation. Ich stellte den Computer an.

„Nicht gesichert! Gut", dachte ich. *„Schnell fahr hoch!"* Auf einem kleinen Link, den ich auf der linken Seite des Bildschirms entdeckte, las ich „Gespeicherte Filme". Ich klickte darauf und meine Augen erblickten … mich? Mich, wie ich in meinem kleinen WG-Zimmer lag und schlief. Ich träumte. Ich sprach im Traum und meine angebliche Freundin Dorothea, nahm alles auf. Unzählige Filme, die mich im Schlaf beobachteten.

„Aber warum? Warum, bespitzelte sie mich?" Nie hatte ich ihr Anlass dazu gegeben. Doch tat sie es.

Meine angespannten Schultern sackten nach unten, meine Enttäuschung wuchs ins Grenzenlose. Ich dachte angestrengt darüber nach. Konnte mir aber über das warum nicht im Klaren werden. Meine Blicke glitten wie von selbst zum Bücherregal. Der innere Antrieb, der mich leitete, befahl mir zu lesen. Mein Kopf rührte sich keinen Millimeter. Meine Augen strikt auf die Bücher gerichtet. Ich konzentrierte mich. Ich las.

„Psychologie des Menschen, Das innere Selbst, Heilung der menschlichen Psyche, Das Gehirn ein unendliches Universum", meine Sehkraft verschwamm. Ich spürte, dass sich dicke Tränen aus meinen Augen lösten. Tränen der Enttäuschung. Enttäuschung, über den Bruch einer

Freundschaft, die anscheinend nie existierte. Ausgenutzt, ein Versuchstier aus einem Labor. Das waren meine gedanklichen, von unendlichem Kummer gefühlten Empfindungen. Ich hörte, dass jemand die Wohnungstür aufschloss und bemerkte … Dorothea.

Sie begriff sehr schnell, dass ich sie durchschaut hatte. Weinend fand sie mich an ihrem Schreibtisch. Erklärungen folgten. Ich nahm sie nicht wahr, mein Blick starr auf die Beweise gerichtet. Jämmerliche Versuche einer sogenannten Freundin, die sich entschuldigen wollte. Ich ignorierte sie. Leid tat es ihr.

„Aber was ist mit mir? Ist mein Leben nur von Trauer und Schmerz durchzogen? Kann ich überhaupt jemandem vertrauen? Ist alles eine Lüge?"

Meine Tränen nahmen überhand. Ich versuchte mich an den einzigen Ort zu träumen, an dem ich immer Geborgenheit spürte. Schloss meine verweinten Augen. Hörte, wie Dorothea immer noch verzweifelt versuchte, sich zu entschuldigen. Ihre Stimme verschwand. Lautlos erkannte ich gerade noch ihre bewegenden Lippen vor meinem geistigen Auge. Endlich träumte ich mich an einen Ort, an dem meine Seele immer Frieden fand. Die Geborgenheit mich wohlwollend umschloss.

Ich roch. Deutlich erkannte meine Nase den Parfümduft meiner geliebten Mutter. Der Pfeifengeruch meines Vaters, der mich umgab. Letztendlich hörte ich das Knacken des Holzes vom offenen Kamin. Ganz klar verspürte ich, dass ich nicht in dieser geliebten Umgebung verbleiben konnte. Körperlich weigerte ich mich meine Augen zu öffnen. Ich wollte nicht, dass die geborgene Vertrautheit mich verlässt. Der einzige Ort, an dem ich mich sicher fühlte. Der Schmerz der Enttäuschung durfte nicht zurückkehren! An den Gedanken bei meinen Eltern zu sein, hielt ich mich fest. Doch es hinderte mich jemand.

Aber wer? Wer wollte nicht, dass ich in meinem geliebten zuhause bin?

Deutlich erlebte ich, ein heftiges Durchschütteln meines Körpers. Ja eine Art, vibrieren und unermüdliches Zucken. Ungewollt. Fühlbar erlebte ich eine Verkrampfung meines Kiefers. Meine Zähne pressten sich fest aufeinander. Ich biss schlagartig, obwohl ich nicht wollte. Irgendetwas verhinderte, dass sie direkt zusammentrafen. Das Hindernis verschwand. Eine Flüssigkeit floss durch meine Mundhöhle. Es war zu viel. Aber die Energie hörte nicht auf, meinen Körper zu durchfahren. Meine Atmung blockierte. Luft, die meine Lunge, gerade in diesem Moment dringend benötigte, gelang nicht mehr in meinen Körper. Angst stieg in mir auf. Plötzlich, während mein Körper immer noch ungewollt bebte, Körperflüssigkeit ungewollt aus mir ausschied, erkannte ich den heftigen starken Schmerz, der mich überrannte. Abrupt. Unbeschreiblich schmerzvoll. Ich schrie. Ich schrie einen angsterfüllten, übergroßen Schmerzensschrei. Blitzartig, ganz deutlich vernahm ich fremde Stimmen. Nicht flüsternd, nein. Eine Stimme, die eiskalt sagte.

„Ich bin an einem Punkt angelangt, an dem ich aufhören muss! Die Patientin hat sich durch das Verkrampfen das rechte Handgelenk gebrochen. Schwester Klara, bitte benachrichtigen sie den zuständigen Chirurgen der Unfallklinik! Der Bruch muss versorgt werden! Ich glaube, eine OP ist nicht notwendig. Bitte verabreichen sie noch ein leichtes Narkotikum! Die Patientin darf in diesem Zustand das Bewusstsein nicht wieder erlangen. Langzeitfolgen wären vorbestimmt. Wenn sie mich noch einmal brauchen, ich bin im Büro und schreibe den Bericht."

Deutlich fühlte ich eine Hand, die sehr sanft über mein Gesicht strich.

„Alles wird wieder gut. Gleich geht es dir besser, danach schläfst du dich erst einmal gesund!", sprach eine leise Frauenstimme, doch der Schmerz war unerträglich für mich. Ich versuchte zu fliehen, konnte mich jedoch nicht rühren. Dann, endlich, verlor ich die Besinnung und meine Umgebung verschwand.

Als mein Bewusstsein zurückkehrte, strich ich behutsam über mein rechtes Handgelenk. Ich saß immer noch am Schreibtisch, im Zimmer von Dorothea, die unaufhörlich versuchte ihre Schuld zu rechtfertigen. Eine Rechtfertigung, die ich einfach ignorierte. Ich stand auf, verließ, ohne auf sie zu achten, ohne ein weiteres Wort, ihr Zimmer. Ich wollte nur noch weg. Weg von der Person, die mich betrog. Betrog, um eine Freundschaft. Eine Freundschaft, die ich schon so lange ersehnt hatte. Ich fühlte mich hintergangen, gedemütigt. Betrat mein Zimmer, schloss mich ein, legte mich aufs Bett und weinte die letzten bitteren Tränen. Die letzten bitteren Tränen, die ich aus Enttäuschung weinen wollte. Denn mein Leben hatte, wie ich fand, schon viel zu viele bittere Tränen gefordert.

Erkenntnis, ist der Anfang von etwas Neuem

Ich glaubte, in dieser Nacht schlief ich das erste Mal seit langem ohne geträumt zu haben. Aber warum? Wurde ich doch enttäuscht! Ausgenutzt!

Ich wusste es nicht. … Still war es. Dennoch machte mir die Stille nichts aus. Mein Körper lag ruhig auf meinem Bett. Meinen Herzschlag gleichmäßig spürend. Das Pochen eine wahre Offenbarung des Lebens. Eine Erleichterung. Eine Erleichterung, die mich glücklich machte. Fragen tauchten in meinem Bewusstsein auf. Gedanken, Gefühle.

„Wusste ich, dass Dorothea mich ausspionierte? Gab es Zeichen, die ich möglicherweise erkannte, aber einfach verleumdete? Warum warnte mich die Stimme nicht schon zuvor? Oder, vielleicht hatte sie mich gewarnt, doch ich ignorierte sie?"

Diese und viele weitere Fragen schossen durch meinen Kopf. Fragen, für die ich Antworten suchte. Antworten, die ich allenfalls später einmal finden werde? Ich dachte an meine verstorbene Großmutter, die mir einmal ein Sprichwort mit auf den Weg gab. „Die Zeit heilt alle Wunden! Du musst sie nur erwarten können!", dieser Gedanke daran, beruhigte mich zutiefst. Erleichtert schlief ich ein.

Der Morgen darauf, ein Sonntag. Friedlich erwachte ich. Mein Körper schien erholt. Mein Innerstes befreit, gleichzeitig traurig. Der Gedanke an Dorothea flammte kurz auf. Ich weigerte mich im selben Augenblick, auch nur ansatzweise einen weiteren Gedanken an sie zu verschwenden. Stand auf. Schloss meine Zimmertür auf. Ging in das winzige Bad. Verrichtete meine Morgentoilette. Angekleidet betrat ich die Küche. Eine Tasse Kaffee wollte ich trinken. Dorothea saß mit gesenktem Kopf an unserem Küchentisch. Ich starrte sie an.

Sie bemerkte mich, hob ihren Kopf. Eindeutig erkannte ich ein verweintes, von Trübsal durchzogenes Gesicht. Müde, verbraucht schien es. Sie wollte sprechen. Sich neu erklären. Doch noch, bevor sie das erste Wort über ihre Lippen brachte, hob ich meine Hand, um ihr zu zeigen, dass sie schweigen sollte. Ich drehte mich erhobenen Hauptes um. Ging durch die kleine Diele, schloss die Wohnungstür auf und ließ sie darauf hinter mir ins Schloss fallen.

Tief atmete ich ein. Meine Schritte glitten leichtfüßig die Treppen hinunter. Anschließend verließ ich das alte Stadtmehrfamilienhaus, schlenderte unbewusst davon. Gedanken an das Vergangene vergeudete ich nicht. Eine Art Verträumtheit, die mich eine Weile entlang der Straßen spazieren ließ, folgte.

Vor einer schneeweißgetünchten Kirche harrte ich aus. Gefangen von ihrem Charme betrachtete ich das Bauwerk. Mathias tauchte vor meinem geistigen Auge auf. Ein Christ. Ich eine Atheistin. Mit einem Gott hatte sich meine Seele noch nie befasst.

Langsam. Ganz genau beobachtend ging ich die drei grauen Stufen hinauf. Betrat andächtig das imposante Gemäuer. Gefüllt mit liebevoll gefertigten Gegenständen eines christlichen Gotteshauses. Meine Schritte andächtig über den ziegelroten Boden. Auf einer der langen dunkelbraunen Holzbank auf der linken Seite, nahm ich Platz. Neugierig ergründete ich mit meinen Augen den großen hohen Raum.

Eindrucksvollere Gotteshäuser sah ich schon. Dieses erinnerte mich mehr an eine Kapelle. Ein typischer Baustil der sechziger Jahre. Mein Blick verharrte auf das überdimensional große Holzkreuz, an dem Jesus Christus mit starken Nägeln befestigt hing. Die Qual dieser hölzernen Figur war deutlich zu erspüren. Seine Dornenkrone erinnerte mich an das Vergängliche. Leben, das vernichtet wurde, um wieder erneut Qualen eines anderen zu verursachen. Ich glaubte zu verstehen, was dieser bedeutsame Mensch für Schmerzen auf sich nahm. Spürte ich doch unendlichen Schmerz am eigenen Leib.

Eine Träne rollte aus meinem linken Auge. Nicht Trauer. Nein, Mitgefühl. Ich betrachtete die Holzfigur genau, erkannte die Stigmata, war gefesselt von der Kraft ihrer Ausstrahlung.

Das runde Fenster, was sich hinter dem Kreuz offenbarte, geschmückt mit bunten Gläsern. Ein Licht, das von außen hineinschien. Sie brachte den Gekreuzigten in eine Stimmung, die jeden sofort berührte. Das Gefühl, mich zu öffnen überkam mich von Neuem. Erst jetzt erkannte ich die langen Fenster an beiden Seiten, die ebenfalls mit bunten Gläsern verglast waren. Sie erfüllten den Raum in ein blau schimmerndes Licht. Die Decke schien mit Blattgold überzogen. Beichtstühle entdeckte ich.

„Das ist kein evangelisches Gotteshaus!", waren meine ersten Gedanken. *„Mathias war ein Evangelist. Aber warum bin ich in einer katholischen Kirche? Es geht mir doch gut! Obwohl ich eine erneute Enttäuschung in den letzten Stunden erlebte."*

Plötzlich fiel mir eine Person auf. Genau in der zweiten Sitzreihe vor mir, saß eine Frau. Bekleidet mit einem weißen Kittel, der am Rücken gebunden war. Deutlich sah ich die Schnürung hinter ihrem Hals. Sie hatte dunkelblonde längere Haare, die zu einem Zopf gebunden waren.

„Was macht eine Frau nur mit einem Krankenhauskittel bekleidet, in einer Kirche?" Ich sah mich um. Vereinzelt saßen ältere Frauen in der Kapelle. Sie beteten. Doch keiner bemerkte diese Frau.

„Warum?" Durch ihre Kleidung, wenn man das überhaupt als Kleidung bezeichnen konnte, musste sie jemandem auffallen. Mitleid hatte ich mit der jungen Frau. Sie brauchte Hilfe. Mein innerer Instinkt hatte sich noch nie getäuscht. Ich ging zu ihr. Sie schien verängstigt. Mit gesenktem Kopf, ihre Hände zum Gebet gefaltet, saß sie auf der dunklen Holzbank. Vorsichtig setzte ich mich daneben. Um sicher zu sein, dass sie nicht erschrak, hielt ich einen guten Meter Abstand. Auf keinen Fall wollte ich ihre Angst verstärken.

Beobachtende Blicke warf ich ihr zu. Sie bewegte ihren Kopf in meine Richtung. Mit der Hand strich sie eine Haarsträhne aus ihrem Gesicht.

„Ich kenne sie." Zuckte während dieser Erkenntnis kurz zusammen, verstärkte meinen Blick. Wie Schuppen fiel es mir in dieser Sekunde von den Augen. Sie war eine Seele. Die Seele der Frau aus der Pathologie. Wiktoria Petrowa Pestalotzi.

Ihre Hand leicht klopfend auf dem Platz neben ihr. Ich folgte ihrer Bitte, rutschte an sie heran.

Verschwiegen, Gedankenversunken sahen wir eine Weile auf den Gekreuzigten.

Wiktoria flüsterte.

„Danke Eugenia! Danke, dass du mich aus meiner sterblichen Hülle geholt hast. Ich dachte, nach dem Tod kommt nichts mehr. Büßen für meine Sünden, die nicht gerade harmlos waren. Im ewigen Fegefeuer. Gefangen in meiner sterblichen Hülle. Aber bevor das geschah, kamst du. Danke noch einmal dafür."

Sie tat mir leid. Irgendwie wurde mir bewusst, was sie damit meinte.

„Möchtest du über den Verlust deines Kindes sprechen?", sprach ich kaum hörbar.

Sie weinte, schluchzte leise. Erst kurze Zeit danach sah ich ein klägliches „Ja" aus ihrem Mund fliehen. Sturzbäche von Tränen strömten aus ihren Augen.

Ich gab Wiktoria ein Taschentuch. Damit versuchte sie, ihre Tränen zu trocknen. Es gelang ihr einfach nicht.

Doch dann verschwanden abrupt die Tränen. Nur das Schluchzen und Schniefen war noch hörbar.

Erstaunt, schweigend saß ich da. Die Veränderung genau beobachtend. Das Loch an ihrer Schläfe, die Fesselungs-spuren an ihren Handgelenken. Alles verschwand. Wiktorias Haut, die jetzt eine gleichmäßige Blässe überdeckte. Kein blauer Fleck. Keine Spur einer Gewalteinwirkung, der sie zu lebzeiten unterlag, war mehr zu sehen. Verblichen, jeglicher Makel.

„Weißt du ...", verriet sie nach nochmaligem Schniefen in ihr Taschentuch. „Weißt du, ich schäme mich so! Unendlich schäme ich mich mein entbundenes Kind verkauft zu haben. Ein Kind, das ich anfangs nicht wollte. Aber das, je länger ich es unter meinem Herzen trug, inniger liebte. Muttergefühle brachen unwiderruflich in mir aus! Glaubst du mir, wenn ich dir sage, dass ich das Kind liebte?" Sie sah mich flehend an. Kummer spiegelte sich in Wiktorias Augen.

Ich schwieg. Ihre bedrückten Worte verwandelten mein Mitleid in aufkommende Wut. „Warum hast du dein Kind, trotz alledem, einfach weggegeben?"

Empört richtete sie sich vor mich auf. „Hast du mir nicht zugehört? Ich hatte Muttergefühle! Ich liebte dieses Kind! Das Kind, das ich in mir trug. Mein Kind!", bestand sie auf ihrer Meinung.

Ohne auf die Umgebung zu achten, schrie ich sie an. „Warum hast du dein Kind dann weggeben?" Doch ehe ich mich wieder unter Kontrolle hatte, hallte meine

Stimme durch die Kirche. Mein Kopf schnellte nach allen Seiten. Erzürnte Blicke starrten mir entgegen. Ich spürte, wie die rote Farbe mein Gesicht einnahm. Schuldbewusst drehte ich meinen Kopf nach vorn, bekreuzigte mich, tat so als wolle ich beten und schwieg.

Wiederholt nahm Wiktoria sichtlich beschämt den Platz neben mir ein. „Du hast ja recht! Ich bin eine Rabenmutter. Aber was kann ich schon tun? Jetzt, wo ich tot bin."

„Weißt du, wo sich dein Kind befindet?", flüsterte ich.

„Nein … doch, vielleicht. Aber Pater Michael muss mir erst einmal helfen."

„Welcher Pater Michael?", wollte ich sofort wissen. Doch Wiktoria war verschwunden.

Ich rieb meine Augen. Müdigkeit steckte in meinen Knochen. Nochmals verharrte mein Blick auf die Stelle, an der vor wenigen Augenblicken Wiktoria saß. Ich erschrak.

„Nur keine Angst! Bitte entschuldige! Aber ich beobachte dich, seit dem du das Haus Gottes betreten hattest. In meiner kleinen Gemeinde habe ich dich noch nie gesehen. Bist du das erste Mal im Hause Gottes?", fragte der Mann in einem schwarzen Anzug, der nur ein paar Meter von mir auf der gleichen Bank zur linken Seite saß.

Viele Gedanken schossen durch meinen Kopf. Antworten wollte, nein konnte ich nicht. Meine Stimme, nicht vorhanden. Eingeschüchtert. Auch etwas ertappt fühlte ich mich. Stand auf, verbeugte meinen Kopf leicht in die Richtung des Pfarrers mit einem gespielten Lächeln.

Gerade als ich die Kirche zu verlassen beabsichtigte, sprach er erneut.

„Das Haus Gottes steht dir jederzeit offen! Bitte verzeihe, wenn ich zu aufdringlich erscheine!" Bat der Pater, lächelte mild.

Noch einmal nickte ich kaum merklich. Drehte mich um, verließ eiligen Schrittes die Kirche.

„Wo bist du Wiktoria? Zeig dich bitte! Du kannst mir vertrauen! Ich versuche dir doch nur zu helfen!" Flüsterte ich, darauf achtend keine neugierigen Blicke auf mich zu ziehen. Dennoch, keine Wiktoria erschien an meiner Seite.

Meine Gedanken wiederholten die gesprochenen Sätze. Sätze, die ich schon zu oft in meinen Ohren hören musste. Sätze, die Versprechen enthielten. Versprechen, die man gleich darauf brach. Warum sollte sie mir trauen?

Melancholie vereinnahmte meine Gedanken. Ich setzte mich auf eine Bank, die dicht am Gehweg stand. Die Augen auf den grauen Asphalt gerichtet. Stille umhüllte mich und Gedanken hielten meine von Leid durchlebte Vergangenheit fest.

Sitzend auf einem Stuhl erwachte ich. Ein leises Klappern. Unaufhörlich nahm ich es wahr. Gleichmäßig leise, doch fühlbar auf meinem Kopf. Fallende Haare sah ich vor meinen Augen. Langsam, lautlos fielen sie zu Boden, bedeckten meinen Schoß. Mein Blick wurde glasig. Eine Erinnerung spürbar. Eine traurige Erinnerung und trotzdem erschien sie mir real. Ich weinte.

„Eugenia. Deine Haare wachsen schnell wieder nach. Es ist nicht schlimm. Glaube mir, es ist das Beste für dich! Doktor Leichtenschlag muss mit seinen Elektroden direkt an deine Kopfhaut. Es sind nur Messungen. Keine Angst, es wird dir niemand weh tun! Doktor Leichtenschlag hat schon sehr vielen Menschen geholfen."

Schwester Klara schnitt meine Haare ab. Ich fühlte deutlich, wie die kalte elektrische Schere über meine Kopfhaut glitt.

Ich weinte bittere Tränen. Konnte nicht begreifen, warum man mich bestraft. Mit dreizehn, ein Kind allein. Allein in einer kalten Welt. Ohne Gefühl. Ohne

Zuneigung. Keine Post war erlaubt. Ein Kind, dessen Eltern sie nicht besuchen durften. Nur ein hellblaues Taschentuch, das mir mein Vater zum Abschied reichte, als ich weinend die Klinik betrat, hielt ich in meiner Hand. Ich roch. Enttäuscht erkannte ich, dass der Geruch von Tabak, der mir Geborgenheit vermittelte, verschwunden war.

Allein mit einem blauen Taschentuch, einer Krankenschwester, die versuchte diesen Moment schön zu reden, verschwamm diese traurige Erinnerung und ich kehrte zurück in mein jetziges Leben.

Still war es um mich herum. Wiktoria saß neben mir. Wir schwiegen, trauerten gemeinsam eine lange Zeit, bevor ich sie noch einmal fragte. „Warum hast du dein Kind weggegeben?"

Ein langes Schluchzen war zu hören, ehe ihre bewegende Geschichte aus ihrem Mund strömte.

„Weißt du Eugenia, ich weiß gar nicht wie ich beginnen soll", sagte sie in Gedanken versunken. „Mein ganzes Leben schon wollte ich in der Politik tätig werden. Ein Praktikum in einem Konsulat war für mich eine einzigartige Chance. Mein Vater ist ein einflussreicher Geschäftsmann. Er hatte seine Kontakte für mich spielen lassen. Darauf bekam ich diese begehrte Praktikantenstelle, für die sich mehr als fünfhundert angehende Studenten bewarben. Ich war glücklich, diese einmalige Möglichkeit bekommen zu haben. Von Anfang an arbeitete ich hart. Befolgte jedwede Anweisung ohne Einwände. Obwohl hart arbeiten, ist vielleicht etwas übertrieben. Ich durfte Einladungen verschicken. Ab und zu mich bei Empfängen einbringen, oder hin und wieder einen Brief tippen. Umfragen am Computer bearbeiten. ... Die Arbeit machte mir viel Spaß. Ich bemerkte nicht wie beeindruckt man von meiner Tätigkeit war. Ein inniges

Freundschaftsverhältnis baute sich zwischen der Frau des Konsuls und meinerseits dadurch auf. Das tat gut, meine Familie ist schließlich in Polen geblieben. Ich sah sie nur selten. Die Frau des Konsuls war sozusagen eine Ersatzmutter für mich. … Eines Tages bekam ich durch Zufall mit, dass eine künstliche Befruchtung bei ihr mißlang. Ihr sehnlichster Kinderwunsch schlug zum wiederholten Male fehl. Sie hatten einfach kein Glück!"

„Du hast doch nicht etwa, als Leihmutter …", ich sah sie mit großen aufgerissenen Augen an.

„Nein! … Doch. Nein, so war das nicht! Sie hätten mich nie gefragt. Die Frau war verzweifelt. Ich mochte sie doch. Aber ihr Lebenswille schwand zusehends."

„Ja aber, da kannst du doch nichts daran ändern?"

„Doch, … eines Abends legte ich ihr eine Broschüre über Leihmütter auf den Tisch."

„Und dann?"

„Na ja, sie hat erst ganz überrascht gewirkt, etwas gekränkt. Aber ich bemerkte, je mehr sie über dieses Thema las, desto mehr Hoffnung schimmerte in ihr auf. Diese blasse traurige Frau wurde immer lebensfroher. Sie umarmte mich auf einmal. Bedankte sich bei mir."

„Du hast dich freiwillig angeboten, die Leihmutterschaft zu übernehmen?"

„Nein, das heißt, es war nicht ganz so, wie du es denkst. Nach langer Zeit ging sie an diesem Abend freudig aus dem Raum. Eine Woche kam dieses Thema nicht mehr auf. Der Konsul beobachtete mich. Ich dachte schon, dass er sauer auf mich war, überhaupt ein solch heikles Thema in einem streng katholischen Haushalt anzusprechen. Aber …"

„Aber was? Rede schon! … Hat er dich verführt?"

„Nein, was denkst du denn? Nie im Leben hätte er seiner Frau so etwas angetan. Er liebte sie. Er vergötterte seine Frau. Alles hätte er für sie getan. Sie war zu diesem

Zeitpunkt schon sehr depressiv. Längere Zeit in psychiatrischer Behandlung. Natürlich wusste das niemand. Aber da ich ab und an ein paar Rechnungen der beiden sah, erkannte ich schnell, dass Tranquilizer keine normalen Schmerzmittel sind."

Mir wurde es flau im Magen. Langsam glomm ein ungutes Gefühl in mir auf. „Ja und dann? Lass dir doch nicht alles aus der Nase ziehen!"

„Die Frau des Konsuls war danach so unbeschreiblich glücklich. Auch ihr Mann schien erleichtert. … Eine Woche später baten sie mich in sein Arbeitszimmer. Sie kam gleich auf mich zu, umarmte mich. Sie weinte. Bedankte sich daraufhin gefühlte hundert Mal bei mir. Auch ihr Mann, den ich über ihre Schulter ansah, lächelte mich sehr freudig an. … Verstehst du? Ich konnte den beiden einfach nicht widerstehen. … Na ja, erst in diesem Moment war mir klar, dass sie dachten, ich würde mich freiwillig als Leihmutter zur Verfügung stellen. Ich brachte es nicht übers Herz, sie zu enttäuschen. Sie waren immer sehr gut zu mir. Sie empfingen mich mit offenen Armen. … Sie taten mir leid."

„Und, da hast du mit dem Konsul geschlafen?"

„Nein, was denkst du denn? Nie! Ich bin doch kein käufliches Mädchen! Außerdem sagte ich, dass sie sich über alles liebten."

„Ja und dann? Lass dir doch nicht alles aus der Nase ziehen!", beschwor ich Wiktoria erneut.

„Naja, da ich nun wusste, dass ich die Leihmutterschaft übernehmen sollte, musste ich ihnen einfach helfen."

Wir schwiegen. Nach kurzem Zögern sprach sie weiter. „Da war noch etwas anderes." Wiktoria blickte auf den Boden, sichtlich beschämt. Ihre Stimme wurde leiser, bevor sie letztendlich ihre Geschichte weitererzählte.

„Sie unterbreiteten mir ein einzigartiges Angebot. Meine Karriere wäre dadurch gesichert. Unterstützung auf meinen Weg in die Politik. Stell dir vor, welche Möglichkeiten ich gehabt hätte. Verstehst du? Das war eine einmalige Chance für mich!"

„Hast du dann doch mit dem Konsul sexuell verkehrt?"

„Nein, das sagte ich doch schon! Ich ließ mir ein befruchtetes Ei von der Frau des Konsuls einpflanzen. In einer niederländischen Privatklinik. Dort ist dieser Vorgang erlaubt."

„Aber, dann ist es doch nicht dein Kind?"

„Du verstehst das nicht!", erwiderte sie niedergeschlagen. „Es wuchs in mir. Ich war die Mutter! Nicht genetisch, aber dennoch war ich die Mutter. Das Kind bewegte sich, fühlbar in mir. Ich sprach mit dem Kind. Je größer es wurde, desto mehr Muttergefühle wuchsen. Zu spät begriff ich, dass ich einen Pakt mit dem Teufel geschlossen hatte. Für mein weiteres Leben war zwar gesichert. In der Politik wäre ich groß geworden. Alles was ich mir je erträumte, hätte sich erfüllt. Aber was war mit diesem Kind? Diesem Kind, das in mir wuchs. Zweifel, die ich einfach nicht ausräumen konnte. Meine Schwangerschaft verbrachte ich in den Niederlanden. Weder meine Familie noch andere Mitarbeiter des Konsulats, erfuhren darüber. Offiziell sollte es heißen, sie hätten das Kind adoptiert. In einem katholischen Kloster bereitete ich mich auf die Geburt des Kindes vor. Dort entband ich auch. Ich sah mein Kind nie. ..." Bedrückt fuhr Wiktoria mit ihren Schilderungen fort. „Nie habe ich das Kind gesehen. Mein Kind. Es weinte, als ich entbunden hatte. Sofort merkte ich, dass Milch in meine Brust schoss. Es war mein Baby. Nicht das des Konsuls und seiner Frau."

Wiktoria sackte in sich zusammen. Ihre Trauer spürbar für mich. Ich blickte Sie an. Langsam empfand ich Mitleid.

„Wiktoria war noch jung, als sie sich auf etwas einließ. Etwas was eine Frau mit mehr Lebenserfahrung, in meinen Augen, bestimmt nicht übers Herz gebracht hätte. Doch sie hatte es letztendlich getan. ... Auch Mitgefühl mit dem Konsul und dessen Frau hatte ich. Sie gingen einen Weg, der beiden viel Kraft abverlangte. Die Frau, die ihr Leben lang ein Kind wollte. Ein Kind, das ein noch festeres Band der Liebe um ihre Ehe geschlungen hätte. Eine Mutter zu sein, war für diese Frau die Erfüllung ihres Daseins. Der Mann hatte sie trotz der fehlenden Mutterschaft geliebt. Aber er sah, wie seine große Liebe an diesem Wunsch fast zerbrach. Also tat er das einzig Richtige in seinen Augen. Er hat sich auf den Plan einer Leihmutterschaft eingelassen. Was wäre geschehen, wenn dieser Plan nicht umgesetzt worden wäre? Vielleicht hätten sie ein Kind adoptiert. Vielleicht wäre diese große Liebe daran zerbrochen. Denn eine Frau, die nicht Mutter werden kann, verliert den Boden unter den Füßen. Wird vielleicht nie mehr zurück ins Leben finden. Depressive Ansätze erkannte Wiktoria schon an der armen Frau. Hilfe wollte sie geben. Doch es kam anders. ... Aus einer Helfenden, wurde ein Opfer."

Näher rutschte ich an Wiktoria heran. Ein verstorbener Mensch, eine Seele, die von Schuldgefühlen auch nach dem Tod geplagt wurde. Mir war bewusst, dass ich ihr helfen musste. Es war meine Pflicht, ihre Seele zu befreien. Ihre Seele sollte Ruhe finden, in der Unendlichkeit. Ich blickte sie an. Sie weinte immer noch, Tränen, die nicht sichtbar waren. Eine schöne junge Frau, deren Seele neben mir saß. Ihren Kummer spürte ich. Ihre Trauer. Wiktorias Silhouette verblich langsam, bis am Ende nichts mehr von ihr zu sehen war.

Der leichte Wind, der angenehm durch meine langen Haare wehte, brachte meine Gedanken über dieses arme Geschöpf zurück. Allein auf einer Bank sitzend in meinem realen Leben. Obwohl die Geschichte für mich unendlich traurig erschien, erkannte ich das erste Mal, dass sich meine leere von Trauer überschüttete eigene Welt wieder füllte. Füllte mit meiner Gabe, die so lange verschwunden war. Einer Gabe, die seit vielen Jahren nur in meiner Vergangenheit real existierte. Jetzt war sie zurück. Die Hoffnung erneut eine Seele zu erretten, brachte mir neue Kraft für mein weiteres Leben. Ein Leben, was mir bisher trostlos, gar einsam erschien. Ich glaubte, es war ein Glücksgefühl, was sich wohlig in meinem von Schmerz gefüllten Herz ausbreitete. Ich erkannte, dass meine Gabe neu gewachsen war.

Doch Angst kam auf, als ich begriff, dass ich diese Tatsache auf keinen Fall jemandem offenbaren durfte. Ich musste schweigen. Das Gefühl der Furcht erneut in eine Behandlung zu kommen, brach aus.

„Wie geh ich weiter vor? Was mache ich mit Dorothea? Sie kannte meine Vergangenheit. Sie wusste, dass ich die Täter sah. Dorothea sprach davon, dass sie mir glaubte. Aber tat sie das wirklich? Dorothea bespitzelte mich! Das stand eindeutig fest. Ich vertraute ihr. Ich dachte, endlich eine Freundin gefunden zu haben. Und dann ... Entschuldigen, das tat sie. Aber warum hat sie mich bespitzelt? Jetzt da ich wusste, dass sie keine Kriminalistik studierte. Warum habe ich nicht erkannt, wer sie in Wirklichkeit war? Gefühlte tausend Mal, in ihrem Zimmer bin ich gewesen. Blickte auf die Bücher, las die Titel. Doch das Offensichtliche erkannte ich einfach nicht. Eine angehende Psychiaterin erschien mir jetzt glaubhafter. Ob sie meinen Erzfeind kannte? Was war mit der armen Seele Wiktoria, wusste sie mehr? Oder gab es vielleicht Zusammenhänge, die ich mir einfach noch nicht ausmalen konnte?"

Viele unzählige Fragen standen im Raum, die es galt zu lösen.

„Doch wo sollte ich beginnen? Beginnen, mit wem?"

Auf dem Weg zurück zur WG rief ich meine Eltern an. Niemand nahm ab. Gerade in diesem Augenblick hätte ich zu gern mit meiner Mutter gesprochen. Reden wollte ich. Einfach nur reden, mit einem vertrauten Menschen.

Eine Fahrt von meinem alten zuhause betrug nur eine knappe Stunde mit dem Bus. Dennoch hatte ich meine geliebten Eltern Monate nicht gesehen. Meine Sehnsucht nach ihnen wuchs.

Als ich mein Zimmer betrat, saßen meine Eltern, an die ich gerade noch sehnlichst dachte, darin. Ich lächelte, einfach nur froh beide bei mir zu haben. Sie dagegen schienen erleichtert.

Erst in diesem Moment begriff ich, dass Stunden vergangen waren. Stunden, die sie mich sorgend vermissten.

„Mama!", kam das Wort aus meinem Mund und dabei fiel ich beiden gleichzeitig in die Arme. Tränen, Glückstränen sind es gewesen, die unaufhaltsam aus meinen Augen flossen. Geliebte Menschen zu spüren erhellte meine trübselige Stimmung.

„Na, na. Liebeskummer ist nicht von Dauer, Kind! Eugenia du wirst sehen, es kommen noch viele anständige Männer, die deinen Weg kreuzen werden! Du bist noch so jung."

Ich blickte sie ungläubig an. Dann schaute ich zur Tür. Dorothea betrat den Raum mit einem Tablett, auf dem Kaffee stand.

Sofort erkannte ich Dorotheas falsches Spiel. Die Wut wuchs erneut. Ganz unverhohlen donnerte ich durch den Raum und sah sie dabei wütend an. Angewurzelt blieb sie stehen. Erschrocken erwiderte sie meinen Blick.

„Liebeskummer hat sie euch das erzählt? Nein, Liebeskummer habe ich nicht. Wisst ihr, dass diese Person, die sich bis vor kurzem noch Freundin nannte, eine Betrügerin ist?" Ich konnte nicht anders als zu schreien, denn meine Seele brauchte dringend Luft.

Dorothea setzte das Tablett auf den kleinen Tisch, der direkt in der Mitte vor meinem Bett stand. „Halt, das entspricht nicht ganz der Wahrheit!", antwortete sie.

„Was weißt du schon von Wahrheit? Du lügst, wenn du nur deinen Mund öffnest. Wisst ihr, sie ist überhaupt gar keine angehende Kriminologin, sondern eine verlogene Psychologiestudentin!"

Meine Mutter brachte sich ein. Ruhig sprach sie, um diese Situation nicht noch zusätzlich aufzuheizen. „Setz dich bitte, Eugenia!"

Skeptische Blicke warf ich ihr zu. „Aber, hast du nicht gehört, was ich gerade sagte?"

„Setz dich, Eugenia! Sofort!", sprach mein Vater in einem hartnäckigen Ton.

Abwechselnd blickten meine Augen zwischen beiden hin und her. Argwohn, gleichzeitige Verwirrung verspürte ich.

Meine Mutter ergriff erneut das Wort. „Dein Vater, auch ich wissen, dass Dorothea Psychologie studiert."

Als ich diese Worte hörte, glaubte ich, der Boden unter meinen Füßen verschwand. Die Umgebung schwankte in diesem Moment. Benommen nahm ich auf meinem Bett, neben meiner Mutter einen Platz ein. Tief musste ich mich zwingen einzuatmen, der Ohnmacht zum Greifen nahe. „Ihr wusstet davon?"

„Ja, wir haben dir Dorothea selbst vorgeschlagen. Erinnerst du dich?", antwortete sie liebevoll, dabei nahm sie meine Hand.

Die Sätze erklangen in meinen Ohren. Enttäuscht über die Vorstellung eine dicke Lüge läge zwischen mir und meinen Eltern, brachte mich zum Weinen.

„Stimmt, ihr habt die Wohnung gemietet. Ihr habt mir Dorothea als Mitbewohnerin vorgestellt. Ihr wusstet von Anfang an, dass sie einem Berufszweig angehört, mit dem ich nie wieder etwas zu tun haben wollte! Seid ihr noch bei Trost!"

„Eugenia, mäßige deine Worte!", bestimmte mein Vater gleich darauf.

„Warum? Meine eigenen Eltern sind Lügner! Lügner!", ich weinte. Ich weinte nicht nur vor Wut, sondern auch, weil mir mein vermaledeites Leben zum wiederholten Male Enttäuschungen auferlegte. Und das von Menschen, die ich glaubte zu kennen. Denen ich Blindlings vertraute.

„Kind!", erwiderte meine Mutter. „Hör doch bitte erst einmal zu!"

Ich blickte sie enttäuscht an. Verraten kam ich mir vor. Verraten von meinen eigenen Eltern. „Meine eigenen Eltern.", immer noch außer mir vor Enttäuschung, schüttelte ich den Kopf.

„Hast du denn nicht bemerkt, dass es dir in letzter Zeit besser ging?", fragte meine Mutter nachsichtig. „Dorothea half dir mit den unzähligen Gesprächen, die ihr gemeinsam geführt habt. Du hast dich ihr geöffnet. Du musstest dich öffnen! Deine Vergangenheit verarbeiten. Es ist zu deinem Besten! Die vielen Jahre nach der Therapie, die wir bis heute bereuen. Es ging dir fortwährend schlecht. Die vielen Beruhigungsmittel. … Aber deine Alpträume hörten nicht auf. Irgendetwas ging in dieser Klinik damals schief. Bis heute kennen wir nicht die ganze Wahrheit! … Die plötzlich aufkommenden Schmerzen an deinem rechten Handgelenk. War es wirklich nur Einbildung von dir? Nein Kind. … Kannst du dich noch an deinen achtzehnten Geburtstag erinnern, als du dir beim Skifahren den rechten Daumen gebrochen hattest?" Ich nickte und wusste dennoch nicht, worauf meine Mutter hinaus wollte.

Sie sprach weiter. „Erst an diesem Tag erfuhren wir von dem behandelnden Arzt, dass du Jahre zuvor einen Bruch im rechten Handgelenk hattest. Ein mehrfacher Bruch.

Gesplittert. Er wurde nicht operiert und ist falsch zusammengewachsen. Deshalb hast du immer wieder Schmerzen. Das vielleicht, ein Leben lang. Hast du eine Vorstellung davon, wie uns zu Mute war, als wir ahnungslos eine Wahrheit erfuhren! Immer hatten wir ein ungutes Gefühl, nachdem du entlassen wurdest. Aber das man uns so etwas verschwieg, schien unfassbar. Wir wollten rechtliche Schritte gegen die Klinik einreichen, aber es hieß, verjährt.", traurig, den Tränen nah, blickten mich meine geliebten Eltern an.

„Aber warum habt ihr mir das nicht schon viel früher erzählt? Warum habt ihr geschwiegen? Auch ich wusste, dass etwas mit mir in der Klinik geschehen war. Dennoch kehrten meine Erinnerungen daran nur sehr langsam zurück."

Meine Mutter sah mich flehend an. Ich spürte, dass sie mir endlich alles erzählen wollte. Eine Last, die sie zu lange in sich trug. Jetzt erkannte sie die günstige Gelegenheit und die Worte flohen aus ihrem Mund. Verborgener Ballast, der am Ende zum Vorschein kam. „Als wir zustimmten dich in diese Klinik zu bringen, dachten wir, dass wir dir helfen. Ein Jahr durften wir keinen Kontakt zu dir halten. Der Tag des Wiedersehens sollte ein Freudentag werden. Doch dann, als wir dich erblickten ... Fassungslos standen wir dir gegenüber. Dünn und blass warst du. Nicht ansprechbar. In einer anderen Welt gefangen schienst du zu sein. Deine Haare kurz. Man erzählte uns, dass du während einer Wahnvorstellung sie einfach abgeschnitten hättest. Nicht zu bremsen seist du gewesen. ... Bestürzt, handlungsunfähig verließen wir dich damals. Wir mussten dich zurücklassen."

„Ich weiß, ihr habt mich vor vielen Jahren schon einmal gefragt, warum ich mir meine Haare abschnitt. Damals konnte ich euch diese Frage nicht beantworten. Aber heute weiß ich, dass es in der Klinik auf Anordnung meines behandelnden Arztes geschah."

Schluchzend vor Reue, entgegnete meine Mutter, mit einem Taschentuch in ihrer Hand, um ihre Augen zu trocknen. „Hättest du dich damals, als wir dich das erste Mal in der Klinik wiedersehen durften, nicht bewegt …Wir hätten … gezweifelt. So blass, wie du in deinem Bett gelegen bist. Fast glaubten wir schon …", sie schluchzte und trocknete zum wiederholten Mal ihre Tränen. „Diesen schrecklichen Tag werde ich nie vergessen. Glaub mir, wenn ich dir sage, dass wir beide von diesem Zeitpunkt an, alles taten, um dich aus dieser psychiatrischen Klinik zu holen! Aber der Arzt meinte, die Therapie zu unterbrechen, würde gravierende Bewusst-seinsstörungen bei dir hervorrufen. Wir gingen vor Gericht. Das Gericht entschied, die Behandlung bis zum Ende fortzuführen. Als du dann endlich wieder bei uns warst und viel besser ausgesehen hattest, dachten wir anfangs, das Gericht hätte richtig entschieden. Doch schon einige Monate später bekamst du Angstzustände. Deine Träume wurden zu Alpträumen. Jede Nacht unaufhörliche Schreie. Wirre Worte, angsteinflößend. Doktor Leichten-schlag meinte, dass es normal wäre, nach einer so langen Therapie. Eigentlich hätte er dich am liebsten wieder in seine Klinik einweisen lassen. Aber dieses Mal, hatte er keine Chance. Denn zuvor wurdest du von ihm als geheilt entlassen. Die vielen Medikamente musstest du auch weiterhin einnehmen. Er erklärte uns, dass sie dir helfen würden, deine Angstzustände zu lösen. Um den Verlust deines Freundes Mathias, der damals wegzog, zu verarbeiten. … Neue Freunde solltest du dir suchen. Aber du wolltest nicht. Kein Vertrauen zu anderen konntest du aufbauen. Du schienst dich in eine Welt der Einsamkeit einzusperren. Statt realer Menschen umarmtest du Bücher. … Je länger die Zeit nach deinem Klinikaufenthalt verstrich, desto mehr Alpträume hattest du. Wir sahen zu, wie du gelitten hast, und konnten nicht helfen. Dann fiel es mir wieder ein. Ich hatte schon einmal Tabletten vergessen. Die Befürchtung damals dir würde es schlechter gehen, traf nicht ein. Im Gegenteil, es schien dir besser zu gehen. Seitdem ließ ich sie einfach weg. Ohne Absprache. Mit dieser Erkenntnis entschieden wir uns dazu, eine Frau aufzusuchen, die mit Naturmedizin arbeitete. Homöopathie. Sie war die Erste, die mir sagte, ich solle versuchen ganz langsam die Medikamente abzusetzen. Dann sprach ich mit unserem Hausarzt. Auch er fand die tägliche Dosis zu hoch eingestellt. Unter seiner Kontrolle setzte ich sie ab. Dieser hochgelobte Doktor Leichtenschlag hatte dein Leben zerstört. Und wir standen all die Jahre hilflos daneben. Heute schluckst du nur noch eine Tablette. Das ist aber nur ein Placebo. Wenn du sie nicht einnimmst, wirst du unruhig. Darum nimmst du sie bis heute. Die letzten zwei Jahre bist du medikamenten-frei."

Mein Blick fiel auf den Nachtschrank, indem sich meine Tabletten befanden.

„Placebo also." Gemeinsam schwiegen wir, nur das Schluchzen meiner Mutter war zu hören.

Alles was ich hörte, schien plausibel. Ich war froh, endlich eine Wahrheit gehört zu haben. Eine Wahrheit, von der ich nicht wusste, dass sie existierte.

Wiktoria tauchte unverhofft in meinem Zimmer auf. Eine Seele, die ich erst kurz kannte und doch schien uns etwas zu einen. Vertrautheit. Ihr mildes Lächeln, während sie auf meiner Fensterbank platz nahm. Ihre plötzliche Anwesenheit schien mich zu beruhigen, doch keinen von ihnen verriet ich ihre Existenz.

Schließlich stand ich auf, ging zum Tablett, welches Dorothea auf meinen kleinen Tisch gestellt hatte und reichte meinen Eltern eine Tasse Kaffee. Auch ich trank einen großen Schluck, verbrannte mir, wie schon so oft in meinem Leben, die Zunge. Reagierte kaum merklich. Zu tief war ich in Gedanken versunken. Nachdenklich fragte ich.

„Was ist mit Dorothea? Ihr sagtet, ihr wisst, dass sie Psychologie studiert. Eine medizinische Richtung, die ich verabscheue. Auch das ist euch bekannt!", erklärte ich etwas ernüchternd. Meine Stimmung drohte erneut zu kippen. Absichtlich vermied ich den Blickkontakt mit Dorothea. Letztendlich überwog die Neugier, schließlich wollte ich die ganze Wahrheit erfahren.

„Wir suchten eine Mitbewohnerin. Es meldeten sich viele, für unsere kleine Zweitwohnung."

„Sie gehört euch?"

„Ja, wir kauften sie, als wir wussten, du würdest Archäologie in Leipzig studieren. Ich glaube, das war, als du achtzehn wurdest. Du lerntest nach deinem Klinikaufenthalt in der Psychiatrie sehr schnell. Entgegen der Prognose deines Arztes Doktor Leichtenschlag. Die Schule schien dir auf keinster Weise schwerzufallen. Bücher hast du verschlungen. Alles, aber wirklich alles, was dir lesbares in die Hände fiel, hast du wie ein Schwamm förmlich aufgesaugt. Ab und an hatte ich das Gefühl, du würdest banale Dinge aus dem täglichen Leben nicht mehr kennen. Zum Beispiel hast du einmal versucht ein Stück Fleisch, mit einem Löffel zu schneiden. Oder ein anderes Mal hast du dir ohne ersichtlichen Grund, deine frisch gewaschenen Hände mit Toilettenpapier abgetrocknet. Obwohl gleich neben dem Waschbecken, ein Handtuch hing. ... Aber diese Alpträume. Deine Liebe zu Büchern, die Abneigung zu realen Personen. Dazu kamen die großen Gedächtnislücken aus deiner Vergangenheit. Über deinen Aufenthalt in der Klinik war dir auch nichts mehr bekannt. Das hast du jedenfalls behauptet. Aber wie gesagt, deine Traumwelt erzählte etwas anderes. Dieser Medikamentencocktail war dein Verhängnis. Er musste abgesetzt werden."

„Ja, das weiß ich doch. Aber warum Dorothea? Warum eine Person, die Psychologie studiert?"

„Wir wollten jemanden bei dir haben, der mit dir umgehen kann. Ein Mensch, der dich nicht gleich verurteilt. Sondern dir helfen kann. Dorothea brachte uns erst als wir ihr erzählten was mit dir los ist, auf die Idee, dass du vielleicht Schocktherapien verabreicht bekamst. Wir informierten uns über dieses Thema und waren entsetzt. … So etwas bei einem Kind, ohne Zustimmung der Eltern. Als wir nochmals Klage einreichen wollten, strebten deren Anwälte eine Gegenklage wegen Verleumdung an. Unsere Anwälte konnten gerade noch das Schlimmste verhindern. Dennoch musste dein Vater seine Firma verkaufen."

Ich erschrak.

„Du brauchst dir keine Sorgen um uns machen, ein paar Rücklagen sind uns geblieben!"

„Aber warum um Himmelswillen, macht ihr das alles hinter meinem Rücken? Ich bin erwachsen und kann selber entscheiden, was ich unternehmen werde. Außerdem habe ich endlich ein Recht auf die Wahrheit! Auf die ganze Wahrheit!"

„Eugenia, du hast schon so viel Leiden müssen. Wir wollten dich nicht zusätzlich belasten."

„Darum half ich deinen Eltern", brachte Dorothea geknickt und leise ein. Ich funkelte Dorothea böse an. Meine Eltern bemerkten meine abwertende Haltung ihr gegenüber. Jedoch kam kein Wort über ihre Lippen. Allgemeines Stillschweigen brach aus.

Letzten Endes versuchte meine Mutter, Dorothea dennoch zu verteidigen.

„Dorothea hat uns den Tipp mit der Stromtherapie gegeben. Aber was noch wichtiger ist, sie hat dich, wenn auch heimlich, therapiert. Von der Kamera hat sie uns erst heute erzählt. Auch wir waren davon nicht begeistert."

„Aber ich habe deinen Eltern erklärt, dass ich so besser über deine Vergangenheit mit dir sprechen kann. Vor allem, wenn ich schon umfangreiche Kenntnisse darüber besitze. Ich kann viel schneller und gezielter darauf reagieren. Dir damit helfen. Du kannst mir glauben, als ich mitbekam, dass du wirklich mit Toten sprichst, staunte ich nicht schlecht. Ich hörte schon mehrfach über solche Phänomene. Wirklich geglaubt, habe ich sie erst, als ich dir die tote Frau in der Pathologie zeigte. Du kannst dich doch noch daran erinnern? Oder?"

„Natürlich kann ich mich daran erinnern!", wir lächelten uns kurz an.

„Warum bist du eigentlich weggerannt? Hattest du sie gesehen? Ich meine die Tote."

„Nein. Ich weiß selbst nicht, was mit mir los war. Ich hatte einfach ein ungutes Gefühl und darauf lief ich weg." Log ich sie an.

Misstrauisch beobachtete mich Dorothea. Doch sie schwieg.

Meine Mutter fuhr fort.

„Weißt du Eugenia, wir wollten unser ganzes Leben lang, nur das Beste für dich. Und als wir erkannten, dass wir mit deiner Einweisung in eine psychiatrische Einrichtung, den größten Fehler unseres Lebens gemacht haben, war es zu spät. Zwei Jahre ohne dich. Immer wieder denke ich daran zurück. Wie Du mir von deinen Toten erzähltest. Skurril und absolut unwahrscheinlich erschienen uns deine Schilderungen." Sie schwieg, nahm die Hand meines Vaters. Deutlich erkannte ich, dass sie diese kräftig drückte. Meine Eltern blickten einander an, worauf mein Vater unterstützend nickte. Reue mischte sich in die Stimme meiner Mutter, während sie weitersprach.

„Das ist noch nicht die ganze Wahrheit!", brachte sie kleinlaut heraus. „Wir wollten dir helfen und machten alles nur schlimmer", flehend sah sie mich an. Ich merkte, dass sie mir endlich alles sagen mochte. Jedoch die Angst noch mehr bedrückende Wahrheiten ertragen zu müssen ... *„Konnte ich noch mehr ertragen? Die Angst vielleicht meinen Eltern nie zu verzeihen."* Schnell verwarf ich den letzten Gedanken. Ich hörte, ich lauschte vor Angst innerlich zitternd. Im Endeffekt kam die niederschmetternde Wahrheit vollends ans Licht.

„Als wir damals endlich die Kraft hatten, es deinen Großeltern zu erklären. Zu erklären, dass du tote Menschen zu sehen glaubst und mit diesen sogar sprichst, waren sie ganz aus dem Häuschen. Sie konnten es nicht glauben, dass es in ihren Augen endlich jemanden gab, der wieder die Gabe besaß. Die Gabe, Tote in die Unendlichkeit, was immer das auch ist, zu begleiten. Umherstreifenden Seelen, ihren ersehnten Frieden zu geben. Sie waren sehr stolz auf dich, ihrer Enkelin. Nach Generationen gab es wieder jemanden, der diese Gabe besaß." Meine Mutter schwieg.

„Deine Großeltern schmissen uns aus dem Haus, nachdem wir ihnen erzählt hatten, dich in eine psychiatrische Einrichtung gebracht zu haben. Sie wollten es nicht begreifen. ... Barbaren waren wir in ihren Augen. Deine Großmutter verglich uns mit Hexenverfolgern. Sie beschimpfte uns. Wir sind schuld, dass sie uns bis zum Ende hassten. Ich glaube, beide starben an gebrochenen Herzen. Kurz bevor du entlassen wurdest, ging erst deine Großmutter von uns und wenig später dein Großvater." Sie weinte erneut. Ich war entsetzt darüber, den Menschen, denen ich unendlich viel bedeutete, entsetzlichen Kummer und Schmerzen bereitet zu haben. Nicht nur meine Eltern waren fast zerbrochen, sondern meine geliebten Großeltern mussten leiden. Starben letztendlich. Das wiederum nur, weil ich eine Gabe habe. Schuldbewusst, das Leid, was ich über die Jahre geglaubt habe, allein zu tragen, brachte auch grenzenlosen Kummer über meine gesamte Familie. Ich kam mir so schlecht vor. Meine Eltern, vor allem meine Mutter, taten mir unendlich leid. Ich schritt auf sie zu, kniete mich vor ihr auf den Boden und drückte sie fest an mich.

Ich erkannte erst jetzt, dass nicht andere, sondern ich selbst für mein Leben verantwortlich war! Geliebte Menschen mit meinem Kummer belastet zu haben. Nein das wollte ich nicht mehr. Ich hatte ihnen verziehen. Das Beste dachten sie immer, würden sie tun. Für mich, ihr einziges Kind. Die vielen Jahre, in denen sie Schuldgefühle plagten. Schuldgefühle nicht nur mir gegenüber. Unendliche Schuld, die auf ihren eigenen Schultern lastete. Tapfer bis heute ertragen.

„Keine Angst Mama. Sie haben dir schon lange verziehen. Sie sind doch deine Eltern. Und Eltern verzeihen immer ihren Kindern." Als ich die Worte sprach, strich ich sanft mit meiner rechten Hand über ihre Wange.

„Glaubst du das wirklich?"

„Ganz sicher.", ich lächelte zärtlich und wir umarmten uns erneut. Deutlich erkannte ich auch Tränen in den Augen meines Vaters, der mit aller Kraft versuchte, Stärke zu zeigen.

An diesem Abend erzählten wir noch sehr lange. Auch Dorothea versuchte ich mich anzunähern, obwohl es mir schwerfiel. Sie schwor auf alles, was ihr heilig war. Zeigte mir ihren Computer. Sämtliches, was meine Person betraf, war gelöscht. Auch ihre Schubfächer musste ich durchsuchen. Sie bestand darauf.

Meine Eltern schliefen diese Nacht in meinem Zimmer. Ich bei Dorothea im Bett. Noch einmal schwor sie, mein Vertrauen nie mehr zu missbrauchen. Offiziell verzieh ich ihr. Dennoch die Freundschaft, die vorher zwischen uns herrschte, vermochte ich Dorothea kein weiteres Mal entgegenzubringen. Ein Keil, der unwiderruflich zwischen uns stand, hatte unsere freundschaftlichen Seelen entzweit.

Nur Wiktoria, eine Seele, die erst kurz vorher in meinem Leben auftauchte, saß mit ihrem milden Lächeln schweigend auf der Fensterbank. Sie beobachtete das Geschehen, lauschte, stand mir bei. Ein stetiger Begleiter in meinem zukünftigen Leben. Aber das war mir zu diesem Zeitpunkt noch nicht bekannt.

Die Tage vergingen. Jedoch erzählte ich keinem von Wiktoria. Genoss die unzähligen Gespräche mit ihr. Allerdings verschwand sie immer wieder. Ich bemerkte, dass sie etwas zu suchen schien. Wusste allerdings, dass es sich nur um ihr Kind handeln konnte.

Auch Mathias Visitenkarte trug ich als kleinen Glücksbringer ständig bei mir. Viel Zeit verstrich. Es begannen die Semesterferien und ich war immer noch fest entschlossen, Wiktoria zu helfen.

„Sag mal Wiktoria, was hältst du davon, wenn wir beide ein paar Tage nach Berlin fahren?", erkundigte ich mich, bei ihr.

„Ja, das wäre wunderbar. Meinst du, ich sehe dann zum ersten Mal mein Kind?"

„Ich hoffe doch! Aber was mir noch wichtiger erscheint, ist, wer sind deine Mörder?"

„Zum hundertsten Mal. Ich weiß es nicht!", sprach Wiktoria genervt aus. „Warum mein toter Körper ein Loch in der Schläfe hat? Weil man dieses Loch hineinbohrte. Was sonst? Ende. Das, was du in einer Vision gesehen hattest, ist alles, was ich noch weiß. Mehr nicht. Drei Männer in Weiß. Und als sie die Bohrmaschine in meinen Kopf jagten, hatte ich keine Schmerzen. Folglich war ich tot. Mein Bewusstsein kehrte erst wieder, als ich in der

Pathologie lag. Noch nicht einmal wie mein Körper obduziert wurde, ist mir bekannt. Und das ist, wenn du mich fragst, auch gut so. Punkt!"

„Versuch dich doch noch einmal …"

„Es reicht, ich weiß es nicht! Außerdem haben wir all das, gefühlte hundert Mal bereits besprochen. Lass die Sache auf sich beruhen!"

Ich verstummte. Dennoch konnte ich die Gedanken an ihren furchteinflößenden Tod einfach nicht aus meinem Kopf verschwinden lassen. Immer von Neuem rief ich diese schreckliche Vision an das Gesehene ab. War sie real? Einbildung? Oder ein Traum, der nur in meinem Kopf existierte?

Ein heller Raum. Grelles kaltes Licht. Drei Männer. Einer von ihnen war sehr jung, vielleicht Mitte zwanzig. Die beiden anderen eher Anfang vierzig. Es war Krankenhauskleidung, die sie trugen.

Die älteren Männer gerieten aneinander. „Soll ich der armen Frau, wirklich mit einer Bohrmaschine in die rechte Schläfe bohren?", sprach einer der beiden.

Unbeherrscht erwiderte darauf der andere. „Ja! Du hast doch gehört, was der Chef von uns verlangte. Diese Irre ist schon tot! Du kannst ihr keine Schmerzen mehr zufügen! Tot ist tot!"

„Also, ethisch finde ich das verwerflich", zögerte der Mann mit der Bohrmaschine in der Hand. Er zweifelte.

„Ich nicht!", redete der andere. Seine durchaus skrupellose Haltung war deutlich erkennbar.

„Gib schon her …! Du Pfeife! Zwei zusätzliche Monatsgehälter kann jeder von uns brauchen. Steuerfrei überlege doch mal!", er riss dem Mann die Bormaschine aus der Hand. Ohne zu überlegen, bohrte er ein Loch in ihre rechte Schläfe. Entsetzt verfolgten die beiden anderen

Männer das Geschehen. Der Jüngste von allen übergab sich.

„Ihr seid beide Memmen! Und was für welche.", er schmiss die Bohrmaschine achtlos auf einen der Edelstahltische, die dort herumstanden. „Luschen seid ihr! Fasst jetzt wenigstens mit an! Wir haben die Aufgabe sie von hier wegzubringen! Los macht schon! Fasst endlich mit an! Der Feierabend ruft."

Fortwährend war ich von der Skrupellosigkeit des Mannes entsetzt. Sein Verhalten, dieses kalte Wesen, was er den anderen entgegenbrachte. Kein Mitgefühl. Kein Verständnis. Keine Liebe schien er zu spüren. Er erinnerte mich an jemanden. Aber an wen? Was kam mir an dieser Situation nur vertraut vor? Unzählige Male spielte ich mir diese kurze Szene im Kopf durch. Doch es wollte mir einfach nicht einfallen.

Dorothea ging mir mittlerweile auf den Geist. Andauernd wollte sie ein Gespräch mit mir anfangen. Ich konnte nicht. Der Bruch zwischen uns, zu groß ist er gewesen.

Der Tag der Abreise nach Berlin brach an. Endlich mit der Bahn nach Berlin. Das Hostel, nahe dem Alexanderplatz, war klein, darüber hinaus gemütlich.

Neu durchatmen konnte ich jetzt. Die große Stadt im Rausch meiner Gefühle. Unendlich viele neue Eindrücke. Sie taten mir gut. Lenkten mich ab.

Gleich am ersten Tag musste ich die Museen erobern. Ich fühlte mich wohl und es ging mir gut. Weit weg von Leipzig. Schon am Anfang konnte ich mir den Besuch in ein Museum nicht verkneifen. Naturkunde, eine geliebte Leidenschaft von mir.

Wiktoria war es, die mich immer wieder ablenkte. Gerade wenn ich etwas Schönes sah. Etwas das mich beeindruckte, meine Blicke gedankenversunken darin vertiefen ließen, tauchte sie auf und zerstörte meine Illusion. Darum beschloss ich gleich am nächsten Vormittag die polnische Botschaft aufzusuchen. Ich hatte auch schon einen Plan, und da sich Wiktoria dort perfekt auskannte, beschloss ich sie mit einzubeziehen.

Wir klingelten an dem großen Gebäude. Der elektrische Öffner wurde vom Portier betätigt und wir betraten eine Art hohe Diele. Gleich rechts neben der Eingangstür, saß ein Mann hinter einer Scheibe.

„Ja bitte? Was wünschen sie?"

„Ich möchte Wiktoria Petrowa Pestalotzi besuchen!"

„Kenne ich nicht. Wer soll das sein?", antwortete er schroff.

„Sie ist hier im Konsulat als Praktikantin eingestellt. Bitte schauen sie doch noch einmal in ihrem Computer nach", bestand ich immer noch sehr freundlich darauf.

Er tippte an seinem Computer und sagte. „Einen Moment bitte, sie werden gleich empfangen."

Ich stand da, in diesem kleinen Raum und wartete. Als endlich eine der Türen geöffnet wurde, trat ein älterer Herr, mit einem grauen Anzug bekleidet, mir gegenüber. *„Ein sehr gepflegtes Erscheinungsbild."* Dachte ich bei mir.

„Das ist er, der Konsul! Ich gehe hinein, bis später." Brachte Wiktotria aufgeregt heraus und verschwand aus dem Eingangsbereich.

Nun stand ich da, allein. Forschend blickte er mich an. Der Portier trug eine Uniform, stand sofort hinter dem Glas auf und seine Hand schnellte zu einem soldatischen Gruß hoch.

Ich blickte den Herrn an und streckte ihm meine Hand entgegen. Er ignorierte meine Bewegung.

Er fragte etwas fordernd, ohne mich vorher zu begrüßen.

„Wer sind sie? Was wollen sie von Frau Pestalotzi?"

Ich blieb ganz ruhig. „Erst einmal, guten Tag. Mein Name ist Eugenia Heidenreich und ich möchte eine Freundin von mir Besuchen. Ich habe sie schon über ein Jahr nicht mehr gesehen. Ihr Name ist Wiktoria Petrowa Pestalotzi!"

Er blickte von oben nach unten an mir herunter. „Sie sind Deutsche?"

„Ja, natürlich bin ich Deutsche."

„Woher kennen sie Frau Pestalotzi?"

„Wir lernten uns bei einem Opernkonzert, im Opernhaus, kennen. Ich versprach ihr, wenn ich mal wieder nach Berlin komme, sie in der Botschaft zu besuchen. Mehrere Tage versuchte ich es schon sie telefonisch zu erreichen. Doch vergebens und darum bin ich hier."

„Frau Pestalotzi ist zurück in ihre Heimat Polen. Vielleicht möchte sie keinen Kontakt zu ihnen." Gab er ziemlich barsch von sich.

„Das glaube ich nicht, aber dennoch möchte ich mich für ihre freundliche Unterhaltung bedanken." Ich drehte mich um und verließ ohne ein weiteres Wort das Botschafts-gebäude.

Ich war nicht sauer, denn ich kannte die Vorgeschichte. Konnte auch nicht glauben, dass dieser Mann etwas mit dem Tod von Wiktoria zu tun hatte. Seine distanzierende, wenn auch etwas ruppige Haltung mir gegenüber, erachtete ich als eine Art Beschützerinstinkt. Ein Beschützer, der alles verteidigen wollte, was ihm lieb war.

Ungeduldig wartete ich im Hostel. Stunden vergingen. Unbedingt wollte ich wissen, was sie herausfand. Erst am Nachmittag tauchte sie auf. Aufgeregt, doch vollkommen glücklich schien sie.

„Sag, hast du dein Kind gesehen?", fragte ich neugierig.

„Ja. … Stell dir vor, es ist ein Mädchen. Das bezauberndste Geschöpf auf Erden. Ich konnte mich gar nicht losreißen. Sie ist so unbeschreiblich wunderschön.

Ich habe sie beim Schlafen beobachtet. Wenn ich ganz ehrlich bin, war ich kaum dazu in der Lage, mich von ihr zu trennen", schwärmte sie vor lauter Glück.

„Das verstehe ich. Ich freue mich für dich. Aber ich habe leider nichts über dich herausgefunden." Sie schien immer noch gedanklich bei ihrer Tochter zu sein. Ihr Blick war leer, aber das Lächeln auf ihrem Gesicht war nicht zu übersehen.

„Hörst du überhaupt, was ich sagte? Wiktoria!"

Sie sah mich glücklich an. „Ja, aber mir sind meine Mörder egal. Ich habe meine Tochter gesehen. Sie ist in den besten Händen. Stell dir vor, der Name meiner Kleinen ist, Wiktoria."

Sie wollte mit mir ihr Glück teilen und mich umarmen, das tat sie auch. Aber für mich war es immer ein eigenartiges Gefühl und darüber hinaus musste ich mir immer wieder vor Augen halten, dass sie kein lebender Mensch war.

Ich setzte mich aufs Bett. Wiktoria hingegen auf die Fensterbank. Sehnsüchtig blickte sie aus dem Fenster. Ihr Lachen verschwand und ich bemerkte, dass sie traurig wurde.

„Ich finde es wunderbar, dass deine Tochter deinen Namen trägt", wollte ich Wiktoria aufmunternd entgegenbringen. Stand auf und setzte mich zu ihr auf die Fensterbank. Überrascht, aber dennoch erfreut blickte mir Wiktoria ins Gesicht.

„Schön, damit ist dann auch bewiesen, dass der Konsul und seine Frau nichts mit meinem Tod zu tun haben! … Ach, bevor ich es vergesse, der Konsul hat ein paar Leute auf dich angesetzt, die dich jetzt überprüfen werden. Entschuldige bitte, aber ich muss zu meiner Tochter Wiktoria!"

Überrascht, vollkommen außer mir ließ sie mich einfach zurück. Ich saß auf dieser Fensterbank und begriff zu meinem Entsetzen, dass fremde Menschen mich wahrscheinlich verfolgten. Ablenken wollte ich mich seit dieser Sekunde. Der Panik entgehen, die in mir aufflammte.

In den folgenden Tagen streifte ich unermüdlich durch andere Museen. Ab und zu beobachtete ich meine Umgebung, aber niemand war da, der mich zu verfolgen schien. Am Abend war ich so erschöpft, dass ich ohne einen weiteren Gedanken daran einschlief.

Die Tage sind vergangen, doch Wiktoria sah ich kaum. Wenn sie dann endlich wieder auftauchte, sprach sie ununterbrochen von ihrer Tochter. Ich gönnte ihr das Glück.

Als ich mich entschied abzureisen, nahm ich mir vor, ein letztes Mal in einem der gemütlichen Restaurants am Abend essen zu gehen. Lange suchte ich, bis ich ein Geeignetes fand. Ein wunderschönes italienisches Restaurant. Von außen schon einladend. Leider kann ich mich nicht mehr an die Straße erinnern. Ich geriet einfach ins Schwärmen, denn man dachte, Alcapon würde gleich um die Ecke fahren. In einer alten Limousine, mit einer schönen Frau an seiner Seite.

Hingerissen vom Flair, stand ich am Fenster und beobachtete das Geschehen darin. Große Kristallleuchter hingen funkelnd an der Decke. Weinrote Seidentapeten an den Wänden. Schwere Ölgemälde, die eindeutig eine toskanische Landschaft abbildeten. Der Boden mit dunkelbraunem Natursteinfließen. Er glänzte, sodass man sich darin spiegeln konnte. Schneeweiße Tischtücher und weiße Stoffservietten. Auf den Tischen standen lange Kerzen auf silbernen Leuchtern. Ich träumte und beobachtete die Gäste und lachte, wenn auch sie lachten, schaute grübelnd, wenn auch sie grübelten. Eine Traumwelt, die so überaus friedlich schien. Ich stand vor dem Fenster. Nicht fähig dieses Restorant zu betreten.

Zufällig blickte ich nach rechts, in Richtung der Eingangstür ... Da sah ich ihn. Mathias, der zusammen mit seinen Eltern und der verlobten Diana das Restaurant betrat. Ein Restaurant, in dem ich meinen letzten Abend in Berlin verbringen wollte.

Neid fühlte ich, als ich sah, wie er seiner Verlobten die Jacke abnahm. Gentleman von Kopf bis Fuß. Gekleidet in einem schwarzen Smoking, der ihm wie ich fand, perfekt stand. Das Kleid Dianas war atemberaubend. Es schmeichelte ihrer Figur. Der fließende schwarze Stoff war komplett bedeckt mit schwarzen Pailletten, und als sie mir den Rücken zuwandte, erblickte ich den tadellosen zartgebräunten Rücken einer wunderschönen hellblonden Frau. Sein Vater nahm seiner Mutter die Jacke ab. Noch zwei weitere Personen kamen dazu. Es handelte sich augenscheinlich um die Eltern der arroganten Diana. Eine Frau, die eindeutig nicht zu Mathias passte, wie ich fand. Alle in Abendgarderobe.

Ich nahm an, sie kamen aus der Oper. Sie setzten sich, lachten, prosteten sich mit einem Glas Prosecco zu und tranken. Eine glückliche Familie, die offenbar Zukunftspläne schmiedeten und ich stand als bettelarmes Mädchen, dem nur noch ein Korb Blumen fehlte, vor einem Lokal, was ich mir eigentlich nicht leisten konnte. Ich blickte in eine Welt, der ich nie angehören wollte. Und doch erkannte ich, genau in dieser Welt, dass ich mich unsterblich und unwiderruflich in eine Person, die ich schon fast ein Leben lang kannte, verliebt hatte. Mathias war eindeutig der Mann, mit dem ich bis ans Ende meiner Tage leben wollte.

Das Neue ist nicht immer die Erfüllung der eigenen Träume

Enttäuscht war ich von mir. Ich hatte einfach nicht den Mut dieses Restaurant zu betreten. Mich meiner eigenen Gefühle zu stellen und noch am gleichen Abend zu kämpfen. Für einen Mann, den ich ewig kenne und doch zu lange in meinem Leben vermisste. Wie ein Feigling schlich ich davon. Schnellen Schrittes entfernte ich mich von Mathias, um ihn meine Liebe nicht einzugestehen. Die Feigheit ertränken, das war es, was ich in diesem Moment wollte.

In der nächsten Bar ließ ich mich nieder. Bestellte ein einfaches Bier ohne Glas. Nippend daran versuchte ich, meine Gedanken zu ordnen.

Mit mir unzufrieden nicht in der Lage gewesen zu sein, schon vor vielen Jahren zu erkennen, dass ich Mathias schon immer liebte.

Die vielen schnippischen Bemerkungen ihm gegenüber. Sie waren nichts weiter als ein Hilfeschrei. Er sollte sich doch zu mir bekennen. Aber damals war ich eine Durchgeknallte, die nur an sich dachte. So kam ich mir in diesem Augenblick jedenfalls vor. In Selbstmitleid badend.

Andere stieß ich vor den Kopf. Wenn auch nicht beabsichtigt, aber dennoch real. Und als ich ihn mit fünfzehn das letzte Mal sah, hörte ich ihm einfach nicht zu. Ich stieß ihn von mir. Jetzt, als ich Trottel endlich erkannte, was ich für diesen überaus attraktiven großgewachsenen, dunkelblonden, wildgelockten Mann empfand, ist es zu spät. Er ist verlobt. Sitzt lachend mit seiner Familie nicht weit von mir. Er schmiedet Zukunftspläne. Und ich, ich sitze hier wie ein Schwächling in einer Bar, mit der Erkenntnis, einen Mann zu lieben, dessen Herz einer Anderen gehört. Mir war zum Heulen zumute.

Schnell bestellte ich mir noch ein Bier. Im Spiegelglas vor mir prostete ich mir zu. Mein Gesicht wehmütig im Spiegel erkennend, beschloss ich, mich sinnlos das erste Mal in meinem Leben zu betrinken.

Ich konnte nicht ahnen, dass ich so überaus schnell einen Schwips bekam. Wie auch, mein Leben lang nahm ich Tabletten. Vor einer Woche etwa erfuhr ich, dass ich nur Placebos die letzten zwei Jahre einnahm. Und dennoch beabsichtigte ich, es heute in dieser Bar krachen zu lassen.

Das dritte Bier kam nicht. Noch bevor ich den Barkeeper zur Rede stellen konnte, stellte ein unbekannter Mann ein Glas Prosecco vor mir auf die Bar. Gleich darauf setzte er sich zu meiner Linken. Ich wollte mich umdrehen. Ihn anschauen. Aber vollkommen überrascht darüber, dass mein gesamter Bewegungsapparat schnelle Reaktionen nicht vollziehen konnte.

Ich stoppte kurz meine Bewegung, die Umgebung schwankte darüber hinaus. Endlich gelang es mir. Benommen vom Alkohol versuchte ich meinem Unmut Luft zu machen.

„Was soll das?! Ich trinke kein Blubberwasser!", sprach ich etwas lallend. „Und dann gleich zwei auf einmal.", ich verlor das Gleichgewicht, kippte darauf zur Seite.

Er fing mich auf. Half mir anschließend zurück auf den hohen Barhocker.

„Aufpassen, junge Frau! Die stürmische See ist nicht zu unterschätzen." Sagte er mit einem belustigenden Unterton in seiner tiefen Stimme.

„Was für ein … dummer, einfallsloser Kommentar." Gerade als ich dies lallend über meine Lippen brachte, wurde mir hundeelend. Ich verlor komplett das Gleichgewicht und sank bewusstlos zu Boden.

Erst am folgenden Tag erwachte ich erschrocken in einem fremden Bett. Mein Oberkörper schnellte nach oben.

„*Wo bin ich?*" Ich sah mich an. Erleichtert darüber, dass ich nicht entkleidet war, kam es aus meinem Mund. „Gott sei Dank!" Ein kräftiger Stich in meinen Kopf ließ mich langsam zurück ins Bett fallen. Ich hatte Durst und mein Mund fühlte sich pelzig an.

Behutsam drehte ich etwas meinen, mit pochendem Schmerz durchzogenen Kopf. Eindeutig ein Zimmer in einer Dachgeschosswohnung. Weiße Raufasertapete. „*Iii, wie altdeutsch!*", war mein Gedanke. Ich lag in einem großen, breiten Bett. Schaute nach links, danach nach rechts. Froh darüber allein zu sein, betrachtete ich die unbekannte Umgebung. Groß erschien mir das Zimmer, etwa dreißig Quadratmeter. Auf der linken Seite befand sich eine alte kleine Küchenzeile in hellbeige. Mitten im Raum ein alter großer Holztisch, darum vier einfache Stühle. Direkt auf der Mitte des Tisches stand eine Bierflasche, auf der eine halbabgebrannte Kerze ragte. Ein schräges Dachfenster auf der rechten Seite, links daneben eine Balkontür, die mit einem dicken Streifen Klebeband durchzogen war. Anscheinend hatte dieses Glas einen Riss.

„*Wo bin ich da nur hineingeraten?*" Ich wollte mich erinnern, wie ich in diese Wohnung kam. Aber nichts half meinem Gedächtnis auf die Sprünge. Bewusst atmete ich ein. Kein muffiger Gestank, auf dem ersten Blick sauber. Zwar spartanisch eingerichtet, dennoch hatte der Raum Charme. Meine Blicke sahen durch den hohen Raum. Froh keinen Menschen zu sehen.

Auf einen der Stühle entdeckte ich meine Tasche. „*Nichts wie weg hier!*", dachte ich bei mir. Ich rutschte auf die rechte Seite des Bettes, und als ich beschwingt die Füße auf den Boden stellen wollte, hörte ich ein „Au! Vorsichtig du bist nicht allein!"

Meine Beine schnellten nach oben. Erschrocken rutschte ich auf die andere Seite vom Bett. Die Blicke erneut die Umgebung durchsuchend. Erleichtert darüber, keine Person zu sehen, sprang ich auf, verließ das Bett, eilte zu meiner Tasche. Ein junger Mann, so viel konnte ich bis dato erkennen, machte sich erneut bemerkbar. „Halt! Wo willst du hin? Einfach abhauen ist nicht! Ein Dankeschön wäre ganz nett!"

Erschrocken blieb ich stehen, schaute ihn an. Der Arme hatte die ganze Nacht mit einer dünnen Decke auf dem Boden geschlafen. Ein weißes Unterhemd bedeckte seinen Oberkörper. Er war stark. Gut ausgeprägte Muskeln erkannte ich deutlich an ihm.

„Danke! Ich weiß gar nicht, wie ich hier hergekommen bin."

„Na wie schon. Erst wolltest du das Glas Prosecco nicht annehmen und dann bist du mir, wie eine Haubitze, in die Arme gefallen. Da ich nicht wusste, wo du wohnst, nahm ich dich mit zu mir."

Er stand auf. Seine Unterhose war genau so weiß wie das Unterhemd, das er trug. Nur eine dicke Wölbung nach außen erregte meine Neugier. Ich konnte einfach nicht wegsehen. Mein Blick muss so überaus überrascht und entsetzt ausgesehen haben, denn als er diesen wahrnahm, drehte er sich sofort um.

„Entschuldige, das habe ich vergessen. Ich gehe ins Bad, und wenn ich wieder komme, bist du noch hier! Oder soll ich dich in schlechter Erinnerung behalten? Fühl dich ruhig wie zuhause."

Er verschwand hinter einer der Türen. Da sich nur zwei Türen im Raum befanden, musste die andere seine Wohnungseingangstür sein. Ich überlegte kurz, ob ich nicht die Wohnung verlassen sollte. Doch dann entschied ich mich zu bleiben.

Langsam bewegte ich mich auf die Küchenzeile zu. Kaffee wäre mir jetzt gerade recht gewesen. Eine kleine italienische Espressomaschine stand darauf. Ich suchte den Kaffee und füllte die Maschine mit dem kläglichen Rest aus der Kaffeedose, die ich in einem der Hängeschränke fand. Danach setzte ich sie auf den Elektroherd. Ich holte noch zwei Tassen aus dem gleichen Schrank, in dem sich auch die Kaffeedose und der Zucker befanden.

„Alles in einem Schrank. Kaffeetassen, Kaffeedose, Zucker, ah eine Kekstüte, lecker." Ich blickte hinein. *„Leer, typisch Mann! Aber aus dieser verklebten Zuckerdose nehme ich bestimmt keinen Zucker",* dachte ich. In einem der Schubkästen fand ich einen Löffel. Es kam mir eigenartig vor, dass der halbe Schrank so leer war. Auch im Besteckkasten befand sich fast nichts. Nur ein Teelöffel, Suppenlöffel, Korkenzieher waren darin. Ich blickte entlang der Küchenzeile. Entdeckte aber keine Spülmaschine. *„Komisch."* Ich stellte die Tassen auf den Tisch, setzte mich auf einen der Stühle, um meine Tasche zu durchwühlen. Ein paar Minuten später war der Kaffee fertig. Als ich ihn eingoss, kam er auch schon aus dem Bad.

„Oh, Kaffee? Ich wusste gar nicht, dass ich noch Kaffee zuhause hatte. Mein ständiger Schichtdienst hat mir einfach noch keine Zeit gegeben, welchen zu kaufen.", er sah mich freundlich an. Eine enge Jeans am Körper. Anscheinend starrte ich wie gebannt auf seine Muskeln.

„Habe ich irgendetwas an mir, was dir missfällt?"

Ich erschrak. „Nein überhaupt nicht." Peinlich berührt sah ich auf meine Tasse und trank einen Schluck. Ich verzog mein Gesicht, denn ich trank den abscheulichsten Kaffee aller Zeiten. Dünn. Irgendwie alt. *„Bäh!"*

„Na dann, auf den guten Kaffee! Er prostet mir mit seiner gefüllten Tasse zu. Er trank, verzog aber nicht sein Gesicht. Er ist gut. Unten an der Ecke gibt es besseren. Darf ich dich einladen?"

Ich schmunzelte, zögerte etwas, nickte dann doch. „Ja, gern. Aber ich lade dich ein. Schließlich habe ich dein Bett beansprucht."

„Das Liebe ich, eine schöne Frau, die mich zum Frühstück einlädt."

Ich lachte. „Dürfte ich mir noch schnell meine Hände bei dir waschen?"

„Du darfst. Auch mehrere Körperteile darfst du unter das Wasser halten. Ein frisches Handtuch, neue Zahnbürste, liegen auf dem Waschbecken."

Wieder lächelte ich. „Danke!", ich ging in das winzige Bad. Aber das machte mir überhaupt nichts aus, denn mein Bad in Leipzig war nicht viel größer. Es war wie bei mir, schlauchartig. Trotzdem hatte er eine Badewanne. An dieser Stelle stand in meinem zuhause eine Waschmaschine, daneben der Trockner. Ich muss zugeben, ich war etwas neidisch, denn eine Badewanne vermisste ich sehr. Mein Blick fiel in die Wanne. Ich entdeckte einen Geschirrkorb. Er war mit einem großen sauberen Geschirrtuch abgedeckt. Neugierig, wie ich nun einmal war, sah ich darunter und erblickte das vermisste Geschirr, Besteck, das ich in seiner Küche vergeblich suchte. Ich schmunzelte, bevor ich die Schüssel auf den Boden neben die Wanne stellte. *Anscheinend hatte er gestern noch abgewaschen, war aber zu müde, um es wegzuräumen. Oder vielleicht wollte er mich nicht aufwecken.*" Ich duschte, putzte meine Zähne. Das heißt, die gesamte Morgentoilette verrichtete ich das erste Mal, in einem völlig fremden Bad, bei einem völlig fremden Mann und in einem fremden zuhause. Als ich endlich das Bad verließ, wartete er schon ungeduldig.

„Ich dachte schon, meine Toilette hat dich verschluckt.",
er grinste mich an.

Auch über mein Gesicht strahlte ein Lächeln. Daraufhin
gingen wir in ein kleines Kaffee unweit seiner
Dachgeschosswohnung. Gemütlich sauber, was für mich
besonders wichtig gewesen ist. Wir nahmen an einen der
kleinen runden Tische platz, bestellten beide ein großes
Frühstück.

„Wie heißt du eigentlich?", fragte ich.

„Ich bin Eik und du?"

„Mein Name ist Eugenia. Ich möchte noch einmal Danke
sagen!"

„Kein Problem, aber in einer Bar betrunken
mitgenommen zu werden, kann böse enden."

„Ich weiß, darum musst du mir glauben, ich bin
unendlich dankbar, dass du es warst, der mich mit nach
Hause nahm!"

„Kein Problem, aber beim nächsten Mal bin ich
vielleicht nicht in deiner Nähe, um auf dich aufzupassen.
Möchtest du darüber sprechen?"

Ich blickte ihn etwas überrascht an. Dieser
überraschende Blick führte dazu, dass ich ihn einfach eine
Gegenfrage stellte. „Was arbeitest du denn eigentlich?"

„Ich bin Polizist. Heute habe ich das erste Mal, seit
langem frei. Darum ging ich auch in diese Bar. Wenn du
hier links vom Kaffee weiter die Straße entlang gehst,
findest du sie! Nur zirka hundert Meter entfernt."

*„Wieder ein Kriminalist. Ob das dieses Mal stimmt?
Oder bin ich erneut einem Schwindler auf den Leim
gegangen?"*

Als ob er wusste, was ich dachte, holte er, ohne zu
zögern, seinen Dienstausweis aus der Jackentasche, zeigte
ihn mir.

„Ich glaube dir, steck ihn wieder ein! Ich bin nur noch
heute in Berlin."

„Das ist aber schade. Wo musst du denn hin?"

Ich schwieg und beobachtete ihn.

„Schon gut, ich verstehe! Du möchtest es mir nicht erzählen. Ich habe eine Idee, wenn du noch einmal nach Berlin kommst, kannst du mich mal anrufen. Ich würde mich wirklich freuen dich wieder zu sehen." Er legte mir einen Zettel auf den Tisch mit dem Namen Eik, darunter seine Telefonnummer. Eik stand auf. „Du entschuldigst mich kurz! Nicht weglaufen! Bitte!"

Als er weg war, nahm ich den Zettel, strich mit dem linken Daumen gedankenversunken darüber. Ebenfalls kramte ich einen Zettel aus meiner Tasche, schrieb ein dickes „Danke!", darauf. Malte einen lachenden Smiley daneben, ließ ihn neben dem Geld auf dem Tisch liegen. Danach griff ich seinen Zettel, steckte ihn ein, spähte noch einmal in Richtung Toilette. Eik war nicht zu sehen. Ich stand auf und verließ das kleine Kaffee schnellen Schrittes, ohne mich erneut umzudrehen.

Nach längerem Suchen fand ich den richtigen Weg zurück zum Hotel. Dort angekommen wollte ich gerade in mein Zimmer gehen, als eine Frauenstimme neben mir erklang. „Halt!"

Es war Wiktoria. Ich schaute sie irritiert an. „Du darfst jetzt nicht in dein Zimmer gehen!"

„Warum?", sprach ich überrascht. Ein Geräusch nahm ich aus dem Zimmer war. „Ist da jemand?", fragte ich Wiktoria leise.

„Ja, es sind Leute vom Konsul. Sie wollen herausfinden, wer du bist und warum du nach mir suchst. Stell dir vor, meine Mörder haben sie immer noch nicht gefunden. Ich glaube, du verschwindest von hier. Der Konsul glaubt, du hängst da mit drin. Warum er das denkt, erzähle ich dir später. Geh jetzt!"

„Aber meine Sachen!"

„Wenigstens, bis sie wieder weg sind."

Panik erfasste mich. Ich wollte gerade die Treppen hinunterrennen, als ich mit meiner Tasche den kleinen niedrigen Dielenschrank erfasste. Auf dem Schrank stand ein Tablett mit gebrauchtem Geschirr. Dieses blöde Tablett musste ich gerade in diesem Moment herunterreißen. Das Klirren und Scheppern war unüberhörbar. Ich drehte mich kurz um, vielleicht in der Hoffnung die Personen aus meinem Zimmer haben meine Tollpatschigkeit überhört. Aber wie sollte es auch anders sein? Meine Zimmertür flog auf, ich erkannte gerade noch einen Mann, der sehr aufgebracht hinter mir herstürmte. Ich rannte, mein Herz pulsierte. Angst, ein falscher Schritt würde mich zu Fall bringen, überkam mich. Endlich unten. Meine Verfolger dicht auf den Fersen. Ich lief durch den Eingangsbereich, verließ das Gebäude, bog gleich nach links ab. Die Richtung, aus der ich vor wenigen Augenblicken das Hotel betrat. Ich lief weitere Schritte, keuchend. Aufprallend landete ich in männliche Arme, die ich zuvor übersah.

„Eik?", fragte ich ungläubig, vollkommen aus der Puste.

„Na, na! Erst ohne ein Wort des Abschieds wegrennen. Anschließend nicht schnell genug in meine Arme kommen.", er lächelte. Mir war das Lachen vergangen.

„Du musst mich sofort loslassen!", flehte ich ihn panisch an. Ich blickte mich hektisch um. Da waren sie auch schon. Die beiden Männer, die soeben noch mein Zimmer durchwühlten, standen direkt hinter mir. Ja man könnte sagen, sie wären beinahe in mich reingerannt.

„Was wird hier gespielt?", fragte Eik ganz ernst. Er schob mich langsam mit seinen starken Armen auf die Seite, drückte mich gleichzeitig behutsam etwas hinter sich. Aufbauend wie ein Fels stand er vor meinen Verfolgern. Obwohl er eine dünne Sommerjacke trug, erkannte ich die von Muskeln bepackten Arme. Meine Verfolger erschraken sichtlich. Sie schreckten etwas zurück. Ich glaube, sie überlegten, ob sie einfach wegrennen sollten. Doch sie taten es nicht. Einer von ihnen sagte. „Wir müssen nur mit ihr sprechen!"

„Wer seid ihr? Kennt ihr denn nicht ihren Namen? Und überhaupt, worum geht es denn eigentlich?"

„Das geht dich nun wirklich nichts an!", sprach einer der beiden. Auch sie bauten sich fordernd vor Eik auf. Trotz, dass sie hochgewachsen waren, erreichten sie die Größe von Eik bei weitem nicht. Eher schmächtig erschienen sie neben ihm.

Eik blieb ganz ruhig, holte seinen Dienstausweis aus der Jackentasche. Die Männer schreckten kurz auf, fingen sich jedoch schnell wieder. Sie griffen gleichzeitig in ihre Jacketttaschen, hielten ihm ihre Diplomatenausweise vor die Nase. Der Mann zu unserer Linken sprach fordernd. „Wir müssen mit dieser Frau sprechen!"

Er blickte mich an. Deutlich erkannte Eik die Angst in meinen Augen. Ich hielt mich an seinem Arm fest. Ja, ich krallte mich fast an ihn. Wieder blickte er auf die beiden Diplomaten. „So wie ich diese Situation einschätze, möchte die junge Frau nicht mit ihnen sprechen."

„Aber …", sagte der Mann erneut.

„Nichts aber", warf Eik ein. „Es handelt sich um eine deutsche Staatsbürgerin, wir befinden uns auf deutschem Boden. Wenn sie eine Mitarbeit mit ihnen verweigert, haben sie kein Recht sie mitzunehmen! Wenden sie sich bitte an offizielle Stellen! Und damit ist dieses Gespräch beendet."

Sie waren sichtlich irritiert. „Wir werden uns bei ihrem Vorgesetzten über sie beschweren!"

„Einen schönen Tag wünsche ich ihnen!", sprach Eik, immer noch fest entschlossen mich zu verteidigen.

Beide Männer drehten sich um und verließen uns in die entgegengesetzte Richtung. Schnell flehte ich ihn noch an.

„Eik! Kannst du sie nicht mit auf die Wache nehmen? Ich erstatte Anzeige. Sie haben mein Zimmer durchwühlt."

„Fehlt denn etwas?"

„Das weiß ich nicht. Ich rannte nur schnell weg."

„Eugenia es tut mir leid, aber ich kann die beiden nicht festnehmen. Erstens habe ich ab heute, zwei Wochen Urlaub. Zweitens, auch wenn ich meine Kollegen rufe, können sie nichts dagegen tun. Diplomatische Immunität. Um diese Sachen kümmert sich immer das Innenministerium. Keine normalen Polizisten, wie ich einer bin."

Mein Herzschlag hatte sich beruhigt. Erst jetzt sah ich seine dunkelbraunen Augen. „Danke!" Ich umarmte ihn.

„Kein Problem. Jederzeit wieder. Soll ich noch mit auf dein Zimmer kommen?"

Ich ließ ihn sofort los.

„Nicht was du denkst. Nur um zu schauen, ob etwas fehlt. Oder ob noch jemand in deinem Zimmer ist."

„Entschuldige, ich vergaß für einen kleinen Augenblick ... Ich meine, ja."

Ohne ein weiteres Wort gingen wir zurück in das Hostel. Die Zimmertür stand weit offen. Auf dem Bett saß Wiktoria. Sie lächelte. „Wo hast du denn dieses Schmuckstück so schnell her?"

Ich winkte ab. Auf keinen Fall wollte ich riskieren mit einer Person zu sprechen, die nur ich sehen konnte. Er würde mir keinesfalls glauben. Eindeutig hätte er mich für verrückt erklärt. Doch als verrückt wollte ich nun wirklich nicht mehr gelten. Nie wieder!

Er bemerkte meine Handbewegung. „Ich habe nichts gesagt.", fragend schaute er mich an.

„Ach du meinst mein Abwinken. Schau, das mache ich andauernd! Denn meine rechte Hand verkrampft sich oft. Ich schüttele sie immer. Vor vielen Jahren brach ich mein Handgelenk, seither verkrampft sie des Öfteren." Das war wenigstens teilweise richtig und augenscheinlich gab er sich mit meiner Antwort zufrieden.

„Eine ganz schöne Unordnung, ich helfe dir schnell!"

Wir packten meine Sachen gleich in meinen Koffer, der schon geöffnet auf dem Boden lag. Eik hielt einen BH von mir in der Hand.

„Einer meiner Lieblingsstücke, hellblau und überaus bequem", dachte ich gerade noch bei mir. Genau in diesem Moment erkannte ich, dass er mich anstarrte. Schnell riss ich ihn aus seiner Hand. Stopfte ihn in meinen Koffer. Dabei bemerkte ich die rote Farbe in meinem Gesicht.

„Entschuldige!", bat er.

„Schon gut, nichts passiert.", ich stellte es als harmlos dar.

Wiktoria mischte sich ein. „Das knistert aber ganz schön zwischen euch beiden.", sie grinste.

„Sei still!", befahl ich laut.

„Ich habe kein Wort gesagt." Er blickte durch das Hostelzimmer. „Wir sind allein."

„Entschuldige es gehen mir unzählige Sachen durch den Kopf. Ich bin vollkommen durcheinander." Ich blickte ihn an. „Du hast mich heute schon wieder gerettet. Danke!"

Er lächelte. „Die Polizei, dein Freund und Helfer!"

Auch ich lachte. Wiktoria stand jetzt direkt neben ihm. „Küssen, Küssen; Küssen …!", sie hörte einfach nicht auf.

„Sei endlich still!", brachte ich wieder hervor. Ich erschrak. Eik schaute mich verwirrt an. Ich merkte, wie ein leuchtendes Rot erneut meinen Kopf erfasste.

„Ich glaube, du brauchst meine Hilfe nicht mehr", brachte er etwas gekränkt über meine Bemerkung heraus. „Anscheinend bin ich zu aufdringlich. Wenn du jetzt meine Hilfe nicht mehr benötigst, gehe ich?", flehende Blicke schauten mich an. Er kam auf mich zu.

„Nein!", erwiderte ich schnell.

Er blieb plötzlich stehen. „Ich wollte dir nur die Hand zum Abschied reichen.", Eik streckte mir seine Hand entgegen, ich reichte ihm meine. Gebannt sah er mich an.

Sofort beendete ich die Berührung. „Danke nochmal, aber es ist besser, wenn du jetzt gehst!"

Er suchte noch einmal meine Nähe. Sogleich hielt ich Abstand. Er stoppte abrupt, zögernd verließ er mein Hostelzimmer. Die Tür fiel leise hinter ihm ins Schloss.

„Wiktoria meldete sich plappernd zu Wort. „Warum hast du ihn gehen lassen? Bist du blind? Er hat sich in dich verguckt. Lauf ihm nach! Er kann dir auch bei der Aufklärung meines Mordes helfen. Ich glaube sogar, dass er noch vor der Tür steht."

Langsam ging ich an die Tür, presste mein Ohr daran, doch da war nichts.

„Soll ich nachsehen?", kaum hatte sie den Satz beendet, stand sie schon wieder neben mir. Sie grinste, blickte mich erwartend an. „Rate!"

Ich brauchte nicht zu raten. Wiktorias Blick konnte Bände sprechen. Erneut drückte ich mein Ohr an die Tür. Doch ich vernahm nichts. Absolute Stille. Dann, ein paar zaghafte Schritte. Mir wurde bewusst, dass er die Treppe hinunter ging.

Traurig erkannte ich, dass ich diesen Mann vielleicht nie wieder zu Gesicht bekomme. Sehnsucht fühlte ich. Dieses Gefühl in mir beunruhigte mich. Verwirrt wägte ich ab. Meine Gedanken flogen zu Mathias, doch sein Herz gehörte schon einer anderen. Eik kenne ich erst einige Stunden, aber zweimal rettete er mich. Er rettete mich, obwohl er mich nicht kannte. Keine Gegenleistung hatte er gefordert. Nein, nur Hilfe bot er mir an. Konnte ich diesem wildfremden Mann überhaupt trauen? Oder würde mir das Leben eine weitere zerstörerische Erfahrung zumuten?

„Geh schon, hol ihn dir!", beschwor mich Wiktoria. „Das ist deine letzte Chance. Nicht viele solcher Möglichkeiten wird dir dein bevorstehendes Leben bereithalten! Nutze diese Gelegenheit! ... Los! Mach schon.", sie wurde ungeduldig.

„Meinst du wirklich, ich ..."

„Mach schon, ich bin bei meiner Tochter!" Kaum hatte Wiktoria diesen Satz beendet, verschwand sie.

Meine Hände begannen zu schwitzen, ohne auch nur einen weiteren Gedanken zu verschwenden, riss ich die Tür auf. „Warte! Warte bitte!"

Unsere Blicke trafen sich. Er sah so gut aus. Sein muskulöser Körper. Die schwarzen kurzen Haare und dieses markante Gesicht. Zu gut, am liebsten hätte ich mich auf ihn gestürzt. Wie eine Raubkatze, die ihre Mittagsmalzeit jagte. Erschrocken über diese letzten Gedanken, wurde ich verlegen. Wieder erhellte die rote Farbe mein Gesicht. Dennoch wagte ich einen Versuch. Zaghaft. „Lass ... uns reden! Bitte ... komm zurück!"

Und er kam. Langsam waren seine Schritte. Ich spürte meinen Herzschlag, kraftvoll schlug er an meinem Brustkorb. Jeder seiner Schritte beschleunigte ihn. Immer lauter ertönte der Schlag des Lebens in meinem Ohr. Meine Knie begannen zu zittern. Nervös wurde ich mit jeden seiner Bewegungen. Die Energie in der Luft, knisternd schien sie sich aufzuladen. Meine Hand griff nach etwas, um die Aufregung zu verbergen, zu dämpfen. Die Türklinke. Mit jeden seiner Schritte presste ich meine Hand fester um sie. Hitze stieg in mir auf. *„Ein fremder Mann"*, erklang das Gewissen in meinem Ohr. Doch meine freudige Erwartung stieg. Unaufhörlich. Bis er direkt vor mir stand. Zärtlich griff Eik nach meiner Hand, die immer noch die Türklinke umschloss. Sanft lösend. Keine Gegenwehr brachte ich ihm entgegen. Fast benommen schien ich zu sein. Behutsam legte er meine

Hand auf seine starke Brust. Ich schluchzte leise. Mein Mund trocken. Das Herz sprang jeden Moment aus meiner Brust. Meine Beine zitternd. Ihm vollkommen ausgeliefert schien ich zu sein. Ich merkte, dass wohlige Wärme, nein Hitze ungehindert vom Bauch abwärts, in die unteren Extremitäten schoss. Mit einer Hand drückte er gegen die Tür, die andere immer noch fest auf seiner Brust, dabei meine Hand liebevoll umschließend. Vorsichtig schob er mich mit seinem starken Körper in das Hostelzimmer. Schließlich im Raum stieß er die Tür mit seinem Fuß kraftvoll ins Schloss. Beide Arme mich fest umfassend, sanft. Unsere Blicke verharrten tief ineinander. Ich spürte seine Hände über meinen Po. Sie glitten und seine weichen warmen Lippen landeten sanft auf meinen. Unbeschreiblich war dieses Gefühl für mich. Innerlich kochte ich vor Verlangen. Ich zitterte, umarmte ihn. Klammerte mich an ihn. Sein warmer Körper an meinen gedrückt. Nicht mehr in der Lage meine Gefühle im Zaun zu halten. Der Kuss so innig, flehend danach, ihn nie zu beenden. Deutlich erfühlte mein Körper seine starke harte Wölbung der Erregung. Sein kräftiger Körper. Sein starkes Verlangen. Seine Hand langsam an meiner Brust entlang streifend. Unser warmherziger Blick. Den Kuss gerade beendend. Ein zärtliches Schmunzeln auf seinem Gesicht. Erneutes Verlangen. Ein erneuter Kuss, die sanfte Berührung unserer Lippen. Gierend danach uns ständig zu berühren.

Eik nahm mich auf seine starken Arme, legte mich sanft aufs Bett, wo wir uns innig liebten.

Mit fast fünfundzwanzig, mein erster Kuss. Mit fast fünfundzwanzig, meine erste innige Begegnung mit einem Mann.

Obwohl mein Herz einem anderen gehörte. Obwohl ich diesen Mann, mit dem ich das Innigste teilte, was man teilen konnte. Diesen Mann nur wenige Stunden kannte, fühlte ich mich geborgen, glücklich.

Ja glücklich und nur das Jetzt und Hier spielte für mich eine Rolle.

Ich genoss die Berührung, den Akt der Liebe. Unfähig, auch nur ansatzweise an das Ende zu denken.

Zu schnell verstrich das Erlebte, verstrich dieser Tag, wie im Flug. Der Abend brach viel zu früh an. Eng umschlungen genoss ich den Augenblick. Mein Kopf ruhte auf seiner starken Brust. Leicht döste ich ein. Eindeutig vernahm ich seinen gleichbleibenden, ruhigen Herzschlag. Er strich zärtlich über meine total zerzausten langen blonden Haare.

„Weißt du?", fing er an zu sprechen. „Ich würde am liebsten, für immer hier mit dir liegen. „Aber ich glaube ...", er stockte. „Wir sollten etwas essen!"

Ich schmunzelte still. Zur Bestätigung knurrte mein Magen sehr eindrucksvoll. Wir lachten. Erneut legte er seine Arme fest um mich. Wir küssten uns. Zärtlich strichen seine Hände über meinen nackten Körper. Deutlich verspürten wir beide innige Erregung in uns aufkommen.

Es ging einfach nicht. Wir konnten nicht die Hände voneinander lassen. Unersättlich, unbändig schien unser Verlangen, die bis zur Ekstase führte. Erschöpft ließen wir uns fallen. Außer Atem, doch so glücklich.

Die Momente verflogen. Eik setzte sich aufs Bett. Immer noch schnell atmend saß er am Bettrand. Seine Unterarme ruhten auf seinen Oberschenkeln. Seine Blicke strikt auf den Boden vor ihn gerichtet. Ich beobachtete seine Atmung, die gleichmäßiger, allmählich auch ruhiger zu werden schien. Näher rutschte ich an Eik, strich zärtlich über seinen Rücken. Langsam drehte er seinen Kopf in meine Richtung, dabei folgte sein Oberkörper leicht. Deutlich erkannte ich die einzelnen Muskeln seines muskulösen Oberkörpers. Ich lächelte verträumt. Er lächelte zurück.

Eik schüttelte seinen Kopf. Ein flehendes „Oh, nein!", war zu hören. Erneut drehte er sich zu mir um. Unübersehbar, seine körperliche Erregung. Langsam glitt er zurück ins Bett. Verheißungsvolle Blicke tauschten wir einander aus. Vorsichtig schob er meinen Körper, mit seinen starken Händen an sich und von Neuem, glitten unsere Körper im Einklang und wir liebten uns abermals.

Ich konnte einfach nicht die Finger von diesem Mann lassen, auch er schien dazu nicht in der Lage. Vollkommen erschöpft schliefen wir beide ein. Erst am folgenden Morgen erwachten wir gemeinsam.

Ein ständiges Lächeln auf unserem Gesicht. Wie kleine Kinder führten wir uns auf. Glücklich, aber erschöpft raffte ich mich aus dem Bett. Die dünne Überdecke schlang ich um meinen ermatteten, wackligen Körper. Spürbar zitternd schritt ich langsam zum Bad. Ich öffnete die Tür, die dünne Decke rutschte aus meiner Hand, glitt von meinem nackten Körper. Deutlich vernahm ich ein erneutes flehendes „Nein!" Ich wusste, dass er meine Bewegungen genau beobachtete. Schnell schlug ich die Tür hinter mir zu. Stellte mich unter die kalte Dusche. Langsam erholte ich mich. Doch gerade, als ich den Vorhang der Dusche entfernen wollte, stand er in seiner ganzen Männlichkeit vor mir. Auch das kalte Wasser hinderte uns nicht daran, erneut, fast wie nimmer satte wilde Tiere, übereinander herzufallen.

An diesem Morgen verließen wir das Hostel. Eik lud mich ein, noch ein paar Tage bei ihm zu verbringen, und ich sagte. „Ja!"

In Eiks Wohnung angekommen, bestellten wir Pizza. Der Hunger war fast unerträglich geworden, jedoch versuchten wir beide, uns nicht zu tief in die Augen zu schauen. Wir vermieden jeglichen Körperkontakt.

Endlich kam die Pizza. Als wir die ersten Stücke verspeisten, kehrte die Energie in uns zurück. Eiks polizeiliches Gespür kam zum Vorschein. Er stellte Fragen über den gestrigen Tag. Ernst war er dabei. Ich überlegte, wie ich ihm begreiflich machen sollte, dass diese Männer mich wegen einer ermordeten Frau befragen wollten. Immer wieder schob ich mir ein Stück Pizza in den Mund, überlegte dabei angestrengt. Wie konnte ich diese verzwickte Sachlage am besten erklären? Ihm das Unbegreifliche klar vor Augen führen. Doch gerade, als ich damit beginnen wollte, trudelte Wiktoria ein.

„Man, ihr konntet ja gar nicht die Finger voneinander lassen. Ich habe alle paar Stunden mal vorbeigesehen, aber ihr wart beide immer miteinander beschäftigt. Weder ein Gesicht noch ein einzelner Körper war zu erkennen.", sie grinste.

Mein Kopf wurde feuerrot.

„Was hast du?", fragte Eik besorgt.

Gerade, als er aufstehen wollte, um mir zu helfen, sprang ich auf, quetschte mir ein gequältes „Peperoni, die vertrag ich nicht sonderlich!", aus dem Mund und rannte in sein Bad.

„Kann ich dir helfen?", rief er hinterher.

„Nein, geht schon!", log ich erneut.

Wiktoria tauchte neben mir auf.

„Bist du von allen guten Geistern verlassen?", fragte ich sie erbost, aber leise.

„Geht es dir wirklich gut? Soll ich nicht lieber reinkommen?", erkundigte er sich erneut und klang noch besorgter.

„Nein, wirklich nicht!", antwortete ich schnell. Ich starrte Wiktoria erbost an. „Was denkst du dir, mich einfach mit Eik zu beobachten?", flüsterte ich von Neuem.

„Mit wem sprichst du?", wollte er wissen.

„Mit niemandem! Nur mit mir selbst, das ist so eine dumme Angewohnheit von mir." Ich funkelte sie wütend an. Ging aus dem Bad, wobei ich Eik direkt in die Arme rannte. Beharrlich, doch besorgt blickte er mir tief in die Augen. Seine dunkelbraunen Augen zogen mich magisch an. Wieder küssten wir uns. Einfach nicht in der Lage, die Hände voneinander zu lassen. Jede Berührung von ihm brachte mich schier um den Verstand. Das ärgerte mich maßlos. Ich wollte ihm doch alles erzählen, aber wir landeten letztendlich wieder im Bett.

Endlich ließen wir voneinander ab. Aufgewühlt lagen wir nebeneinander. Ich beschwor ihn. „Das muss aufhören!"

„Du hast recht. Wir müssen einfach mal ganz normal, wie Erwachsene reden! Ich glaube, da gibt es Einiges."

„Ja", säuselte ich leicht kleinlaut.

Ich blickte ihn an, immer noch schnell atmend. Auch Eik sah mich an. Ernst, sachlich versuchte er zu sein. Er lächelte auf einmal. Seine Blicke auf meinem nackten Körper gerichtet. Gebannt schien er zu sein. Fest verschmolz sein Blick in meine Augen.

Meine Atmung hatte sich immer noch nicht beruhigt. Ich lächelte, wie ein kleines Kind, das zuckersüchtig war. Mein Verhalten machte mich wütend. Ich wollte doch ernst sein, erwachsen, ihm alles Erzählen, aber …

Langsam hob er seine starke rechte Hand, berührte fast schwebend meine linke Brust. Deutlich erregte mich dieser Körperkontakt von Neuem. Wieder schob er mich mit seinen kräftigen Händen an sich heran. Erneut waren wir ineinander gefangen. Ein Knäuel, ineinander umschlungen wie Schlangen zur Paarungszeit.

„Nein", flüsterte ich.

„Nur noch dieses eine Mal!", flehte er vor Verlangen.

Es war zu spät. Unsere Körper zu nah ineinander verschlungen, dass es kein Halten für uns beide gab.

Als unsere Gedanken endlich klar wurden. Unsere Körper voneinander ließen, fielen wir vollkommen kraftlos auf sein Bett. Erschöpft schliefen wir ein.

Tief träumte ich. Dennoch erwachte ich sehr früh am Morgen. Eik schlief noch. Darüber war ich auch froh, denn ich wusste, wenn er munter wäre, fiele mir der Abschied noch schwerer. Ich setzte mich etwas abseits. Beobachtete, wie er noch träumte. Mein Herz machte einen erneuten Satz, als ich ihn so ruhig schlafen sah. Am liebsten hätte ich ihn berührt. *„Nur ganz sanft"*, dachte ich. Doch ich schüttelte meinen Kopf lautlos. *„Sei vernünftig, du kannst ihn jetzt nicht berühren!"*, musste ich mir ernüchternd eingestehen. Schnell verließ ich das Bett, ging ins Bad, duschte mich. Zog mich an. Vom Bad aus ging ich direkt zu seinem Schreibtisch, auf dem das blanke Chaos regierte. Nahm ein Blatt Papier und schrieb einen kurzen Brief.

Lieber Eik,
ich bin Dir für unsere gemeinsamen Stunden unendlich dankbar. Doch ich fühle, dass ich Dich jetzt verlassen muss. Ich glaube, es ist noch zu früh, für eine so innige und intensive Beziehung. Wenn man unser Zusammensein so überhaupt bezeichnen kann.

Mein Leben ist geprägt, von vielen schrecklichen Ereignissen, die ich erst einmal selbst versuchen muss, in den Griff zu bekommen. Ich bin mir sicher, dass wir uns irgendwann einmal wieder über den Weg laufen. Vielleicht ist dann, der richtige Zeitpunkt für uns beide angebrochen.

Eugenia!
Eine Freundin, die du hoffentlich nie vergessen wirst! Und wer weiß, vielleicht begegnen wir uns, noch ein zweites Mal in diesem Leben.

Ich holte meinen Lippenstift aus der Tasche, bemalte meine Lippen, setzte einen Kussmund darunter. Danach ging ich zum Bett. Verträumt sah ich darauf. Eik schlief friedlich. Glücklich schien er zu sein. Ich legte den Brief behutsam auf das Kopfkissen neben ihn. Betrachtete die leere Seite des Bettes, auf dem vor wenigen Momenten mein nackter Körper glücklich geborgen lag.

Langsam, leise schritt ich aus seiner Wohnung. Doch bevor ich die Wohnungstür hinter mir schloss, drehte ich mich noch einmal um. Betrachtete einen schlafenden Mann. Einen schlafenden Mann, über den ich beinahe nichts wusste. Einen schlafenden Mann, mit dem ich das Innigste teilte, die Momente genoss. Glasig wurden meine Augen, als ich fast lautlos die Tür ins Schloss fallen ließ.

Der neue alte Weg führt erst zum Ziel

Ich fuhr mit dem Taxi zum Bahnhof. Eine halbe Stunde in etwa musste ich warten, bis der Zug mich zurück nach Leipzig brachte. Vor dem Bahnhof schaute ich sehnsüchtig auf diese große schöne Stadt, die mit vielen wunderbaren Erinnerungen, fest mit meinem Herzen verbunden war. Die Wartezeit verging schnell. Der Zug kam, ich stieg ein, setzte mich in ein Abteil und blickte wehmütig auf den Bahnsteig, der vor mir lag. Sehnte mich zurück zu einer glücklichen Begegnung, die ich nie wieder missen wollte. Tränen traten in meine Augen. Doch der Zug begann langsam, die Fahrt aufzunehmen.

Da erblickte ich Eik, der panisch versuchte, mich noch einmal zu sehen. Ich stand erregt auf, klopfte ans Fenster. Er entdeckte mich, eilte zu mir. Meine rechte Hand drückte flach an das Fenster, das unsere Seelen voneinander trennte. Ihn noch einmal zu fühlen. Das wollte ich. Er sprach hastig. Jedoch verstand ich kein Wort. Er lief neben dem Zug. Versuchte seine Hand auf meine zu legen. Es gelang ihm. Nur kurz. Nur einen Augenblick. Die Fahrt des Zuges wurde zu schnell. Eik musste aufgeben. Unsere traurigen, mit Sehnsucht erfüllten Blicke verharrten ineinander. Und beide wussten wir jetzt, dass es kein Abschied für immer war.

Die gleichmäßigen Bewegungen des Zuges sind es gewesen, die mich das Gefühlschaos in meinem Herzen spüren ließen. Der Disput zwischen Glück, Liebe und Schmerz so verschieden. Doch manchmal zu nah beieinander.

Offensichtlich, wurde die Tatsache meines wahren Lebens. Die Vernunft siegte. Meine Realität kehrte zurück. Eik, vielleicht eine neue Liebe, ein neues Glück musste ich aufgeben. Ich verband die wunderschöne Erinnerung an etwas, was zu kurz gewesen schien. Die traurige Vergangenheit zu bewältigen, das war mein vorrangiges Ziel. Meine Gabe, die ich bekam, obwohl ich sie nicht wollte. Mit ihr trat der Schmerz in mein Leben. Aber auch schöne Momente brachten sie mir. Nur zu kurz schienen diese immer zu sein. Ich erschrak, die Wahrheit klar vor Augen.

Im gleichen Augenblick entdeckte ich Wiktoria, die neben mir saß. Sie, der ich ein Versprechen gab. Mein Ziel, ihre Mörder zu finden, absolut vorrangig. Ich musste mir diese Tatsachen eingestehen. Ich vermied es, mit ihr zu sprechen. Keine missfallenden Blicke konnte ich jetzt von Menschen, die mich nicht kannten, erdulden, dennoch verurteilen würden. Mich neu erklären, dass es kein Wahnsinn war, der in mir wohnte. Erschöpft von den vielen Gedanken, schlief ich ein. Träumte ganz kurz vom Abschied. Der Abschied, der mich wieder Kummer verspüren ließ.

Kummer. Die Vergangenheit, die unendlich weit weg schien, tauchte auf. Noch einmal war ich ein Kind, das traurig in einer Ecke saß. Umgeben von einem großen, hellen, kalterscheinenden Raum, in dem ich jedoch nicht allein gewesen war. Viele Menschen, so kam es mir vor, befanden sich dort. Doch ihre Gesichter verschwunden. Schneeweiß, verschwommen erfasste ich sie. Unheimlich kamen mir die Personen im Raum vor. Ich erfasste die Umgebung und wusste, dass ich mich in der Psychiatrie befand. Die Angst in mir kehrte zurück. Unsicher, ein Kind. Ein ängstliches Kind mit dreizehn.

Ständig erklang der Satz in meinem Ohr. „Steh auf du freche Göre! Steh auf du freche Göre!", ein warmer hauch von fremden Atem, hechelnd nahm ich wahr.

Unbeholfen, eingeschüchtert erblickte ich mich kauernd auf einem Stuhl. Die Arme fest um meine Unterschenkel geschlungen, hockend darauf.

Worte kamen aus einem Mund, den ich bildlich nicht erfassen konnte. Ein Mann, der wie die anderen Menschen, kein Gesicht hatte. Ganz dicht stand er neben mir. Urplötzlich tauchte ein zweiter Mann auf. Sein Gesicht war sehr blass, zornig. Das einzige Gesicht, was meine Wahrnehmung erfasste. Mit großen Schritten kam er auf mich zu. Er stieß den Mann, der unaufhörlich in mein Ohr schrie, grob beiseite. Meine Furcht stieg an. Der Mann mit dem erkennbaren blassen Gesicht lächelte in meine Richtung. Ein Lächeln, das nicht irre schien. Sondern einfühlsam, gutherzig.

„Huiiiiii", sprach der Mann ohne Gesicht, der sich jetzt am Boden befand und durch den festen Stoß über die glatte Fläche rutschte.

Der Mann, der ihn zu Boden warf, packte den am Boden liegenden wutentbrannt. Zornig sprach er. „Du lässt das Mädchen in Ruhe, hast du mich verstanden?", dabei schüttelte er ihn.

„Angsterfüllt müssen die Blicke des Mannes am Boden sein.", dachte ich bei mir. Er schnappte nach Luft, denn der blasse Mann packte ihn anscheinend zu fest. Keuchend schrie er „Was tust du? Was tust du?", erschrocken überkam mich der Gedanke, dass er mich meinte. Aber wie konnte das sein? Ich saß doch hier. Weit entfernt von beiden.

Irritiert starrte ich sie an. Einer mit einem blassen, düster funkelnden Gesicht und der andere ohne. Ich schüttelte meinen Kopf, da mein Verstand mir eindeutig zu verstehen gab, *„Das ist nicht real! Das kann nicht sein!"*

Der Mann mit erkennbarem Gesicht drehte sich zu mir um, ließ den andern achtlos, missbilligend zu Boden fallen. Er kam zurück an meinen Tisch.

„Hab keine Angst! Hier wird dir niemand etwas tun", sprach er sanft. Gerade in dem Moment, als er sich neben mir auf einen anderen Stuhl setzten wollte, stand der Mann ohne Gesicht wieder auf. Er kam an den Tisch, an dem ich immer noch zusammengekauert saß. Ganz nah, stand er bei mir.

„Steh auf du freche Göre! Steh ...!"

Der blasse Mann packte ihn wiederholt grob und fest. Er holte aus. Schlug ihn mit seiner rechten Faust ins Gesicht. Blut lief von einem Gesicht, das ich nicht sehen konnte.

Ich schrie im Traum. Meine Umgebung verschwand. Ich wachte schweißgebadet, mit rasendem Herzschlag auf. Meine Hände, die ich noch schützend vor mir hielt, legte ich langsam auf den Schoß, dabei sah ich, wie der Zug im Leipziger Sackbahnhof einfuhr.

Durcheinander, gleichzeitig grübelnd kam ich in meiner kleinen WG an. Ging als erstes in mein Zimmer, schloss mich ein. Ich setzte mich aufs Bett, ließ meinen Oberkörper erschöpft darauf fallen. Meine Blicke wanderten zur Decke. Gerade als ich einschlafen wollte, fiel meine Sicht auf die Zimmerlampe. Argwöhnisch schnellte ich hoch, durchforstete mein komplettes Zimmer. „Keine Kamera!" Erleichtert darüber, dass ich keine fand, ließ ich mich erneut aufs Bett fallen.

Meine Gedanken kreisten immer noch um diesen eigenartigen Traum. Ich wusste, er musste etwas mit meinem Aufenthalt in der Klinik zu tun gehabt haben. Immer intensiver, öfter kam die Erinnerung zurück. Wollte ich denn das Vergangene erneut kennenlernen? Wollte ich alles Unerträgliche nochmals durchleben? War es nicht besser, alles zu vergessen oder zu verdrängen? Ich wusste, dass ich bestimmte Tabletten einnehmen müsste. Mein Leben wäre einfacher. Meine Gabe verschwunden. Aber wollte ich das? Fragen, die in meinem Kopf umherschwirrten. Mich beschäftigten. Ein Gefühl, das mir zu verstehen gab, dass ich immer näher an eine Wahrheit kam. Eine Wahrheit, die mein komplettes Leben beeinflussen wird.

Doch letzten Endes war ich zu erschöpft und verschlief den halben Tag, die ganze Nacht. Erst kurz vor Mittag wachte ich auf. Wiktoria stand in meinem Zimmer. Sie grinste. Ich wollte aufstehen. Erst in diesem Augenblick verspürte ich den Schmerz in meinen Gliedern. Ein kurzes Lächeln floh über mein Gesicht, als ich erkannte, welche Ursache dieser Schmerz hatte.

Wiktoria hingegen setzte ein Dauergrinsen auf. „Das ist kein Wunder. Ihr konntet zwei Tage nicht die Finger voneinander lassen."

„Sei bitte still, spar dir diese Bemerkung!"

„Du kannst froh sein, Berlin verlassen zu haben. Sonst könntest du heute gar nicht mehr laufen."

„Bitte, lass diese überflüssigen Kommentare. Was weißt du schon!"

Sie wurde traurig. „Sehr viel! Vielleicht habe ich auch einmal geliebt!"

Ich blickte sie ungläubig an. „Du?"

„Ja, ich." Und sie verschwand.

Zu spät wurde mir bewusst, dass ich sie mit meinen Äußerungen verletzte. Dieser überflüssige, darüber hinaus verletzende Kommentar tat mir leid. Mit Wiktoria wollte ich reden. Aber sie war verschwunden. Daraufhin verließ ich mein Zimmer, betrat das Bad, verrichtete meine Morgentoilette. Endlich hatte ich die alltägliche Routine beendet. Auf meinen Rückweg in das Zimmer bemerkte ich Dorotheas aufstehende Tür, späte hinein, doch niemand war zu sehen. Daraufhin ging ich in die Küche. Eine Nachricht von ihr lag auf dem Tisch.

Hallo Eugenia,
ich weiß, ich habe Dich sehr verletzt. Vielleicht weiß ich jetzt, wie ich meinen Vertrauensbruch Dir gegenüber, wieder erneuern kann. Ich habe einen Plan, um Dir zu helfen. Bis zum Ende der Semesterferien komme ich nicht mehr nach Hause. Alles Weitere besprechen wir, wenn ich wieder zurück bin.
Liebe Grüße,
Dorothea

Nachdenklich blickte ich auf ihre Nachricht. Doch irgendwie froh, dass ich sie ein paar Wochen nicht sehen musste. Allerdings holte mich schnell die Einsamkeit ein. Unwohl wurde es mir bei dem Gedanken, allein zu sein.

Wiktoria tauchte auf. Immer noch hatte ich ein schlechtes Gewissen ihr gegenüber. „Entschuldige, ich wollte dich nicht kränken!", sprach ich kleinlaut. „Schon gut. Er war nach den ersten großen Gefühlen sowieso eine Enttäuschung."

„Das tut mir leid!"

„Muss es nicht. Aber mal zu einem wichtigeren Thema. Ich bin wieder bei dir, weil ich finde, dass es zu gefährlich für dich ist, ohne Hilfe zu bleiben."

„Wie meinst du das?"

„Naja, wie fange ich es am besten an", sprach sie nachdenklich. „Ich habe einiges aus dem Haus des Konsuls erfahren. Nach meiner Entbindung musste ich vollkommen die Kontrolle über mich verloren haben. Hysterisch, nicht mehr zu beruhigen, war ich nach der Geburt meiner Tochter. Man brachte mich danach in eine Privatklinik für psychisch Kranke."

„Was? Das ist doch nicht dein Ernst!"

„Doch, mit so etwas würde ich nie scherzen! Rate mal, in welche Klinik man mich einlieferte?"

„Worauf willst du hinaus? Sag schon! Welche?", mein Herz pochte schneller, denn eine schreckliche Vorahnung schwirrte in meinem Kopf.

„Professor Doktor Leichtenschlag, ist der Chefarzt dieser renommierten Klinik! Es ist die gleiche Klinik, von der du mit deinen Eltern und Dorothea gesprochen hattest."

Wenn ich nicht schon gesessen hätte, wäre ich in dieser Situation auf jeden Fall auf den Stuhl gefallen.

„Bist du dir sicher?", sprach ich, die Wahrheit noch innerlich verleumdend.

„Ja, ganz sicher. Einhundert Prozent. Ich belauschte ein Gespräch mit diesem Arzt. Sie stritten sich. Es ging um viel Geld, das der Konsul dem Professor gezahlt hatte. Er sprach immer darüber, dass es so nie ausgemacht wurde. Mit einem Mord wollte der Konsul nichts zu tun haben."

Meine Augen wurden größer, mein Kinn klappte nach unten, woraufhin mein Mund offen stand. „Das kann doch nicht wahr sein?"

„Glaub mir ruhig! Ich stand direkt daneben. Eines der guten Eigenschaften, wenn man nicht mehr am Leben ist. Man hört alles, aber kein lebender Mensch weiß es. Na ja fast keiner.", sie lächelte mich kurz an. „Jedenfalls habe ich noch mehr mitbekommen. Aber das bringt mich etwas durcheinander."

„Was! Sprich schon! Spann mich nicht so lang auf die Folter!"

„Doktor Leichtenschlag erzählte, ich wäre aus der Klinik geflüchtet."

„Und stimmt das?", kamen die Worte angespannt aus meinem Mund.

Wiktoria dachte nach. „Ich weiß es nicht. Jedenfalls kann ich mich nicht mehr daran erinnern."

„Aber in deiner letzten Vision hatten die Männer Krankenhauskleidung an. Also bist du nicht davongelaufen!"

„Oder ich bin verwirrt weggerannt. Irrte ziellos durch die Gegend. Überquerte eine Straße, wurde von einem Auto angefahren. Schwer verletzt brachte man mich in eine Unfallklinik. Der Chirurg machte einen Fehler. Ich starb. Sie vertuschten diese Tatsache, indem man mir ein Loch in den Kopf bohrte."

Ich überlegte angestrengt. „Mh, das wäre eine Möglichkeit. Doch wenn du mich fragst, ist das ziemlich weit hergeholt. Aber mit dem Vertuschen hattest du womöglich recht! Überlege doch mal! Wenn jemand etwas vertuschen wollte, müsste es logischerweise mit deinem Kopf zu tun haben. Denn schließlich hat man in deine Schläfe ein Loch gebohrt. Ich bin der Überzeugung, dass du schon tot warst, als man deine sterbliche Hülle zusätzlich verunglimpfte. Es muss sich etwas an der gleichen Stelle befinden. Ein Beweis! Ein Beweis, an dem man genau erkennt, was dich tötete. Davon bin ich überzeugt. … Aber was könnte das sein?"

Wiktoria fasste sich gedankenversunken an ihre rechte Schläfe. „Hier ist nichts. Kein Loch."

„Ich weiß. Du bist zwar leichenblass, aber Verletzungen sind an dir keine mehr sichtbar. Schau doch mal deine Arme an! An denen sieht man auch keine Fesselungs-merkmale. Alles vollkommen in Ordnung."

„Das stimmt. Das ist mir noch gar nicht bewusst geworden."

„Weißt du noch, wie du zu diesen Verletzungen an deinen Handgelenken gekommen bist?"

„Nein, leider. Ich kann mich nicht daran erinnern. Meine Erinnerungen, bei denen ich noch am Leben war, reichen nur noch bis zu dem Zeitpunkt, kurz nach der Geburt meines Babys. Ich wollte mein Baby, gleich, nachdem es geboren wurde, sehen. Nur ein paar Minuten. Doch die Hebamme ließ es nicht zu. Sie brachte es in einen anderen Raum. Mein Baby schrie, als ob es nicht von mir getrennt werden wollte. Ich flehte die übrigen Schwestern an. Dann versuchte ich, hinterherzulaufen. Aber ich war noch zu schwach, sackte in mich zusammen. Immer entfernter wurden die Schreie meines Babys. Ich spürte, wie die Milch in meine Brust schoss. Meine Verzweiflung wurde immer größer. Ich schrie: Bringt mir mein Baby zurück! Bitte! Es ist mein Kind. … Eine andere Schwester versuchte mich zu trösten. Der Arzt gab mir eine Spritze. Danach schlief ich ein. Sehr schnell sogar. Das Bewusstsein kam irgendwann wieder. Ich wachte allein in einem der Krankenzimmer auf. Ein riesiger bunter Blumenstrauß stand auf dem Nachttisch. Aber wo war mein Kind? Sofort stand ich auf, lief aus dem Zimmer, den Gang entlang. … Als ich das Schwesternzimmer erreicht hatte, brüllte ich unbeherrscht: Wo ist mein Baby? … Sie versuchten mich zu beruhigen, doch ich ließ es nicht zu. Ich schlug wie wild um mich. Ein kräftiger Pfleger kam, hielt mich fest. Ich schrie unaufhörlich: Ihr seid alle Verbrecher! Ihr habt mir mein Kind gestohlen! Ich werde euch alle vor Gericht bringen! ... Drohte mit der Polizei, der Staatsanwaltschaft. Eine andere Schwester kam mit einer Spritze. Sofort schlief ich nach der Injektion ein. Der Rest ist vollkommen verschwunden. Das war das Letzte, an das ich mich erinnere, bevor Dorothea meinen verstorbenen Körper aus der Kühlung holte. Du berührtest mich. Danach zeigte ich dir meine letzte Erinnerung. Meine Seele war nicht mehr an die sterbliche Hülle gebunden, doch verlassen wollte ich sie nicht. Daraufhin wusste ich, dass du mich noch spürst. Dir konnte ich meine Geschichte erzählen. Meine Hoffnung kehrte zurück!"

„Ich weiß, du wolltest dich verbrennen lassen."

Wiktorias Wehmut war deutlich zu spüren. „Ja, das hatte ich vor. Denn es war eine Sünde. Nicht Gottes Wille verstehst du? Ich wollte brennen. Mich bestrafen."

„Deshalb hast du mich in die Kirche geführt?"

„Irgendwie schon, irgendwie nicht. Ich weiß nicht genau, wie ich dir das erklären soll. Pater Michael sah ich das erste Mal, als ich gestorben war. Erst kamst du mit Dorothea. Die Bilder, die ich dir schickte, erkanntest du. Aber auch ein kurzer Blick in deine Seele offenbarte sich mir. Du musst entschuldigen, wenn ich dir sage, dass ich erschrak."

Ich nickte traurig, denn ich konnte mir vorstellen, dass meine Seele nicht gerade zu denen von Glück beseelten, gehörte.

„Danach erschien der Priester. Er gab mir die letzten heiligen Sakramente in der Pathologie. Irgendwie spürte ich eine Verbindung zu ihm. Etwas was mich nachdenken ließ. Doch als er mich kurz berührte, erkannte er nicht, dass meine Seele vorhanden war. Obgleich ich im Inneren wusste, dass er dazu in der Lage gewesen ist. Dennoch ließ er es nicht zu. Irgendetwas sperrte ihn. Noch nicht einmal in seine Seele konnte ich blicken. Allein blieb ich mit meiner Trauer. Endlich bist du ein zweites Mal gekommen. Ich beschloss, meine sterbliche Hülle doch zu verlassen. Deine Seele kann mit meiner Seele kommunizieren und umgekehrt. Ich dachte … wenn wir miteinander reden, werden deine vergangenen schmerz-lichen Erinnerungen erträglicher für dich. Und das Gleiche umgekehrt. … Darum führte ich dich in die Kirche. Vielleicht konntest du einen Mann Gottes auch helfen. Ich fühlte, dass er Hilfe braucht!"

Ich war vollkommen durcheinander. *„Warum sollte ich einem Mann helfen, der noch lebte? Noch dazu einen Mann der Kirche. Er muss doch helfen!"*, schnell verwarf ich meinen letzten Gedanken. *„Er ist ein Mensch. Er hat* *doch auch eine Seele!"*, meldete sich mein schlechtes Gewissen.

Wir schwiegen, dachten über unser Gespräch nach.

Wiktoria brachte flüsternd heraus. „Da war noch etwas, als du das zweite Mal bei mir in der Pathologie gewesen bist. Ich weiß nicht, wie ich das sagen soll. Es war etwas neben dir und Dorothea im Raum. Es machte mir Angst. Aber was das war? Ich weiß es nicht. Wenn ich ganz ehrlich zu dir bin, möchte ich es auch nicht wissen."

Erschrocken nahm ich ihre Worte wahr. „Der Schatten. Ein menschlicher Schatten. Ich sah ihn. Aber bis eben dachte ich, es war deine Seele." Ein kalter Schauer erfasste mich.

„Nein nicht ich. Etwas was ich auf keinen Fall begegnen möchte!", brachte sie ängstlich heraus. Wieder schwiegen wir. Insgeheim schworen wir uns, nie wieder darüber zu sprechen, und doch erkannte ich das Unwirkliche unaufhaltsam auf mich zu kommen.

Die Tage verstrichen. Ich hörte mir oft Wiktorias Geschichten über ihre Vergangenheit an. Dann kam einer der Tage, an denen ich einfach nicht aus dem Bett wollte. Wie ein Film spielte ich immer wieder meine eigene Vergangenheit in meinem Kopf durch. Irgendetwas bereitete mir gravierende Probleme weiterzukommen. Ich wusste nicht, was es war. Ich tat es damals mit der Begründung ab, dass ich erst Wiktorias Tod aufklären müsste. Erst wenn ich ihren Tod aufgeklärt hätte, wäre mein Kopf für Neues frei und ich wäre schließlich bereit mit meiner Vergangenheit abzuschließen.

Ich setzte mich auf. Öffnete die Schublade meines kleinen weißen Nachtkästchens. Darin erblickte ich meine Medikamentenschachtel. Ich nahm sie in die Hand, stand auf, schmiss sie in den Papierkorb, der neben meinem Schreibtisch stand.

„Wie viele Lügen musste ich noch aufdecken, um endlich in eine glückliche, unbeschwerte Zukunft zu blicken?", grübelte ich. Meine Augen verharrten auf einem kleinen Kärtchen, das schon lange auf meinem Schreibtisch lag. Es war die Visitenkarte von Mathias. Nachdenklich nahm ich sie in meine Hand, betrachtete sie.

Es mussten Minuten vergangen sein, bis ich endlich den Mut fasste, mich bei ihm zu melden. Aber warum fiel es mir so schwer? Ich brauchte doch wegen Eik keine Gewissensbisse ihm gegenüber zu haben. Mathias war verlobt. Trotz allem hatte ich mich in diesen Menschen verliebt. Oder vielleicht war ich das schon mein ganzes Leben lang. Aber warum erkannte ich es erst nach so vielen Jahren? Begann trotz der Erkenntnis Mathias zu lieben, etwas mit einem anderen. Einem anderen, den ich kaum kannte.

Deutlich hörte ich das Freizeichen. Der zweite Ton verklang gerade, als jemand den Hörer abnahm. „Mathias Nitschke.", sofort drückte ich auf die rote Taste, um das Gespräch zu beenden.

„Oh wie blöd von mir! Ich bin doch kein kleines Kind!", dachte ich. Mein Telefon läutete. Ich nahm zornig ab. War genervt, denn ich wollte in diesem Moment eigentlich nur mit Mathias sprechen. Nicht mit jemand anderen. Ein ungeduldiges lautes „JA bitte!", schnellte aus meinem Mund.

Mathias war am Telefon. „Ich wollte nur wissen, mit wem ich verbunden bin", sagte er schnell. Seine Stimme klang freundlich, nicht gereizt, wie die meine. „Sie hatten mich gerade angerufen. Da mir ihre Nummer nicht bekannt ist, rief ich gleich zurück. Bitte entschuldigen sie! Aber ich hätte gerne gewusst, wer mich versucht hat anzurufen? Mit wem spreche ich bitte?"

Mein Herz machte einen großen Satz. Mein Kopf wurde vor Verlegenheit knallrot. Gerade, als ich mich zu erkennen versuchte, gelang es mir nicht. Mir wurde übel. Deutlich verspürte ich meine weichen Knie. Ich schluckte, wollte von Neuem antworten, doch meine Sprache war weg.

„Hallo, mit wem spreche ich denn?", seine Stimme wurde etwas gereizt.

Erneut versuchte ich ihm zu antworten. *„Ich bin es, Eugenia"*, doch nur ein leises, sehr verlegenes „Ich …", kam aus meinem Mund.

Er schwieg eine kurze Zeit. „Eugenia bist du es? Sag was! Bitte!"

Ein klägliches „Ja", brachte ich gerade noch heraus.

„Eugenia, ich freue mich, dass du dich endlich bei mir gemeldet hast. Wenn ich ganz ehrlich bin, dachte ich schon, die letzte Begegnung war die Letzte überhaupt. Bitte sag etwas!", beschwor er mich.

„Hallo", kam es endlich aus meinem Mund. „Ich wollte dich schon früher anrufen, aber …"

„Du hattest Zweifel?"

„Nein ich, … hatte keine Zeit. Du weißt schon, mein Studium."

„Ich weiß. Die Medizin kann einen ganz schön auf Trab halten. Immer neue Erkenntnisse, dann erst die Entscheidung, in welche Richtung man gehen möchte. Das verstehe ich. Wir müssen uns unbedingt sehen. Leider bin ich noch in Berlin, aber schon nächste Woche komme ich wieder nach Leipzig. Machen wir doch gleich einen festen Termin aus. Am besten würde es nächsten Dienstag passen. Sagen wir um zwanzig Uhr. Bitte sag ja!"

„Ich …"

„Bitte!"

„Gut, zwanzig Uhr bei mir.", in diesem Augenblick war ich über mich selbst überrascht. Zu mir lud ich ihn ein. Eigentlich war das nicht beabsichtigt. „Aber wir können uns auch in einem Club treffen", brachte ich schnell heraus.

„Nein, nein bei dir. Das ist völlig in Ordnung. Ich freue mich sehr."

Jetzt konnte ich nicht mehr zurück, erklärte ihm, wie er am besten zu mir gelangt. Wir beendeten das Telefonat. Glücklich legte ich den Hörer auf das Telefon. Ich ging in die Küche, kochte einen Kaffee. Wiktoria tauchte auf. Aufmerksam sah sie mich an.

„Was ist? Habe ich etwas Eigenartiges an mir?"

„Ich denke nach", sprach sie.

„Über was denkst du nach?"

„Ich überlege gerade. Es ist sehr eigenartig zu sehen, dass es gerade zwei Männer sind, die in dein Leben treten. Wo du doch zuvor, allein warst. Immer hast du Nähe zu anderen, vor allem zu Fremden, vermieden. Und nun? Nun haben sich gleich zwei in dein Leben geschlichen. Eigenartig. Oder ist es Bestimmung? Was meinst du?"

„Ich weiß, was du mir damit sagen möchtest. Ganz so ist es nicht. Mathias kenne ich schon fast mein ganzes Leben. Und Eik rettete mich zwei Mal aus Situationen, die sehr gefährlich hätten enden können."

„Das stimmt nicht. Überlege doch bitte! Mathias sahst du erst nach vielen Jahren wieder. Und gleich spielen deine Gefühle verrückt. Du denkst, dass du ihn liebst. Dann kam Eik. Er rettete dich. Darauf stürzt du dich gleich in ein Liebesabenteuer. Ich nenne das, seltsam! Unbedingt möchtest du Glück in deinem Leben. Das um jeden Preis. Eugenia, manchmal kann aus Glück, Schmerz und Enttäuschung entstehen. Du bist jung. Dein Leben liegt noch vor dir. Überstürze bitte nichts! Nicht nur andere können Schäden davontragen. Meine Befürchtung ist nur, dass dich dein Schicksal von Neuem bestraft. Du wieder unglücklich wirst. Deine negative Vergangenheit, dich erneut einholt."

Ich dachte darüber nach. Bestimmt hatte sie recht. „Aber … ich kenne dich auch noch nicht so lange. Ich weiß, du bist eine Seele, doch hege ich dir gegenüber freundschaftliche Gefühle. Soll ich diese auch unterbinden?"

„Nein, Eugenia du verstehst nicht, was ich damit sagen möchte! Ich finde es super, dass du endlich etwas Glück in deinem Leben spürst. Du sollst nur deine Gefühle unter Kontrolle halten, dass man dich nicht wieder verletzten kann! Verstehst du?"

„Du klingst ein wenig wie meine Mutter."

„Das habe ich ernst gemeint. Im Übrigen finde ich auch, dass du wie eine Freundin für mich bist." Wir lächelten. Danach schwiegen wir eine ganze Weile.

Meine Gedanken kreisten wild durch meinen Kopf. Ich versuchte mir über die Worte Wiktorias klar zu werden. Die Umgebung verschwand ganz plötzlich vor mir. Tief schien ich in einen Traum zu fallen.

„Eugenia, ich möchte, dass du mir genau zuhörst! Du brauchst keine Angst zu haben! Ich bin immer in deiner Nähe. Ich verspreche dir, dich sofort aus der Hypnose zu befreien, wenn ich bemerke, dass dir die Situation unangenehm erscheint." Äußerte ein Mann, dessen Stimme ich allzu oft als verlogen und unerträglich empfand. Doktor Leichtenschlag, in seinen liebevoll wirkenden Gesprächen verspürte ich jedes Mal ein kühles, furchteinflößendes Gefühl, welches mir großes Unbehagen vermittelte.

„Ich möchte, dass du dich bequem hinlegst! Ich führe dich zurück zu einer Erinnerung, die in Wahrheit nicht existiert. Bitte versprich mir, dass du dich entspannst!", sprach er erneut. Und langsam begriff ich, wo ich war.

„Ja", erwiderte ich etwas eingeschüchtert.

„Eugenia, wir gehen gemeinsam zurück in deine Vergangenheit. Ich werde ständig bei dir sein. Wenn du denkst, du möchtest nicht mehr darüber sprechen, sagst du einfach, nein." Abermals blickte er in mein Gesicht. Ich nickte. „Jetzt sag mir doch bitte noch, an welchen Orten du dich am wohlsten fühlst."

Ich dachte nach, bevor ich antwortete. „Zuhause bei meinen Eltern, auf einer Blumenwiese, beim Schlittenfahren im Winter oder, was ich besonders mag, sind Kornfelder."

„Das sind wunderschöne Orte. Du machst das außerordentlich gut. Eugenia, du wirst gleich ganz ruhig einschlafen. Ich möchte, dass du an deine Kornfelder denkst, meiner Stimme folgst! Hörst du ein zweites Mal meine Stimme, dann wirst du ruhig. Deine Erinnerung ist beendet. Sie ist völlig aus deinem Leben gelöscht. Binnen kurzer Zeit wirst du bemerken, dass es dir schon viel besser geht. Deine unwirklichen Erinnerungen werden dir keinen Kummer mehr bereiten können. Das verspreche ich dir."

Mich überkam ein beunruhigendes Gefühl. Ich dachte über die Worte des Mannes nach, aber mich irritierte diese Situation. Ich wollte doch meine Erinnerungen behalten. Meine Erinnerungen an das Schöne, Wirkliche. Meine Gabe, die ich mittlerweile als Segen empfand. Seelen, die mir halfen, meinem Leben einen Sinn zu geben. Gut, ich war erst dreizehn. Aber bei dem Gedanken Verstorbenen zu helfen, ging es mir gut. Ja, sogar die immer wiederkehrenden wispernden Stimmen gaben mir ein Gefühl von Schutz. Halfen mir die Seelen Verstorbener zu befreien. Ich fühlte mich jedes Mal erschöpft, doch auch glücklich. Glücklich geholfen zu haben. Ich, ein Kind, meisterte diese Aufgabe.

Seine Stimme wurde leiser. Letztendlich lauschte ich seinen letzten, fast nicht mehr hörbaren Worten und schlief ein. Worte, die sich von einem gleichmäßigen Rauschen der Ähren im Wind ablösten. Ich atmete kraftvoll ein. Die Luft in meinen Lungenflügeln füllte sich mit einer warmen Sommerluft. Wohl fühlte ich mich. Ich öffnete meine Augen. Erwachte liegend, mitten in einem Kornfeld. Die Sonne schien warm auf mein Gesicht, die Ähren schon golden. Der Duft von frischem Getreide war so unbeschreiblich schön für mich. Meine Gedanken triumphierten vor Freude.

Langsam hob ich meine Hände, strich mit ihnen zärtlich über jeden Halm, den sie berühren konnten. Glücklich träumte ich, nahm die wohlige Wärme um mich wahr. Unerwartet sah ich ihn. Ein schlank gewachsener Mann, der mir vertraut vorkam. Er kam langsam auf mich zu, lächelte mich an, streckte die Hände mir entgegen.

Ich hatte keine Angst, denn ich kannte ihn. Wusste, dass ich diesem Mann trauen konnte. Blass war er. Eingefallen schien sein Gesicht. Gezeichnet von Trauer, Reue. Ich erfasste seine Hände und er zog mich hinauf bis ich stand. Lachend gingen wir gemeinsam über dieses golden leuchtende Kornfeld. Nur der Wind, der ein ständiger Begleiter von uns gewesen ist, folgte. Langsam schritten wir. Meine Finger streiften sanft über die Ähren, die sich kraftvoll den Himmel entgegenstreckten.

„Erzählen sie mir von ihrem Kummer", bat ich den Mann. Doch er schwieg. Wir gingen über das Feld, bedächtig auf jeden Schritt, den wir taten. Denn keiner wollte diese wunderschöne Pracht des Kornes zerstören. „Bitte!", bat ich erneut.

„Weißt du, ich habe etwas Abscheuliches getan. Etwas was ich nie wieder ungeschehen machen kann." Begann er seine Worte betrübt zu formen.

„Man kann jede Schuld wiedergutmachen!", sprach ich voller Überzeugung.

„Ach Eugenia, wenn du wüsstest, was mein Verbrechen gewesen ist. Du würdest mich hassen."

Ich blieb stehen. Sah ihn an. Er konnte mir kaum in die Augen schauen, so gramerfüllt war seine gequälte Seele. Schweigend blickte ich in sein Antlitz.

Mit Tränen in seinen Augen stand er vor mir.

„Du bist ein gutes Kind. Solange ich es vermag, bleibe ich bei dir, werde dich beschützen. Das verspreche ich dir, Eugenia."

Ich lächelte, nahm seine Hand. Beide setzten wir uns in dieses wunderschöne Kornfeld. Die Ähren wogen im Wind leicht hin und her. Ein Geräusch, das seine Angst zu beruhigen schien. Wir blickten einander tief in die Augen. Nach einigem Zögern erzählte er mir doch seine entsetzliche Geschichte. Eine Geschichte, die mein bisheriges Leben noch mehr Qualen abverlangen sollte.

„Fast vierzehn Jahre sind seitdem vergangen. Ich diente damals in der Armee. Direkt an der Grenze. Wir waren zu dritt. Ernst, Anton und ich hingen ständig zusammen. Junge Soldaten im Dienste unserer Heimat, um später die Chance eines Studiums zu bekommen. Erst wenn wir uns an der Grenze bewährt hätten, stünde uns eine rosige Zukunft bevor. Ernsts Eltern waren beide Ärzte. Antons Vater war Richter, seine Mutter Krankenschwester. Beide hatten es leichter als ich, einen der begehrten Studienplätze zu bekommen. Ich kam aus einer ganz normalen Arbeiterfamilie. Ja natürlich wirst du denken, dass man in einem Arbeiter- und Bauernstaat alles erreichen konnte. Doch vorher musste man sich beweisen. An der Grenze zum Beispiel."

Ich starrte ihn an. „Hast du etwa auf einen Menschen geschossen?"

„Nein, weder ich noch die anderen an unserem Grenzabschnitt. Es gab unter uns Soldaten so etwas wie einen geheimen Plan, den aber jeder für sich behielt. Wenn man einen Menschen an der Grenze stellen würde, hätte ich wetten können, dass jeder vorbeischießt. Deshalb hatte man viele Mienen im Grenzbereich zusätzlich verteilt. Noch nicht einmal die Vorgesetzten kannten die Standorte. Manchmal, in der Nacht, ging eine der Mienen hoch. Weil sich ein Hase dorthin verirrt hatte. Es gab jedes Mal einen großen Aufstand. Alle mussten die defekte Stelle im Zaun suchen. Dem ungeachtet hätte niemand von uns auf einen Menschen geschossen. Das kann ich mir nicht vorstellen. ... Trotzdem bin ich froh, dass in unserem Abschnitt nie ein derartiger Zwischenfall vorkam. Glaube mir, wenn ich dir sage: Alle waren darüber sehr froh! ... Patrouilliert wurde immer zu zweit. Jeder bewacht jeden. Das war die Devise. Verstehst du?"

„Na dann kann es nicht so überaus schlimm gewesen sein. Denn einen Menschen zu töten ... Ich bin der Überzeugung, etwas Schlimmeres gibt es nicht!"

„Eugenia, wenn du wüsstest. Gewiss hast du mit deiner Äußerung recht. ... Wenn das so einfach wäre."

Deutlich erkannte ich seine Unruhe, Reue. Wieder schwieg er.

„Bitte erzählen sie mir, was sie bedrückt!" Ich war immer von Neuem überrascht über meine Haltung, die ich den Seelen entgegenbrachte. Sprachen sie doch mit einem Kind. Wollten mir etwas anvertrauen.

Er holte tief Luft. „Es kam der schreckliche Tag. Wir hatten frei. Im Dorf gab es einen kleinen Gasthof, musst du wissen. ... Na ja, übernachten durfte man dort schon Jahre nicht mehr. Grenzbereich. Aber die Soldaten trafen sich dort. Auch einige aus dem Ort tranken da mal ein Bier. ... Simone, ein junges Mädchen, Tochter eines Vorgesetzten, war an diesem Abend auch bei uns.", er schwieg, brach einen Getreidehalm ab und zerriss ihn wütend.

„Und dann?"

„Und dann ... Ich weiß gar nicht, wie ich es sagen soll. Wir waren schon fast ein Jahr dort. Ab und an trafen wir uns mit ihr. An diesem Abend tranken wir zu viel Bier. Ich glaube auch Schnaps. Na ja, jedenfalls wollten wir sie nach Hause bringen. Aber dann war da diese alte Heuscheune. Wir lachten und verschwanden darin. Auf einmal packte Ernst Simone und riss sie zu Boden, auch Anton stürzte sich wie ein wildgewordenes Tier auf sie. Erst lachte sie, doch … dann wehrte sie sich. Was macht ihr da? Hört auf!, schrie sie. Sie drückten Diana fest auf den Boden. Hielten ihr den Mund zu. Anton war nicht mehr zu bändigen. Sei still! Du willst es doch auch! Kamen die Worte erregt aus seinem Mund. Ernst befahl.: Geh nach draußen und steh schmiere! Wenn wir fertig sind, kannst du ran. … Ich ging nach draußen."

Tränen des Entsetzen standen in meinen Augen. „Nein, das können sie doch nicht getan haben?!"

Reue verriet sein Gesicht, bevor er leise fortfuhr. „Ich tat es. Versteh doch! …Ich wusste nicht, was ich tun sollte. Es dauerte eine ganze Weile. Zuerst kam Ernst und grinste. Geh ruhig rein! … Ich ging langsam in die Scheune, Anton stand gerade auf. Auch er grinste. Im Halbdunkeln sah ich die nackte Simone. Ihr Gesicht war schwarz verschmiert. Die Tränen hatten ihre Schminke verwischt. Sie zitterte. Sie sprach leise mit weinender bebender Stimme. Na los! Mach schon, du Schwein! Sie weinte erneut. Ich sah sie verwirrt an. Ich schämte mich, wollte irgendwie helfen. … Aber ich stand nur da. Gelähmt vor Angst und doch konnte ich meine Blicke nicht von ihr wenden. … Mit ihren Händen versuchte sie, ihre Blöße zu bedecken. … Sie ist schon vorgeschmiert! Brachte Anton, der Mistkerl heraus. Ich drehte mich zu ihm um. Ich holte aus und gab ihm einen kräftigen Faustschlag ins Gesicht. Ernst kam auch zurück in die Scheune. Beide prügelten auf mich ein. … Ernst meinte, ich wäre ein Kameradenschwein. Oder vielleicht wäre ich schwul. In den Augenwinkeln sah ich, wie Simone davonlief. Ich lag am Boden. Sie traten jetzt heftig auf mich ein. Ich wurde bewusstlos. Als ich aufwachte, war ich in einer kleinen Zelle."

Tränen des Entsetzen rollten unaufhörlich über mein Gesicht. „Nein, … nein!", schrie ich. Hielt mir die Ohren zu. „Was haben sie getan!"

„Verstehst du nicht, wir waren Freunde. Es waren Freunde von mir. Ich hatte Angst. Dachte es ist ..."

„Ich bin dreizehn! Begreife, was diese furchtbaren Männer taten. Warum konnten sie so etwas nur zulassen? Sie sind genauso schuldig, wie die anderen!", ich weinte. Hielt mir erneut die Ohren zu. Entsetzt war ich. Weit entfernt vernahm ich seine letzten flehenden Worte. Worte eines Monsters.

„Ich weiß, ich wollte auch, dass man mich bestraft. Glaub mir, ich schämte mich. Heute kann ich noch in keinen Spiegel schauen, ohne mich bespucken zu wollen. Es tut mir so leid, Eugenia. So unbeschreiblich leid."

Mir wurde übel. Ich schrie. „Nein. Nein, wie konnten sie nur!"

Ich vernahm eine andere Männerstimme. Sie sagte: „Beruhige dich! Dir kann nichts geschehen. Diese Erinnerung ist nicht real. Lass los, Eugenia! Vergiss das Erlebte! Es hat nie existiert."

Ich konnte diese Erinnerung nicht mehr verdrängen. Ich konnte nicht fassen, wozu Menschen fähig sind. Ein Mensch, dem ich traute. Eine Seele, mit der ich Mitleid hatte. Ich wusste jetzt, woher ich ihn kannte. Aus einer anderen Erinnerung, bei der ich bisher der Überzeugung war, dass sie nicht wirklich existierte. Ein Alptraum, der mich erschrecken ließ. Erst in diesem Augenblick begriff ich, dass er real existiert hatte.

Schon einmal sah ich ihn. Eine neue Erinnerung, die erst kürzlich auftauchte. Ich war in der Psychiatrie im Gemeinschaftsraum, dieser Mann, half mir. Er half mir vor einem anderen Menschen, der kein Gesicht hatte. Aber warum? Hatte er Mitleid? Mit mir? Oder wollte er sein schlechtes Gewissen beruhigen. Wer war er? Warum hatte ich ihn vergessen? Jetzt da ich ihn vor meinem geistigen Auge wiedersah.

Wieder erklang die andere Stimme in meinem Bewusstsein. Die Stimme des Arztes, der mich so quälte. „Doktor Leichtenschlag!", schrie ich.

Wachte auf. Die Angst immer noch in mir bestehend. Erschrocken, zitternd saß ich vor Wiktoria. Eine neue Erinnerung, eine grauenvolle Wahrheit. Menschenverachtend war sie. Eine Erinnerung, die jetzt real in meinem Kopf existierte. Unwiderruflich war sie wieder vorhanden.

Ich wollte sie aus meinem Kopf verbannen, doch es gelang mir nicht. *Warum ich? Warum gerade ich? ...*

Mein Kopf brummte und ich war durcheinander. Diese Vergangenheit war zu schrecklich. *„Warum erzählte mir ein Mann, was er Schreckliches getan hatte? Warum mir? Ich war doch damals erst dreizehn! Was hatte ich damit zu tun? Warum half er mir in der Klinik? Warum sehe ich ihn jetzt? Hatte Doktor Leichtenschlag wirklich nur Gutes im Sinn mit mir, indem er diese Erinnerung löschte? Sollte ich wieder Tabletten schlucken, damit es mir besser geht? Ist er in Wahrheit ein guter Arzt? Nicht der Grausame, der mich quälte? Hatte ich ihn zu Unrecht beschuldigt? Doktor Leichtenschlag ein Arzt, der mir half? Kein Scheusal?"*

Mir war übel. Immer noch brummte mein Kopf. Vorsichtig stand ich auf, nahm eine Kopfschmerztablette, setzte mich an den kleinen Küchentisch, döste verzweifelt vor mich hin.

Wiktoria starrte mich an. Sie saß mir gegenüber, schien sehr besorgt. „Was ist mit dir? Neue Erinnerungen? Du hast geschrien."

„Weißt du, ich habe das dumme Gefühl, ich muss mich von Neuem therapieren lassen. Ich weiß nicht, ob ich die Erinnerungen neu durchleben möchte. Zu viel Schmerz.", zitternd und traurig blickte ich mein halbvolles Wasserglas an.

Betretenes Schweigen erfüllte den Raum.

„Erzählst du mir, was passiert ist?" Brachte sie fast flüsternd heraus, als ob sie den Schrecken ahnte, den ich ihr anvertrauen wollte.

Anfangs schwieg ich, dachte nach. Beschloss jedoch letztendlich die schrecklichen Erinnerungen hinauszuschreien. Meine von Mitgefühl schmerzenden gedanklichen Erinnerungen. Unter Tränen erzählte ich, was Menschen bestialisches mit anderen taten. Ich mitten drin. Die Erinnerungen, der eigene Schmerz, den ich mit dreizehn verspürte, schien mir banal.

Tränen rollten unaufhaltsam meine Wangen hinunter. „Doktor Leichtenschlag erschien mir im Traum. Er hatte mich hypnotisiert, wollte etwas aus meiner Erinnerung löschen. Bis heute ist ihm das auch gelungen. Ich sah einen Mann, von dem ich anfangs dachte, er wolle mich beschützen. Eine menschliche umherschwirrende Seele. So wie du. Ich dachte, ich konnte ihm helfen in die Unendlichkeit zu gelangen. Aber er erzählte mir von etwas, was ich, wenn ich ganz ehrlich bin, nie wissen wollte. Eine schreckliche Tat. Eine schreckliche Tat, der er zu Lebzeiten beiwohnte. Aber da er nicht handelte, selbst ein Täter wurde. Eine schreckliche Tat, die ich nicht so schnell vergessen werde. Wenn überhaupt. Er erzählte mir seine Geschichte. Ich hasste ihn dafür. Für das was er tat, oder auch nicht tat."

Wiktoria blickte mich mitfühlend an. „Eugenia, versprich mir nicht gleich auszuflippen!", beschwor sie mich.

Ich schaute sie überrascht an. „Was ist?"

„War der Mann in deiner Erinnerung sehr schlank? Hellblondes glattes Haar? Stark eingefallenes, gequältes, blasses Gesicht?"

„Ja, warum?"

„Er ist hier?"

„Was?"

„Glaube mir, er steht neben dir. Er möchte dir etwas sagen."

„Ich sehe ihn nicht. Willst du mir angst machen?"

„Nein, ich möchte dich nicht ängstigen. Ich kann ihn sehen, aber nicht hören. Jedes Mal, wenn ich versuche von seinen Lippen abzulesen, verschwindet sein Mund. Das ist auch für mich etwas unheimlich."

Ich dachte über das nach, was Wiktoria sagte. „Wenn es so ist, dann glaube ich, dass er mir selbst erzählen möchte, was ich erfahren muss. … Eigenartig, dass ich dich erkenne, aber er für mich nicht existiert. Du siehst doch seine Seele jetzt?"

Wiktoria nickte.

„Du siehst eine Seele aus meiner Vergangenheit, die ich nur im Traum erblicke?"

„So unvorstellbar es sich anhört. Ja! … Vielleicht musst du mehr über den Mann erfahren."

„Wiktoria, ich habe das ungute Gefühl, dass ich schon zu viel weiß. Der Rest kann ruhig im Verborgenen bleiben! Ich möchte die Vergangenheit nicht mehr kennenlernen! Mich beschleicht ein sehr ungutes Gefühl bei dieser Vorstellung."

„Ich verstehe dich, aber glaube mir. Du musst alles herausfinden! Erkennst du denn nicht die Zusammen-hänge?"

„Wie meinst du das Wiktoria?"

„Du hast eine Gabe. Tote Seelen kommen zu dir. Ein Arzt wollte, dass du sie vergisst. Endlich kommen deine Erinnerungen zurück. Ich stehe hier an deiner Seite. Durch dich hatte ich die Kraft meine sterbliche Hülle zu verlassen, meine Tochter kennenzulernen. Du wirst mir helfen meinen Mörder zu finden."

„Ich habe Angst Wiktoria!"

„Du musst die Dunkelheit überwinden. Trau dich! Verstehe doch, deine Gabe ist nicht schlecht. Deine Gabe hilft Seelen, sie von einer schweren Bürde zu befreien. Aber sie hilft auch dir. Ich, der Mann neben mir, den du nicht siehst. Er ist ein Teil deiner Vergangenheit. Doktor Leichtenschlag, bei dem ich auch war. Es muss eine Verbindung zwischen uns allen geben! Eugenia, deine Vergangenheit muss ausnahmslos aufgedeckt werden. Erst dann bist du, sind wir in der Lage diesem Arzt das Handwerk zu legen. Überlege doch mal! Er hat vom Konsul Geld bekommen. Das heißt?"

„Doktor Leichtenschlag geht über Leichen!"

„Ja du sagst es Eugenia. Er ist nicht gut, oder um dich besorgt."

Wir schwiegen.

„Ist der blasse Mann, ich meine, steht die Seele noch neben dir?", fragte ich vorsichtig.

„Nein"

Mir war bewusst, dass Wiktoria recht hatte. Die Angst, die mich immer noch gefangen hielt, lähmte mich förmlich. Fortwährend spielte ich die erlebten Erinnerungen im Kopf durch. Ich begriff, wenn ich die Angst ablegen würde, könnte mein Leben freudenvoller verlaufen. Aufgeben durfte ich keinesfalls!

Manchmal ist die innere Eingebung
eine enge Verbündete

Hilfe brauchte ich, das stand fest. Aber wem sollte ich vertrauen? Wiktoria, das war mir klar. Diesem Mann aus meiner Vergangenheit? Eine ruhelose Seele, die diese Welt noch nicht verlassen hatte. Ein Verbrecher mit schlechtem Gewissen. Immer wieder spielte ich meine neuen Erinnerungen im Kopf durch. Aufkommende Erinnerungen, die ich als real aus meiner Vergangenheit akzeptieren musste.

Die Tage verstrichen, wenn ich ganz ehrlich zu mir bin, wollte ich nach diesen Tagen der Einsamkeit einem lebenden Menschen begegnen. Worte mit realen Personen tauschen. Jemand Vertrauten sehen.

Schließlich kam der Dienstag, an dem ich mich mit Mathias verabredete. Der Abend brach an. Stunden stand ich vor dem Spiegel. Ich sehnte mich förmlich nach ihm. Einfache Gespräche führen. In schönen Erinnerungen schwelgen. Über banale Sachen sprechen und vor allem Lachen. Von Mensch zu Mensch. Alles hinter mir lassen. Vielleicht uns etwas annähern. Das war mein sehnlichster Wunsch.

Anschließend dachte ich gleich daran, ihm doch etwas von meiner Gabe zu erzählen. Erklären. Ihm, einen angehenden Psychiater. Möglicherweise konnte er mir helfen meine Angst zu lösen. Die Seele, die ich nicht sah, dennoch existierte, erkennen. Alles erfahren.

Obwohl in mir schlummerte immer noch ein heftiger Konflikt. Erst Doktor Leichtenschlag, dann Dorothea, die mich ausnutzten, beobachteten, letztendlich musste ich durch ihre Handlungen leiden. Jetzt Mathias, wieder eine Enttäuschung? Oder sollte ich es wagen mit einer Person zu sprechen, dessen Berufszweig ich verabscheute, misstraute? Hatte man mich nichtsdestoweniger schon unzählige Male belogen. War er letzten Endes anders? Vermutlich meine Rettung?

Es war eine viertel Stunde vor acht, es klingelte.

„Überpünktlich", dachte ich. Aufgeregt machte ich die Tür auf, mit einem strahlenden Lächeln auf meinem Gesicht.

„Eik!", platzte es überrascht aus meinem Mund. Er stand vor meiner Tür. Mein Lächeln verschwand, gleich darauf blickte ich an ihm vorbei.

Sein breites Lächeln verwandelte sich in Irritation. Auch er sah sich um. „Komme ich ungelegen? Soll ich wieder gehen?"

„Nein, ich dachte nur …"

„Er lächelte erneut. Ich weiß es ist sehr überraschend. Aber, das hört sich vielleicht etwas schmalzig an. Ich habe dich sehr vermisst."

Mein Lächeln kehrte zurück. Meine Gedanken an Mathias blendete ich aus. Eik kam zu mir. Ohne, dass ich darum bitten musste. Er, ein Mann, den ich kaum kannte, dennoch Vertrautheit entgegenbrachte. Innige Blicke tauschten wir einander aus. Er legte seine rechte Hand um meine schmale Taille, küsste mich.

„Wie hatte ich diese starken Arme vermisst." Gerissen aus diesem Moment bemerkte ich Schritte. Schritte im Treppenhaus. Schnell zog ich Eik in die Wohnung, schloss die Tür.

„Doch so stürmisch.", er grinste.

„Was, nein! Ich erwarte jemanden. Einen Freund."

Verwirrt beobachtete er mich.

„Nein, nicht so einen", versuchte ich zu erklären. Denn seine enttäuschten Blicke sprachen Bände. „Einen alten

Freund, den ich schon fast mein ganzes Leben kenne. Ich wusste nicht, dass du kommst. Und überhaupt, woher weißt du, wo ich wohne?"

„Hast du vergessen? Ich bin Polizist. Und im Übrigen hatte ich damals deine Tasche durchsucht. Keine Angst! Ich habe deinen Ausweis gesucht. Nichts weiter. Ich dachte, ich finde einen Hinweis, wo du wohnst. Na ja und auf deinem Ausweis stand diese Adresse."

Ich lächelte. „Ich freue mich. Wirklich! Aber hättest du nicht vorher anrufen können?"

„Ich wollte dich überraschen. Meinst du, ich lasse mir eine zweite Begegnung mit dir durch die Lappen gehen?"

Wieder grinste ich, doch dieses Mal war ich etwas verlegen. „Dass du mich nicht vergessen hast?"

„Wie könnte ich denn?"

Erneut küssten wir uns.

„Wenn du möchtest, gehe ich in ein Hotel und wir sehen uns morgen?"

„Nein, bleib bitte!"

Er lächelte. Ich wusste, dass er glücklich war.

„Darf ich schnell mal deine Toilette benutzen?"

„Ja natürlich."

Es klingelte erneut. Ich machte die Tür auf.

Fröhlich sah ich ihn an. „Mathias, wie schön."

Er hatte einen Strauß Blumen dabei.

„Ich dachte Vergissmeinnicht. Deine Lieblingsblumen", sprach Mathias freudestrahlend.

„Danke! Dass du das noch weißt."

„Ich weiß noch sehr viel mehr.", er strahlte über sein ganzes Gesicht, auch ich lachte.

„Komm schon herein!", bat ich ihn.

„Hier steht noch eine Reisetasche", plauderte er gerade, als Eik aus dem Bad kam.

„Das ist meine. Ich muss sie noch reintragen. Sprach er laut, kam zu uns. Dabei stellte er sich auf meine rechte Seite. Drückte mich mit seiner Hand, zärtlich an sich.

„Das ist Eik", erwähnte ich herzlich. Irgendwie schien mir diese Situation etwas unangenehm.

Mathias blickte mich überrascht an. „Ich bin Mathias. Eugenia sagte mir nicht, dass wir zu dritt den Abend verbringen.

„Ich wusste auch nicht, dass ich mit noch einer Person rechnen muss", erwiderte Eik. Die Enttäuschung war ihm anzusehen.

Beide musterten sich argwöhnisch. Ich fand es ein bisschen belustigend. Eik groß, stark und Mathias zwar groß, aber eher dünn. Dafür hatte er die schönsten, lockigsten, dunkelblonden Haare, die ich kannte. Ich begriff, dass ich für beide starke Gefühle hegte.

Wir gingen in die Küche. Tranken den Wein, den ich am Nachmittag noch kaufte. Wir lachten. Keiner von uns schien zu merken, dass die Zeit schnell verging.

„Oh es ist schon elf Uhr dreißig", sprach Eik überrascht. „Es tut mir Leid Eugenia, wir hatten noch gar keine Zeit uns darüber zu unterhalten. Ich muss morgen früh fit sein. Ich habe ein Vorstellungsgespräch."

„So?", sagte ich. Sah ihn überrascht an.

„Leider bot sich noch nicht die Gelegenheit, dir zu erzählen, dass hier in Leipzig eine Stelle bei der Kriminalpolizei frei ist. Für diese habe ich mich schon vor Wochen beworben."

Perplex war ich, irritiert. Das ging mir alles zu schnell. Am liebsten hätte ich dieses Thema sofort ausdiskutiert. Doch vor Mathias mochte ich keinesfalls darüber sprechen. Ich überdeckte meine gereizte Stimmung.

„Ja natürlich. Gleich gegenüber ist mein Zimmer. Wenn du nichts dagegen hast, bleibe ich noch etwas hier. Mathias und ich haben uns noch viel zu erzählen." Ich merkte, dass ihm diese Entscheidung nicht recht passte. Aber es war mir egal. Denn ich war etwas gekränkt, auch sauer, dass er mich einfach vor vollendete Tatsachen stellte.

Zärtlich gab er mir einen kurzen Gutenachtkuss auf den Mund. Ich wusste, dass er traurig über mein Verhalten war. Ließ sich dennoch nichts anmerken, verabschiedete sich freundlich von Mathias und verschwand in meinem Zimmer.

Allein saß ich mit Mathias in der Küche. Wir schwiegen ein paar Minuten. „Ihr passt gut zusammen."

„Wer?"

„Na du und Eik."

„So?"

„Habe ich was verpasst? Ihr seid doch ein Paar?"

„Ja … nein … doch." Ich mochte einfach nicht darüber sprechen. Es ging viel zu schnell. Ein Wechselbad der Gefühle, die mich spüren ließen, dass ich für beide etwas empfand. Ich wusste einfach nicht, wie ich antworten sollte.

„Möchtest du, dass ich gehe? Möchtest du mit ihm allein sein?"

„Nein, bitte bleib doch noch. Ich hatte mich schon so auf den heutigen Abend mit dir gefreut."

„Ernsthaft?"

„Ja, ansonsten würde ich das kaum behaupten."

Er lächelte. „Eugenia du hast dich nicht verändert."

„Mach keine Scherze. Damals war ich fünfzehn. Heute bin ich fast zehn Jahre älter."

„Ja, aber immer noch meine kleine Eugenia."

Ich wurde rot. „Hör schon auf! Du machst mich ganz verlegen." *„Ach was rede ich denn. Ich führe mich auf wie ein dummes Kind."*

„Ach Eugenia, die vielen Jahre ohne dich. Jetzt wird mir wieder bewusst, wie sehr du mir gefehlt hast."

„Oh man.", das ging mir heute alles einfach zu schnell. Ich tat so, als ob ich diese letzten Worte überhörte, und wechselte sofort das Thema. „Wie geht es denn deiner Freundin Diana? Verzeihung, Verlobten?"

Er lächelte. „Gut. Ich nehme an, sie liegt in unserer kleinen Wohnung und schläft."

„Ach, ihr wohnt zusammen?"

„Ja, was denkst du denn? Wir sind verlobt."

„Hast du ihr erzählt, dass du heute bei mir bist?"

Mathias Gesicht verfärbte sich. „Wenn ich ehrlich bin, nein."

Wir lachten. Es war wieder wie früher. Wir erzählten unbeschwert Geschichten über unsere Vergangenheit. Ich erfuhr, dass er mir Briefe schrieb. Briefe, die ich nie erhielt. Das fand ich seltsam. Trotzdem klang er ehrlich. Ich konnte mir einfach nicht vorstellen, wer diese Briefe, wenn sie überhaupt existierten, verschwinden ließ. Das Thema beschäftigte mich. Mathias merkte meine kippende Stimmung. Lenkte sofort von der Angelegenheit ab, in eine andere Richtung. Voller Enthusiasmus redete er über sein Medizinstudium. Eben ein begeisterter Anhänger der Neurowissenschaft.

Die Sprache kam auf meine Person. Ich berichtete ihm, dass ich Archäologie studiere. Darüber war er überrascht. Denn als ich ihm nach vielen Jahren abermals begegnete, dachte er, ich studiere Medizin. Etwas schüchtern musste ich ihm eingestehen, warum ich an dieser Vorlesung teilnahm. Doch die ganze Wahrheit sagte ich ihm nicht. Noch dazu kam erschwerend hinzu, dass in meiner Wohnung ein weiterer Mann, der mir auch viel bedeutete, lag. Keinen wollte ich kränken, oder falsche Hoffnungen wecken.

Der Abend verflog wie im Flug. Spät war es, als Mathias bemerkte. „Oh schon zwei Uhr. Ich muss gehen Eugenia! Wir müssen das unbedingt wiederholen."

„Ja gern."

Wir umarmten uns zum Abschied. Anders als sonst. Mathias blickte tief in meine Augen, legte beide Hände zärtlich um mein Gesicht und gab mir einen Kuss auf den Mund.

Wie lange hatte ich mich danach gesehnt. Doch jetzt, wo meine Liebe zu ihm greifbar wurde, schreckte ich zurück.

„Entschuldige", sprach Mathias. Er überlegte. „Nein, ich entschuldige mich nicht! Eugenia, nie hast du es bemerkt. Aber ich fühle mich schon immer zu dir hingezogen. Dann dachte ich endlich, ich könnte die Erinnerung an unsere Kindheit vergessen. Ich liebte Diana. Dann tratest du erneut in mein Leben. Auf der Stelle waren meine alten Gefühle dir gegenüber wieder da. Eugenia, ich möchte …"

Vollkommen irritiert blickte ich ihn an. Mein Mathias liebte mich. Mein Glück schien perfekt. Aber es war der Kuss. Der Kuss, der mich aufwachen ließ. Es war keine Liebe, die ich fühlte. Eher etwas Familiäres verband mich mit ihm. Unbegreiflich schien es für mich. Da wir in keinster Weise verwandt waren. Und doch. Mathias war wie ein Bruder für mich. Ein Bruder, den ich mir immer schon wünschte. Dennoch war ich ein Einzelkind, wie er. Ich war durcheinander.

„Eugenia hörst du, was ich gerade zu dir sprach! Als ich dir vor vielen Jahren schon einmal gebeichtet habe, dass ich dich Liebe, warst du nicht anwesend. Aber dieses Mal küsste ich dich in der Hoffnung, du würdest meine Gefühle endlich wahrnehmen. Eugenia, ich liebe Dich! Ich liebe dich schon viel zu lange! Sage doch etwas! Bitte!" Er sprach sehr laut. Erregt flohen die Worte aus seinem Mund.

„Ich. … Ich weiß nicht … Ich weiß nicht, was ich sagen soll. Mathias du bist … wie ein Bruder für mich. Verstehst du das? Ich dachte …"

Wieder legte er seine Hände um mein Gesicht und wollte mich küssen.

„Nein!", sprach ich. Schob ihn von mir weg.

Eik riss die Tür auf. Ich dachte, er würde ihn verprügeln. Er trat aus der Tür, sprach ganz ruhig. „Mathias, es ist besser, wenn du jetzt gehst! Es ist schon spät. Ich nehme an, wir brauchen alle eine Mütze voll schlaf."

Mathias war zornig. Beabsichtigte gerade auf Eik loszugehen. „Lass es! Ich glaube, du wirst es sonst ein Leben lang bereuen! Geh bitte!"

Und er ging.

Ein kurzes Lächeln trat auf mein Gesicht. Froh bin ich gewesen, dass sie sich beide unter Kontrolle hatten.

In dieser Nacht war ich dankbar, dass Eik neben mir lag. Glücklich, dass er mich aus einer Situation rettete, die wahrscheinlich neuen Kummer über mich brachte. Ein Gutes musste ich mir eingestehen, hatte diese ganze Aufregung. Endlich erkannte ich, dass Mathias mir mehr ein Bruder und nicht, wie ich fälschlich annahm, meine große Liebe war.

Am Morgen darauf schlief ich noch, als er ging. Kurz vor elf Uhr stand ich auf. Kochte mir einen Kaffee. Es klingelte, Eik kam zurück. Eigentlich war ich noch etwas gekränkt, dass er mich am Vorabend vor vollendete Tatsachen gestellt hatte. Ich kam garnicht dazu mit ihm darüber zu reden. Eik umarmte mich, darauf gab er mir einen Kuss.

Glücklich schien er. Gleich darauf erklärte mir Eik, dass mehrere Bewerber zur Auswahl standen. Dennoch dachte er gute Chancen für diesen Job zu haben. Wir unterhielten uns sehr lange. Vertraut wie alte Freunde plauderten wir. Endlich kam das Gespräch auf seine Person. Ich erfuhr, dass er achtundzwanzig, so alt, wie Mathias, war. In Berlin geboren. Dort auch aufgewachsen als mittleres Kind mit seinen zwei Schwestern. Die Ältere arbeitete als

Krankenschwester in der Uniklinik Berlin. Traurig wurde Eik, bevor er mir anvertraute, dass seine letzte Beziehung eine große Enttäuschung für ihn war. Sie betrog ihn, mit seinem besten Freund.

Wir schwiegen. Eik sah mir erwartungsvoll in die Augen.

Jetzt kam der Augenblick. Ich musste etwas von mir verraten. Wollte das auch. Aber irgendwie wusste ich nicht so richtig, wie ich beginnen sollte. Nervosität machte sich in mir bemerkbar. Auch Angst verspürte mein Inneres. Mein Herzschlag war deutlich in meiner Brust zu spüren. Ich begann zu schwitzen. *„Ob Eik wohl aufsteht, geht, wenn ich ihm etwas von mir offenleg? Ob er glaubt ...“*

„Zwei Jahre meines Lebens verbrachte ich in der Irrenanstalt“, platzte es aus mir heraus. Froh, dass es endlich von mir ausgesprochen wurde, gleichzeitig unsicher. Aufmerksam beobachtete ich Eik.

Sein Gesicht anfangs fassungslos, gleich darauf mitfühlend, nachdenkend. „Das heißt nicht Irrenanstalt, sondern Psychiatrie!“

Ich lächelte kurz. „Ich weiß.“

Er wurde ernst, dachte nach, bevor er vorsichtig fragte. „Möchtest du darüber sprechen?“

Ich überlegte, hatte aber Angst ihn zu vertreiben, wenn ich ihm sagte, dass ich tote Seelen sehe. „Weißt du, ich befürchte, du verlässt meine Wohnung und wir sehen uns nie wieder!“

„Wieso, bist du ein Serienkiller?“

Erneut lächelte ich kurz, doch die Trauer über meine unschöne Vergangenheit, holte mich schnell ein. „Nein, aber ich sehe tote Menschen“, sprach ich leise mit dem Blick auf den Boden vor mir. Ich wagte es nicht, Eik anzublicken.

Beklommene Stille erfüllte den Raum.

„Davon habe ich schon einmal gehört. Filme gibt es auch darüber", brachte er kurz hervor.

*„Man was spricht er denn da. Das ist bitterer Ernst! Kein Spaß. „*Ich scherze nicht. Ich war zwei Jahre in einer Psychiatrie und man versuchte meine Erinnerungen zu löschen!", Tränen bildeten sich in meinen Augen. Ich hob meinen Kopf. Jetzt war ich froh, ihn nicht klar zu erkennen.

„He, schon gut! Nicht weinen!", bat er mich besorgt.

Er kam auf mich zu. Ich stand auf. Eik hielt mich fest. Wir umarmten uns eine ganze Weile. Bittere Tränen bahnten sich ihren Weg aus meinen Augen. Ich war beglückt, ihn zu spüren, an seiner starken Brust zu lehnen. Dass Eik nicht ging, mich nicht in meinem Kummer zurückließ, beruhigte mich langsam.

„Erzählst du mir, was dort geschehen ist? Ich verspreche dir … Ich verspreche dir, nicht wegzulaufen. Hier bleibe ich! Bei dir!"

Ich war gerührt und doch stieg in mir die Angst, dass er die Tür hinter sich schließt. Ich ihn nicht mehr wiedersehen werde. Gleichzeitig war mir bewusst, wenn ich mit ihm eine Zukunft aufbauen wollte, musste er alles, aber auch wirklich alles erfahren. Ich war kein Mensch, der gern allein blieb. Nein, ich wollte, wie jeder andere Mensch auch, geliebt werden. Nicht nur von meinen Eltern. Nicht nur gemocht und gebraucht werden, von verstorbenen Seelen. Den Seelen, die ich befreite. Nein, von einem lebenden Mann. Einem realen Mann, in dem ein liebevolles Herz schlägt. Einem Mann, dessen Liebe uns beiderseitig verbindet. Eine Liebe, aus der vielleicht Kinder wachsen. Aber das traute ich mich nicht weiter zu denken. Ich verwarf den Gedankengang an etwas für jeden anderen so banalen und erzählte letztendlich meine traurige Geschichte. Über meinen Aufenthalt in einer

Klinik, in der ich so viel litt. Eine Geschichte, die mich einfach nicht loslassen wollte.

Ich weinte. Er tröstete mich. Eik war sehr verständnisvoll. Ich merkte, dass er mitfühlte. Ziemlich verwirrend, absurd, nicht greifbar musste sich das alles für einen Außenstehenden angehört haben. Der Gedanke könnte bei Eik entstehen, dass ich dort hingehöre, in eine Psychiatrie. Eik könnte denken, ich sei rückfällig, würde erneut dem Wahnsinn verfallen. Doch die steigende Angst in mir, konnte mich nicht hindern. Meinen ganzen Ballast wollte ich auf einmal loswerden, vergaß meine Vorsicht. Ich erzählte ihm von den Seelen, denen ich half. Vom Aufenthalt in der schrecklichen psychiatrischen Klinik. Dem Arzt, Doktor Leichtenschlag, der mich quälte. Ich erzählte vom Konsul. Von Wiktoria, der Leihmutter, ihrem grausamen Tot, der noch untersucht wurde. Von Dorothea, die mich so unendlich verletzt hatte. Von meinen Eltern, die mir zwar helfen wollten, aber vieles vor mir verbargen. Einem fremden Mann, der ganz plötzlich in meinen Visionen auftauchte. Und von einem Verbrechen, von dem ich bisher nur den Anfang kannte.

Das alles erzählte ich Eik, einem Mann, den ich eigentlich überhaupt nicht kannte. Einem Mann, der mich gefühlte dreimal aus brenzligen Situationen rettete. Mein Anker, den ich fest mit meiner Liebe verband. Einer Liebe, die ich noch nie zuvor so intensiv fühlte.

Ich weinte, sprach weiter. Weinte wieder, sprach erneut. Aber Eik war da, hörte ruhig zu und blieb.

Erschöpft schlief ich letzten Endes in seinem starken Arm ein. Ich roch seinen Duft, spürte seinen gleichmäßigen Herzschlag, fühlte seine geborgene Wärme. Er war mein Anker. Mein großer starker beschützender Anker. Ein Anker, bei dem ich wusste, dass ich auch in meinen Träumen zu ihm kommen konnte.

Nochmals verbrachte ich eine Nacht, neben einem Mann, den ich nur einige Tage kannte, aber dennoch liebte. Ich liebte ihn. Das wusste ich jetzt. Doch kam die Angst, der Zweifel. Was geschieht, wenn er mich genauso betrog, wie Dorothea es tat? Ist es dann mein Ende? Zerbreche ich nicht an meiner düsteren Vergangenheit, sondern an einem zerbrochenen Herzen?

Meine Befürchtungen, dass er verschwindet, ließen mich sehr unruhig schlafen in dieser Nacht. Er blieb. Er blieb noch weitere Tage. Einfühlsam gab er sich. Tage, an denen wir nicht über die Vergangenheit sprachen. Nein. Wir sprachen über Hobbys. Ich erzählte ihm über meine Arbeit mit den Pharaonen. Über die Ausgrabungen, an denen ich schon teilnahm. Gespannt, ja man konnte behaupten, er klebte an meinen Lippen. Ich genoss die Aufmerksamkeit, die mir von ihm entgegengebracht wurde. Beide, so schien es, waren wir glücklich. Keiner dachte an Abschied.

Nach vier Tagen fragte er mich. „Was hältst du davon, wenn ich nach Leipzig ziehe?"

Erstaunt blickte ich ihn an. „Warum?"

„Ich habe den Job bei der Kriminalpolizei bekommen. Das heißt, wenn ich ihn annehme."

Meine Blicke waren fest auf Eik gerichtet. Doch nicht ein Wort kam über meine Lippen.

„Ehrlich gesagt möchte ich diesen Schritt wagen", brachte er zögernd hervor. „Natürlich musst du auch damit einverstanden sein."

„Hast du dir das auch gut überlegt?", fragte ich. Innerlich schrie ich förmlich „Ja".

„Keine Angst!", sagte Eik schnell. „Ich möchte dich nicht bedrängen. Ich dachte an eine kleine Wohnung … Vielleicht in deiner Nähe?"

„Du kannst tun und lassen, was du möchtest!", sprach ich ernst.

Verwirrt blickte er mich an. Ich lächelte.

„Heißt das ja?"

„Ja", sprach ich. Freudestrahlend fiel ich ihm um den Hals. Wir küssten, umarmten uns beide. Unsere Körper verschmolzen innig miteinander und ungehindert verstrich die Zeit.

Drei weitere glückliche Tage vergingen, der Abschied am Bahnhof fiel schwer. Doch keine Tränen füllten meine Augen, denn jeder von uns wusste, dass wir uns bald wiedersehen.

Am darauf folgenden Tag kehrte Dorothea zurück. Ich erkannte sofort, dass sie noch immer ein schlechtes Gewissen mir gegenüber aufwies. Wenn ich aber ehrlich bin, war mir das egal. Ich hatte mit ihr abgeschlossen. Gleichgültig was sie mir zu berichten vermochte. Ich wollte diese verlogene Freundschaft auf keinen Fall neu aufflammen lassen. Trotzdem kam es anders, als ich dachte.

Am nächsten Morgen bat sie mich um ein Gespräch in unserer kleinen Küche. Dorothea erzählte mir über die Zeit ihrer Abwesenheit.

„Bitte versprich mir, dass ich ausreden darf!", bat sie mich als erstes.

„Warum?"

„Versprich es mir bitte!"

Ich zögerte kurz. „Ja."

„Ich habe mir überlegt, wie ich dir helfen kann. Dann fiel es mir wie Schuppen von den Augen. Ich bewarb mich für ein spontanes Praktikum in einer psychiatrischen Klinik. … Es ist die Klinik, in der du behandelt wurdest."

„Was? Bist du verrückt!"

„Eugenia! Du hast mir versprochen aussprechen zu dürfen!"

Überrumpelt, verraten kam ich mir vor. Doch ich schwieg und nickte darauf.

„Stell dir vor, diese psychiatrische Klinik scheint anders als andere. Ich hatte immer das Gefühl, beobachtet zu werden. Irgendetwas versuchte man dort unter Verschluss zu halten. Alles, was dieser Doktor Leichtenschlag anwies, wurde ohne jegliches Nachfragen durchgeführt. Manche Mitarbeiter wirkten auf mich eingeschüchtert. Andere genossen förmlich die Macht gegenüber den Patienten. Am Anfang dachte ich, dass sie etwas ahnten. Ich glaube Doktor Leichtenschlag ließ mich überprüfen … Ganz genau beobachtete ich den Klinikalltag. Ich stellte fest, dass es Unterschiede der Behandlungsmethoden gab. Privatpatienten werden prinzipiell von Stromtherapien, EKT, ausgeschlossen. Eine Folge dieser Therapie sind große Gedächtnislücken. Diese sollen den Patienten helfen.", sie blickte mich an.

Ich nickte.

„Das weiß ich. Was hast du herausgefunden?"

Dorothea sprach weiter. „Diese Stromtherapien zählen, wie du bestimmt weißt, zu den Schocktherapien."

Erneut nickte ich.

Unter anderem sind auch Persönlichkeitsveränderungen und Konzentrationsstörungen die Folge. Die großen Gedächtnislücken machen diese Therapie sehr umstritten. Deshalb vermeidet er gerade bei den einflussreichen Patienten die Stromtherapie. Ihre Anwälte würden die Klinik in den Ruin stürzen."

Ich kannte die Nebenwirkungen. Aber dass man Unterschiede zwischen Arm und Reich machte, war mir neu. Mein Mund stand offen und wurde trocken. Ich goss mir ein Glas Leitungswasser ein. Meine Anspannung wuchs. „Wie sagtest du, nennt man die Stromtherapie?"

„EKT. Das heißt Elektrokonvulsionstherapie oder auch Elektrokrampftherapie. Diese Therapie ist in Fachkreisen sehr umstritten. Viele Patienten weigern sich nach mehrmaligen Behandlungen, die EKT fortzusetzen. Stell dir vor. Sie befinden sich unter Narkose und trotzdem bekommen sie Angst, hegen Zweifel.", Dorothea wurde traurig. „Ich glaube, das liegt daran, dass sich während dieser kurzen Therapie dein Körper verkrampft. Ein epileptischer Anfall, während der Behandlung, ist die Folge."

„Was ist das?"

„Dein Körper verkrampft, alle Muskeln versteifen sich. Er beginnt förmlich zu vibrieren. Du verlierst meistens deine Körperflüssigkeiten. Das unwillkürliche Zucken, die starke Anspannung in den Muskeln, können sogar Knochenbrüche zur Folge haben. Deshalb bekommen die Patienten nicht nur eine Narkose, auch Muskel-relaxansmittel. Darauf dürften sie von der Behandlung nichts mitbekommen, auch das starke Verkrampfen wäre minimiert."

Ich berührte mein rechtes Handgelenk. Mir wurde bewusst, dass ich einer der Ausnahmen sein musste. Der Hass gegenüber Doktor Leichtenschlag wurde unaussprechlich für mich.

Dorothea setzte ihre Ausführungen fort. „Ich habe herausgefunden, dass er Versuche anstrebt, bei denen sich nur bestimmte Gedächtnisabschnitte schließen lassen. Das wäre ein gewaltiger Durchbruch. Ein sehr schwieriges Unterfangen. Wie du ja auch weißt, ist jedes Gehirn einzigartig. Die Forschung ist bei weitem noch nicht am Ende", sprach sie mit einer Art Ehrfurcht gegenüber den therapeutischen Maßnahmen des Doktor Leichtenschlags.

„Doktor Leichtenschlag geht über Leichen! Das fühle ich! Merkst du denn nicht, dass dieser Mann Gott spielt? Er entscheidet, wem diese Therapie unterzogen wird. Geld spielt da eine vorrangige Rolle. Karriere, Geld, Macht und grenzenlose Anerkennung. Welch eine fatale Mischung.", flohen die Worte wütend aus meinem Mund.

„Ich weiß. Ich glaube sogar, dass es in dieser Klinik weit über Tierversuche hinaus geht", sprach Dorothea jetzt bedrückt. „Aber das muss man ihm erst beweisen. Er ist sehr vorsichtig. Das ist aber noch nicht alles, was ich herausfand! ... Wiktoria Petrowa Pestalotzi war auch bei ihm Patientin!"

„Das weiß ich schon", brachte ich immer noch verzweifelt heraus. Vieles, was mir Dorothea erzählte, kannte ich noch nicht. Ich hatte es stets vermieden Nachforschungen über diese Behandlungsmetode anzustellen.

Überrascht blickte mich Dorothea an. „Du weißt, dass die ermordete Frau in dieser Klinik als Patientin gewesen ist? Woher weißt du das denn?"

„Wiktoria erzählte es mir", sprach ich kleinlaut. Meine Kraft, weiter zuzuhören, schwand. Deprimiert war ich.

„Du sprichst mit ihr? Aber ..."

„Nichts aber. Sie ist sehr nett. Ich mag sie."

Wir schwiegen.

„Bist du dir sicher? Vielleicht ist es eine Vision, ein Traum."

Jetzt ist es raus, dachte ich. In mir begann die Wut zu brodeln. „Du glaubst, ich werde wieder irre. Du hast mir nie wirklich geglaubt!"

Wie aus dem Nichts tauchte Wiktoria auf, schmiss erbost eine Vase von Dorothea, die auf dem Küchentisch stand, herunter.

Dorothea zuckte zusammen. Nach allen Seiten wendete sie ihre Blicke. „Wiktoria ist hier?"

„Ja und sie ist wütend auf dich."

„Aber, ... aber sie kennt mich doch gar nicht!"

„Doch, sie weiß, dass du eine Kamera bei mir im Zimmer anbrachtest. Irgendwie hat sie mich auf die Beweise gelenkt, die dich als falsche Freundin entlarvten!", sprach ich immer noch wütend.

Ängstlich blickte sie sich um. „Es tut mir leid! Es tut mir leid, dass du meine Hilfe dir gegenüber falsch interpretierst. Ich wollte dir doch helfen! Ich wollte dich nicht verletzen, oder gar enttäuschen. Wenn du gewusst hättest, dass ich Psychologie studiere. Du hättest dich mir nie gegenüber geöffnet. Glaub mir, ich wollte nur, dass du endlich glücklich wirst!"

„Ich bin glücklich. Ich lasse mir mein Glück auch nicht mehr wegnehmen!", verbittert stand ich auf, verließ den Raum, ging in mein Zimmer und knallte die Tür hinter mir ins Schloss.

Deprimiert setzte ich mich aufs Bett. Wiktoria tauchte auf, ließ sich links neben mir nieder. „Weißt du! Ich denke, dass sie dir nur helfen wollte. So wie du auch Verstorbenen hilfst. Deine Welt ist für andere schwer vorstellbar. Es gibt nicht viele, die an Seelen glauben, die unerledigte Dinge beenden wollen, bevor für sie ein neuer Anfang beginnt. Verstehst du das?"

Ich nickte zögerlich, legte mich erschöpft aufs Bett.

Wiktoria sprach erneut. „Es gibt Dinge zwischen Himmel und Erde, die ich auch noch herausfinden möchte. Ich bin sehr froh, dass ich noch Kontakt zu einem lebenden Wesen habe. Du bist mein Mentor. Durch dich kann ich Dinge tun, die mir allein nicht möglich sind!"

Ich setzte mich wieder. „Was meinst du damit?"

„Na, vorhin zum Beispiel. Du warst es, der mir sagte, schmeiß die Vase vom Tisch!"

„Ich? Aber ich habe doch gar nichts gesagt."

„Ich weiß, aber trotzdem kam der Impuls von dir! … Ich tauche auch immer dann an deiner Seite auf, wenn du mich rufst. Ich weiß nicht, wo ich die übrige Zeit bin. Entweder bin ich bei dir oder bei meiner Tochter. Aber wenn ich nicht an diesen beiden Orten bin. … Ich weiß es einfach nicht!"

„Das ist sehr verwirrend!", tuschelte ich irritiert.

„Ja, auch für mich. ... Weißt du Eugenia. Am Anfang konnte ich dich noch lenken. Oder beeinflussen. Aber jetzt bist du es. Auch mein Kind lenkt mich. Es holt mich immer und zeigt mir, wie hingebungsvoll der Konsul und seine Frau zu ihr sind. Als ob mir mein Baby sagen möchte: Mach dir keine Sorgen, mir geht es gut! ... Ich bin stets gerührt von der Fürsorge der beiden, die sie meiner Tochter entgegenbringen. Aber auch traurig! Ich habe erkannt, dass ich loslassen muss. Bitte versteh mich nicht falsch! Mir ist bewusst, dass der Konsul viel Geld zahlte, um mich in dieser Klinik unterzubringen. Aber mit meinem Tot hatte er nichts zu tun. Ab und an lauschte ich, wenn er versuchte, über meine laufenden Ermittlungen etwas zu erfahren. ... Der Pathologiebericht wurde im Übrigen auch gefälscht. Das fand er heraus."

„Was? Und wie ..."

„Keine Angst, an dir ist er nicht mehr interessiert! Ganz im Gegenteil. Du warst es, der ihn auf die Idee brachte, eigene Ermittlungen über meinen mysteriösen Tod einzuholen. Danke!"

„Für was? Ich konnte dir bisher nicht viel helfen."

„Doch, du hast mich zu meinem Kind gebracht. Du hast meine Erinnerung mit den drei Männern gesehen. Wir wissen, dass sie mit meiner tatsächlichen Todesursache nichts zu tun hatten."

„Ja, aber diese grausige Verletzung, brachten sie dir trotzdem bei. Post Morten, das ist auch eine strafbare Handlung."

„Auch das stimmt. Aber was viel wichtiger ist. Mein Tod, deine schreckliche Vergangenheit und der plötzlich auftauchende blasse Mann. Es gibt eine Verbindung zwischen uns! Eine Verbindung, die uns Klarheit verschafft. Verstehst du? Alles ergibt einen Sinn. Dorothea, deine Eltern, dein Eik. Ich, meine Todesursache und letztendlich der blasse Mann!"

Ich überlegte angestrengt, merkte, wie meine Konzentration schwand. Zu erschöpft war ich. Zu viel Aufregung. Zu viel Neues.

Meine Umgebung begann sich zu drehen. Sie verschwand und ein helles Licht begleitete mich zurück in die Vergangenheit. Einer Vergangenheit, der ich zum ersten Mal zwar erschöpft, dennoch freiwillig folgen wollte.

Auf einem Kornfeld sitzend wurde mein Blick klar. Der Mann mit dem blassen eingefallenen Gesicht saß erneut neben mir. Ich vernahm diese schreckliche Tat von Neuem. Hörte, wie er entschuldigend sprach. „Verstehst du nicht! Es waren Freunde von mir. Ich hatte Angst. Dachte, es wird nicht so schlimm!"

Angewidert antwortete ich.

„Ich bin erst dreizehn. Ein Kind. Ich begreife, was diese furchtbaren Männer taten. Warum konnten sie so etwas nur zulassen? Sie sind genauso schuldig, wie die Anderen!"

„Ich weiß, ich wollte auch, dass man mich bestraft. Glaube mir bitte. Ich schäme mich immer noch. Heute kann ich noch nicht in einen Spiegel schauen, ohne mich zu bespucken. … Es tut mir so leid! … Eugenia, so unbeschreiblich leid!"

Mir wurde übel, angeekelt war ich von ihm. Ich schrie, „Nein! … Nein, wie konnten sie nur der jungen hilflosen Frau so etwas Unmenschliches antun!"

Er schwieg. Ich weinte, enttäuscht darüber, dass Menschen so grausam handeln konnten. Ohne Gewissen, ohne Reue.

Erneut brach er einen Strohhalm ab, zerfetzte ihn. „Anfangs nahm ich die Schuld auf mich. Eugenia verstehst du! Ich war ja auch schuldig. Ich kam ins Gefängnis. Ich war Soldat, kam in ein Armeegefängnis.

Man folterte mich, steckte mich ins kalte Wasser, Stunden lang. Ich stand im Wasser, Brust hoch. Spürte, meine Knochen nicht mehr. Starr, steif vor Kälte. Immer wieder neue Befragungen. Ich erzählte ihnen die wahre Version. Aber niemand wollte mir glauben. Abschaum, Dreck, Kameradenschwein betitelten mich die Mitgefangenen, die Wärter. Kein Einziger war bereit dazu mir zuzuhören. Die Wahrheit zu glauben. Meine angeblichen Freunde hatten in der Verhandlung behauptet, ich wäre der Täter gewesen. Ich! … Meine Unschuld konnte ich nicht beweisen. Wie auch, ich war ja schuldig. Aber nicht allein. Ernst und Anton waren doch meine Freunde! Doch die wahren Täter saßen nicht auf der Anklagebank. Sie saßen reumütig auf der Bank als Zeugen. Sie behaupteten, dass ich lüge. Sie hätten die arme Simone vor meinen Übergriffen befreit. Zwei Rippenbrüche, unzählige Blutergüsse, waren die Folge ihres brutalen Verhaltens. Und mich beschuldigten sie dafür. Nicht einmal … fasste ich sie an! Kein einziges Mal. Aber das Furchtbarste war … Sie bestätigte, dass ich ihr alleiniger Peiniger gewesen sein sollte. Jetzt war ich ein Vergewaltiger! Abschaum! Dreck! Das war das Schlimmste überhaupt. Trotz meiner Verurteilung wurde ich immer von Neuem verhört. Immer wieder erzählte ich die Wahrheit. Noch immer war kein Mensch bereit mir zu glauben. Geprügelt, gedemütigt, ausgegrenzt. Als Lügner stellten sie mich dar. Ich würde Unschuldige beschuldigen. Müde und erschöpft verweigerte ich die Nahrung. Sehnte mich nach dem Tod. Sie hatten mich gebrochen. … Selbstmord war meine Lösung. Mit einem Löffel, den ich über Wochen durch Reiben an Betonfugen anspitzte, stach ich mir in die Arme. Doch wieder fand man mich, bevor ich starb. Ich kam auf die Krankenstation. Mein Strafverteidiger glaubte mir plötzlich. Denn als er erfuhr, dass sich Anton, in seinem zuhause auf dem Dachboden erhängte, vermutete auch er, etwas passt nicht zusammen. Ergibt keinen Sinn. Meine Ausführungen schienen ihm plausibel. Obwohl das Opfer etwas anderes behauptete. Er versuchte, das Verfahren neu aufzurollen. Abgelehnt. Der Gefängnisarzt diagnostizierte anhaltende Suizidgefahr. Man überwies mich in eine Klinik. Stromtherapie. Ich sollte vergessen. Ich konnte aber nicht. Irgendetwas ging schief. Ein grinsendes Gesicht und ein Auf Wiedersehen! Das ist das Letzte, an das ich mich erinnere. Danach fuhr ich aus meinem verstorbenen Körper, verbrachte viele Jahre in dieser Klinik. Eine ruhelose Seele war ich jetzt. Ich wollte mich an den wahren Tätern rächen. Täter, die meine Freunde waren. Ich konnte nicht! Festgebunden war meine Seele an diesen Ort, an dem ich starb. Jetzt erkannte ich auch den Arzt, der mir eiskalt zum Tod verhalf. Tagtäglich sah ich dieses Scheusal. Konnte nichts, aber rein gar nichts gegen ihn unternehmen. Aber jetzt, da du hier in der Klinik bist, kannst du mir helfen. Du bist die Einzige, die mich sieht."

Mit weit aufgerissenen Augen saß ich damals vor ihm. „Ich werde es versuchen, aber ...!"

Ich schwieg. Meine Gedanken waren durcheinander. Angst, Unmut, Hilflosigkeit und doch wollte ich helfen. Ein innerer Instinkt, der mich lenkte. „Wo befindet sich der andere Täter? Ihr Freund?"

„Freund, dass ich nicht lache." Er schwieg, dennoch erkannte ich deutlich den Kummer in seinem Gesicht.

„Wie heißt er? Was arbeitet er heute?"

„Du meinst Ernst. Ernst Nitschke. Na was wohl, der ist Arzt, wie seine Eltern."

Ich erschrak, wurde unruhig. Ich wollte mehr hören. Aber ich konnte es nicht. Eine ruhige Männerstimme erklang in meinen Ohren. „Du wirst gleich aufwachen! Eugenia. Diese Erinnerung ist nicht real. Du hast geträumt und erwachst in meinem Behandlungszimmer. Sobald du deine Augen öffnest, wirst du deinen unwirklichen Traum vergessen haben. Jetzt!"

Schlagartig atmete ich tief ein, schnellte nach oben, saß aufrecht im Bett. Durcheinander und immer noch benommen stand ich auf. Erschrocken, völlig aufgelöst war ich. Meine Hände zitterten. Ich erkannte einen Teil einer neuen Wahrheit, die noch viel grausamer für mich werden sollte. Ein verhängnisvolles Ausmaß meiner realen Erinnerungen, das immer greifbarer wurde.

Finde den Weg,
er wird dir die ganze Wahrheit offenbaren

„Ernst Nitschke, das kann doch nicht sein!", sprach ich sehr laut und Dorothea stand plötzlich, ohne anzuklopfen, in der Tür. „Was ist los? Hattest du wieder eine Erinnerung aus deiner Vergangenheit? Etwas Neues?"

Überrascht blickte ich ihr ins Gesicht. „Was möchtest du eigentlich von mir? Meinst du allen Ernstes, ich vertraue dir? Wer weiß, vielleicht machst du ja gemeinsame Sachen mit dem Arzt Doktor Leichtenschlag. Möchtest bestimmt deine Karriere etwas puschen. Aufpeppen, indem du mich ausspionierst. Glaub ja nicht, dass ich dir wieder Vertrauen werde!"

Eingeschüchtert stand sie vor mir, Tränen sah ich in den Augen von Dorothea. „Das habe ich nicht verdient!", zutiefst gekränkt verschwand sie.

Wiktoria schaute mich bedenklich an. „Du brauchst sie! Ich glaube, sie hat genug gelitten!"

„Gelitten, was weißt du schon von Leid und Schmerz. Mein Leben war durchzogen davon. Ich war in einer Klinik. Bei mir wandte man eine Stromtherapie an. Ich hatte Schmerzen nach den Behandlungen, mein immer noch zitternder Körper, gelähmt vor Erschöpfung. Letzten Endes schlief ich mit hämmernden Schmerzen an meinen Schläfen ein! Ich…", ich überlegte.

Auf einmal schossen tausend Gedanken durch meinen Kopf, erst wirr, dann wurde mir das Ausmaß bewusst. Die grausame Wahrheit, die ich erst jetzt erkannte, ließ mich kraftlos aufs Bett fallen.

„Was hast du? Geht es dir nicht gut? Sprich schon! Du machst mir Angst. Möchtest du, dass ich Dorothea zu dir zurück bringe?"

„Schmerzen an den Schläfen. … Das ist des Rätsels Lösung!", sprach ich laut, als ob mich ein Geistesblitz getroffen hatte. „Das ist es. Verstehst du denn nicht Wiktoria? Deine Schläfe. Man verabreichte dir Stromstöße durch den Kopf. Eine Stromtherapie brachte deinen Tod. Doktor Leichtenschlag muss etwas gemacht haben, was dich sterben ließ. Der blasse Mann, den du sehen kannst. Ich jedoch nur in meiner Erinnerung. Bei ihm muss er das gleiche Therapieverfahren angewendet haben. … Das ist die Lösung. Doktor Leichtenschlag ist dein Mörder. Die Gier nach Geld war sein Motiv. Sein krankhafter Wahn in der Wissenschaft schnell voran-zukommen. Als er deine Erinnerung nicht beseitigen konnte, du noch immer an die Geburt deines Kindes festhieltest, hat er beschlossen, dich zu töten. … Ist der blasse Mann jetzt bei dir? Siehst du ihn?"

„Ja, aber seinen Mund erblicke ich immer noch nicht."

„Bin ich auf dem richtigen Weg? Habe ich recht? Sag schon Wiktoria, was macht er? Nickt er?"

„Nein, er macht nichts! Er starrt mich nur an."

„Eigenartig. Früher hörte ich immer Stimmen in meinen Ohren. Sie lenkten mich, doch sie sind verschwunden. Nur in meinen Erinnerungen verharren sie. Ich fühle, dass ich richtig liege. Ich fühle es einfach."

„Lass dir helfen! Schildere es Dorothea! Sie muss an meine Krankenakte kommen. Dann können wir diesem Mann das Handwerk legen", sprach Wiktoria fordernd.

„Nein!", antwortete ich voller Überzeugung. „Nicht Dorothea. Mathias wird mir helfen. Ich werde ihn, auch genau wie Eik, zu meinem Verbündeten machen! Ich weiß, dass ich an der Lösung sehr nah dran bin."

Wiktoria beschwor mich. „Eugenia überlege doch mal! Mathias ist der Sohn von Ernst Nitschke! Den Ernst Nitschke, der die arme Frau brutal vergewaltigte. Diesem Sohn willst du trauen?"

Ich wusste, was sie mir sagen wollte. „Aber ich kenne ihn schon so lange!"

„Menschen ändern sich!"

„Aber nicht Mathias! Mathias ist ein guter Mensch."

„Das bezweifele ich auch nicht, aber er ist der Sohn eines Verbrechers!"

„Aber er schrieb mir Briefe! … Die Briefe…", fiel es mir wie Schuppen von den Augen. „Ich muss zu meinen Eltern. Oder noch besser. Ich rufe sie an, dann kommen sie mich besuchen." Mein Körper versteifte sich vor Anspannung. Ich war so nah an der Wahrheit.

„Nur meine Mutter war in der Lage, die Briefe unbemerkt verschwinden zu lassen. Aber warum? Hatte sie etwas zu verbergen? Aber was? Mathias war mit mir befreundet. Kannte er die Vergangenheit seines Vaters? Wir lebten in einem Dorf, dort wurde viel getuschelt. Seine Eltern verschwanden sehr schnell mit Mathias aus unserer Gegend. Na ja die Karriere in Berlin. Aber drei Monate, nachdem ich aus der Klinik, als geheilt entlassen wurde. Etwas passte nicht zusammen! Irgendetwas passte nicht! Ein Puzzleteil, das noch fehlt!"

Wiktoria blickte mich fragend an. „Vielleicht ist es doch besser, wenn du Dorothea dazu holst."

„Was hast du nur immer mit Dorothea?"

„Sie hat Fehler gemacht. Ja. Sie hat dich enttäuscht. Auch das ist richtig. Aber sie studiert Psychologie. Wenn die Wahrheit schrecklicher wird, als du es annimmst. Du brauchst sie!"

„Sollte ich nicht doch lieber Mathias benachrichtigen?"

„Hör mir bitte zu! Du musst endlich begreifen, dass Mathias der Sohn eines Vergewaltigers ist. Eines

Vergewaltigers, der ungeschoren davonkam. Er ahnt ganz bestimmt nichts davon. Aber über deine Gabe hat er auch noch nichts erfahren. Du brauchst Zeugen, Beweise, bevor du ihn damit konfrontierst! Versteh doch! Dorothea kennt schon die halbe Wahrheit. Ich bin davon überzeugt, dass sie dir auf keinen Fall schaden möchte."

Ich überlegte. Alles schien sehr plausibel. Aber immer noch hatte ich Zweifel. Zweifel an ihrer Loyalität.

„Und wenn du dich irrst? Dorothea doch gemeinsame Sache mit diesem Doktor Leichtenschlag macht. Was dann?"

„Geh dieses Risiko ein! Ich bin mir sicher, dass du das gleiche im Innern denkst. Du möchtest es nur noch nicht wahrhaben. Bitte! Bitte geh dieses Risiko ein!"

Ich ging dieses Risiko ein. Zaghaft klopfte ich an Dorotheas Tür.

„Du kannst ruhig reinkommen."

Ich betrat ihr Zimmer. „Was machst du da?"

Dorothea blickte mich traurig an. „Wonach sieht es denn bitte schön aus? Ich packe, das siehst du doch!"

„Warum?"

„Also bitte!", gab sie etwas trotzig von sich. „Ich weiß, dass du eine intelligente junge Frau bist!"

„Entschuldige bitte! Dorothea, du hast mich so enttäuscht. Was denkst du denn, wie ich reagieren sollte? Mein Vertrauen dir gegenüber ist futsch. Bitte verzeih! … Nein, ich möchte dich nicht um Verzeihung bitten! Ich bin zu enttäuscht von dir. Aber so ungern ich es auch zugeben muss. Ich brauche dich! Wenn du mir noch immer helfen möchtest?"

Sie hörte auf, ihre Sachen in die Koffer zu schmeißen, die auf ihrem Bett standen. Ihre Augen waren verweint. „Natürlich möchte ich dir helfen. Vor allem, weil ich weiß, dass du die Wahrheit gesprochen hast. Ich gebe zu, anfangs dachte ich wirklich, dass es vielleicht besser sei, dir wieder Tranquilizer kurzzeitig zu verabreichen. Aber die Angst, dich wieder in diesen Tablettenwahn zu stürzen, war Gott sei Dank größer für mich."

Ich begriff ihre Situation. Aber dennoch blieben Zweifel in mir vorhanden. Kurzzeitig zögerte ich. „Ich muss dir etwas erzählen. Etwas, was dich erschüttern wird. Bitte komm! Lass uns in die Küche gehen. Wir trinken einen Tee."

Wiktoria kam auch in die Küche. Sie setzte sich auf die kleine Küchenzeile, blinzelte mir aufmunternd zu. Ich holte tief Luft, begann ihr meine neuesten Erkenntnisse zu berichten. Über den Konsul, seiner Frau. Über Wiktoria. Ihrer Rolle als Leihmutter. Und über meine neue Erinnerung. Der blasse Mann, mit den gequälten Gesichtszügen. Der mich beschützte, während ich in der Klinik behandelt wurde. Der aber an einer außerordentlich schrecklichen Tat zu Lebzeiten beteiligt war. Über Mathias Vater, der ungeschoren davonkam. Sogar darüber hinaus, ein sorgenfreies, angesehenes Leben führen konnte. Dorothea schien gefasst, aber dennoch war sie bestürzt.

„Das ist aber noch nicht alles!", brachte ich kleinlaut hervor.

„Noch mehr? Ich weiß gar nicht, was ich dazu sagen soll. Ich weiß auch nicht, ob ich noch mehr Wahrheit verkraften kann. Eugenia, wenn sich das alles bewahrheitet. Steckst du, stecke ich vielleicht in großen Schwierigkeiten. Und du sagst mir, das war noch nicht alles?"

Ich stockte, aber dann erzählte ich ihr von Eik. Meinem Eik. Während ich sprach, sah ich ganz deutlich, dass sie sich für mich freute. Aber über die letzte Begegnung von Mathias und Eik berichtete ich auch. Langsam verstand auch sie die Zusammenhänge.

„Was meinst du dazu? Ich möchte über die Briefe sprechen, die er auch bei der letzten Begebenheit erwähnte. Bitte, du musst mir helfen! Ich weiß gar nicht, wie ich bei meinen Eltern anfangen soll."

Dorothea sprach jedoch kein Wort. Sie schien zu überlegen. Ihre Gesichtszüge wurden traurig, worauf sie plötzlich zu weinen begann.

„Was hast du?", fragte ich entsetzt. Ich blickte Wiktoria an. Sie war die ganze Zeit bei uns. Auch sie schien etwas irritiert. Sie zuckte mit den Achseln.

„Was hast du denn?", wollte ich erneut von ihr wissen.

Sie trocknete ihre Tränen mit einem Taschentuch, das Dorothea aus ihrer Hosentasche zog. „Es ist nichts!", log sie.

Ich wusste, ich hatte ihr etwas berichtet, was sie unwahrscheinlich stark berührte.

„Es ist nichts! Ich freue mich für dich, Eugenia. Du hast wahrscheinlich endlich einen Menschen gefunden, den du vertrauen und gleichzeitig lieben kannst. Das ist alles.", log sie erneut.

Doch da war etwas an ihrem Gesichtsausdruck, was mir verriet, dass sie etwas vor mir verbergen wollte.

Am Abend kamen meine Eltern. Sie schienen froh darüber, mich wohl aufzufinden. Dass ich mich mit Dorothea wieder gut verständigte, schien sie zu beruhigen. Unbeschwert saßen wir gemeinsam in meinem kleinen siebzehn Quadratmeter großen Zimmer. Ich stellte insgeheim fest, dass noch nie so viele Personen bei mir waren. Fröhlich, sorgenfrei miteinander plauderten. Meine Eltern saßen wie immer auf meinem Bett. Dorothea und ich auf Stühlen. Darüber hinaus natürlich Wiktoria, die es sich auf meiner Fensterbank gemütlich machte. Sie schwieg zwar, doch beobachtete uns. Glücklich war ich in diesem Moment. Allerdings sollte sich sehr schnell die Stimmung wandeln.

„Sagen sie Frau Heidenreich, entspricht es der Wahrheit, dass Eugenia jetzt genau so aussieht, wie sie in ihrer Jugend? Erst kürzlich sprachen wir darüber", fragte Dorothea.

Ich dachte angestrengt nach, konnte mich aber nicht daran erinnern, so etwas je geäußert zu haben. Angespannt versuchte ich Blickkontakt mit Dorothea aufzunehmen. Aber sie starrte gebannt meine Mutter an.

„Was sollte diese Frage? Was bezweckte sie mit diesem Einwand?", überlegte ich intensiv.

Meine Mutter antwortete ganz vergnügt. „Natürlich. Von ihrem Vater hat sie nur den guten Charakter", erwiderte sie. Schaute darauf belustigend auf meinen Vater.

„Ja, sie ist genau so wunderschön wie ihre Mutter", brachte er heraus, nahm die Hand meiner Mutter, küsste sie sanft.

Ich liebte diese innigen Gesten, die sie sich immer wieder entgegenbrachten. Sie waren schon so lange glücklich miteinander. Über viele Jahre verliebt. Das beruhigte mich jedes Mal ungemein. Ganz kurz erschien Eik in meinen Gedanken. Sehnsucht flammte in mir auf.

„Haben sie ein paar Bilder dabei? Ich würde zu gern einmal sehen, wie sie in ihrer Jugend aussahen!", fragte Dorothea erneut.

„Was bezweckt sie mit dieser Fragerei?", überlegte ich nochmals. Warum schaut sie so gebannt auf meine Mutter? Innere Unruhe breitete sich in mir aus. Auch meine Mutter schien etwas nervös.

„Na, mal sehen", überspielte meine Mutter ihr Unbehagen, nahm ihre Handtasche, kramte ihren alten Führerschein raus. Sie schlug ihn auf, blickte hinein, lächelte etwas. Ihre Augen schienen gedankenversunken. „Ja, sogar viel Ähnlichkeit", sprach sie. Überreichte Dorothea den Ausweis, mit einem Lächeln auf ihrem Gesicht.

Dorothea nahm ihn freundlich entgegen, blickte darauf. Ihr Lachen verschwand. Eiskalt war jetzt ihr Blick. Gequält schluckte sie.

„Was ist?", sprach ich überrascht.

Auch meine Eltern konnten sich im ersten Moment nicht erklären, was passiert ist. Sie wurden unruhig.

„Was ist los?", fragte ich erneut.

Meine Mutter wollte Dorothea den Führerschein aus der Hand nehmen. Doch ich war schneller. „Lass mich auch mal sehen!", bestand ich darauf. Ich nahm ihn an mich und setzte mich zurück auf meinen Stuhl. „Ja, eindeutig bist du meine Mutter! Wir haben viel Ähnlichkeit miteinander", sagte ich gerade noch und fragte mich insgeheim, warum alle so einen Aufriss machten.

Aber Wiktoria, die mir unbemerkt über die Schulter sah, sprach vor Entsetzen. „Das ist nicht wahr! Bitte Gott, lass es nicht wahr sein!"

Ich konnte die Aufregung überhaupt nicht verstehen. Wir sahen uns sehr ähnlich, dabei ist doch nichts ungewöhnlich. Sie ist doch schließlich meine Mutter.

Doch Wiktoria zeigte mit ihrem Finger auf eine neue grausame Wahrheit, die ich erst auf dem zweiten Blick erkannte. Da stand es. Es war eindeutig. Der Name meiner Mutter lautete. „Simone, Helene, Eugenia Heidenreich.", ich schüttelte meinen Kopf, las noch einmal. Diesmal mit dem Finger unter den einzelnen Buchstaben.

Fassungslos blickte ich meine Mutter an. Ich konnte es nicht begreifen. Dicke Tränen sammelten sich in meinen Augen. Entsetzt, starr, blickte ich auf meine Eltern, die ich nur noch verschwommen wahrnahm. Ein Leben lang, sprach mein Vater, meine Mutter mit Helene an und meistens sogar mit Lenchen.

Bestürzt, blickte ich auf meinen Vater. Ich glaube, sie wussten, dass ich das Geheimnis meiner Entstehung gelüftet hatte. Meine Mutter begann zu weinen.

Meine Tränen brannten auf meiner Haut. „Mama bin ich etwa ein Bastard? Ein Kind gezeugt aus ... Erzwungen ... Ein Kind, das du ungewollt empfangen hast?"

Immer noch hatte ich die Hoffnung, sie würde meine Äußerung dementieren. Doch sie tat es nicht. Nein. Meine Mutter drückte sich fest an meinen Vater. Mein Vater umarmte sie. Tröstete sie.

Ich saß auf einem Stuhl, benommen vor Trauer. Weinte, bittere Tränen. Unaufhörlich. Ein Gefühl, als ob mir jemand die Seele aus dem Leib riss. So kam es mir vor. Dorothea setzte sich mit ihrem Stuhl dicht neben mir. Sie umarmte mich, versuchte mich zu beruhigen.

„Du bist gewollt, Eugenia. Vertraue mir! Sonst würdest du hier nicht sitzen", kamen die tröstenden Worte aus ihrem Mund.

„Kind. Woher ...?", sprach meine Mutter flehend. Doch ich winkte ab. Zu groß war die Enttäuschung. Zu groß war der Schmerz. Ein Schmerz, der mir fast das Leben raubte. Meine Seele zersprungen. Ich zerfloss in Selbstmitleid.

Mein Leben lang dachte ich, genug geweint zu haben. Genug gelitten zu haben. Ich konnte einfach nicht verstehen, warum das alles mir passiert. Mir! Mit dreizehn fing es an. Und mit fast fünfundzwanzig hörte es immer noch nicht auf. Nach einem kurzen Glück folgte ein langer markerschütternder Schmerz. Müde war ich. Einfach nur unendlich müde.

Mein Vater begann, vorsichtig zu sprechen. „Eugenia, ich glaube, du weißt nicht, was deine Mutter für Qualen erlitt. Ich wusste von Anfang an, dass ich nicht dein genetischer Vater war. Aber ich hatte mich unsterblich in deine Mutter verliebt. Liebe auf dem ersten Blick. Du warst damals bereits sieben Monate in ihrem Bauch. Da begegnete ich deiner Mutter das erste Mal. Ich sprach sie an. Ich war einfach nur gefangen von ihrer Schönheit. Doch sie ging mir stets aus dem Weg. Immer wieder versuchte ich, Kontakt mit ihr aufzunehmen. Aber ... Dann kamst du auf diese Welt. Als ich dich sah, erkannte ich, dass du etwas Besonderes bist. Und ob du es mir glaubst oder nicht, ich liebte dich von Anfang an. Du erobertest mein Herz im Sturm. … Immer von Neuem versuchte ich, einen Kontakt zwischen deiner Mutter und mir herzustellen. … Fünf Monate warst du damals, als deine Mutter endlich mit mir ausging. Ein Jahr später sagte deine Mutter schließlich, ja. Wir heirateten. Ich fragte nie, wer der Vater war. Er war mir egal. Ich hatte dich sofort nach unserer Hochzeit adoptiert. Du bist mein Kind! Meine Tochter! Und niemand wird daran etwas ändern. Kein Mensch wird mich je daran hindern können, dich und deine Mutter zu lieben! Ihr gehört beide zu mir. Nur zu mir. Verstehst du das?"

Immer noch rannen die Tränen aus meinen Augen. Ich schluchzte.

„Warum hast du mich nicht abgetrieben? Warum schenktest du mir ein Leben? …. Mein Leben, das unter Demütigungen, Schmerzen entstand. Warum?"

Letztendlich brachte meine Mutter schluchzend hervor. „Du bist mein Kind! Ich wollte diese schreckliche Tat vergessen. Wenn ich ehrlich bin, dachte ich anfangs über eine Abtreibung nach. Aber als es dann so weit sein sollte, spürte ich dich. Obwohl es eigentlich nicht sein konnte. Ich war der festen Überzeugung, dass es richtig ist, dir ein Leben zu schenken. … Der Schuldige wurde letzten Endes bestraft. Und du hast einen Vater. Er ist der Beste."

„Mama, er war nicht der Täter!"

Erschrocken, nach Luft schnappend, fragte sie außer sich. „Woher weißt du das? Wer hat dir das erzählt!"

„Das spielt keine Rolle. Ich weiß es. Ich weiß auch, wer die wahren Täter sind."

„Eugenia versprich mir nichts Unüberlegtes zu tun! Mein Vater brachte wenigstens den Handlanger hinter

Schloss und Riegel. Die anderen beiden drohten mir, sie wollen mich und meine Familie in Verruf bringen, wenn ich jemanden erzählte, dass sie es waren. Dieser ekelhafte Ernst kam aus einer sehr einflussreichen Arztfamilie. Der andere war Sohn eines Richters. Wem würde man mehr glauben? Was meinst du?", brachte sie unter ständigen Tränen hervor. Die Angst stand ihr förmlich ins Gesicht geschrieben.

Mein Vater konnte nicht mehr. Er musste mir einfach die ganze Wahrheit erzählen. Zu lange hatte er schon geschwiegen.

„Es war eine schlimme Zeit für deine Mutter. Ich wusste, dass da noch etwas war. Aber was, das erzählte sie mir erst, nachdem du in die psychiatrische Klinik eingewiesen wurdest. Ein Jahr warst du schon in Behandlung. Als wir dich endlich nach dieser langen Zeit erblickten. Mit deinen kurzen Haaren. Kaum konntest du dich bewegen. Blass und dünn. … Aber da war noch jemand anwesend. … Jemand, den anscheinend nur du wahrnehmen konntest. Er sprach zu deiner Mutter, durch dich! Ich verstand diese ganze Situation überhaupt nicht. Du sagtest, Bring dein Kind aus dieser Klinik. Schlimme Dinge passieren hier. Doktor Leichtenschlag versucht, ihre vergangenen Erinnerungen zu löschen. Ich helfe ihr, dass sie nicht vergisst. Der wahre Täter für all ihr Unglück ist immer noch auf freiem Fuß. Ernst Nitschke!!! Deine Mutter war so aufgelöst, fast panisch reagierte sie. Wir mussten die Klinik in Begleitung verlassen. Erst als wir zuhause waren, sprach sie über die wahren Täter. Der Name Ernst Nitschke, Doktor Ernst Nitschke, gelähmt war ich fast vor Grauen. Voller Entsetzen erklärte ich deiner Mutter, wer mich auf den Gedanken brachte, dich einweisen zu lassen. Ich erzählte Doktor Ernst Nitschke, dass du Verstorbene sehen kannst. Er war erstaunt darüber. Aber als ich ihm deutlich machte, dass du mit ihnen in Kontakt treten und sie auch über ihre Vergangenheit berichten kannst, daraufhin wurde er still. Unbedingt wollte er dich kennenlernen. Als du dann mal bei ihnen gewesen bist, hat er mich gleich darauf kontaktiert und erklärt, dass du in Behandlung müsstest. Doktor Leichtenschlag wäre der Beste. … Schrecklich war diese Zeit für uns. Eugenia bitte du musst uns glauben! Wir versuchten alles, dich aus dieser Klinik zu holen. Wir gingen vor Gericht. Doch das Gericht entschied sich dagegen. Ein Jahr, voller Bangen folgte. Ich hatte genug. Ich drohte Doktor Nitschke. Ich stellte ihn zur Rede. Er stritt alles ab. Ich bestand bei deiner Mutter darauf, ihre Eltern, deine Großeltern zu informieren. Ich wollte, dass die Wahrheit ans Tageslicht kam. Du weißt, sie waren entsetzt, setzten uns vor die Tür. Kurz bevor du entlassen wurdest, starben sie."

Ich war geschockt. Doch meine Eltern taten mir leid. *„Aber was war mit mir?"* Ich begriff, dass es richtig war, Dorothea zu holen. Sie tröstete mich. Versuchte durch einfühlsame Worte die Situation zu entspannen. Es dauerte, bis ich etwas zur Ruhe kam.

Mein Blick fiel auf Wiktoria. Sie lächelte mild. Doch als ich erfasste, dass sie nicht allein auf der Fensterbank saß, stockte kurz mein Atem. Erneut blickte ich auf Wiktoria, die mir aufmunternd zuzwinkerte. „Siehst du ihn?"

„Ja", brachte ich kaum merklich hervor. Der Mann, den ich nur aus meiner neuen Erinnerung kannte. Blass war er. Sein Gesicht eingefallen, von Qualen gezeichnet.

„Hallo Eugenia! Schön, endlich wieder mit dir zu sprechen", begann der blasse Mann zu reden.

Mit aufgerissenen Augen starrte ich ihn an, schlagartig fiel mir sein Name ein. Leise, langsam wisperte ich. „Thomas Körner", gleich darauf, wurde ich ohnmächtig.

Weit entfernt vernahm ich noch die letzten Worte meiner Mutter. „Eugenia Kind ...", rief sie erschrocken.

Doch meine Umgebung war verschwunden, tauchte mich in ruhige Dunkelheit, bis ich erneut zu mir kam. Anfangs verschwommen, danach allmählich klar.

Ich ging ein paar Schritte. Langsam. Nicht mehr ein Kind, eine junge Frau mit fast fünfundzwanzig. Der Boden war weich, warm. Mit einem leichten Sommerkleidchen bekleidet, das ich so gern trug. Barfuß waren meine Füße. Ich schritt fast gleitend über den Boden, währenddessen die Dunkelheit komplett verschwand.

Die Umgebung tauchte in helles Licht. Ein warmer Tag. Ich blieb stehen. Ich erkannte, wer vor mir stand. Vertraut war er mir. Ein mumifizierter Körper, friedlich stand er vor mir. Nichts schien verändert. Die ausgetrocknete dunkelbraune Haut. Das Durchschimmern einzelner Knochenstücke am Kopf. Halb versunken im Moor, stand die Mumie da. Ich sah, die von Wind und Wetter zerfetzte schmutzige Kleidung. Einige gemusterte Stofffetzen hingen noch an dem Oberkörper der Mumie. Verblichen war das Muster darauf.

Mitgefühl durchströmte meinen Körper. Ich fiel auf die Knie. Auge in Auge schaute ich sie mir an. Ihr Mund war geöffnet, als habe sie zuletzt geschrien. Lange weiße Haare hatte die Mumie. Obwohl sie schon mumifiziert war, sah man noch ein paar lange Strähnen an ihrem Kopf. Die rechte Hand der Mumie war nach vorn gestreckt. Etwas geöffnet schien sie, als ob sie nach etwas greifen wollte. Leblos stand sie da. Ganz in Ruhe betrachtete ich die Mumie. Aber irgendetwas erkannte ich an ihr. Ich wusste nur nicht was. Etwas Inniges verband diesen leblosen Körper mit mir.

Langsam hob ich meine Hand. Unbedingt wollte ich sie berühren. Zärtlich, nur ein leichtes Streicheln über ihre Wange. Warm war mir ums Herz. Ich fühlte mich frei.

Frei von allem. Von der neuen schrecklichen Wahrheit, die mir kurz zuvor offenbart wurde. Meine Seele kam mir so unbeschreiblich leicht vor. Nicht mehr weg, wollte ich von dort. Einfach nur an diesem Ort, wollte ich sein. Bei ihr. *„An diesem schönen friedlichen Ort, ohne Schmerz"*, dachte ich bei mir. Meine Hand erreichte fast die Mumie. Dieses Mal wusste ich, dass ich sie ganz einfach erreichen konnte. Nur noch wenige Zentimeter trennten uns voneinander.

Ich stoppte. *„Aber warum?"*, fragte ich mich. *„Warum sollte ich sie in diesem Moment berühren?"* Es erschien mir falsch zu sein. Nein, ich wusste, dass ich sie nicht berühren durfte. Langsam glitt meine Hand zurück. Vorsichtig setzte ich mich vor ihr auf den Boden. Ich spürte, dass mich etwas mit dieser Frau verband. Es musste eine Frau sein, begriff ich! Ich fühlte es innerlich. Aber irgendwie wurde mir klar, dass es noch zu früh war, sie zu berühren. Tränen vernebelten erneut meine Augen. Wieder verschwand die Umgebung und tauchte mich in Dunkelheit. Erholsam war sie für mich. Ich schlief einen langen wohligen Schlaf. Stunden vergingen, bis ich wieder zur Besinnung kam.

In den Armen meiner Mutter wachte ich auf. Die Nachttischlampe leuchtete. Friedlich erschien mir mein Zimmer im Halbdunkeln, hüllte den Raum in Geborgenheit. Mein Vater sitzend vor mir auf einem Stuhl. Seine Beine auf einem weiteren Stuhl abgelegt.

Ich genoss diesen Augenblick. Kuschelte mich näher an meine Mutter. Erblickte Wiktoria, die immer noch stillschweigend auf der Fensterbank meines Zimmers saß. Doch nicht allein war sie. Nein, neben ihr saß ... Thomas Körner. Sie lächelten beide. Ich lächelte zurück.

In diesem Moment begriff ich, dass ich ihnen verziehen habe. Nicht nur meiner Mutter, die mich nicht aus ihrem

Leben entfernte, obwohl ich ungewollt entstand. Meinen beiden Eltern, die immer das Beste für mich wollten, ich dennoch litt. Selbst dem Mann, der die Vergewaltigung meiner Mutter nicht verhinderte. Er war für mich mehr als nur ein stummer Zeuge. Denn letzten Endes wäre ich ohne ihn nicht mehr am Leben. Hätte die Qualen in der Klinik nicht überstanden.

Vielleicht hört es sich sehr dumm an, wenn ich sage. Ohne ihn hätte ich nie erfahren, was es heißt Enttäuschungen, Schmerz, Leid zu spüren. Aber auch was es heißt, geliebt zu werden, Glück zu empfinden, verzeihen zu können, Geborgenheit zu verspüren. Was es bedeutet zu helfen und darüber hinaus jemanden zu lieben, mit der Kraft meiner ganzen Seele. Ich war froh, mit einem Leben, das auch glückliche Momente beinhaltet hatte. Für dieses Glück wollte ich kämpfen.

Leise sprach ich das Wort. „Danke!", blickte ihn dabei an. Sah, wie der blasse Mann Thomas Körner mitsamt seiner gequälten Mimik langsam verschwand. Der Mund geformt zu einem Lächeln. Einem Lächeln, das bis zum Schluss zu bleiben schien.

Froh bin ich gewesen, dass seine Seele eine lange Zeit meinen Weg begleitet hatte.

Welch eine fatale Mischung sind Rache und Glück

Ich genoss diesen Augenblick. Dachte an meine weit zurückliegenden Erinnerungen. Grübelte darüber nach, ob ich den Seelen, denen ich half, je wieder begegnen werde. Ob die flüsternden Stimmen, die mir früher zur Seite standen, je wieder in meinen Ohren erklingen werden?

Plötzlich wurde mir bewusst, dass die flüsternden Stimmen aus meiner Vergangenheit erneut an meiner Seite standen. Doch nicht in meinen Ohren nahm ich sie wahr. Mit Wiktoria, meinen Eltern, Eik, Dorothea, vielleicht auch Mathias waren sie real. Verbündete an meiner Seite. Ich genoss es nicht mehr einsam zu sein. Kämpfen für mein Glück. Die Schuldigen hinter Gitter bringen, das war meine Aufgabe.

Als meine Mutter neben mir erwachte, sah ich sie an. Sie lächelte, sprach leise. „Nie habe ich dich bereut! Du warst immer mein kleiner Sonnenschein. Dein wahrer Vater sitzt neben dir. Er wird dich beschützen. Dich lieben." Allmählich hob sie ihre Hände, ich kuschelte mich dichter an sie heran, roch ihr Parfüm, fühlte die geborgene Wärme, die mich von allen Seiten wohlwollend umgab. Wir umarmten uns und einige Tränen des Glücks bahnten sich ihren Weg über unser Gesicht.

Die Zeit verflog, der Tag brach an. Zusammen genossen wir das Frühstück in meinem Zimmer. Ein freundliches Miteinander, das zu einer Art fester Verbundenheit führte. Jeder von uns gestärkt für den schwierigen Weg, die Schuldigen zu überführen.

Ich überflog in Gedanken meine Erinnerung. Mir fiel wieder ein, ich hatte noch eine Frage offen. Begann ein

Gespräch mit meiner Mutter, bei der ich bereits im Vorfeld die Antwort kannte.

„Mama, warum hast du mir eigentlich die Briefe von Mathias vorenthalten?"

Sie war überrascht. Nahm die Hand meines Vaters, der sie freundlich anlächelte und nach einer kurzen Abwägung ihrerseits, sprach meine Mutter. „Eugenia, ich habe mich ein ganzes Leben lang gefragt, wie ich dir beibringen könnte, dass Mathias eventuell dein Halbbruder ist. Jedes Mal, wenn ich euch beide sah, wollte ich ihn wegscheuchen. Ich hatte bedenken, dass ihr euch ineinander verlieben könntet. Doch irgendwie wollte ich diese Freundschaft, die für ihn auf jeden Fall mehr war. Auf keinen Fall wollte ich sie zerstören. Ich wusste, dass er in den Briefen seine Liebe zu dir gestand. Ich wollte das nicht. Die Angst du könntest das Gleiche empfinden, war zu groß. … Und wenn ich ganz ehrlich bin, konnte ich den Gedanken nicht ertragen, dass dich der Sohn eines Scheusals anfasst."

Ein kurzes fliehendes Lächeln war auf ihren Lippen. Dennoch konnte man den Schmerz, der noch deutlich in ihr weilte, spüren. Ihren Blick gesenkt, stand sie auf, ging ins Bad.

„Ich wollte Mama nicht an ihre Pein erinnern!", brachte ich bedauernd hervor. Gerade als ich beabsichtigte aufzustehen, hielt mich mein Vater fest. „Du hast ein Recht dazu! Endlich alles zu erfahren!", sprach er nachsichtig, meine Hand immer noch fest umschlossen.

Erneut setzte ich mich. Die Minuten verstrichen, doch dann kehrte sie zurück, nahm ihren alten Platz neben meinem Vater ein. Ihre Augen waren verquollen. Ich wusste, dass sie im Badezimmer geweint hatte. Er nahm behutsam ihre Hand und drückte sie leicht. Mitfühlend blickte er meine Mutter an.

Sie überwand ihr Schweigen. „Möchtest du noch etwas wissen? Frag mich ruhig!", fragte sie vorsichtig und ich fühlte die Anspannung in ihr aufsteigen.

„Nein Mama. Du musst wissen, ich habe euch beide sehr lieb. Das ist alles."

Offensichtlich sah ich, wie sich meine Mutter langsam entkrampfte. Nie im Leben hätte ich Einzelheiten über diese schreckliche Tat aus ihrem Mund hören wollen. Das könnte und das wollte ich ihr auch nicht antun!

Ich kam mir schuldig vor, meiner Mutter erneut Kummer bereitet zu haben. Ablenken mochte ich sie unbedingt. Den Trübsinn aus ihrem Gesicht verbannen. Kurz überlegte ich. „Mama, Papa! Ich muss euch noch etwas erzählen", begann ich vorsichtig zu sprechen.

„Eugenia hoffentlich sind es keine beunruhigenden Neuigkeiten? Deine Mutter hat sich gerade etwas beruhigt! Ich finde in den vergangenen Stunden hatten wir alle genügend Aufregung."

Abermals stieg ihre Anspannung.

„Nein, nein! Du verstehst nicht Papa!", sprach ich beschwichtigend.

Auch Dorothea begriff, worum es mir ging. Sie lächelte leicht. Mein Vater bemerkte unsere belustigende Haltung. „Habe ich etwas verpasst?"

„Na ja. Wie soll ich euch beiden das beibringen?"

„Was hast du denn? Sprich bitte!", verlangte mein Vater.

„Ich habe jemanden kennengelernt. Einen jungen Mann. Und ihr müsst verstehen, dass ich ihn, obwohl ich ihn eigentlich noch nicht lange kenne, … mag ich ihn sehr. Und wenn ich ganz ehrlich bin, glaube ich sicher, dass ich mich in diesen Mann verliebt habe!", jetzt war ich erleichtert. Ich lächelte sie gespannt an. Diese Nachricht empfand ich als gut. Ich hoffte dabei, meine Eltern wieder aufzumuntern. Sie sollten sich in diesem Moment mit mir freuen.

Ungläubig begann mein Vater nochmals zu fragen. „Einen Mann, den wir kennen?"

„Nein. Er ist euch nicht bekannt. Ich traf in Berlin auf ihn."

Beide lächelten nachsichtig.

„Möchtest du uns nicht mehr über diesen jungen Mann erzählen?", forderte mein Vater nachsichtig.

„Er heißt Eik."

„Eik heißt der junge Mann. Und weiter?", fragte mein Vater etwas belustigend.

Ich überlegte. Erkannte, dass ich seinen kompletten Namen überhaupt noch nicht erfahren hatte. „Das spielt doch keine Rolle. Er heißt Eik, ist Polizist. Er treibt Sport und lebt noch in Berlin. Aber schon sehr bald zieht er nach Leipzig", brachte ich etwas irritiert, aber bestimmt heraus.

„Kleinen Moment einmal! Du kennst nicht seinen kompletten Namen und er zieht schon zu dir? Wann hast du ihn kennengelernt? Wie viele Monate kennt ihr euch denn?", fragte mein Vater noch einmal. Seine Stimmung drohte zu kippen.

„Na ja, nicht Monate, auch nicht Wochen. Eher Tage. Aber das spielt doch überhaupt gar keine Rolle! Mama, Papa. Ich bin fast fünfundzwanzig. Ich bin kein kleines Kind mehr. Er liebt mich. Ich liebe ihn! Er ist der richtige Mann", irritiert war ich. Meine Hände schwitzten. Ich dachte, sie freuten sich für mich. Und jetzt.

„Liebes, du kennst ihn doch erst Tage!" Aufgebracht war er.

Meine Mutter schwieg. Offen stand ihr Mund. Völlig überrumpelt schien sie.

„Ich gehe in die Küche. Bereite einen schönen Entspannungstee zu." Mit diesen Worten verließ Dorothea das Zimmer. Auch Wiktoria, die eigentlich keiner außer mir wahrnahm, verschwand.

„Papa, er ist der Richtige! Glaub mir! Gönnst du mir mein Glück nicht?"

„Was redest du denn da? Natürlich gönnen wir dir dein Glück! Sogar alles Glück der Welt. Aber Eugenia, du kennst diesen Mann erst wenige Tage. Und ihr wollt schon zusammenziehen? Was hast du vor, wenn er über deine Gabe, die du besitzt, erfährt?"

Ich lächelte. Sie hatten ja recht. Ich wusste noch nicht einmal, wie sein kompletter Name lautete. Aber er war, mein. Mein Eik.

„Papa, du brauchst dir wirklich keine Sorgen machen. Er zieht nach Leipzig, da er eine Aufstiegschance nutzt. Kann sein, dass ich der Grund bin, dass er die Gelegenheit nutzt. Er wird auch nicht bei mir einziehen. Sondern erst einmal in meine Nähe. Keine Angst ich möchte ihn nicht heiraten. Jedenfalls noch nicht!"

Das wütende Schnaufen von meinem Vater war nach diesen Worten kaum zu überhören.

„Ich weiß, dass wir uns besser kennenlernen müssen. Aber dennoch möchte ich dieses Risiko eingehen."

Meine Mutter brach ihre Sprachlosigkeit. „Wir freuen uns wirklich sehr für dich. Du hast bisher ein sehr trauriges und angsterfülltes Leben geführt. Jedes Glück, was dir über den Weg läuft, ist uns herzlich willkommen. Nur überstürze es nicht! Du weißt nicht, wie er reagiert, wenn du ihm von deiner Gabe erzählst. Bitte denke daran, dass wir uns anfangs selbst nicht vorstellen konnten, dass so etwas möglich ist. Damals hatten wir große Angst um dich. Dadurch machten wir gewaltige Fehler, die wir jeden Tag bedauern. … Dennoch können wir diese nicht ungeschehen machen."

„Das weiß ich.", kamen die Worte trotzig aus meinem Mund. „Ich kann euch beruhigen. Eik weiß es bereits."

Mein Vater wollte gerade etwas äußern. Schnell hob ich meine Hand, bittend mich nicht zu unterbrechen. Daraufhin schwieg er.

„Ich habe mit ihm längst über alles gesprochen. Er ist auch irritiert gewesen. Aber glaubt mir bitte. Er akzeptiert meine Gabe. Hat Verständnis. Eik ist anders. Er ist …"

„Du liebst diesen Mann ja wirklich!", erwiderte meine Mutter mitfühlend.

„Ja", sprach ich förmlich bettelnd.

„Bitte versprich uns, dass du nichts überstürzt! Auf jeden Fall wollen wir ihn kennenlernen. In drei Wochen habe ich Geburtstag. Da wirst du uns diesen jungen Mann vorstellen!", forderte mein Vater erneut. „Er ist doch jung?"

„Ja, natürlich ist er das. Achtundzwanzig. Und ja, ich werde ihn an deinen achtundfünfzigsten Geburtstag mitbringen", versprach ich meinen Eltern. Endlich schienen sie beruhigt.

Keiner schnitt das Thema Eik noch einmal an. Am Nachmittag fuhren sie nach Hause.

Es war ein anderer Abschied. Ich begriff, dass es Zeit war als Frau durchs Leben zu gehen. Ohne meine Eltern. Hier in meiner kleinen WG war mein zuhause. Ein neues zuhause, mit einem neuen Anfang. Meine Eltern werde ich immer lieben, aber es war Zeit mich abzunabeln.

Wiktoria, Dorothea und ich blieben in unserer kleinen Wohnung zurück. Wir überlegten, wie wir es am besten anstellen sollten, Mathias zu erzählen, dass sein Vater ein Verbrecher war. Wie sollten wir ihn dazu bringen, seinen zukünftigen Verwandten, Vorgesetzten Doktor Leichtenschlag als Mörder zu entlarven? Wird er uns glauben? Könnten wir ihn von den Tatsachen überzeugen? Oder würde er uns in den Rücken fallen, uns vielleicht verraten? Ich hatte Zweifel, berechtigte Zweifel, die ich empfand. Ich kam mit Dorothea überein, dass es das Beste wäre, wenn Eik bei den Gesprächen anwesend sein würde. So beschlossen wir, auf ihn zu warten. Dorothea schien auch gespannt darauf, den Mann meiner Träume kennenzulernen.

Die Tage vergingen. Endlich hatte Eik erneut mehrere Tage frei.

Es war ein Donnerstag, der Nachmittag war fast beendet, als es klingelte. Freudestrahlend mit einem kitzelnden Gefühl im Bauch rannte ich zur Tür. Weit riss ich sie auf. Er war es, mein Eik. Ich sprang diesem Mann, den ich nicht mehr aus meinem Leben entlassen wollte, stürmisch an den Hals. „Eik", flüsterte ich und unsere Lippen vereinten sich zu einem innigen Kuss.

„Mhkrr!", hörte ich es hinter mir. Er setzte mich langsam auf den Boden. Mit einem etwas roten Kopf drehte ich mich um. „Dorothea, du bist schon da?", fragte ich irritiert, da ich dachte, sie würde sich noch an der Uni befinden. „Darf ich dir vorstellen? Das ist Eik!"

Sie schmunzelte, reichte ihm die Hand.

„Schön dich kennenzulernen, Eik! Ich habe schon viel über dich gehört."

„Ich hoffe nur Gutes?"

„Ja natürlich! Ich bin froh, dass du endlich angekommen bist. Denn das ständige Erzählen über deine Person hat mich sehr neugierig gemacht", erwiderte Dorothea ihn fortwährend musternd.

„Kommt bitte! Wir gehen alle in die Küche. Ich koche uns einen Tee", sagte ich auf der Stelle. Es war mir einwenig unangenehm, dass Dorothea ihn so offensichtlich genau betrachtete.

„Oh, beinahe hätte ich es vergessen. Ich muss noch ein paar Stunden weg. Ich habe noch mit einer Kommilitonin ein wichtiges fachliches Gespräch über die letzten Unistunden zu führen. Du weißt doch, die Prüfungen stehen vor der Tür!", wandte Dorothea plötzlich ein, blinzelte mir zu, zog ihre Jacke an, nahm ihre Tasche, verschwand aus der Tür.

Da standen wir nun. Überrascht über diese rasche Wendung, sahen wir uns lächelnd an.

„Nett ist sie. Ihr habt euch wieder etwas angenähert?"

„Ja, das haben wir. Sie gibt sich auch sehr viel Mühe. Aber so unbeschwert wie früher wird es wahrscheinlich nicht mehr zwischen uns. Mich beschleicht jedes Mal ein seltsames Gefühl, wenn ich ihr gegenübertrete. Ich weiß nicht."

„Meinst du wirklich? Ich denke, sie gibt nicht auf. Deine Freundschaft bedeutet ihr viel. Das sehe ich. … Sie ist sehr nett."

„Was möchtest du mir damit sagen?", ich wurde etwas eifersüchtig. Forschend suchte ich in seinen Augen nach der Wahrheit. „Sie ist eine hübsche junge Frau", bohrte ich nach.

Er lächelte. „Ach Eugenia, weißt du eigentlich, wie sehr mich das interessiert?", sprach er. Schon im gleichen Augenblick zog er mich nah an seinen warmen Körper.

Es kam, wie es kommen musste. Nach einem innigen Kuss folgte eine zärtliche Umarmung. Er hob mich vorsichtig auf seine starken Arme, trat mit seinem Fuß meine Zimmertür auf, die nur angelehnt war. Verheißungsvolle Blicke teilten wir einander aus, als er mich vorsichtig aufs Bett legte.

Ich genoss diesen Augenblick. Ich verspürte seine Wärme. Roch seinen angenehmen Duft. Nahm seine zärtlichen Berührungen wahr. Gemeinsam atmeten wir in tiefer Verbundenheit, ohne dabei an die vergangene Zeit der Trennung zu denken. Glücklich war dieser Moment.

Die Stunden verflogen zu schnell. Dorothea kam am Abend wieder und die innige Zweisamkeit war sofort beendet. Wir begannen einen Plan zu schmieden, um Mathias so schonend wie möglich die Wahrheit beizubringen. Ich zweifelte. „*Ob er wohl zu verwirklichen war?*" Ich hatte von Mathias nach unserer letzten Begegnung nichts mehr gehört. Es erschien für mich sogar möglich, dass er mit mir nie wieder etwas zu tun haben wollte.

Eik erklärte mir, dass meine Befürchtungen sehr zweifelhaft seien. Er war fest davon überzeugt, dass man mir nicht lange böse sein konnte. Ich fand das übertrieben. Sogar lächerlich, denn ich wusste, dass Eik durch eine rosa rote Brille sprach. Dennoch sollte er in diesem besonderen Fall Recht behalten.

Zögernd telefonierte ich mit Mathias. Er entschuldigte sich gleich, bevor ich ihn überhaupt zu einem Treffen einladen konnte. Wir verabredeten uns erneut in meiner Wohnung. Ich machte ihm von Anfang an klar, dass wir nicht allein waren. Deutlich verspürte ich leichtes Unbehagen bei ihm aufkommen. Doch dem ungeachtet, sagte er zu.

Am folgenden Abend war es so weit. Ich war sehr nervös. Obwohl Dorothea der Meinung war, ich sollte lieber keine Baldriantropfen einnehmen, tat ich es trotzdem. Es waren auch nur ein paar. Sie gaben mir das Gefühl, ich würde innerlich etwas zur Ruhe kommen.

Alle vier saßen wir in meinem Zimmer. Dieses Mal saßen Mathias und ich auf dem Bett, Dorothea und Mathias auf einem Stuhl vor uns. Dorothea brachte uns ein selbst zubereitetes Mixgetränk.

Vorsichtig begannen wir ein Gespräch. Erst als Mathias und Dorothea feststellten, dass sie die gleiche Studienrichtung studierten, wurde das Gespräch zwischen allen entspannter. Sehr schnell vertieften sich beide in ein Fachgespräch. Sie ignorierten uns beide. Anfangs schien mich das nicht sonderlich zu verstimmen, doch bald darauf wollte ich endlich das wahre Thema anschneiden. Mathias bemerkte meine aufkommende Unruhe.

„Ja, wisst ihr!", sprach Mathias, sein Blick auf mich gerichtet. „Ich habe es Eugenia zu verdanken, dass ich Psychologie studiere. Sie hat euch bestimmt erzählt ...", er überlegte kurz. „Ich bin davon überzeugt, Eugenia hat euch gegenüber erwähnt, welche Gefühle ich für sie empfinde!", er blickte kurz zu Dorothea, die daraufhin nickte. „Ihr damaliger Aufenthalt in einer psychiatrischen Einrichtung brachte mich zu dieser Überzeugung. Sie war etwas Besonderes für mich. Anders als die anderen Mädchen, einfach nur faszinierend. Ich konnte es lange nicht begreifen, warum sie dorthin überwiesen wurde. Ich wusste damals schon, dass sie auf keinen Fall krank war. Gut, Eugenia hat manchmal Dinge erzählt, über die ich nur schmunzelte. Sie waren für mich unreal. Dennoch hatte ich stets das Gefühl, sie sprach die Wahrheit."

„Ich habe auch die Wahrheit gesprochen", unterbrach ich ihn. Wiktoria, die wieder anwesend war, berührte Mathias an der rechten Schulter. Er zuckte merklich zusammen. Drehte sich um, doch niemand stand in seiner unmittelbaren Umgebung. Verblüfft sah er mich an. „Siehst du wieder Herrn Stahl? War er gerade hier?"

Dorothea und Eik beobachteten mich gespannt, irritiert schienen sie zu sein. Wieder wurde mir schmerzlich bewusst, dass nur ich in der Lage war, umherstreifende Seelen zu sehen, oder mit ihnen zu kommunizieren. Ich konnte sie berühren, mit ihnen reden, bildliche Empfindungen austauschen. Für mich waren diese Seelen reale Menschen. Im Zwiespalt mit mir selbst vermochte, nein, wollte ich ihm eigentlich nicht die Wahrheit erzählen. *„Was geschieht danach?"*, stellte ich mir gedanklich die Frage. *„Glaubt er mir? Oder verliere ich ihn womöglich für immer? Unsere Freundschaft hielt über viele Jahre. Ich mochte ihn nicht verlieren."* Das wurde mir schmerzlich bewusst. Meine Traurigkeit kehrte zurück. „Nein, Mathias! Ich weiß gar nicht wie ... Es war eine andere Seele. Ihr Name lautet Wiktoria Petrowa Pestalotzi. Sie war es, die dich gerade berührte. Herr Stahl ist schon sehr lange an einem schöneren Ort. Eine Welt, in der Kummer, Schmerz, Leid keine Rolle spielen. Davon bin ich überzeugt!"

Wir schwiegen.

Wiktoria beschwor mich. „Erzähl es ihm! Er muss endlich die Wahrheit über seinen Vater erfahren. Er hat ein Recht darauf!"

Zögerlich begann ich. „Bitte geht!", forderte ich Dorothea und Eik auf. Auch Wiktoria bat ich, mit meinen Blicken, zu gehen.

Eik fragte. „Bist du dir sicher?"

„Ja."

Sie verließen den Raum. Mathias saß mir direkt gegenüber.

„Was ist? Mach es nicht so überaus spannend!"

„Mathias ich weiß nicht, wie ich beginnen soll."

„Einfach drauf losplaudern! Du weißt, ich kenne dich. Du kannst das. Bitte trau dich!", er lächelte aufmunternd.

Zum Lächeln war mir keineswegs zumute. Eher etwas übel wurde mir. Ich atmete tief ein, überwand meine Bedenken und begann Mathias von meinem Behandlungsaufenthalt in der Klinik zu berichten. Dabei vermied ich seinen Augenkontakt. Es fiel mir schwer, zum wiederholten Mal über meine negativen Erlebnisse, die ich dort erfahren musste, zu sprechen. Aber ich war froh, dass Mathias ohne Unterbrechung zuhörte.

Unwahrscheinlich schwierig war es für mich die Tränen unter Kontrolle zu halten. Schonend versuchte ich ihm, alles zu erklären. Doch den Namen Doktor Leichtenschlag vermied ich absichtlich.

Irgendwann kam der Punkt, an dem ich ihm den Namen des Arztes offenbaren musste. Meine Gedanken vermischten sich mit großem Unbehagen. Vor meinen geschlossenen Augen öffnete sich eine neue Wahrheit. Greifbar war sie in diesem Moment für mich. Zurück in meine schmerzliche Vergangenheit. Ich erzählte unter Tränen eine qualvolle Erinnerung, die ich in der Klinik erlebte und doch war sie irgendwie in diesem Augenblick real.

Deutlich spürte ich ein heftiges Durchschütteln meines Körpers. Ja, eine Art Vibrieren, unermüdliches Zucken. Ungewollt. Fühlbar erlebte ich eine Verkrampfung meines Kiefers, obwohl ich nicht wollte. Meine Zähne pressten fest aufeinander. Irgendetwas verhinderte, dass sie direkt zusammentrafen. Das Hindernis verschwand. Eine Flüssigkeit floss durch meine Mundhöhle. Ein Geschmack von Metall in meinem Mund. Es war zu viel für mich. Aber die Energie hörte nicht auf, meinen Körper zu durchfahren. Meine Atmung blockierte. Luft, die meine Lunge, gerade in diesem Moment dringend benötigte, gelang nicht mehr in meinen Körper. Angst stieg in mir auf. Plötzlich, während mein Körper immer noch ungewollt bebte, Körperflüssigkeit ungewollt aus mir ausschied, erkannte ich den heftigen starken Schmerz, der mich überrannte. Abrupt, unbeschreiblich schmerzvoll. Ich schrie. Ich schrie einen angsterfüllten und übergroßen Schmerzensschrei.

Blitzartig vernahm ich ganz deutlich fremde Stimmen. Nichtflüsternd, nein. Stimmen, die nüchtern und präzise mit einem kalten Unterton sagten. „Ich bin an einem Punkt angelangt, an dem ich aufhören muss! Die Patientin hat sich durch das Verkrampfen ihrer Muskulatur das rechte Handgelenk gebrochen. Schwester Klara, bitte benachrichtigen sie den zuständigen Chirurgen der Unfallklinik! Der Bruch muss versorgt werden. Ich glaube, eine OP ist nicht notwendig. Bitte verabreichen sie noch ein leichtes Narkotikum! Die Patientin darf in diesem Zustand das Bewusstsein nicht wieder erlangen. Langzeitfolgen wären vorbestimmt. Wenn sie mich noch einmal brauchen, ich bin im Büro und schreibe den Krankenbericht."

Deutlich fühlte ich eine Hand, die sehr sanft über mein Gesicht strich. „Alles wird wieder gut! Gleich geht es dir besser. Du schläfst dich erst einmal gesund!", sprach eine leise Frauenstimme. Der starke Schmerz in meiner Hand ließ mich noch mehr leiden. Auf einmal fühlte ich die Wärme ihrer Hand, die vorsichtig über meinen Kopf strich. Diese Berührung schien mich zu beruhigen. Mein Bewusstsein war trotz allem noch vorhanden.

Offensichtliche schnelle Schritte näherten sich. „Schwester Klara, ich möchte mir die Patientin doch noch einmal genauer ansehen."

Leibhaftig verspürte ich wie diese kalte klare Männerstimme, meine rechte Hand berührte und das Gelenk abtastete. Ich wollte von Neuem schreien, aber mein Mund war irgendwie schwer. Ich beabsichtigte, meine Hand wegzuziehen. Konnte mich jedoch nicht wehren. Kraftlos lag ich da. Unfähig mich zu bewegen. Dieser grässliche heftige Schmerz. Der Arzt, der meine gebrochene Hand immer noch in seinen Händen hielt, sprach energisch.

„Schwester Klara. Holen sie bitte eine Schiene! Ich werde das Handgelenk selber versorgen. Es ist nicht so schlimm, wie ich zuerst annahm.

„Aber Herr Doktor, sie sagten doch, es muss geröntgt werden. Sie muss zu einem Chirurgen!"

Sofort darauf wurde sein Tonfall sehr laut. „Ich bin der Arzt und nicht sie! Wenn ich sage, es ist nicht so schlimm, dann können sie nicht meine Integrität anzweifeln. Hiermit spreche ich ihnen zum wiederholten Male eine Abmahnung aus. Sie verlassen auf der Stelle das

Klinikgelände! Zuvor schicken sie mir noch einen Pfleger!"

Die Krankenschwester war entsetzt, vermochte aber in diesem Moment nichts zu tun. Auch an mir ging diese Situation nicht gefühlskalt vorüber. Ich mochte die Schwester, die immer ein mitfühlendes Wort für mich hatte. Ein Wort, das mich an diesem kalten Ort oft zu trösten vermochte. Noch ein letztes Mal appellierte sie an das Gewissen des Arztes. „Aber Herr Doktor, das Kind benötigt dringend Hilfe!"

„Ich bin der Arzt! Ich werde ihr helfen! Wenn sie auch nur ansatzweise wagen, etwas anderes zu behaupten, werden sie nirgends als Krankenschwester mehr arbeiten können! Ich glaube, ich habe mich klar und deutlich ausgedrückt!", sprach der Arzt in einem sehr zornentbrannten Ton.

Mein starker Schmerz, meine große Angst vor diesem Arzt verschwand langsam. Daraufhin schlief ich tief ein.

Ich wachte in meinem Krankenzimmer auf. Die starken Schmerzen in meinem rechten Handgelenk kehrten zurück. Unerträglich nahm ich sie wahr. Ein Gipsverband befand sich darum. Ich weinte, aber es dauerte eine Ewigkeit, bis endlich jemand kam und ich die Medikamente schluckte, die mir verabreicht wurden.

Das erste Mal mit Freuden, nahm ich die Tabletten, die sie mir brachten, ein. Sehnlichst wollte ich, dass diese entsetzlichen Schmerzen aufhörten.

Mein Gesicht war klitschnass von unzähligen Tränen. Tränen, die ich während meinen Ausführungen vergoss. Ich öffnete meine Augen und blickte in das entsetzte Gesicht von Mathias, die auch deutliche Spuren von Tränen aufwiesen.

Er schluckte schwer. „Eugenia, ich hatte die ganzen Jahre nicht die geringste Ahnung! Das hört sich für mich so an, als ob er bewusst, stärkere Narkotika bei dir vermied. Er hat dich gequält. Dieses Schwein. In welcher Klinik warst du? Eine Privatklinik war das doch. Jetzt fällt es mir wieder ein. Das ist die Privatklinik, in der der Onkel von Diana Chefarzt ist. Wenn ich ihm das erzähle, schmeißt er den skrupellosen Kerl im hohen Bogen raus und wird dafür sorgen, dass er in den Knast kommt!" Er umfasste meine Hände. „Es tut mir so leid, ich hatte keine Ahnung."

Zögerlich blickte ich ihn mit meinen verweinten Augen an. Erneut rollten dicke Tränen meine Wangen hinunter. Er versuchte, sie zärtlich wegzuwischen.

„Mathias!", sprach ich. Es fiel mir so schwer, es auszusprechen.

„Ja, Eugenia. Keine Angst ich werde dafür ..."

„Mathias!", unterbrach ich ihn. „Mein behandelnder Arzt, sein Name ...", mir fiel es so unwahrscheinlich schwer, aber ich musste. Ich musste ihm endlich die Wahrheit erzählen. Ich holte noch einmal tief Luft. „Sein Name war Doktor Leichtenschlag."

Sein Gesicht veränderte abrupt die Farbe. Leichenblass saß er vor mir. Er wollte etwas sagen, aber er brabbelte nur.

Ich wiederholte noch einmal meine Worte, nur dieses Mal lauter. „Doktor Leichtenschlag war mein behandelnder Arzt. Verstehst du, was ich dir sage? Doktor Leichtenschlag ist das Schwein."

Mathias war immer noch blass. Er ließ meine Hände schlagartig los, rannte aus meinem Zimmer.

Eik kam und setzte sich erneut neben mich. Liebevoll legte er den Arm um meine Schulter. Seine Hand strich leicht über meine Haare. Ich lehnte mich an ihn. Eindeutig war es mir leichter ums Herz. Doch mein Schluchzen konnte ich nicht unterbinden.

„Ich bin stolz auf dich! Du hast es ihm ganz ohne Hilfe gesagt. Ich glaube, das war gut so. Weiß er alles?"

Ich schüttelte den Kopf. Ich kann ihm nicht sagen, wer mich in die Klinik brachte!", wieder schluchzte ich. „Und ich kann ihm auch nicht sagen, dass er vielleicht mein Halbbruder und sein Vater ein Vergewaltiger ist. Ein Vergewaltiger, der mich wahrscheinlich zeugte. Entstanden aus Qual und Demütigungen", erneut liefen Tränen aus meinen Augen.

Doch es war zu spät. Mathias kam unbemerkt aus dem Badezimmer. Anscheinend hatte er sich übergeben. Jetzt stand er in der Tür, hörte meine Worte. Erschrocken blickten wir ihn an. Sein zuvor aschfahles Gesicht wurde augenblicklich knallrot. Deutlich sah ich, wie Zorn in ihm aufstieg.

„Mathias!", brachte ich gerade noch raus, als er mit aller Wucht mit seiner Faust gegen die Tür schlug. Ein lauter Knall, die Tür zersplitterte in der Mitte und ein großes Loch war zu sehen. Tränen rollten aus seinen Augen, er schrie „Nein, du lügst! Das kann nicht sein. Lüge! Auf keinen Fall entspricht das der Wahrheit. Mathias ballte seine Faust, streckte sie mir zitternd entgegen. Deutlich war Blut auf der Faust zu sehen.

Ich zuckte zusammen, doch Eik, der wie gebannt neben mir saß, hielt mich fest. Mathias drehte sich, wahnsinnig vor Wut, um und stürmte aus meiner Wohnung.

„Geht es dir gut?", fragte Eik besorgt. Doch zu einer Antwort war ich nicht fähig. Ich zitterte. Dorothea kam zu uns. Auch sie wirkte erschrocken.

„Bleib bei Eugenia, ich versuche ihn zu finden, bevor er etwas Unüberlegtes macht", sprach Eik eilig, ehe er verschwand, um Mathias zu suchen.

Dorothea setzte sich vorsichtig neben mich. „Geht es dir gut?", fragte sie erneut, doch diesmal sehr leise.

Ich schaute ihr ins Gesicht, konnte noch immer kein Wort sprechen. Zu groß war mein Kummer. Ich hatte einfach Angst, dass ich Mathias für immer als einen Freund verlieren werde. Er blickte mich so zornig an. Ja, hasserfüllt war sein Blick. Ich schmiss meinen Oberkörper plump aufs Bett, rollte mich darauf, wie ein Baby im Mutterleib, zusammen.

Langsam, aber auch nur ganz langsam kam ich zur Ruhe. Ich wusste, dass es besser war, ihm endlich die Wahrheit erzählt zu haben. Eine Wahrheit, die ich selbst noch nicht lange kannte.

Ich wusste, dass ihm Eik über den ersten Schmerz helfen würde. Von Mann zu Mann. Wieder konnte ich es nicht fassen. Ja für einen Außenstehenden wäre es auch nicht nachfühlbar, wie glücklich ich mit ihm war. In Eik endlich einen Menschen gefunden zu haben, dem ich vertrauen konnte. Wenn ich ein gläubiger Mensch in diesem Augenblick gewesen wäre, konnte man meinen, der Himmel hat ihn mir geschickt. Ich beruhigte mich. Dorothea saß immer noch auf meinem Bett, am Fußende. Auch sie schwieg. Ich dachte traurig über die gerade erlebten Ereignisse nach. Bald darauf schlief ich vor Erschöpfung ein. Träumte. Doch es war kein richtiger Traum. Nein, ein Teil aus meiner Erinnerung, der zurückkam. Real unwiderruflich tauchte er auf.

Thomas Körner ein stummer Zeuge, der zu Lebzeiten einer schrecklichen Tat beiwohnte, sie nicht verhinderte. Er half mir, die Wahrheit zu finden. Ein Mann, durch dessen Zutun ich ungewollt entstand. Und der, um seine bis über den Tod vorhandenen Schuldgefühle zu sühnen, letztendlich in der Psychiatrie geholfen hatte. Eine menschliche Seele, die fest an meiner Seite stand.

Meine Erinnerung brachte mich zurück in mein Krankenzimmer. Dreizehn war ich. Ich weinte, wie schon zu oft, in dieser Zeit. Schritte vernahm ich. Ich kauerte mich am Kopfende meines Bettes zusammen und mein Körper begann zu zittern. Ich wusste, dass man mich gleich zu einer weiteren Behandlung abholen wollte. Angst überkam mich und mein Weinen wurde lauter. Schritte kamen näher. An meiner Krankenzimmertür verharrten sie abrupt. Mein Herzschlag beschleunigte sich. Ich hörte Schlüssel klappern, wie sie sich im Schloss umdrehten. Die Tür ging auf.

Ein Krankenpfleger kam ins Zimmer. „Aber Eugenia, wer wird denn weinen. Du nimmst diese Tablette und dann bringe ich dich zu Doktor Leichtenschlag."

Er gab mir die Tablette. Ich nahm sie. Immer noch weinte ich.

„Na, na. Das ist nur halb so schlimm. Glaub mir! Er möchte dir doch nur helfen. Danach wirst du keine toten Menschen mehr sehen. Menschen, die nicht existieren. Sie sind dann weg und du kannst wieder nach Hause."

Der blasse Mann mit den gequälten Gesichtszügen, den ich mittlerweile als Thomas Körner kannte, stand auf einmal neben meinem Bett. Er schlug mit seiner Hand unter meiner. Die Tablette, die darauf lag, flog im hohen Bogen durch mein Krankenzimmer.

„Aber Eugenia wir haben das doch besprochen."

Der Krankenpfleger ging zum Ende des Zimmers und hob das Medikament auf. „Aber jetzt musst du sie schlucken! Ansonsten muss ich dir diese Medizin spritzen. Und du magst doch keine Spritzen. Oder?", er lächelte, reichte mir dabei erneut die Tablette.

Ich schüttelte den Kopf. Eine Spritze wollte ich keines Falls bekommen. Gerade, als ich die Tablette beabsichtigte in meinen Mund zu stecken, fiel unerwartet das Licht aus.

„Schon wieder ein Stromausfall. Ich dachte, es wurde am Nachmittag repariert. Keine Angst Kleine! Ich gehe und

komme gleich wieder. Ich hole nur eine Taschenlampe!",
der Krankenpfleger verschwand.

Aber was war das? Der Krankenpfleger vergaß, die Tür
zu schließen.

„Komm!", sprach Thomas Körner. Zögerlich verließ ich
mit ihm das Krankenzimmer. Das helle Mondlicht fiel in
das Gebäude, erhellte die Umgebung. Gemeinsam gingen
wir über den langen Korridor. Neben dem Fahrstuhl
befand sich eine Tür. Sie führte ins Treppenhaus. Thomas
Körner bat mich. „Öffne sie!"

„Die ist verschlossen!"

„Versuch es!"

Ich drückte die Türklinke nach unten und sie ging auf.
Ich lächelte.

„Siehst du", sprach er. „Der Krankenpfleger hat sie nicht
verschlossen."

Beide gingen wir in den zweiten Stock. Der Strom kehrte
zurück. Erneut betraten wir den Korridor. In dieser Etage
waren die Behandlungszimmer. Alle Türen befanden sich
auf der rechten Seite. Als wir an der Dritten angelangten,
blieb Thomas Körner stehen.

„Eugenia! Wir stehen an der Tür vom Sprechzimmer
Doktor Leichtenschlags. Du machst langsam und leise die
Tür auf! Er sitzt am Schreibtisch. Bitte Eugenia! Hör
genau zu, was er auf seine Kassette spricht! Versprich mir
dich nicht zu bewegen! Ganz ruhig und leise. Egal was
kommt."

Ich nickte. Irgendwie war ich nervös. Auch Angst
verspürte ich. Aber meine Neugier war geweckt. Sehr
vorsichtig öffnete ich die Tür. Gebannt lauschte ich. Da
hörte ich sie. Ganz klar und deutlich. Die Worte Doktor
Leichtenschlags, bei denen es mir eiskalt den Rücken
herunterlief. Seine Stimme klang deutlich. Ich hörte seine
Worte, die er auf eine Tonbandkassette sprach.

„Versuchsperson vier, männlich, dreiundzwanzig. Nach dem dritten EKT verstarb der Patient. Die Dosierung von einhundertdreißig Volt entsprach den Richtlinien. Die Dauer der Behandlung war für mich vorschriftsmäßig. Der eintretende epileptische Anfall und die anhaltende Blockierung der Atmung führten zum Exitus des Patienten. Die blaurote Verfärbung der Haut hielt nach dem Ableben des Patienten an. Weitere Obduktion durch mich ergab, eine Fraktur der Wirbelsäule. Zwischen dritten und vierten Brustwirbel. Exitus um vier Uhr dreißig. ... Versuchsperson fünf, weiblich, vierunddreißig. Ein leichtes Beruhigungsmittel, eine Injektion zur Entkrampfung der Muskulatur. Erste EKT achtzig Volt. Patientin reagierte normal. Durch den Stromstoß ausgelöst epileptischer Anfall. Erste Blaufärbung der Haut durch kurzen Atemstillstand. Harmlose Verkrampfung der Muskulatur. Keine entstandene Fraktur. Nach der Behandlung Patientin wach. Dauer zwanzig Minuten. Anschließend verfiel die Patientin in einen schlafähnlichen Dauerzustand ...“

Hilflos, fassungslos stand ich vor der Tür. Entsetzlich irritiert, den Tränen nahe. Die Kälte, die ich aus seinen Worten empfand. Meine Angst wurde immer stärker.

Thomas Körner flüsterte in mein Ohr. „Du darfst jetzt auf keinen Fall schlappmachen! Komm! Und bitte sei ruhig!“

Mein Körper zitterte. Ich musste die ganze Zeit darüber nachdenken, wie skrupellos dieser Mann war. Ich war froh, dass wir unbemerkt, obwohl der Strom wieder vorhanden war, im Treppenhaus angelangten.

„Was soll ich nur tun? Bin ich auch eine Versuchsperson? Muss ich auch sterben?“ Mir wurde übel. Ich setzte mich auf die Treppenstufen.

„Eugenia. Hör mir jetzt bitte ganz genau zu! Dieser Arzt ist sehr böse. Das Einzige, was ihm wichtig ist, ist seine

Karriere. Er ist ein selbstverherrlichender Mensch. Um exzellente Leistungen als Arzt zu bringen, geht dieser Mann über Leichen. Anerkennung und Ruhm, das ist es, was er erlangen will. Eugenia schaue mich bitte an! Die Stromtherapie, eine Therapie, die er auch bei dir anwendete. … Du musst behaupten, mich nicht zu kennen! Auf keinen Fall darfst du sagen, dass du Verstorbene siehst! Und bitte schwöre mir! Sag ihm nicht, was du über ihn herausgefunden hast! Ich weiß, ich verlange sehr viel. Aber bitte verstehe! Du darfst auf keinen Fall die Wahrheit sagen! Lügen wird dein höchstes Ziel. … Leugne!"

„Ich kann es doch einem anderen Arzt oder einem Pfleger erzählen."

„Nein! Bitte, du darfst es niemandem anvertrauen! Lüge! Und vor allem musst du versuchen zu vergessen! Lass es bitte zu. Damit du wieder nach Hause kannst. Eugenia ich beschwöre dich!", immer flehender wurden seine Worte. „Vergiss, dass du mich siehst! Vergiss, dass du mit Verstorbenen reden kannst! Und vor allem. Vergiss, was dieser Arzt mit dir angestellt hat, und erzähle ihm, was er hören möchte! Versteh doch! Du bist in allergrößter Gefahr. Viele Jahre bin ich schon hier. Ich musste grausame Dinge ansehen. Traue niemandem! Wenn du erwachsen bist und die Kraft in dir neu entfacht wird, werden wir uns wiedersehen. Dann, aber erst dann, kannst du ihn überführen! Seine Versuchsaufzeichnungen befinden sich im Keller. Im Heizungsraum hinter einem Regal ist ein geheimer Raum, in der er alle Aufzeichnungen über diese Versuche aufbewahrt hat. Ein Labor, das es schon seit dem Zweiten Weltkrieg gibt, befindet sich dort. Aber jetzt ist es Zeit zu vergessen. Es ist zu deinem Besten!", er berührte liebevoll mit seinen Händen meine Wangen, sprach noch ein letztes Mal zu mir. „Bitte Eugenia! Vergiss die Seelen! Vergiss, was hier geschehen ist! Es wird deine Zeit kommen. Ich weiß, du bist stark. Und ich weiß, du schaffst das."

Vorsichtig nahm er meine Hand, gab mir eine Tablette. Ich schluckte sie ohne zu zögern und die Umgebung verschwand erneut.

Irritiert wachte ich auf. Benommen und ausgelaugt fühlte ich mich. Immer noch lag ich zusammengerollt auf meinem Bett. Die Umgebung in meinem kleinen WG-Zimmer schien unverändert. Mathias und Eik waren nicht anwesend. Nur Dorothea saß am Ende meines Bettes. Sie blickte traurig auf den Boden. Als sie bemerkte, dass ich munter geworden bin, sah sie mich fragend an.

„Ist alles in Ordnung bei dir?"

„Ja. Ist Eik wieder zurückgekehrt?"

„Nein. Es ist bestimmt schon eine Stunde vergangen. Ich meine, er sucht Mathias noch immer."

„Ich mache mir Sorgen!", sprach ich sehr leise.

„Die kommen schon zurecht. … Hattest du eine neue Vision?"

„Ja und ich weiß jetzt alles. Ich werde diesen Doktor Leichtenschlag das Handwerk legen. Gleich rufe ich bei der Polizei an. Sofort, nachdem ich meine müden Knochen aus dem Bett bekommen habe."

Das war keineswegs einfach. Denn irgendwie war ich so unbeschreiblich schlapp.

„Aber jetzt gleich? Warte doch, bis Eik wieder da ist…!"

„Nein jetzt! ... Ich habe Angst, dass Eik Mathias noch sucht. Und er womöglich schon in der Klinik bei Doktor Leichtenschlag ist. Stell dir vor! Dieser Arzt hat schon so viele Menschen auf dem Gewissen. Das kann ich auch beweisen …"

Mit weit aufgerissenen Augen blickte mich Dorothea an. „Ich verstehe das. Nur keine Angst! Ich benachrichtige gleich die Polizei. Ruh dich doch aus Eugenia! Ich telefoniere und dann koche ich dir einen Tee. Er wird dir helfen. Du hast schon genug gelitten", sprach Dorothea, verschwand aus dem Raum.

Erschöpft blickte ich mich um. Von Wiktoria war auch keine Spur. Ich nahm an, dass sie den beiden folgte und mir später berichtet was sie taten, oder noch immer tun. Ich war so überaus müde. Obwohl ich gerade schon geschlafen hatte.

Dorothea kam mit einer großen Tasse Tee. „Hier Eugenia trink! Er wird dir guttun."

„Was ist das?"

„Schwarzer Tee mit Zitrone. Den magst du doch?"

Ich nickte mit meinem Kopf und trank. Wunderte mich dennoch etwas, da er nicht all zu heiß war.

„Und?", fragte ich darauf. „Hast du die Polizei allarmiert?"

„Natürlich. Was denkst du denn? Du brauchst dir keine Sorgen zu machen. Jetzt musst du aber deinen Tee austrinken!"

Ich trank noch einen großen Schluck.

„Trink, … trink alles aus!"

„Ich glaube, es reicht erst einmal."

„Ich sagte, trink!", sprach sie jetzt etwas gereizt.

Mit großen Augen blickte ich sie an. „Ist alles in Ordnung mit dir?", wollte ich wissen.

Dorothea lächelte. „Natürlich! Entschuldige, aber ich glaube, für heute hatte ich genügend Aufregung! Trink doch bitte! Ich habe extra frische Zitrone ausgepresst."

Wieder lächelten wir uns an. Ich wollte sie nicht kränken. Schließlich hatte sie ihn mir extra aufgebrüht. Erneut trank ich einen großen Schluck. Trotzdem wurde ich nicht munter, sondern immer wieder fielen mir die Augen zu. *„Eigenartig?"* Als ich die Tasse noch einmal zum Trinken ansetzte, hob Dorothea ihre Hand unter meine Teetasse, kippte sie an, damit ich einen größeren

Schluck zu mir nahm. Dabei lächelte sie. Der Tee lief an meinen Wangen entlang. Es war für mich einfach nicht möglich, eine solch große Menge zu schlucken. Irritation machte sich in mir breit. Ich konnte Dorotheas Verhalten einfach nicht verstehen.

„Pass doch auf! Du musst alles leer trinken!"

Ich nahm die Tasse von meinem Mund. „Entschuldige!", sprach ich sehr langsam, denn meine Wahrnehmung schwand von Sekunde zu Sekunde.

„Warum bist du auf einmal ... so ... unwahrscheinlich gereizt?" Ich wollte aufstehen. Doch ich spürte meine Beine gar nicht mehr. Nur langsam lallend war es mir möglich zu sprechen. „Hast du etwas ...?", sprach ich schläfrig. Und mein Bewusstsein verschwand.

Dunkle stille Nacht, war alles, was mich danach umgab.

Vergeltung naht bisweilen anders, als man zu denken glaubt

Eik und Mathias klingelten. Die Tür ging auf. Dorothea empfing die beiden. „Ihr seid ja zu zweit?"

„Ja, warum nicht? Wo ist Eugenia?", fragte Eik irritiert über diese Frage.

„Sie schläft in ihrem Zimmer. Alles ist gut."

Sie betraten gemeinsam mein WG-Zimmer. Eik setzte sich aufs Bett, strich sanft über meine Wange. „Sie ist so blass, irgendwie auch kalt. Ich sehe kaum eine Atmung."

„Was? Steh mal auf! Lass mich mal sehen!", befahl Mathias aufgebracht. „Du hast recht!", er öffnete meine Augenlider, drehte sich wütend um. „Was hast du ihr gegeben?"

Die Wohnungseingangstür schlug zu. Dorothea war verschwunden.

Eik war ganz aufgebracht. Unbeholfen stand er in meinem Zimmer. „Was hat Eugenia?"

„Ich weiß es nicht. Aber ich glaube, sie wurde vergiftet! Sie muss sich unbedingt erbrechen! Lauf dem Miststück Dorothea hinterher! Frag sie, was sie ihr gegeben hat! Wenn sie es dir nicht erzählen will, prügelst du es aus ihr heraus! Ich kümmere mich um Eugenia." Er blickte Eik ernst an. „Los, worauf wartest du!"

Eik verfolgte Dorothea.

Mathias rief den Notruf, versuchte mich aufzuwecken. „Eugenia, wach auf!" Er steckte mir den Finger in den Hals. „Eugenia hörst du mich? Wach auf! Dieses vermaledeite Miststück! Was hat sie dir nur gegeben?"

Weit entfernt vernahm ich seine verzweifelten Worte, spürte das Tätscheln auf meinem Gesicht. Langsam öffnete ich meine Augen. Die Bilder drehten sich um mich herum, mir wurde übel. Ich übergab mich.

„Gut gemacht! Komm, das schaffst du noch einmal! Komm schon! Mach nicht schlapp!", Mathias schüttelte mich, tätschelte meine Wangen. Noch einmal musste ich mich übergeben. „So ist es gut. Schön munter bleiben. Hörst du? Du darfst nicht wieder einschlafen! Eugenia, wer bin ich? Wer bin ich?"

„Mathias", brachte ich gerade noch heraus.

„Nicht wieder einschlafen!", er schüttelte mich, griff mir unter die Arme, versuchte mich auf die Beine zu stellen. „Eugenia! Mach bitte mit! Nicht einschlafen!"

Der Notarztwagen traf ein. Man pumpte mir noch vor Ort den restlichen Mageninhalt aus. Anschließend brachte man mich ins Krankenhaus.

Währenddessen rannte Eik hinter Dorothea her. Gerade als sie mit dem Auto davonfahren wollte, ging das Auto aus. Eik riss die Autotür auf, holte sie grob aus dem Wagen. „Du Hexe! Was hast du mit Eugenia gemacht?"

Sie grinste.

„Ich verhafte dich! Ich nehme dich wegen Mordversuches fest!", er packte sie fest am Arm.

„Das kannst du nicht. Sie litt an einer Depression und wollte sich selbst das Leben nehmen!"

„Das glaube ich dir nicht! Du lügst, wenn du nur den Mund aufmachst! Du steckst mit diesem Doktor Leichtenschlag unter einer Decke! Das weiß ich jetzt."

„Kannst du das denn auch beweisen?", fragte sie mit einem überlegenden Lächeln auf ihrem Gesicht.

Eik war wütend. Kurz dachte er darüber nach Dorothea zu schlagen, doch diesen Gedanken verwarf er schnell. Er verständigte die Leipziger Polizei. Danach fuhr er mit ihnen und Dorothea aufs Revier. Unterwegs telefonierte

Eik mit Mathias, der bei mir im Krankenhaus war. Später am Abend brach er zu uns auf.

Beide standen an meinem Krankenbett. Auch Wiktoria war anwesend. Aber keiner von ihnen konnte sie erblicken oder gar spüren. Wie auch. Sie war eine Seele, die nur ich durch meine Gabe zu sehen vermochte.

Wiktoria erzählte mir zu einem späteren Zeitpunkt ausführlich, was passiert war, als mich der Tod beinahe ereilt hätte.

Ich war schon nicht mehr bei Bewusstsein, nachdem sie wieder in die kleine WG zurückkam. Zu diesem Zeitpunkt hatte mich Dorothea schon mit einer Überdosis Schlaftabletten vergiftet. Wiktoria machte sich Vorwürfe, weil sie ihren Plan nicht durchschaut hatte. Durch ein Ablenkungsmanöver gelang es ihr, Wiktoria zu verunsichern. Dorothea erklärte mit lauten Worten in der Küche, als sie für alle den Giftcocktail mixte, dass Wiktorias Tochter schwer erkrankt sei. Daraufhin war sie sehr beunruhigt und verließ uns. Zu spät erkannte sie diese Aussage als Lüge. Sie kehrte zurück, als Dorothea gerade im Begriff war zu fliehen. Wiktorias klarer Verstand erfasste sofort diese Situation. Sie verfolgte Dorothea, griff nach dem Autoschlüssel und zog ihn aus dem Zündschloss. Eik währenddessen packte sie, riss sie aus ihrem Fahrzeug, nahm sie fest. Jetzt standen alle drei an meinem Bett und bangten um mein Leben.

„Was hat ihr dieses Miststück Dorothea verabreicht?", fragte Eik Mathias leise.

„Schlaftabletten. Harmlose Schlaftabletten. Doch zu viele davon bedeuten den Tod. Aber nicht nur Eugenia wurde vergiftet. Sie muss uns zuvor allen etwas eingeflößt haben!"

„Meinst du das im ernst?", fragte Eik ungläubig.

„Glaub mir! In dem Mixgetränk, das sie uns gab. Denk doch einmal nach! Du hast nur kurz daran genippt, kurz darauf warst du müde. Ich trank mehr. Am Anfang dachte ich, es wären die Erzählungen von Eugenia, die mich empfindlich machten. Aber wenn ich genau darüber nachdenke, wurde mir von dem Getränk schlecht. Ich bin froh, dass ich mich übergeben musste. Danach hörte ich die schreckliche Geschichte über meinen doch so anerkannten Vater. Die Wut putschte mich auf. Das Adrenalin in mir brachte mich dazu, gegen diese Ermüdungserscheinungen anzukämpfen. Sozusagen hat mich die Wahrheit letztendlich gerettet."

„Wollte sie uns alle umbringen?"

„Natürlich. Dieses Miststück dachte nur an ihre Karriere. Sie beginnt in der Psychiatrie gleich als Oberärztin. Ich wäre dagegen raus aus diesem Spiel. Alle Rivalen ausgeschaltet sozusagen. Du bist ein lästiger Zeuge, der schon viel zu viel weiß. Eugenia hätte sie dann alles in die Schuhe geschoben. Behauptet, sie würde erneut an Depressionen leiden. Und weil sie sich nicht zwischen uns entscheiden kann, hätte Dorothea einfach erzählt, dass uns Eugenia mit in den Tod nehmen wollte."

Eiks Mund stand offen. Kein Wort kam über seine Lippen.

„Ich frage dich jetzt. Wer von uns ist hier krank im Kopf?"

„Du meinst, Dorothea ist ...? ... Damit wäre sie doch nie durchgekommen!"

„Doch. Denn du darfst eins nicht vergessen! Sie ist eine angehende Ärztin der Psychologie. Wer hätte dann die Diagnose bestätigt, letztendlich abgesegnet?"

„Na der behandelnde Arzt!", jetzt dämmerte es Eik. „Dorothea und dieser Doktor Leichtenschlag."

„Eben. Fall gelöst, Patientin lebt. Du solltest bei der Kripo anfangen!"

Kurz lächelten beide. Trotzdem sah man ihnen ihre Hilflosigkeit an.

Wiktoria saß schweigend auf dem Fensterbrett, verfolgte das Geschehen. Auch sie schien besorgt.

Lange standen alle an meinem Bett, schwiegen. Der behandelnde Arzt kam noch einmal in mein Patientenzimmer. Er fühlte meinen Puls. Lächelte, als er auf den Überwachungsmonitor blickte. „Die Patientin ist über dem Berg. Sie können beruhigt nach Hause gehen, sich ausruhen!"

Beide atmeten erleichtert auf. Der Arzt verließ das Zimmer.

Langsam kehrte mein Bewusstsein zurück. Meine Augenlider waren dennoch schwer. Ich lauschte und war froh, dass sie bei mir waren.

„Was meinst du Eik? Können wir Eugenia allein lassen? Ich habe bedenken, dass etwas passieren könnte!"

„Nein, Dorothea kann uns nicht mehr gefährlich werden. Sie ist bei der Polizei. Mein zukünftiger Vorgesetzter erklärte, wir müssen nur noch eine Aussage machen. Danach kommt sie eine lange Zeit hinter Gitter. Mehrfacher Mordversuch aus niedrigen Beweggründen."

„Möchtest du nach Leipzig?"

„Ja. Eugenia, sie bedeutet mir sehr viel. Ich kenne sie zwar erst ein paar Wochen, … aber … wie soll ich das sagen. Sie hat mich in ihren Bann gezogen."

Mathias lächelte. „Glaube mir! Ich weiß ganz genau, wie du dich fühlst. Vor Jahren schon verspürte ich das Gleiche. Sie hat jeden durch ihr Wesen verzaubert. Aber glaube mir, wenn ich dir sage, Eugenia hat keine Ahnung davon. Was die Männerwelt anbelangt, lief sie immer mit Scheuklappen durch die Gegend. Wahrgenommen hat sie nicht eine Zuwendung."

Sie schmunzelten beide.

Eik antwortete. „Das ist Eugenia."

Ich schlief erneut tief und fest ein. Nach einiger Zeit erzählte mir Wiktoria, was sie vorhatten.

Als sie mein Krankenzimmer verließen, fuhren beide zur Polizei. Eik versuchte seinen zukünftigen Chef, Kriminalhauptkommissar Wegener, zu überzeugen, einen Haftbefehl bei der Staatsanwaltschaft zu erwirken. Er war der festen Überzeugung Dorothea, Doktor Leichtenschlag und Professor Doktor Nitschke gehörten hinter Gitter. Und das nicht erst nach einer Verurteilung, sondern auf der Stelle.

Dorothea hatte mich schließlich vergiften wollen. Nicht nur mich, sondern auch Eik und Mathias. Leider hatten sie keine greifbaren Beweise für diese Anschuldigung. Keine Gläser, in denen noch etwas von dem Mixgetränk war. Alles sauber. Auch auf meiner Teetasse waren nur meine Fingerabdrücke. Ich bemerkte einfach nicht, dass sie Handschuhe trug. Dorothea musste freigelassen werden.

Die Anschuldigungen, die sie gegen Doktor Leichtenschlag vorbrachten, mussten sie sehr schnell verwerfen. Denn keine ihrer Anschuldigung konnten sie beweisen. Kriminalhauptkommissar Wegener machte den beiden unmissverständlich klar, gegen einen Arzt wie Doktor Leichtenschlag, der immens viel Einfluss bis hoch in politische Reihen hatte, nichts ausrichten zu können. Er warnte Eik vor einem Schritt, der leicht als Verleumdung im Sand verlaufen und er womöglich seine berufliche Zukunft damit komplett verbauen würde.

Auch für Mathias Karriere, wäre dieser Schritt das Aus.

Zu guter Letzt wäre da noch Professor Doktor Nitschke. Dieser Tatbestand ist verjährt. Außerdem gab es vor Jahren einen Prozess in dieser Sache. Darüber hinaus eine Verurteilung. Er könne nichts tun. Dem Kriminalhauptkommissar waren einfach die Hände gebunden.

Deprimiert verließen sie die Polizeistation. Sie mussten beweise finden.

Matthias hatte es immer noch nicht so recht wahrhaben wollen, dass sein Vater, der einen tadellosen Ruf besaß, in

Wahrheit ein Verbrecher ist. Beide beschlossen nach Berlin zu fahren. Von Angesicht zu Angesicht wollte Mathias seinen Vater mit den abscheulichen Tatsachen zur Rede stellen.

Als sie endlich nach über zwei Stunden in der Universitätsklinik Berlin ankamen, war Mathias Vater gerade dabei die Klinik zu verlassen. Ein langer anstrengender Arbeitstag lag hinter ihm. Er wirkte sehr überrascht, seinen Sohn zu so später Stunde mit einem Fremden anzutreffen.

„Es ist zweiundzwanzig Uhr dreißig. Mathias ist etwas passiert?", fragte der Professor Doktor Nitschke irritiert und ließ beide in seinem Arbeitszimmer Platz nehmen. Er bot ihnen ein Getränk an, doch zu seiner Verwunderung lehnten sie ab.

„Vater!", begann Mathias die Unterredung und merklich spürten alle Beteiligten eine gewisse Anspannung aufkommen.

„Vater, ich weiß gar nicht, wie ich beginnen soll. ... Vater ich habe einiges aus deiner Vergangenheit herausgefunden, was mich zutiefst erschüttert hat. Ich ..." Mathias stockte. Ganz deutlich verspürte man einen großen Zwiespalt seiner Gefühle aufkommen, die sich gleich darauffolgend in leichter Wut umwandelten.

Eik mischte sich ein. „Was ihr Sohn sagen wollte, ist ... Uns ist beiden das Ereignis einer Gräueltat aus ihrer Vergangenheit bekannt. Die Gräueltat, die sie während ihrer wehrpflichtigen Zeit verübten. Und wir wissen, dass der Falsche für eine Straftat beschuldigt wurde, die er nicht begann. Ihr zwar beiwohnte, aber dennoch nicht begann. Eugenia hat uns beiden ausführlich erklärt, was damals geschah."

Der Mund des Professors stand offen, seine Kopffarbe wandelte von Rot zu Weiß. Eindeutig erkannten sie eine leichte Schluckstörung. Er stand auf, nahm sich ein Glas und füllte es mit Wasser, das er aus dem Wasserspender entnahm. Trank. Der Professor sichtlich benommen. Ja bestürzt von der Tatsache, dass seine düstere Vergangenheit aufgedeckt wurde. Noch dazu von seinem Sohn. Er überlegte, setzte sich, begann innerlich an einer Rechtfertigung zu formulieren. Merklich nervös, etwas zitternd begann er die Worte zu sprechen.

„Ich wusste, dass die Wahrheit aufkommt, wenn du Eugenia je wieder zu Gesicht bekommst. Nicht von ihr nahm ich an, sondern eher von ihrer Mutter."

Mathias schluckte schwerfällig. „Dann ist es also wahr. Du hast Eugenias Mutter aufs schändlichste missbraucht und darüber hinaus ein Kind gezeugt!"

Entsetzt sahen sich Mathias und sein Vater an.

„Ich war jung! Wir hatten getrunken. Sie war bereit dazu. Das musst du mir glauben! Doch als sie vor mir lag. So wunderschön. Ich musste sie einfach berühren."

„Du widerst mich an!", Mathias Stimme wurde lauter, drohender und vor aufkommender Wut zittrig. Seine rechte Hand zu einer Faust ballend. Auch sie bebte. „Meinst du, Alkohol rechtfertigt diese schändliche Tat? Meinst du, die arme Frau hatte danach eine gebrochene Rippe und mehrere Hämatome am ganzen Körper, weil sie es wollte?"

„Nein, aber ich war es nicht allein. Noch zwei waren daran beteiligt."

„Wie kannst du nur! … Ein anderer ging ins Gefängnis. Er war anwesend, ja. Aber er hatte Eugenias Mutter nicht angefasst. Du warst das Schwein! Du und dein anderer Freund. Ein gewisser Anton, wie ich erfahren habe. Ihr ward es! Vor Gericht hast du gelogen. Du, der mir immer predigte, dass lügen eine Sünde sei! Als Christen hätten wir eine Verantwortung. Gutes den Menschen gegenüber. Wie kannst du nur! … Wie kannst du nur noch in den Spiegel schauen!", Mathias schwieg kurz und schüttelte dabei seinen Kopf verneinend. „Habt den Dritten im Bunde beschuldigt. Den Dritten, der Schmiere stand! Aber ihr seid die furchtbaren Vollstrecker, dass du dich nicht schämst!", er spuckte angewidert zu Boden.

„Ich weiß, dass es ein Fehler war. Aber ich war doch schon verheiratet. Du warst etwas über ein Jahr. Ich liebe euch doch! Dich und deine Mutter. Meine Familie."

„Wage es nicht, Mutter und mich vorzuschieben! Ich schäme mich! Solch einen Vater hat kein Kind verdient. Und jetzt, da du die Schuld vor mir eingestehen solltest. Jetzt schiebst du uns vor! … Sag mir noch eins. Bist du dafür verantwortlich, dass Eugenia in die geschlossene Psychiatrie eingewiesen wurde? Sag es! Los sage mir wenigstens in diesem Augenblick die Wahrheit! Steh dazu!"

Mathias war so verzweifelt und darüber hinaus, so angewidert von seinem Vater. Bisher war er doch immer ein Vorbild für ihn. Seine bisherige harmonische Familienidylle, alles eine Lüge. Ein Kartenhaus, das zusammenbrach.

Betroffen und reumütig den Tränen nahe, sah der Professor seinen Sohn an. „Ja. … Ja, ich habe sie überweisen lassen. Aber wenn ich das nicht getan hätte, wäre alles aufgeflogen! Alles! Ich wusste, dass dieses Kind eines Tages mein Untergang ist. Meine Strafe, wenn du möchtest."

Völlig fassungslos blickte er seinen Vater in die vor Schuld betrübten Augen. Mathias ballte erneut seine Hand kraftvoll zur Faust. Stärker werdende Wut, die sich langsam in Hass umwandelte, brach in ihm aus. Langsam kamen die Worte aus seinem Mund. „Ein Kind, das durch ein Verbrechen entstand. Ein Verbrechen, an dem du maßgeblich beteiligt warst! Dieses Kind, willst du noch zusätzlich bestrafen? Du gehörst hinter Gitter! Aber nicht in eine Anstalt für Kranke, sondern in ein richtiges

Gefängnis! Und wenn du mich fragst, kannst du darin verrotten!"

Erschrocken und der Verzweiflung nahe, blickte der Professor in die enttäuschten, gramerfüllten Augen seines Sohnes.

„Ich wollte meine Familie schützen! Nicht vergraulen. Ich liebe dich und deine Mutter! Über alles! Glaube mir!"

Mathias stand auf. „Ich habe keinen Vater mehr! Dieser, der sich so nennt, ist ein Heuchler, ein Verbrecher ohne Skrupel.", diese Worte kamen sehr ernst aus seinem Mund. Der Hass und die Enttäuschung waren deutlich auf seinem Gesicht zu erkennen.

Eik mischte sich ein. Die ganze Zeit verfolgte er das Gespräch aufmerksam. Aber dennoch konnte auch er, seine Bestürzung in seinen folgenden Worten nicht verbergen. „Herr Professor …!"

„Nenn ihn nicht so! Nenn ihn Schwein! Den Namen Professor, hat er nicht verdient!", brachte Mathias noch einmal angewidert heraus.

Der Professor war jetzt vollends geschockt. Eine dicke Träne bahnte sich den Weg über sein Gesicht.

Eik begann noch einmal zu sprechen. „Herr Nitschke, haben sie gemeinsame Sache mit dem Arzt Doktor Leichtenschlag gemacht?"

Der Professor nickte auf diese Frage kurz.

„Hören sie mir genau zu! Ich werde dieses Gespräch aufzeichnen.", Eik holte ein kleines Tonbandgerät hervor und stellte es auf den Schreibtisch des Professors. Mathias und die Augen des Professors Doktor Nitschke waren gebannt auf die Bewegungen von Eik gerichtet. Er wiederholte die Worte.

„Haben sie veranlasst, unter falschen Voraussetzungen, nämlich eine Straftat wissentlich zu vertuschen, Eugenia Heidenreich für zwei Jahre in eine psychiatrische Klinik, unter dem Vorwand einer falschen Diagnose, die als

Schizophrenie bezeichnet wird, einzuweisen? Haben sie wissentlich zugelassen, dass sie dort durch Pharmazeutika und einer nachfolgenden Schocktherapie behandelt wurde?"

„Nein! Wie meinen sie das?"

„Tu doch nicht so!", brüllte sein Sohn. Hasserfüllt sprang Mathias, der immer noch stand, auf seinen Vater zu. Mit beiden Händen umfasste er fest seinen Hals. Er schrie.

„Du vermaledeites Schwein! Du hast meine kleine Eugenia zu diesem Mörder gebracht! Du hast zugelassen, dass sie Stromtherapien bekommt! Sie war nicht schizophren! Nein ein Kind. Du hast zugelassen, dass dieser Arzt ihr das Handgelenk brach und sie quälte!", er drückte fester zu, vollkommen außer Kontrolle.

Doch Eik sprang auf seine Beine. Er versuchte Mathias von seinem Vater zu lösen.

Eik rief. „Hör bitte auf! Er ist immer noch dein Vater. Er wird seiner gerechten Strafe nicht mehr entfliehen können. Er kommt hinter Gitter. Schmeiß dein Leben nicht wegen eines Scheusals weg! Mathias lass ihn los!", flehend versuchte er, Mathias zu beruhigen. Endlich gelang es ihm und er ließ erschöpft von seinem Vater ab und fiel zurück auf den Stuhl.

Just in diesem Moment flog die Tür auf und zwei starke Pfleger betraten den Raum. Einer von ihnen sprach aufgeregt. „Herr Professor, ist alles in Ordnung bei ihnen? Können wir helfen?"

Immer noch etwas benommen von der Attacke seines Sohnes, sprach er schwerfällig, seine Stimme schien etwas kratzend. „Schon gut! Nur eine kleine Meinungsverschiedenheit. Alles in Ordnung. Sie können die Tür von außen wieder schließen, meine Herren!"

Verwirrt blickten die Pfleger alle Beteiligten an und verharrten schließlich auf dem Gesicht des Professors.

„Wirklich alles in Ordnung?", wiederholte nocheinmal der Pfleger.

„Ja, sagte ich doch schon. Gehen sie und kümmern sie sich um meine Patienten! Dafür werden sie schließlich bezahlt."

Sofort zogen sich die beiden zurück und schlossen die Tür von außen.

Mathias brachte geknickt heraus. „Schade, dass damals Eugenia in der Klinik keine Bodyguards hatte. Du bist ein erwachsener Mann und sie war damals noch ein Kind.", traurig und über die Maßen enttäuscht, blickte Mathias zu Boden.

Eik ergriff die Gelegenheit der Ruhe und begann zu Fragen. „Herr … Nitschke! Wie haben sie es veranlassen können, Eugenia in diese Klinik überweisen zu lassen? Sie waren doch zu dem damaligen Zeitpunkt nur Arzt in einer Kureinrichtung. Behandelnder Arzt von Eugenia war ein Anderer."

Er blickte reumütig auf seinen Sohn, der ihn hasserfüllt anstarrte.

„Sprich endlich!", befahl Mathias.

„Damals …", fing er an, Reue war in seinem Tonfall zu erkennen. „Damals lernte ich Eugenias Vater kennen. Er erzählte mir über seine Tochter. Deutlich erkannte ich große Sorge in seinen Ausführungen. Aber ich wurde neugierig. Mehr über die Gabe wollte ich erfahren. Im Zwiespalt zwischen Realität und dem Unerforschten wuchs meine Neugier ins Grenzenlose. Ob es sich um Wahnvorstellungen handelte, konnte ich nicht sagen. Irgendetwas passte nicht so recht zusammen. Denn gerade der Tote im Wald machte mich stutzig. Ihr wisst doch, der russische Soldat! Woher kannte sie den Namen? Zufall?", der Professor blickte beide forschend an.

Eik antwortete. „Die Geschichte ist uns bekannt."

Der Professor sprach weiter. „Eines fragte ich mich damals. Hatte sie wirklich eine Begegnung mit ihm? Eugenias Vater erzählte mir, dass sie auf keinen Fall dort gewesen sein konnte. Zu tief im Wald lag der Tote. Ich erfuhr, dass seine Tochter mit meinem Sohn Mathias befreundet war. Ich bat Mathias, Eugenia einmal mit nach Hause zu bringen. Denn ich wollte dieses Mädchen unbedingt kennenlernen. Meine Neugier über ihre Gabe war bei mir ins Unermessliche gewachsen. ... Doch, als ich sie damals sah ...", Professor Nitschke wurde kurz still. Sein Blick fiel nach unten und Wehmut mischte sich unter seine weiteren Ausführungen.

„Ich erkannte dieses Gesicht sofort. Eugenia war das Ebenbild ihrer Mutter. Ihrer Mutter, die Frau, die ich vor so vielen Jahren missbrauchte. Wir waren betrunken, aber das ist keine Entschuldigung. ... Das weiß ich jetzt, aber damals. ... Ich war jung, dumm und feige. Mein Verbrechen holte mich wieder ein. Ich versuchte mir nichts anmerken zu lassen. Innerlich ablenken wollte ich mich. Ich beobachtete dich, meinen Sohn und musste zu meinem Entsetzten erkennen, dass du Eugenia so verliebt anblicktest. Ich hatte Angst. Ich konnte nicht begreifen, dass sie dreizehn war. Anscheinend wurde sie in dieser schrecklichen Nacht gezeugt. Wir waren zu dritt. Einen von uns konnte man nicht mehr belangen. Kurz, nachdem Thomas für das Verbrechen allein sehr hart verurteilt wurde, in dessen Verhandlung wir auch gegen ihn aussagten, brachte sich Anton, das war der Dritte, der daran beteiligt war, um ... Nun war ich ganz allein. ... Ein Unschuldiger im Armeegefängnis. Ein Mittäter nahm sich das Leben. ... Es gab nur noch mich! Panik kam auf. Ich konnte es nicht fassen, dass mir das Kind und auch die Mutter Jahre nicht begegneten. Es war doch nur ein kleiner Kurort. Der Vater Eugenias berichtete mir, dass seine Frau sehr zurückgezogen lebte. Ja, über die Jahre sperrte sie sich immer mehr in ihren eigenen vier Wänden ein. Meine Angst wuchs ins Unendliche. Angsterfüllt offenbarte ich meinem Vater die Tat. Eine Tat, die mich nach dreizehn Jahren einholte. Er war schon pensioniert, aber dennoch Arzt. Er kannte den Doktor Leichtenschlag. Er wusste, dass er ein eiskalter skrupelloser Mann war. Er gab ihm Geld und ich arrangierte das Treffen. Schizophrenie im Endstadium diagnostizierte er. Er behauptete, dass Eugenia kurz davor stand, sich das Leben zu nehmen. Suizidgefahr. Daraufhin kam sie zu ihm in die Klinik. Mein Vater, dein Großvater, zahlte viel Geld, damit das geschieht. Danach sprach er bis zu seinem Tod, kein Wort mit mir. Er tat das nur für seinen Enkel. Damit Dir, die Schande erspart blieb, Mathias! Für dich!"

„Mein Großvater war auch daran beteiligt?", brachte er angewidert und absolut enttäuscht heraus. Seine ganze Familie war anscheinend darin verwickelt. Mathias wünschte sich in diesem Augenblick, in einem Alptraum gefangen zu sein. Dennoch, die Realität holte ihn sehr schnell ein. Vor Wut zitternd, fragte er.

„Wusste meine Mutter auch, über dieses abscheuliche Verbrechen bescheid?", gleichzeitig überkam ihm Furcht.

„Natürlich nicht! Deine Mutter weiß nichts. Ich wollte sie mit dieser Schande nicht leben lassen. Und wie gesagt, ich hatte Angst. Nicht nur Angst sie zu verlieren, sondern auch dich, meinen Sohn."

Es war zu viel für Mathias. Tränen der Verzweiflung, der Enttäuschung und der Schande traten aus seinen Augen. Er konnte, nein er wollte diesen Mann, der sich Vater nannte, nicht mehr in die Augen schauen.

Der Professor bemerkte die abwertende Haltung seines Sohnes, sprach jedoch weiter. Ein Zurück kam für ihn, ohnedies, nicht mehr in Frage. Alles musste er erzählen. Eine Last, die er Jahre verdrängte. Jetzt kam das ganze Ausmaß ans Licht.

„Eugenia überwies man zur Behandlung in die psychiatrische Klinik. Ich wusste damals nicht, dass es zwei lange Jahre werden. Doktor Leichtenschlag erzählte von einer neuen Therapie. Gut die Stromtherapie ist schon seit vielen Jahren eine bewährte Behandlungsmethode. Er behauptete, diese Therapie vervollkommnet zu haben. Ein Rezept, wenn man das so überhaupt formulieren kann. Eine bestimmte Mischung aus Psychopharmaka und Schocktherapie. Kurz vor dem Durchbruch stand er mit seinen Forschungen. Er würde dafür Sorge tragen, dass sie keine Toten mehr erblickt. Damals war ich erleichtert, dass sie in diese Klinik kam. Die Angst alles zu verlieren trieb mich dazu. … Mathias du warst verliebt. Verliebt in ein Mädchen, das vielleicht deine Schwester war. Ich dachte, wenn sie in eine Klinik für psychisch Kranke kam, verlierst du dein Interesse. Ich wollte mein Leben mit meiner Familie nicht aufgeben. Meine Karriere. Leider übersah ich damals, dass ich das Kind in die Hände eines skrupellosen Arztes gab. Irgendwie musste er herausgefunden haben, welches der wahre Grund ihrer Einlieferung war. Gut sie sah Tote, aber etwas machte ihn stutzig. Warum zahlte mein Vater damals mehr, als er je zu träumen wagte? Eine halbe Million. Und da war noch etwas. Seid Eugenia in die Klinik kam, geschahen seltsame Dinge. Häufiger Stromausfall. Vor allem bei ihren Behandlungen. Dann kam es vor, dass Patienten schwere Verletzungen davon trugen, wenn sie dem Kind zu nahe kamen. Durch Hypnose fand er heraus, was geschah. Eugenia konnte es nur durch ihre Gabe herausgefunden haben. Dieser Arzt wusste jetzt die entsetzliche Wahrheit. Er erkannte, dass Eugenia das Resultat einer Vergewaltigung war. Und er wusste, dass ich einer der Haupttäter gewesen bin. Der Geist, oder die Seele des Mannes, der damals zu Unrecht verurteilt wurde, schwirrte anscheinend immer noch in der gleichen psychiatrischen Klinik, in der auch Eugenia war. Thomas war ein Patient von Doktor Leichtenschlag. Mehrere Selbstmordversuche hatte er im Gefängnis hinter sich. Was man ihm dort antat, weiß ich nicht. Sein Lebenswille war jedoch gebrochen. Nach einer Elektrokonvulsionstherapie ging es ihm kurzzeitig besser. Doch sehr schnell kippte der Behandlungserfolg. Ein Rückfall. Er war viel zu schwach und starb während einer neuen Behandlung. Durch seine Seele erfuhr Eugenia eine Wahrheit. Eine Wahrheit, die durch ihre Einlieferung in diese Klinik nicht ans Tageslicht kommen sollte. Zu meinem Entsetzen benannte Eugenia die wahrhaften Täter. Sie vermochte diese damals noch nicht zuzuordnen. Aber Doktor Leichtenschlag verstand sofort, welches Potential für ihn, in dieser Wahrheit steckte. ... Er konfrontierte mich mit diesen Tatsachen. ... Jahrelange Erpressung war die Folge. ... Viele Gelder trieb ich für diese Klinik auf. Wieder war das nicht genug für diesen Arzt. Doktor Leichtenschlag war begeistert von der Fähigkeit des Mädchens. Ich wusste, dass sein kranker Ehrgeiz geweckt war. Ab diesem Zeitpunkt vermutete ich, dass er Experimente an seinen Patienten durchführte. Es starben auf einmal zu viele in dieser Klinik und ich bekam Angst. Eugenia tat mir leid. ... Zu spät musste ich mir eingestehen, welches Leid ich einem unschuldigen Kind zuführte. Ich drohte ihm an die Öffentlichkeit zu gehen, wenn er dem Mädchen etwas antun würde. Ja, das wollte ich. Er lachte damals. Dennoch glaubte ich, er bekam Angst, sein guter Ruf würde beschädigt werden. Was erhebliche finanzielle Einbußen mit sich ziehen würde. Keine Gelder, keine Forschung und auch kein Nobelpreis. Nichtsdestotrotz verblieb Eugenia ein weiteres Jahr. ... Ein langes Jahr des Bangens begann für mich. Erst als sie entlassen wurde, atmete ich auf. Das müsst ihr mir glauben! Aber du Mathias warst immer noch gebannt von

Eugenia. Ich musste dich einfach weit weg von Eugenia bringen. Die Stelle in Berlin nahm ich mit Freuden an. Zu spät erfuhr ich, dass ich diese Oberarztstelle dem Doktor Leichtenschlag verdankte. Jahr für Jahr treibe ich Sponsoren für diese psychiatrische Klinik auf. Seine Nichte Diana machte ich mit dir bekannt. Es war sein Wille. Du solltest in seine Fußstapfen treten. Aber deine Pläne sahen anders aus. Wieder erpresste er mich. Angst hatte ich, er würde mich nach so vielen Jahren an dich verraten. Aber endlich begriff ich, dass er es gar nicht konnte. Denn man würde auch in seiner Klinik umher schnüffeln. Das wollte er auf jeden Fall vermeiden. Verstehst du Mathias? Zu tief hänge ich in der Sache drin. Mein Verbrechen tat mir leid. Eugenia war ein Abbild ihrer Mutter. Ihre Mutter war so wunderschön. Genau wie sie. Ich wusste, dass ich euch trennen muss. Du wärst Eugenia genau so verfallen, wie ich ihrer Mutter. Es durfte einfach nicht sein! Noch einmal in Berlin von Neuem beginnen. Eine Karriere. Dich behütet zu wissen, stand für mich an erster Stelle. Versteh doch! Ich tat alles nur für dich und deine Mutter. Ihr seid doch alles, was ich habe.", förmlich flehend waren seine letzten gesprochenen Worte.

Mathias schaute seinen Vater nicht mehr an. Zu tief saß die Schmach, die Verachtung ihm gegenüber.

Eik fragte. „Können sie irgendetwas davon beweisen? Gibt es etwas Handfestes? Etwas, womit man den Arzt überführen kann? Fundierte Beweise?"

„Doktor Leichtenschlag war immer sehr vorsichtig. Natürlich muss er Aufzeichnungen besitzen. Aber wo sich diese befinden, das weiß ich nicht."

Mathias sprach fordernd. „Du musst es Mutter erzählen! Sie hat ein Recht darauf."

„Das kann ich nicht. Ich liebe doch deine Mutter. Genau wie dich, meinen Sohn!"

„Ich bin nicht mehr dein Sohn! Ich habe keinen Vater mehr! ... Ein letztes Mal möchte ich dich um was bitten!"

„Ja.", eine kleine Hoffnung spiegelte sich auf dem Gesicht des Professors.

„Erzähle bitte Mama die komplette Wahrheit! Das ist ihr Recht.", Mathias Worte waren bestimmend, gleichzeitig zittrig. „Und danach stellst du dich der Polizei! Wirst alles wahrheitsgetreu berichten! Steh wenigstens einmal in deinem Leben zu deinen Schandtaten! Und noch etwas. Ich möchte dich nie wieder sehen!", Mathias schaute Eik unglücklich, gramerfüllt an.

Sie standen schweigend auf, ferner verließen sie Professor Doktor Nitschke, der auch ein Vater mit Gefühlen war. Das stand eindeutig fest. Aber ohne ihm eines weiteren Blickes zu würdigen, verließen sie einen skrupellosen Arzt. Einen Arzt, dem viel zu spät Reue für seine ungesühnte Tat ereilte. Einem Arzt, der bisher ein hohes Ansehen sein Eigen nennen konnte. Ansehen, was ein Verbrecher nicht verdiente.

Es war schon früh am Morgen, als sie den Professor verließen. Eik und Mathias waren erschöpft. Dennoch beschlossen beide nach Leipzig zurückzufahren. Eik fuhr dieses Mal. Während der gesamten Fahrt saßen beide schweigend, in sich gekehrt nebeneinander.

In Leipzig angekommen, verbrachten sie eine kurze Nacht, in meiner kleinen WG. Ich lag immer noch im Krankenhaus.

Mathias vermochte nicht nach Hause zu seiner Verlobten Diana zu fahren. In ihm war etwas zerbrochen. Sein Innerstes schmerzte. Die Gefühle, die er einst seiner Verlobten entgegenbrachte, existierten für ihn nicht mehr. Die Gewissheit, dass der Onkel von ihr diese Verbindung arrangierte, ließ große Zweifel an seiner Liebe ihr gegenüber aufkommen.

Drei kurze Stunden Schlaf, trotzdem wachten sie ohne Wecker gemeinsam auf. Mathias und Eik beschlossen, Doktor Leichtenschlag endlich das Handwerk zu legen. Sie besuchten mich. Ich war glücklich beide zu sehen. Voller Erleichterung teilte ich ihnen mit, dass meine Eltern mich mit nach Hause nehmen würden. Nur noch eine knappe Stunde, danach würden sie im Krankenhaus eintreffen.

Eik schien sichtlich erleichtert. Er berichtete mir, was sie vorhatten. Ich wirkte nicht gerade begeistert über die Idee, den Arzt, der mich über viele Jahre malträtierte, einen Besuch abzustatten.

„Ich möchte, wenn ich ganz ehrlich bin, nie wieder diese Klinik betreten. Geschweigedenn diesen kaltherzigen Arzt über den Weg laufen. Ich bin dazu einfach nicht in der Lage", sprach ich. Erbitterung machte sich bei mir bemerkbar.

„Das weiß ich doch. Nichts liegt mir ferner, als dich womöglich mit vergangenen Qualen in Berührung zu bringen.", er nahm gefühlvoll meine Hände und setzte sich an meine Bettkante.

„Es tut mir so unendlich leid, dich in mein qualvolles Leben eingebracht zu haben", sprach ich, begann zu weinen.

„Bitte nicht! Bitte nicht weinen! Es muss dir überhaupt nicht leidtun. Ich bin sehr froh darüber, dass ich dir begegnet bin. Eugenia weine nicht! Mathias und ich, wir werden dir helfen deine Vergangenheit endlich komplett aufzudecken. Die Schuldigen hinter Gitter bringen. Das verspreche ich. Und wenn es das Letzte ist, was ich tun werde."

„Nein, ihr dürft euch beide nicht unnötig in Gefahr bringen!", brachte ich erschrocken heraus.

„Keine Angst wir haben einen Plan", sagte Mathias schnell. Er erzählte, wie sie Doktor Leichtenschlag überlisten wollen.

Ich wirkte immer noch sehr angespannt, gleichzeitig besorgt. Ein flaues Gefühl machte sich in meiner Magengegend bemerkbar.

„Ihr müsst mir versprechen, vorsichtig zu sein!"

Mathias und Eik versprachen es, verabschiedeten sich darauf. Ein kurzer zärtlicher Kuss vereinte meine und Eiks Lippen. Gefühlvoll flüsterte er mir ins Ohr.

„Du musst wissen, ich habe mich in dich verliebt!"

Mit weit aufgerissenen Augen sah ich ihn an. Ich wollte noch etwas sagen, aber Eik drehte sich um, verließ mit Mathias mein Krankenzimmer.

Niemand wäre dazu in der Lage gewesen, die beiden zu stoppen. Mathias beabsichtigte, die Schuld seines Vaters zu sühnen. Er schämte sich so sehr, einen Menschen als Vater zu haben, der ihn immer ein ehrbares Leben vorspielte. Immer sprach er von Werten wie Achtung, Respekt und Gewaltlosigkeit den Mitmenschen gegenüber. Seinen Mitmenschen, die man im Ernstfall schützen, respektieren sollte. Sein Vater ein Professor. Nein, der Teufel persönlich, war er jetzt in den Augen seines Sohnes. Ein übergroßes Kartenhaus, das zusammengebrochen ist.

Eik, der eine Person darstellte, die immer für Gerechtigkeit stand. Und jetzt musste er einem Mann gegenübertreten, dessen Wesen das skrupelloseste war, was ihm je begegnete. ... Mir helfen, ohne Wenn und Aber. Kämpferisch an meiner Seite stehen. Ein Ritter, aus längst vergessenen Tagen. Das war er für mich.

Den Plan, den sie einvernehmlich ausgearbeitet hatten, schien realisierbar. Ihnen war klar, dass sie mit äußerster Vorsicht vorgehen mussten. Doktor Leichtenschlag war gefährlich. Sie brauchten Unterstützung.

Beide suchten an diesem späten Vormittag, die neue Dienststelle von Eik auf. Mit ihren neuen Erkenntnissen wollten sie Eiks zukünftigen Vorgesetzten, Kriminalhauptkommissar Wegener unterrichten.

„Wenn das wirklich alles der Wahrheit entspricht, sprechen wir hier von mehreren Vergehen. Nicht nur Mord, sondern auch Verbrechen gegen die Menschlichkeit. Eines der obersten Grundgesetze schützt diese Werte. Dennoch muss ich euch darauf hinweisen, dass wir ohne jeglichen Beweis nichts ausrichten können. Dieser Arzt, Doktor Leichtenschlag, verfügt über enorme Verbindungen. Wichtige politische Größen sind mit ihm befreundet. Wer weiß, wer noch alles darin verwickelt ist. Wir sollten uns mit dem Staatsanwalt in Verbindung setzten."

Eik brachte sich ein. „Wenn ich ganz ehrlich bin, möchte ich nicht den offiziellen Dienstweg gehen! Nein, es erscheint mir noch zu früh. Ich habe Angst, dass durch unsere bürokratischen Hürden, wie schon so oft, alles im Sande verläuft."

„Gut, die Tonbandaufnahme ist schon einmal sicher bei mir!", erwiderte der Kriminalhauptkommissar. „Wenn jetzt ihr Vater ... Wie sagten sie ist sein Name?"

„Professor Doktor Ernst Nitschke", antwortete Mathias.

„Wenn jetzt ihr Vater Professor Doktor Ernst Nitschke eine Aussage macht, können wir wenigstens erst einmal wegen Erpressung gegen Doktor Leichtenschlag ermitteln."

„Das dauert alles viel zu lange!", sprach Eik aufgebracht.

„Herr Kollege! Wir müssen uns an den offiziellen Dienstweg halten. Das wissen sie doch!", sagte der Kriminalhauptkommissar aufgebracht. „Den Staatsanwalt werde ich unterrichten. Ich weiß, dass er vollkommen integer ist. Wenn der Professor Doktor Nitschke seine Aussage in Berlin, bei unseren Kollegen der

Kriminalpolizei gemacht hat, werde ich weitere Schritte einleiten. Darauf haben sie mein Wort. Sie versprechen mir beide, nichts Unüberlegtes zu tun! Halten sie erst einmal die Füße still! Das ist ein Befehl! Habe ich mich klar und deutlich ausgedrückt?"

„Ja. … Ich meine jawohl Herr Kriminalhauptkommissar Wegener", brachte Eik enttäuscht heraus. Mathias nickte.

Sie verließen niedergeschlagen das Revier, fuhren anschließend trotz Verbotes in die Privatklinik für psychisch Kranke. Ihren Plan wollten sie unbedingt so schnell wie möglich realisieren, auch ohne Einwilligung der offiziellen Stellen. Beide waren enttäuscht, dass sie keinerlei Hilfe erwarten konnten. Sie wussten, dass der Kriminalhauptkommissar recht hatte. Aber die Furcht, Doktor Leichtenschlag könne gewarnt werden und daraufhin Beweise vernichten, trieb sie an, rasch zu handeln.

Eik hatte Mathias verkabelt, um das Gespräch aufzuzeichnen. Er wartete vor der geschlossenen Psychiatrie, wünschte Mathias viel Erfolg. Noch einmal warnte er ihn, vorsichtig zu sein. Er sah, wie Mathias in der Psychiatrie verschwand.

Eik hörte, dass Mathias ins Mikrofon flüsterte.

„Ich betrete gleich den Fahrstuhl, fahre in den zweiten Stock. Dort befindet sich Doktor Leichtenschlags Arbeitszimmer. Ich hoffe, die Verbindung ist gut und ich bin zu verstehen?" Die Anspannung wuchs in Mathias. Seine Hände begannen zu schwitzen. Schnell wischte er sie an seiner Hose ab.

Deutlich hörte Eik das Klopfen an einer Tür, eine laute Männerstimme, die darauf sagte.

„Herein!"

Die Nervosität stieg bei beiden heftig an. Am liebsten hätte Eik Mathias begleitet. Unruhig rutschte er im Auto hin und her. Er wünschte sich, dass ihr gemeinsamer Plan gelang. Aber die Skrupellosigkeit, die dieser Doktor Leichtenschlag immer wieder durch seine Taten bewies, machte ihm Angst. Die Angst verschwand, als er hörte, wie Mathias das Zimmer betrat. Aufmerksam lauschte Eik, hoffte dabei, dass das Gespräch klar und deutlich aufgezeichnet wird.

„Ah, Herr Mathias Nitschke, was für eine Freude sie zu sehen! Wie geht es denn meiner Lieblingsnichte Diana?"

„Alles in Ordnung. Sie lässt sie herzlich grüßen und hofft, dass sie bald mal wieder mit ihnen zum Essen gehen kann!"

Mathias reichte Doktor Leichtenschlag die Hand.

„Ja, das wäre schön! Aber sie wissen ja. Als Leiter einer Klinik besteht der Tag nicht nur aus vierundzwanzig Stunden. Sondern aus einer rotierenden Zeitspule, die einfach nicht enden möchte.", er lächelte.

Mathias versuchte ihm ein gespieltes Lächeln entgegenzubringen.

„Sie schauen mich so an, Herr Nitschke? Ist wirklich alles in Ordnung mit ihnen? Sie haben doch etwas auf dem Herzen. Das sehe ich doch!"

„Du musst ganz ruhig bleiben. Du darfst dich nicht irritieren lassen. Der Verstand klar und wachsam", dachte Mathias bei sich.

„Na, junger Mann? Verzeihung! Herr Kollege, wo drückt denn der Schuh? Nur raus damit."

Mathias schwieg.

„Ach, ich weiß! Es geht um die Stelle als Oberarzt in meiner Klinik, die ich ihnen vor kurzem angeboten hatte. Habe ich recht? Sie möchten wohl doch bei mir eine Karriere als Psychiater starten. Kein Problem! Bislang ist die Stelle des Oberarztes nicht besetzt.", immer noch wirkte Doktor Leichtenschlag freundlich.

Mathias versuchte gefasst und glaubhaft zu wirken. „Da bin ich jetzt aber erleichtert. Puh. Ich dachte schon, es

258

wäre zu spät für mich und ich hätte eine große Chance verspielt."

„Aber das ist doch selbstverständlich! Die Familie muss schließlich zusammenhalten."

Beide schwiegen einen Augenblick. Mathias sammelte sich innerlich, bevor er das Gespräch begann. „Wenn ich bei ihnen meine Stelle als Oberarzt antrete, muss ich doch über die Patienten und deren Therapien unterwiesen werden … oder?"

„Natürlich, dafür ist jedoch noch Zeit!"

„Zeit ist etwas, was ich nicht viel haben werde. In einem Jahr heirate ich Diana. Danach möchte ich mir schnell ein festes Standbein in dieser Klinik schaffen!"

„Ja, ja. Der Ehrgeiz und die Jugend. Sie erinnern mich ein wenig an meine Jugend, Herr Kollege. Voller Tatendrang!", formulierte er etwas nachdenklich. Man sah ihm an, dass er vor seinem geistigen Auge in seine Vergangenheit zurückblickte.

Mathias beobachtete genau die Gestik des Arztes. Er überlegte, wie er Doktor Leichtenschlag die Wahrheit über seine Machenschaften entlocken könnte. Mathias war sich im Klaren darüber, dass ihm ein sehr intelligenter Mann gegenübersaß. Er musste ein Vertrauensverhältnis aufbauen.

„Ich möchte nicht zu aufdringlich erscheinen, aber wenn ich so forsch vorgehen darf?"

„Aber bitte, Herr Kollege! Fragen sie nur!", es war Neugier, die sich auf den Gesichtszügen Doktor Leichtenschlags widerspiegelten.

„Ich würde gern etwas über die EKT erfahren!"

„Nur zu."

„Die Stromtherapie zählt ja zu den Schocktherapien. Es ist einfach ein faszinierendes und weitreichendes Gebiet, mit dem ich mich schon sehr intensiv beschäftigt habe.

Wenn man so sagen kann, hat es mich vollends begeistert! Dennoch ist sie in Deutschland sehr umstritten."

Mathias beobachtete die verändernde Sitzhaltung des Arztes. Doktor Leichtenschlag schien etwas misstrauisch zu werden. Sein lächelndes Gesicht verschwand. Mit seinen durchdringenden, ernsten Blicken erfasste er jedwede Regung von Mathias. Argwohn, welcher jetzt förmlich auf seinem Gesicht stand.

„Ich hoffe, ich bin nicht allzu indiskret und sie nehmen mir meine Fragerei nicht allzu übel, Herr Doktor Leichtenschlag?", wollte er sein Misstrauen schnell beschwichtigen.

„Nein, nein. Schon gut. Ich mag die offene Art. Was genau möchten sie denn über die EKT wissen? Fragen sie ruhig!"

Mathias war nervös. Er versuchte, sich trotz alledem nichts Anmerken zu lassen.

„Diese Therapiemöglichkeit ist doch in unseren Fachkreisen sehr umstritten. Welche Gruppe vertreten sie? Die Befürworter oder eher die Gegner?"

Doktor Leichtenschlag entspannte sich. Froh über die Begeisterung, die er von Mathias entgegengebracht bekam. Der Argwohn, der ihn bis vor wenigen Augenblicken noch beherrschte, verschwand und enspannt redete er.

„Ich vertrete die Auffassung, dass die EKT eine hervorragende Therapiemöglichkeit ist, einen Patienten sehr schnell von geistigen Stimmungstiefen zu befreien. Die Elektrokonvulsionstherapie wird schon seit vielen Jahren bei den verschiedensten Krankheitsbildern verwendet. Es gab sogar Zeiten, da wurde diese Therapie ohne Narkose angewandt. Zum Beispiel im Dritten Reich. Nicht nur Morphium war damals Mangelware, weshalb darauf verzichtet wurde. Trotzdem brachte sie auch in dieser Zeit Erfolge. Leider war es der Fall, dass Patienten während der Elektrokonvulsionstherapie, durch den eintretenden epileptischen Anfall, verstarben. Die stark auftretenden Muskelverkrampfungen im Körper führten zu Knochenbrüchen. Sogar Wirbelsäulenfrakturen waren die Folge. Skepsis kam auf. Man schränkte die Therapie bei den Patienten ein … griff immer mehr zu pharmazeutischen Mitteln, die jedoch nur sehr langsam zum Erfolg führten. Diese zogen ebenfalls verheerende Nebenwirkungen mit sich. … Heute setzt man zusätzlich Muskelrelaxationsmittel ein. Eine anästhesiologische Überwachung mit Sauerstoff ist außerdem erforderlich. Dadurch sind die Verletzungsgefahren der Patienten sehr gering. … Die Erfolgsquote der Behandlung konnte gesteigert werden. Aus meiner Sicht bin ich der Überzeugung, dass der zu therapierende Patient auch ohne Muskelrelaxationsmittel mit einer langsam ansteigenden Voltzahl, in einer niedrigen Amperezahl natürlich, eine sehr erfolgreiche Behandlung erfahren kann. … In den letzten Jahren hatte ich viel Erfolg mit dieser Behandlungsmethode. Keine gravierenden Verletzungen. Darauf bin ich sehr stolz. Nur ein Patient, muss ich dennoch gestehen, verschied während meiner Behandlung mit der EKT. Dieser auch nur, weil der zuvor behandelnde Arzt eine Herzschwäche nicht feststellte. Unter meiner Leitung wäre das niemals passiert. Seither untersuche ich jeden Einzelnen nach körperlichen Gebrechen. Vor allem Herzinfarkt oder Gehirnschlag anfällige Patienten grenze ich vollkommen aus, bevor ich mit den therapeutischen Maßnahmen der EKT beginne."

„Wie oft wenden sie diese Therapie an?"

„Ach, das hängt vom Zustand des Patienten ab. Vor allem auf das Krankheitsbild muss sehr genau geachtet werden. Die da seien können, Herr Kollege?"

Mathias überlegte kurz, trotzdem reagierte er schnell, um den Arzt nicht zu beunruhigen.

„Wahnhafte Depressionen, akut lebensbedrohliche Katatonie oder auch manische Episoden."

„Ja. Genau, Herr Kollege. Aber nach meiner erfolgreichen Behandlung ist der Patient geheilt! Trotz alledem muss er Medikamente einnehmen. Gerade bei starken Traumata ist es wichtig. Damit die negativen Erinnerungen, die ein solches Krankheitsbild mit verursachen, solange wie möglich nicht zurückkehren. Jeder Patient wird unterschiedlich medikamentös eingestellt. Die Verschiedenartigkeit des Gehirns spielt dabei eine gewichtige Rolle. ... Wie sie ja sicher wissen, Herr Kollege!"

„Ja natürlich. ... Wie oft findet denn die EKT bei den einzelnen Patienten Verwendung? Oder ist es möglich dieses undifferenziert zu betrachten?"

„Üblich sind acht bis zwölf Anwendungen. Im Abstand von zwei bis drei Tagen. Aber das wissen sie doch. Ist das ein Test?"

„Nein, nein. Auf keinen Fall möchte ich ihr formidables Wissen in Frage stellen! Sie sind auf diesem Gebiet als Koryphäe bekannt. Bitte, es ist nur reine Neugier. Jeder Arzt geht anders mit der Elektrokonvulsionstherapie um. Jeder Arzt hat ein anderes Verhältnis zu dieser Therapie."

„Ja. Ja ohne Zweifel gebe ich ihnen recht. Aber meine Erfolge sprechen eindeutig dafür!"

Beide schwiegen. Mathias zögerte, dachte kurz nach, wischte seine Zweifel beiseite und fragte entschlossen. „Werden denn auch Kinder in dieser Klinik mit dieser Therapie behandelt?"

Das Gesicht Doktor Leichtenschlags wandelte sich abrupt. Der gelassene, hochmütige Gesichtsausdruck wich. Skepsis, Anspannung flammte erneut in ihm auf. „Natürlich nicht! Bei Kindern ist diese Behandlung mit äußerster Vorsicht anzuraten. Das Gehirn befindet sich in einem ständigen Lernprozess. Es besteht die Gefahr, ein neues Traumata auszulösen. Irreversible Gedächtnisschädigungen könnten diese mit sich bringen. Die Forschung steht noch in dieser Hinsicht weit am Anfang. Außerdem brauche ich von jedem Patienten, den ich mit dieser Therapie behandeln möchte, eine Einwilligung. Und bei Kindern müssten die Eltern eine Einwilligung erteilen. Ich glaube nicht, dass es Eltern gibt, die so einer Therapie zustimmen würden."

Mathias grübelte intensiv. Er musste einen Weg finden, um ein Vertrauensverhältnis zwischen ihm und Doktor Leichtenschlag aufzubauen. „Ich verstehe. Ich allerdings vertrete dennoch die Meinung, dass es gerade bei Kindern zu einem großen Erfolg führen kann!"

Mathias bemerkte deutlich die Anspannung Doktor Leichtenschlags ansteigen. Er zog eine Augenbraue nach oben. Ihre Blicke kreuzten sich. Sehr intensiv versuchte der Arzt, seine Mimik zu ergründen.

Mathias wurde wieder nervös. Keine Regung, keine Arglist durfte er zeigen. Er wusste, dass er einem brillanten Kopf gegenübersaß. Sekunden der Anspannung verflogen. Mathias kamen sie wie unzählige Minuten vor.

Endlich entspannte sich die Situation. Eindeutig war es die pure Überraschung, die sich auf dem Gesicht Doktor Leichtenschlags abzeichnete. Er schien abzuwägen, wie viel er Mathias anvertrauen konnte.

Das Telefon klingelte.

„Einen Moment bitte!", sprach Doktor Leichtenschlag. Er hob den Telefonhörer ab.

„Ja bitte?" Er hörte zu und schwieg. Seine Gesichtszüge verrieten keine Reaktion.

Die Anspannung in Mathias machte sich erneut bemerkbar. Seine Hände begannen zu schwitzen, doch er versuchte, nach außen gelassen zu wirken. Nach ein paar Minuten aufmerksamen Zuhörens sprach Doktor Leichtenschlag.

„Gut ich habe verstanden und weiß, was zu tun ist!" Er legte den Hörer auf, erhob sich, blickte Mathias fest in die Augen.

„Ist alles in Ordnung?"

„Ja, ja!", erwiderte er.

Mathias bemerkte, dass Doktor Leichtenschlag nachdachte. Aber über was? Hatte er ihn doch durchschaut oder überlegte er, ob er ihn in seine Geheimnisse einweihen sollte? Doch noch ehe er einen weiteren Gedanken an ihn aufbringen konnte, sprach Doktor Leichtenschlag.

„Man hat mich gerade darauf hingewiesen, dass ich noch eine EKT durchführen muss. Ich überlege gerade, ob es nicht besser wäre, sie als meinen zukünftigen Kollegen assistieren zu lassen. Haben sie Lust? Sie schienen mir doch … so überaus interessiert."

Mathias war erleichtert, fühlte sich sicher. „Aber natürlich, sehr gern."

„Mach es nicht!", sprach Eik laut vor sich hin. Er saß immer noch im Auto vor der Psychiatrie. Ein sehr unangenehmes Gefühl breitete sich in seiner Magengegend aus.

„Das gefällt mir nicht! Ich rufe am besten meinen Vorgesetzten an", grübelte Eik. Gerade als er telefonieren wollte, riss jemand die Autotür auf.

Drei Männer standen um sein Auto. Alle bekleidet in Krankenhauskleidung. *„Eindeutig Pfleger!"*, dachte Eik gerade noch, als ihn der größte und stärkste aus dem Wagen zerrte.

„So Freundchen, was machst du denn hier?"

Der jüngste der Männer wandte angstvoll ein. „Er hat eine Waffe!"

Eik versuchte sich zu wehren, doch er war zu langsam. Der Dritte im Bunde reagierte sehr schnell und entzog Eiks Dienstwaffe.

Ein Moment der Unachtsamkeit, den er bewegungslos verstreichen ließ. Er ärgerte sich über so viel dilettantisches Verhalten seinerseits. Die Situation drohte zu eskalieren. Endlich schien er sich seiner alten Befähigung zu besinnen. Nicht umsonst war er einer der Besten auf der Polizeischule. Eik hob beide Hände, um seine Angreifer zu beruhigen.

„Was soll das. Sie können mir doch nicht einfach meine Dienstwaffe wegnehmen. Ich bin Polizist! Das berechtigt mich dazu, eine Waffe zu tragen. Geben sie mir meine Dienstwaffe zurück, bevor sie noch jemanden ernsthaft verletzten!"

„Das Wissen wir! Polizist, ha, dass ich nicht lache! Polizist in Berlin. Glaubst du, wir sind von gestern? Hier befindest du dich auf Privatgelände und du trägst auch keine Uniform. Wie auch, du darfst noch nicht einmal eine Waffe tragen. Außer Dienst nehme ich an?", brachte der Stärkste von ihnen heraus, betrachtete dabei argwöhnisch das Gesicht von Eik.

„Hier hast du keine Befugnis! Du stehst auf einem Privatgrundstück."

Eik brachte mit energisch wirkendem Unterton heraus. „Dann benachrichtigen sie bitte die Polizei! Ich warte!"

„Nein, der Chef sagte, hineinbringen! Keine Polizei! Er regelt das auf seine Weise", äußerte der Jüngste ängstlich, denn es entsprach nicht seinem Wesen mit körperlicher Gewalt vorzugehen.

Eine entgegengesetzte Anschauung vertraten die beiden anderen Krankenpfleger. So manchen brutalen Job übten sie schon für ihren Vorgesetzten Doktor Leichtenschlag aus. In diesem Augenblick erkannte das Eik und wusste sofort, wie er reagieren sollte.

Der Pfleger, der Eik kurz zuvor aus dem Auto zog, durchsuchte das Fahrzeug. Er hörte, wie sich Doktor Leichtenschlag mit Mathias unterhielt. Wütend schnappte er sich das Aufnahmegerät vom Beifahrersitz. Kraftvoll warf er es auf den Boden und trampelte energisch darauf. Angsterfüllt verfolgte wieder der jüngste Pfleger das Geschehen, währenddessen der Dritte, Eik mit seiner Dienstwaffe in Schach hielt.

Eiks Verzweiflung wuchs innerlich stark an. Keine Beweise hatten sie jetzt in der Hand. Was heißt Beweise? Bisher hatte er noch nichts Auffälliges aufnehmen können. Doch dann vielen ihm die Tonbandaufnahmen ein, die er bereits seinem Vorgesetzten übergeben hatte. Darüber schien er jetzt sehr froh.

Die Krankenpfleger begannen zu streiten. Der Jüngste wollte sich nicht gegen einen Polizisten stellen. Die anderen dagegen waren davon überzeugt, dass ihr Chef Doktor Leichtenschlag wusste, was er tat.

Diese Gelegenheit der Unstimmigkeit nutzte Eik. Auffallend schnell schlug er mit dem Fuß fest gegen die Waffe, die einer der älteren Krankenpfleger gegen ihn richtete. Dabei flog sie im hohen Bogen auf die Erde. Als sie auf dem Boden aufschlug, rutschte sie unter einen kleinen Busch, der am Rande des Weges stand.

Vollkommen überrascht versuchten die Pfleger, die Lage wieder unter Kontrolle zu bringen. Während der eine, der sich gerade noch entwaffnen ließ, hinter dieser her hechtete, versuchte der Zweite, Eik mit kräftigen Faustschlägen zu malträtieren. Eik war es ein Leichtes, den Pfleger mit ein paar kräftigen Hieben zu Boden zu werfen, um ihn dadurch kampfunfähig zu machen. Der jüngste Krankenpfleger stand nur da und zitterte. Fast hätte der Andere die Waffe von Eik gegriffen. Doch blitzschnell reagierte er. Noch bevor der Pfleger die Waffe erreichte, sprang Eik auf ihn zu, trat fest auf seine Hand, die gerade nach der Waffe greifen wollte. Ein kurzes Knacken war zu hören. Der Pfleger schrie auf. Mit einem schnellen Polizeigriff legte er diesem seine mitgeführten

Handschellen an. Der andere lag krümmend vor Schmerz am Boden. Der Jüngste stand hingegen immer noch regungslos an der gleichen Stelle, zitterte. Er sprach. „Das ist nicht fair!"

„Ich weiß. Aber drei gegen einen, auch nicht", erwiderte Eik kühl.

Polizeisirenen waren plötzlich zu hören.

„Woher wissen meine Kollegen, dass ich Hilfe benötige? Hat doch einer von diesen Schwachmaten meine Kollegen verständigt?", dachte Eik bei sich.

Die Polizei traf ein. Sie nahmen die Drei in Gewahrsam.

„Alles klar? Sind sie in Ordnung?", fragte Kriminalhauptkommissar Wegener.

„Ja, ich hatte alles unter Kontrolle."

Der Kriminalhauptkommissar blickte Eik ernst an. „Ich habe keine guten Nachrichten. Darüber hinaus habe ich mir schon gedacht, dass sie sich über meine Anweisungen hinwegsetzen werden.", er holte tief Luft. „Professor Doktor Nitschke wurde vor einigen Stunden vergiftet in seinem Arbeitszimmer der Universitätsklinik Berlin aufgefunden."

Fassungslos sah Eik auf den Kriminalhauptkommissar Wegener.

„Ich muss ihnen mitteilen, dass sie und ihr Freund Mathias Nitschke die Hauptverdächtigen sind."

„Ich wusste, dass der da ein Psychopath ist! Wie ein Wilder hat er uns überfallen und mir die Hand gebrochen!", sprach einer der Pfleger. „Verhaften sie den! Ich erstatte Anzeige, wegen Nötigung und Körperverletzung. Und nehmen sie mir endlich diese dämlichen Handschellen ab. Ich habe Schmerzen!"

„Jetzt reicht's!", Eik war zornig. Er hatte sich nicht mehr unter Kontrolle. Er schritt auf den Pfleger zu, ballte seine rechte Faust. Gerade als er zuschlagen wollte, packte der Hauptkommissar seinen Arm.

„Lassen sie gut sein! Sie haben schon genügend Ärger am Hals! Beruhigen sie sich, das ist ein Befehl!"

Eik wurde blass. In seinem Kopf kreisten die Gedanken. Seine Verzweiflung wuchs. Er konnte es einfach nicht begreifen. Alles, aber auch wirklich alles, schien schief zu gehen.

„Was, … das kann nicht sein! Als wir vom Professor Doktor Nitschke weggingen, war er bei bester Gesundheit. Es ging ihm sehr gut. … Kerngesund, das schwöre ich. Mathias und ich sind unschuldig." Augenblicklich fiel es ihm wieder ein. „Verdammt! … Mathias, er ist noch in der Klinik! Ich glaube der Doktor Leichtenschlag, möchte ihm etwas antun.", Eik wollte sofort seinem Freund zu Hilfe eilen.

„Halt!", sprach Kriminalhauptkommissar Wegener. „Ich erteile hier die Befehle! Sie sind hier noch nicht im Dienst! … Ab jetzt bin ich mit den Beamten der Kriminalpolizei Leipzig zuständig. Sie warten bitte! Das ist ein Befehl!"

„Bitte lassen sie mich mit in diese Klinik!" Eik war zu nervös. Er wusste, dass dieser Doktor Leichtenschlag ein gewissenloser, skrupelloser Mensch war. „Ich bin zwar noch nicht im Dienst, aber ich muss zu Mathias. Ich ahne Schreckliches."

Der Hautkommissar nickte kurz.

Erleichtert drehte sich Eik um und stürmte in die Psychiatrie. Die Leute der Kriminalpolizei folgten ihm. Allen voran ging Kriminalhauptkommissar Wegener.

In der Psychiatrie unterdes waren Mathias und Doktor Leichtenschlag schon längst im Erdgeschoss. Dort befanden sich die Behandlungsräume der Klinik, in denen die EKT`s durchgeführt wurden. Diese waren schalldicht. Dadurch hatte keiner von beiden mitbekommen, dass sich die Polizei im Gebäude befand. Mathias und der Arzt

Doktor Leichtenschlag waren allein in einem der Behandlungsräume.

„Wo sind der Patient und die Helfer? Der behandelnde Narkosearzt ist auch noch nicht anwesend", fragte Mathias. Er wusste erst in diesem Augenblick, dass etwas nicht stimmen konnte.

Doktor Leichtenschlag reagierte schnell und unerwartet. Durch den täglichen Umgang mit verwirrten Patienten hatte er ein sehr ausgeprägtes Reaktionsvermögen. Der skrupellose Arzt hielt schon eine Spritze in seiner Hand, die er Mathias schnell in den Arm stieß.

Mathias reagierte einfach zu langsam. Er wehrte sich, aber es war zu spät.

Es musste ein Muskelrelaxationsmittel gewesen sein, denn kurz nachdem der Arzt die Spritze injiziert hatte, fiel Mathias bewegungsunfähig zu Boden. Auch das Sprechen war ihm nicht mehr möglich.

Dafür redete Doktor Leichtenschlag. Seine abwertende und herablassende Stimmlage ließ jeden sofort erkennen, wie skrupellos und berechnend dieser Mensch war.

„Du glaubst wohl, dass du schlauer bist, als ich? Du Einfallspinsel! Wie jämmerlich. Du bist genau, wie dein erbärmlicher Vater! Du bist viel zu beschämend, um mit meiner Nichte verheiratet zu sein! Du Verlierer!", er bückte sich und schaute mit seinen eiskaltwirkenden blauen Augen Mathias an, bevor er seine Worte, langsam weitersprach. „Eindeutig ein Verlierer! Ich bin ein hervorragender Mediziner ohne jeglichen Makel in der Gesellschaft. Mein Ruf ist tadellos. Und dann kommt so ein kleiner Möchtegernmediziner, der denkt, mir das Wasser reichen zu können. Wen juckt es denn schon, wenn ein paar einfache Menschen im Dienste der Wissenschaft sterben. Man sollte nicht darüber urteilen. Die Menschheit ist erhaltenswert. Es muss Opfer geben. Zwei Klassen gibt es für mich. Einmal die Elite, das sind die reinen, absolut gesunden intelligenten Menschen. Und einmal die körperlich arbeitende Klasse. Die froh sein können, ihr armseliges Leben für die Elitären zu opfern. Rein, ohne Krankheiten und gesund. So muss ein Staat funktionieren. Nicht wie du ein Weltverbesserer. Es funktioniert nur, wenn zwei Klassen vorhanden sind. Aber das verstehst du nicht! Dumm wie dein Vater! Und feige."

Währenddessen der Arzt weiter selbstverherrlichend redete, legte er Dioden beidseitig an Mathias Schläfen und bereitete ihn auf eine Stromtherapie vor.

„Du weißt doch, was ich hier mache? Du wolltest unbedingt assistieren. Na ja so betrachtet, bist du mein Assistent. Was stellen wir ein. Ich glaube, in deinem speziellen Fall verwenden wir gleich einmal zweihundertvierzig Volt. Keine Angst, wie du ja weißt, stelle ich eine niedrige Amperezahl ein. Bei deinem Freund, der mir gleich von meinen Angestellten gebracht wird, werden es vielleicht ein paar Ampere mehr sein! Was meinen sie Herr Kollege? Wir wissen doch beide, sechzehn Ampere. Stromschlag. Welch eine Freude, das wollte ich schon immer einmal tun. Was bedeutet schon einer mehr oder weniger. Wenn sie mich fragen Herr Kollege, ist es ein sehr schöner Tod."

Mathias Entsetzen über so viel erbarmungslose Brutalität, war unbeschreiblich groß. Innerlich wollte er sich zur Wehr setzen, aber wie. Keine Reaktion konnte er ihm entgegenstellen. Er blickte in diese eiskalten blauen Augen und erkannte ganz deutlich den Wahnsinn, gegen den er nichts, aber rein gar nichts ausrichten konnte. Ohne jegliche Regung vernahm er die Worte des sadistisch veranlagten Arztes Doktor Leichtenschlag. Worte, die sehr langsam und genussvoll über seine Lippen traten. „Bei ihnen werde ich mir Zeit lassen. Aber nach drei, vielleicht auch vier Wochen ist es dann soweit", Doktor Leichtenschlag lächelte höhnisch. Es schien den Mann sehr viel Freude zu bereiten, andere Menschen zu quälen. Er genoss es sogar.

„Erst quälte er Eugenia und wer weiß wie viele Menschen noch. Und dann beschließt er Eik um die Ecke zu bringen", waren Mathias Gedanken, als er handlungsunfähig am Boden lag. Doch die Vorstellung, dass er in wenigen Augenblicken einer EKT-Behandlung unterzogen wird, war für ihn furchteinflößend und unerträglich zugleich. Dazu kam die Vorstellung Eik, den er noch nicht lange kannte, zu vergessen. Die Machenschaften des Doktor Leichtenschlags und die Gräueltat, die sein Vater während seiner Jugend verübt hatte. Alles wäre aus seinem Kopf verschwunden. Hilflos sah er mit an, wie sich Doktor Leichtenschlag über ihn beugte.

„Gute Nacht!", sprach ein Arzt ohne Gewissen. Ein breites, kaltes, gewissenloses Grinsen stand auf diesem Gesicht.

Mathias verspürte den Strom, der durch seinen Kopf geleitet wurde. Benommen vom Durchschütteln eines epileptischen Anfalls, der Mathias Körper erfasste. Heiß wurde ihm. Seine Augen verdrehten sich ungewollt und sein Herz zuckte eigenartig. Schmerzen, die er nicht beschreiben konnte. Ein leichtes Vibrieren, leichtes Verkrampfen seiner gesamten Muskeln. Letztendlich spürte er heiße Flüssigkeit ungehindert aus seinem Körper strömen. Er war hilflos und seine Gedankengänge verschwanden und die Besinnungslosigkeit hatte sein Bewusstsein erreicht.

Eik stürzte in den Raum und sah seinen Freund, der am Boden ausgestreckt lag. Sein Körper leicht bebend, massiv verkrampft und mit einer bläulichen Hautfarbe, durch die ausbleibende Sauerstoffzufuhr. Vor Entsetzen kaum regend erkannte er den skrupellosen Arzt, der völlig überrascht neben seinem vor Qualen leidenden Freund

Mathias stand. Geistesgegenwärtig hob Eik seine rechte Hand, ballte sie zur Faust und verpasste dem Arzt ohne Gewissen einen kräftigen Faustschlag mitten in sein unvorbereitetes Gesicht. Seine Nase stark blutend, fiel er zu Boden und schrie.

Eik schaute auf Mathias. Er sah die Dioden an seinem Kopf, verfolgte mit seinen Augen die Kabel und erspähte das medizinische Gerät, aus dem der Strom floss. Er hatte ein solches Gerät noch nie gesehen und wusste nicht, wie er es abschalten sollte. Geistesgegenwärtig zerrte er die Stecker aus der Dose, unterbrach die Stromzufuhr.

Die nachfolgenden Polizeibeamten betraten den Raum. Mathias Körper, der eben noch bebte, lag jetzt bewegungslos am Boden. Bewusstlos lag er im Raum und langsam verschwand die Blauverfärbung aus seinem Gesicht.

Zwei der Beamten hoben Doktor Leichtenschlag auf. Er war außer sich. „Was ist hier los?"

Kriminalhauptkommissar Wegener kam als Letzter hinzu. „Herr Doktor Leichtenschlag nehme ich an?", der Hauptkommissar betrachtete den verletzten Arzt, der seine Hand fest auf seine blutende Nase hielt.

Eik beugte sich über seinen Freund, der immer noch bewegungsunfähig und bewusstlos am Boden lag.

„Mein Name ist Kriminalhauptkommissar Wegener. Kripo Leipzig. Sie stehen unter Verdacht, diesem jungen am Boden liegenden Mann, einer ungewollten Behandlung unterzogen zu haben! Ich verhafte sie. Desweiteren werden ihnen illegale Behandlungen an Patienten vorgeworfen, dessen Einwilligung sie nie erhalten haben."

„Das ist lächerlich! Nichts von alledem entspricht der Wahrheit. Mein junger Kollege hatte einen Kreislaufzusammenbruch. Ich war im Begriff zu helfen. Da kommt dieser Mann einfach hereingestürmt, schlägt mich. Meine Nase ist gebrochen. Ich möchte sofort Anzeige erstatten."

„Das ist ihr gutes Recht. Doch zuvor begleiten sie uns aufs Präsidium!"

„Das ist unerhört. Ich werde mich bei ihren Vorgesetzten beschweren. Das letzte Wort ist noch nicht gesprochen!"

Mathias, der sich nur sehr langsam erholte, blickte Eik kurz an. „Wer sind sie? Kennen wir uns?", brachte er erschöpft, fast lautlos heraus. Darauf schloss er seine Augen und schlief fest ein.

Eik beobachtete seinen Freund. Er war zu tiefst betroffen, über die Tatsache, dass er ihm nicht schon früher helfen konnte. Ja, er machte sich entsetzliche Vorwürfe, ihn allein in diese psychiatrische Einrichtung gelassen zu haben. Zu einem Mann, von dem er wusste, dass er ein skrupelloser, gefühlskalter Mensch ist.

Man brachte Mathias Nitschke ins Krankenhaus. Doktor Leichtenschlag, der verhaftet wurde, dabei aufs äußerste protestierte, nahm man mit auf das Polizeirevier.

Eik war erschöpft. Zu viel war passiert. Doch ein ungutes Gefühl hatte er immer noch in seiner Magengegend. Er grübelte, spielte dabei das Erlebte noch einmal vor seinem geistigen Auge ab. *„Keine Aufnahmen mehr. Keine Beweise und wir haben nichts in der Hand. Mathias, der mich anscheinend nicht mehr kannte. Eugenia, die wenigstens bei ihren Eltern in Sicherheit war. Was soll ich jetzt tun? Alles auf Anfang. Aber wie?"*, dachte Eik.

Er wusste einfach nicht weiter. Keinen Ausweg. Nur eine kleine Hoffnung, die ihn nicht aufgeben ließ. Hoffnung, die er versuchte zu vervielfältigen. An den Gedanken, das Gute siegt immer, hielt er sich fest.

Und da gab es noch mich, die er noch nicht lange kannte. Dennoch hatte ich komplett sein Leben verändert. Ein Leben, was ihm im Großen und Ganzen eintönig, aber normal zuvor erschien. Kämpfen, das wollte er. Kämpfen für seine Liebe. Kämpfen für seine neue Freundschaft und Kämpfen dafür, dass solchen Menschen wie Doktor Leichtenschlag das Handwerk gelegt wird. Er ertrug die Vorstellung nicht im Geringsten, dass dieser Mann wieder davon kommen würde. Eik wollte ... nein er konnte einfach nicht aufgeben.

Gelegentlich ist die Erkenntnis der Schlüssel für eine Erinnerung

Mathias lieferte man in das gleiche Krankenhaus ein, in dem auch ich zuvor lag. Eik musste mit auf das Polizeipräsidium.

Eine lange Standpauke von seinem zukünftigen Chef erwartete ihn. „Was haben sie sich dabei gedacht! Wissen sie eigentlich, wie viel Ärger ich am Hals habe! Dieser Doktor Leichtenschlag ist noch keine halbe Stunde hier. Das Telefon klingelt unentwegt. Ich muss mich für die Verhaftung bei diesem Arzt entschuldigen. Es fehlen die Beweise! Das wird ernsthafte Konsequenzen für sie haben. Das wissen sie doch?"

„Ja, aber ich wollte …"

„Sind sie sich darüber im Klaren, dass dieses wilde eigenmächtige Unterfangen, für die es keinerlei handfeste Beweise gibt, ihren Job kosten kann! Ihren Beamtenstatus! Mensch, was haben sie sich nur dabei gedacht?"

„Ich weiß, dass ich diesem Arzt nicht die Nase brechen durfte. Aber Mathias lag am Boden. Er hatte eine Stromtherapie durchgeführt. Sie haben ihn doch auch bewusstlos am Boden liegen sehen?"

„Was ich gesehen habe, ist ein vor Schmerzen gebeugter, blutender, in der Öffentlichkeit angesehener Arzt. Einen jungen Mann am Boden. Und darüber hinaus einen amoklaufenden Polizeibeamten, der seine Fäuste nicht kontrollieren kann!", schrie er Eik an.

„Ich weiß, dass dieser Arzt Doktor Leichtenschlag Dreck am Stecken hat!"

„Man, das kann ja alles sein. Aber um Himmelswillen, sie haben keinerlei Beweise. Verstehen sie das immer noch nicht? Sie haben sich unerlaubt auf dem Gelände aufgehalten. Mit ihrer Dienstwaffe, die sie überhaupt nicht bei sich haben durften. Drei Pfleger, die übrigens alle das Gleiche aussagten. Sie wollten sie höflich vom Gelände entfernen und sie … sie spielten Chacky Chan! Ich kann sie ja verstehen, dass sie helfen wollten. Aber ohne Durchsuchungsbefehl! … Ohne Beweise! … Das war stümperhaft! Wenn dieser Mann wirklich so skrupellos ist, wie sie behaupten, dann ist er jetzt gewarnt. Beweise werden wir, falls es sie überhaupt gab, keine mehr finden. Sie waren einer der Besten auf der Polizeischule! Solch ein grober Fehler. Sagen sie mir bitte, was ich davon halten soll!"

„Diese Beweise wollten wir ja in der psychiatrischen Klinik beschaffen. Wenn die Aufnahmen nicht zerstört worden wären, hätten wir schon etwas Greifbares gegen diesen Arzt in der Hand", rechtfertigte sich Eik.

„Diese Aufnahmen sind ohne Einwilligung und ohne gerichtliche Handhabe entstanden. Vor Gericht wären sie für nichtig erklärt. Nie hätte man sie bei einer Verhandlung zugelassen. Und noch etwas muss ich ihnen mitteilen. Diese Frau, Dorothea Könnemann mussten wir auch gehen lassen. Da sie nicht gesehen haben, wie Eugenia Heidenreich angeblich von ihr vergiftet wurde. Sie erzählte uns im Übrigen, dass Frau Heidenreich vor Jahren schon einmal in der Klinik dieses Arztes war! Seit dieser Zeit muss sie Medikamente einnehmen, um ihre Depressionen unter Kontrolle zu halten. Medikamente, die sie ohne Einwilligung und ohne stetige Kontrolle des Arztes Doktor Leichtenschlag einfach absetzte! Deshalb ein Rückfall! Es kann passieren, dass man sie zwangseinweist."

„Nein! Das muss ich verhindern. Eugenia ist nicht verrückt!"

„Herr Kollege, sie sieht angeblich Tote! Was meinen sie, soll ich davon halten?", versuchte er Eik, in einem ruhigeren Ton zu beschwichtigen.

Eik wusste, dass er keinerlei Beweise für diese Tatsache hatte. Kein vernünftiger Mensch, würde ihm glauben. Er war gefangen in einem Kreislauf der Vernunft. Einer Vernunft, die für die meisten Menschen real ist.

Ich wusste, dass ich eine Gabe hatte. Auch er glaubte mir. Doch andere zu überzeugen, das lag nicht in seiner Hand. Noch nicht einmal Mathias konnte seine Aussagen stützen. Jetzt steht Eik selbst als Gesetzloser da. Als einer der Hauptverdächtigen, den Professor Doktor Nitschke vergiftet zu haben. Eine Anklage wegen Hausfriedens-bruch, unerlaubtes Tragen einer Dienstwaffe, mehrfache Körperverletzung. Seine Position schien aussichtslos. Ich hatte ihm nur Scherereien eingebracht. Sie schadeten nicht nur seinen Ruf, sondern waren im Begriff sein Leben und seinen bis dato starken Glauben an die Gerechtigkeit zu zerstören.

Der Hauptkommissar beendete das Gespräch. Als Letztes forderte er Eik auf, eine Aussage, gewissermaßen eine Gegendarstellung zu Protokoll zu geben. Danach verließ er das Polizeirevier, mit der Anweisung, sich nicht von der Stadt Leipzig zu entfernen.

Eik war deprimiert, gleichzeitig hatte er Angst mir die Geschehnisse zu offenbaren. Er setzte sich über den Befehl, dass er die Stadt nicht verlassen sollte, hinweg und machte sich auf den Weg zu mir.

Ihm war zu diesem Zeitpunkt nicht bewusst, dass Wiktoria mir alles haarklein übermittelt hatte. Ich jedoch saß in meinem Bett, konnte nichts tun. Wenn ich ehrlich bin, war ich drauf und dran aufzugeben. Fast mein ganzes

Leben war durchzogen von Leid. Leid, dem ich endlich ein Ende setzen wollte.

Aufgeben. Aufgeben und den Kampf abrupt beenden. Es war wieder so weit, ich fiel in ein tiefes Loch. Tränen füllten meine Augen. Ich hielt mein Kopfkissen fest umschlossen. Meinen Kummer in Selbstmitleid ertränken, das versuchte ich. Ich lag auf meinem Bett, hörte wie Wiktoria verzweifelt versuchte mit mir zu sprechen. Ich ignorierte ihre Worte, vergrub mein Gesicht in mein Kissen und hoffte, das Ende würde mich endlich ereilen.

Stunden müssen vergangen sein. Denn als ich verweint in meinem alten zuhause, in meinem Zimmer aufwachte, saß er an meinem Bett. Eik, meine Liebe. Ja ich liebte ihn und meine Liebe reichte so weit, dass ich bereit war loszulassen. Ich wollte ihm nicht mehr in mein Leben einbinden. Ich mochte nicht mehr, dass er leidet. Ein Leid, was seine ganze Karriere zerstört. Darüber hinaus, seine Zukunft. Ich dachte, ein plötzliches Ende sei schmerzvoll für ihn, aber dennoch nur vorübergehend.

Er blickte mich mit seinem gramerfüllten Gesicht an, doch als ich in seine unglücklichen Augen sah, brachte er ein zärtliches Lächeln hervor. Eik beugte seinen Kopf langsam über mich und ersehnte einen Kuss. Ich jedoch legte meine Hand sanft auf seinen Mund.

Eik stoppte. „Was hast du?", flüsterte er sanft und alles, was ich von Wiktoria gehört hatte, brach aus mir heraus. Wort für Wort kam aus meinem Mund. Wie immer war er überrascht von meinen Kenntnissen, über Geschehnisse zu berichten, an denen ich nicht beteiligt gewesen bin. Kein real existierender Mensch hätte es mir mitteilen können. Haarklein jede Einzelheit. Er musste sich erneut eingestehen, dass es Seelen geben muss, die manchmal die Menschen begleiteten. Wirklich war diese Tatsache. Als ich endlich die letzten Worte sprach, fügte ich langsam hinzu.

„Ich. ...“

Eik unterbrach mich. „Wenn ich gehe? Dich in deinem zuhause lasse? Ohne Schutz. Ausgesetzt und zur Beute freigegeben, dem Wolf im Schafspelz? Nein, Eugenia Heidenreich! Nein, so leicht kannst du dich nicht aus der Affäre ziehen! Ich bin hier und ich bleibe bei dir! Ich liebe dich! Kein noch so irrer Arzt wird das ändern. Ich werde an deiner Seite bis zum Ende stehen. Und auf keinen Fall werde ich zulassen, dass du wieder in eine psychiatrische Behandlung kommst.“

Ich lächelte.

„Ich liebe dich auch, aber ich möchte auf keinen Fall, dass du dein Leben für mich opferst! Deine Karriere! Verstehst du das nicht?“

„So ein dummer Unsinn! Ich möchte dir helfen! Nein das ist falsch. Ich werde dir helfen! Ob es dir nun passt, oder nicht! Punkt.“

Wieder kam ein kurzes Lächeln über meine Lippen, dabei flüsterte ich. „Mein Held!“, ich hob meine rechte Hand, strich zärtlich über seine Wange. Tiefe Blicke verbanden uns einen Moment, bis Eik das Schweigen mit einer wichtigen Frage unterbrach.

„Weiß denn Wiktoria nicht etwas, was uns helfen könnte? Eine Kleinigkeit. Nur eine winzige Kleinigkeit, die uns weiter vorwärtsbringt?“

Überrascht, doch immer noch von Traurigkeit begleitet, wirbelten die Gedanken in meinem Verstand. Aufgeregt erkannte ich. *„Wie konnte ich das nur übersehen! Etwas was doch für mich offensichtlich und noch dazu real vorhanden ist ...* Wiktoria!“, abrupt stand ich auf, setzte mich auf mein Bett.

Wiktoria stand vor mir, ein mitfühlendes Lächeln auf ihrem Gesicht. Ich blickte sie an. Es muss äußerst komisch für einen Außenstehenden wie Eik ausgesehen haben. Eine Unterhaltung, die er nur von meiner Seite erlebte.

Wiktoria überlegte. Es dauerte etwas. „Mensch Eugenia, weißt du noch, die Vision über meinen Tod. Meine erste Erinnerung nach meinem Ableben?"

„Ja natürlich! Ich kann mich daran erinnern."

„An was kannst du dich erinnern?", fragte Eik. Gedankenversunken blickte ich aus dem Fenster, gleichzeitig merkte ich wie seine Anspannung und die gleichzeitige Neugier in ihm wuchs. Ich glaube, er hätte alles darum gegeben, meine Gabe zu besitzen, um zu erfahren, was Wiktoria mir zu verstehen versuchte.

Wiktoria redete weiter. „Es waren drei Pfleger, die meinen verstorbenen Körper derart verunstalteten. Ein dickes Loch, verursacht durch eine Bohrmaschine, hinterließen sie an meiner Schläfe. Ich weiß jetzt auch warum. Man hatte bestimmt vergessen, die Dioden mit Gel zu bestreichen. Oder zumindest einen kleinen Teil. Bei Mathias erkannte ich deutlich Verbrennungen, nachdem Doktor Leichtenschlag eine Stromtherapie an ihm durchgeführt hatte. Es war bestimmt eine Verbrennung auf meiner Haut. Diese wollten sie verhüllen, um zu verhindern, dass man meine wahre Todesursache herausfindet. Verschleierungstaktik!"

„Das weiß ich doch schon! Erinnere dich! Wir fanden es heraus und uns war bewusst, dass Doktor Leichtenschlag für deinen Tod verantwortlich ist!"

Wiktoria dachte nach. „Ja aber das ist noch nicht alles, was mir dazu eingefallen ist. Die Pfleger, die Eik aus dem Fahrzeug holten, waren genau die drei, die dieses Verbrechen an mir verübten.", Wiktorias nachdenkliche, zugleich sehr traurige Art, verriet mir, wie sehr sie sich gedemütigt fühlte.

„Sie haben mich einfach entkleidet. Wie Abfall, nackt auf der Straße entsorgt." Wiktoria war die Trauer anzumerken. Ich hatte das Gefühl, dass sie weinen wollte.

Doch nichts, nicht eine Träne bahnte sich ihren Weg, rollte aus ihren Augen.

Elend fühlte ich mich nach ihren letzten Worten. Diese arme Seele trug selbst unendliches Leid mit sich. Ich schämte mich, weil ich die ganze Zeit zuvor in Selbstmitleid versank. Aufgeben wollte ich. Dieses Schwein, was sich Doktor nannte, einfach davonkommen lassen. Ich wusste, wenn ich ihn jetzt nicht sofort überführen konnte, würde er wieder im Namen der Wissenschaft töten. Unbeirrt, seine skrupellosen Machenschaften fortsetzen. Etwas geschah in mir. Etwas, was ich glaubte, schon als Kind verloren zu haben.

Stärke war es, die in mir aufflammte. Stärke, die mir gleichzeitig neue Kraft verlieh, um unbeirrt meinen Weg der Gerechtigkeit fortzuführen. Ich war fest entschlossen, den letzten Schritt zu gehen. Gemeinsam mit einer verstorbenen Seele, einem starken Mann, der von Anfang an, mein Held war. … Resolut und unumstößlich.

Voller Tatendrang erklärte ich Eik, was mir Wiktoria gesagt hatte. Mit weit aufgerissenen Augen sah er mich an. Wir überlegten. Keiner wusste, was als Nächstes geschehen sollte. Uns war bewusst, dass wir in Schwierigkeiten steckten. Dieser Arzt schien mit allen Wassern gewaschen zu sein. Gut, das war uns allen von vornherein klar. Aber dennoch unterschätzten wir ein wenig die Tatsache. Und was noch viel Schlimmer war, wir merkten erst zu diesem Zeitpunkt, welche Kreise dieser Mensch im Stande ist einzubeziehen. Ein Minister hatte sich persönlich für dieses Scheusal verbürgt. Sehr traurig machte mich der Gedanke, wie manipulativ Doktor Leichtenschlag war. Nach außen immer freundlich, nett sogar galant. Aber was sein Innerstes betraf … verschlagen, die Situation stets abwägend, heuchlerisch, mit einem sehr starken Drang zum Sadismus. Denn eines existierte für wahr. Ihm bereitete es genüsslich Freude, anderen Menschen Schmerzen zuzufügen, um damit eine Art Machtgefühl in seinen dunklen Gedanken auszuleben. Ein Mann, der tatsächlich dem Teufel sehr nahe kam. Getragen von diesem düsteren Gefühl der Hilflosigkeit verschwand meine Umgebung. Unerbittlich trugen sie mich zurück. Zurück in das Vergangene.

Erneut erlebte ich, ein heftiges Durchschütteln meines Körpers. Ja eine Art Vibrieren und unermüdliches Zucken. Ungewollt. Fühlbar erlebte ich eine Verkrampfung meines Kiefers. Meine Zähne pressten fest aufeinander. Ich biss schlagartig, obwohl ich nicht wollte. Irgendetwas verhinderte, dass sie direkt zusammentrafen. Das Hindernis verschwand. Eine Flüssigkeit floss durch meine Mundhöhle.

Es war zu viel. Aber die Energie hörte nicht auf meinen Körper zu durchfahren. Meine Atmung blockierte. Luft, die meine Lunge, gerade in diesem Moment dringend benötigte, gelang nicht mehr in meinen Körper. Angst stieg in mir auf. Plötzlich, während mein Körper immer noch ungewollt bebte, Körperflüssigkeit ungewollt aus mir ausschied, erkannte ich den heftigen starken Schmerz, der mich überrannte. Abrupt, unbeschreiblich schmerzvoll.

Ich schrie. Ich schrie einen angsterfüllten, übergroßen Schmerzensschrei. Blitzartig vernahm ich ganz deutlich fremde Stimmen. Nicht flüsternd, nein. Stimmen, die sagten.

„Ich bin an einem Punkt angelangt, an dem ich aufhören muss! Die Patientin hat sich durch das Verkrampfen das rechte Handgelenk gebrochen."

Mein Geist geriet in Panik, ich wollte weg. Weg aus dieser wiederholten Situation. Ich musste mir die Tatsache ins Bewusstsein rufen, dass ich wieder eine reale Erinnerung aus meiner Vergangenheit durchlitt. Meine

Vergangenheit, mit der ich endlich abschließen wollte. Konnte ich das überhaupt? War ich dazu in der Lage? Ich musste und ich tat es!

Meine schweren Augenlider öffnen, das war es, was ich unbedingt wollte. Zwanghaft versuchte ich es. Doch dann, ganz unerwartet. Ein lieblicher Geruch, und spürbare Wärme, die mich umschloss. Eine zärtliche Hand, die sanft die meine berührte. Leise, flüsternde Worte. „Eugenia wach auf! Denk immer daran, du bist nicht allein.", es waren Stimmen, die so fern schienen. Aber dennoch Geborgenheit in mir auslösten. Ich hatte keine Angst. Nein, es kehrte Ruhe in mir ein. Mein Herz schlug gleichmäßig. Ich fühlte mich wohl. Die Stimmen wiederholten, was sie zuvor sagten. „Eugenia, du bist nicht allein! Wach auf! Keine Angst, wir werden dich immer begleiten!"

Vor meinen inneren Augen konnte ich den Stimmen endlich Gesichter zuordnen. Sie wurden klar, dann standen sie in voller Größe vor mir. Herr und Frau Stahl lächelten mich freundlich an. Igor Kaschtchenko, Thomas Körner. Dann, noch eine weitere Person, die ich als Wiktoria Petrowa Pestalotzi wahrnahm. Sie alle lächelten freundlich. „Vertrauen! Vertrauen ist der Schlüssel", sprach Thomas Körner. So unerwartet, wie sie vor meinem geistigen Auge auftauchten, so unerwartet verschwanden sie auch wieder.

Ich versuchte, meine Augen zu öffnen. Endlich gelang es mir. Ich atmete tief ein. Mein Geist suchte den Geruch des Parfümduftes meiner Mutter, den Pfeifengeruch meines Vaters. Im ersten Moment glaubte ich, bei meinen Eltern im Wohnzimmer zu liegen. Etwas berührte sanft meine Lippen, verbunden mit einem leichten warmen Kitzeln auf meiner Haut. Mein Mund verformte sich zu einem Lächeln. Es war anders. Das erste Mal spürte ich … Liebe. Aber diese Liebe war nicht die Liebe zwischen

Eltern und Tochter, sondern eine andere. Ja, intensiver, wärmer mit einem Hauch Schmerz. Schmerz, der aber nicht unangenehm erscheint, sondern eher ein Kribbeln hervorruft. Ein Kribbeln, was ich nie wieder verlieren möchte. Stark war es.

Meine Umgebung wurde klar, ich sah ... Eik, meine erste, einzige Liebe.

Tränen traten in meine Augen, aber keine Tränen des Schmerzes, oder ausgelöst durch Kummer. Nein, Tränen der Verzückung, der Wärme. Ein inniger Kuss, der folgte. Nicht in einem Traum, sondern real. Das Kribbeln verstärkte sich. Kurz vergaß ich, was geschehen war. Genoss den Augenblick, den Kuss.

Doch schnell holte mich das wahre Leben ein. Die Gefühle, die Empfindungen, die Zweifel, der intensive Drang zu kämpfen, für die Gerechtigkeit. Noch einmal musste ich diese Liebe für eine kurze Zeit unterbrechen, um endlich abschließen zu können. Abschließen, mit meiner grauenvollen Vergangenheit. Letztendlich die Schuldigen hinter Gittern bringen. Mit der Kraft meiner Gabe, der Hilfe eines Freundes. Schließlich mit Hilfe meiner wahren Liebe. Eine Liebe, die ich nie wieder aus meinem Leben streichen mochte.

Endlich fiel es mir wie Schuppen von den Augen. Die ganze Zeit wusste ich, was ich tun musste, um diesen vermaledeiten Arzt hinter Gitter zu bringen. Klar und deutlich lag die Lösung schon lange zum Greifen nahe.

Ich stieß mir mit meiner flachen Hand vor die Stirn. Eik und Wiktoria sahen mich überrascht an. Herausgerissen aus einer liebevollen Situation, urplötzlich. Was denken sie nur? Wägen sie ab?

Ich sah deutlich, dass sie in ihrem Geiste versuchten, meine plötzliche Gestik zu deuten. Aber konnten sie das überhaupt? Ich lag auf meinem Bett, Eik sitzend neben mir. Wiktoria stand nahe bei mir. Ich ließ Eiks warme Hand los. Stand gleich danach auf, begann aufgeregt von links nach rechts durch mein Zimmer zu schreiten. Erneut fasste ich mir an die Stirn. Ich strich mit den Fingern darüber, versuchte meine Gedanken zu ordnen. Worte zu formen. Beide sahen mich mit offenem Mund, überrascht wirkend, an. Schließlich wählte ich die richtigen Worte und sprach laut, bis sie endlich begriffen, was ich ihnen versuchte, zu sagen. Meinen Plan. Die Beweise.

„Ich weiß, ihr seid etwas verwirrt, über mein plötzliches Benehmen. Aber ob ihr mir glaubt oder nicht, Doktor Leichtenschlags Aufzeichnungen befinden sich im Heizungskeller. Ganz deutlich sah ich in meinen Erinnerungen eine Tür. Sie liegt verborgen hinter einem Regal. Dahinter befindet sich ein Versuchslabor und wiederum dahinter ein Raum, in dem er sämtliche Aufzeichnungen über seine Versuche aufbewahrt. Wenn wir diese Tür öffnen, die Unterlagen mitnehmen, haben wir endlich den eindeutigen Beweis! Ich bin mir im Klaren, dass das ganze Unterfangen weitaus schwieriger erscheint. Denn jetzt ist er gewarnt und ich hoffe nur, dass er immer noch der Meinung ist, sein Versteck sei sicher."

„Du überraschst mich immer wieder. Weißt du das schon länger?", sprach Eik erstaunt.

„Als ich im Krankenhaus lag, hatte ich einen erneuten Erinnerungsschub. Ich glaube sogar, dass ich es schon über Jahre weiß. Es war einfach alles tief in meinem Unterbewusstsein vergraben. Versteht ihr? Ich weiß nicht, ob es daran lag, dass die Tabletten abgesetzt wurden."

Ich setzte mich erneut aufs Bett und begann ruhiger, mit einem Hauch Melancholie zu erzählen.

„Mittlerweile bin ich froh, dass ich nicht abhängig geworden bin. Ich habe in den letzten Wochen viel über EKTs gelesen, fühlte mich jedes Mal schrecklich dabei. Diese vielen Medikamente hatten doch so großes

Suchtpotential. Mit Hilfe meiner Eltern, des Hausarztes und Dorothea gelang es, über einen langen Zeitraum meine Medikamente nach und nach abzusetzen. Nur ich wusste nichts darüber. Ich war es wieder, die alles erst am Ende erfahren hatte. Meine Eltern meinten es gut, aber Dorothea? Irgendetwas passt immer noch nicht zusammen!", grübelte ich weiter.

„Ja das sagtest du mir. Deine Eltern wussten einen Teil darüber, denn sie und euer Familienarzt kontrollierten das Ganze", sagte Eik.

Meine Stimme begann zu zittern, als ich angstvoll antwortete. „Ich weiß, aber Doktor Leichtenschlag muss es auch gewusst haben."

„Willst du damit sagen, Dorothea war immer der Beobachter und auch darüber hinaus, war sie sein Bote?"

Bekümmert blickte ich ihn an.

„Dieses Biest!", brachte Eik wütend heraus.

Nachdenklich, die Angst körperlich in mir spürend, äußerte ich meine Befürchtungen, die just in diesem Moment aufkamen.

„Weißt du, was ich glaube? Doktor Leichtenschlag experimentiert immer noch mit mir.", ich war durcheinander und gleichzeitig unbeschreiblich müde. Ich wollte das nicht mehr. An diesen Arzt auch nur ansatzweise denken. Die Gedanken an diesen Menschen ließen mich stets erschauern.

Eik erkannte meine Angst und die aufkommenden Zweifel. Ja ich dachte, er ahnte, was mich bedrückte. Verloren sah er mir tief in die Augen, nahm mich in den Arm, drückte mich zärtlich an sich.

„Wir schaffen das! Auf keinen Fall werden wir aufgeben! Du bist nicht verrückt. Ich weiß, dass du eine Gabe hast und mit umherschwirrenden menschlichen Seelen reden kannst.", er blickte in meine Augen, die sich mit Tränen füllten.

Liebevoll begann Eik zu sprechen. „Seit ich dich das erste Mal in der Bar sah, sah ich dich einfach mit anderen Augen. Wie soll ich das sagen. Etwas was mich tief in meinem Verstand berührt hatte. Anders als bei den Frauen, die ich bis zu diesem Zeitpunkt kennenlernte. Als du mich anblicktest, wusste ich sofort, dass du ein besonderer Mensch bist. Ich hatte dich noch nie zuvor gesehen, dennoch hätte ich dir an Ort und Stelle meinen ganzen Lebenslauf, mit allen Höhen und Tiefen anvertrauen können. Du vermittelst Hoffnung. Man wird von deiner Person, das klingt jetzt vielleicht blöd, aber magisch angezogen ist der richtige Ausdruck. Verstehst du das?"

Ich lächelte, wischte eine Träne, die gerade über mein Gesicht lief, weg.

„Jetzt hör schon auf! Das ist doch Quatsch. Außerdem war ich beschwipst!"

„Nein Eugenia, mein bitterster Ernst. Du hast etwas an dir, was jeden sofort in eine Art Bann zieht. Magisch ist genau das richtige Wort. Nie hätte ich dich dort allein lassen können. Überallhin, wäre ich dir sofort gefolgt. Helfen, das wollte ich und tat das letztendlich auch."

Ich wurde etwas verlegen. Der rote Kopf machte meine Verlegenheit für alle sichtbar.

Eik umarmte mich erneut. „Ach meine Eugenia! Mathias sagte, dass du das nicht glauben würdest. Vielleicht hättest du schon vielen Seelen helfen können, wenn Doktor Leichtenschlag dich nie in Behandlung gehabt hätte. Wenn die Menschen um dich herum, geglaubt hätten! Geglaubt, an etwas Unvorstellbares und dennoch sehr Schönes! Deine Gabe, Menschen noch nach ihrem Ableben helfen zu können. Wenn ich ganz ehrlich bin, wäre ich froh, wenn ich diese Gabe mit dir teilen könnte!"

Ich dachte über seine gesprochenen Worte nach. Ein Lächeln erhellte mein Gesicht und dabei drückte ich ihn noch fester an mich.

Eik kniff mir leicht in die Schulter. „Au? Warum tust du das?"

„Du träumst nicht! Willkommen in der Realität."

Ich lachte und auch Wiktoria lächelte mit uns.

Plötzlich schoss ein neuer Gedanke durch meinen Kopf. „Was hast du gerade gesagt Eik?", sprach ich aus. Auch sein Lächeln verschwand. Er überlegte angestrengt.

„Dass du etwas ganz Besonderes bist. Dass ..."

Ich unterbrach ihn. „Nicht diese Worte. Deinen letzten Satz!"

„Das ich auch gern über eine solche Gabe verfügen würde?"

„Genau diesen Satz meinte ich!"

Eik und Wiktoria blickten mich fragend an.

„Na versteht ihr beide denn nicht? Doktor Leichtenschlag möchte über meine Gabe verfügen! Ich denke wirklich, dass er mir über die Jahre immer wieder sehr nahekam. Erst über meine Eltern, dann über Dorothea oder womöglich auch, über meinen Hausarzt? Meinen Hausarzt, der bestimmt mit Doktor Leichtenschlag sprach. Schließlich war ich zwei Jahre bei ihm in Behandlung. Er kannte sich bestens mit meinen Medikamenten aus. Und der Hausarzt war ein Allgemeinmediziner. Darum mutmaße ich auch, dass er ausführlich über mein angebliches Krankheitsbild sprach. Um sich abzusichern. Versteht ihr?"

Langsam begriffen sie, was ich mit meinen Aussagen meinte. Daraufhin nickten sie mir zustimmend zu. Beide dachten angestrengt nach.

Eik durchbrach das Schweigen. „Aber deine Eltern? Das glaube ich nicht!"

„Ich auch nicht! Aber Dorothea schlich sich in das Vertrauen meiner Eltern. Hat sie manipuliert und letztendlich zu ihren Gunsten beeinflusst. Ich bin noch heute ein Versuchskaninchen für diese Psychiater. Diese Personen, die im Namen der Wissenschaft alles Tun. Wer weiß, was ich dort im Keller noch über mich herausfinden werde."

„Nun mal ganz langsam!", sprach Eik skeptisch. „Du meinst, er experimentiert heute noch mit dir?"

„Ich weiß es nicht. Vielleicht ja, vielleicht nein. Vermutlich ist es zu weit hergeholt. Aber dennoch bin ich mir nicht sicher. Nur eines steht fest. Wir müssen in diese psychiatrische Einrichtung!"

„Aber das ist gefährlich! Ich gehe, du bleibst bei deinen Eltern! Hier bist du sicher."

„Kommt gar nicht in Frage. Ich werde mitkommen! Aber zuerst müssen wir Mathias aufsuchen! Ihm noch einmal die Wahrheit berichten."

„Was redest du da? Er kennt mich doch nicht mehr."

„Aber mich kennt er. Mit der Hilfe von Wiktoria werde ich ihn von der Wahrheit überzeugen. Komm!"

Ein längst vergessener Schatten, der düster in der Dunkelheit erscheint

Ungeduldig, angespannt, die neuen Erkenntnisse strikt vor Augen, kamen wir in der Klinik an, in welcher Mathias lag. Es war schon spät am Abend, die Besuchszeiten längst beendet. Dennoch wollten wir so schnell als möglich den Plan durchführen.

Einige Meter, bevor wir sein Patientenzimmer erreicht hatten, beobachteten wir, dass Dorothea sein Zimmer betrat.

„Es ist zu spät! Dorothea ist schon bei ihm. Wer weiß, was sie Mathias für Lügen auftischt", platzten die Worte hektisch aus meinem Mund.

„Nein, ist es nicht! ... Beruhige dich bitte! Wir gehen da jetzt rein. Du hast doch selber gesagt, dass Wiktoria uns helfen wird.", erwiderte Eik. „Sie ist doch bei uns?"

„Ja natürlich."

Wiktoria nickte.

„Was sagt sie?", wollte er wissen.

„Sie ist einverstanden. Jetzt wünschte ich auch, dass du meine Gabe hättest."

Ein kurzes Lächeln trat auf Eiks Gesicht.

Ohne zu klopfen betraten wir das Patientenzimmer. Mit Erschrecken sahen wir, dass Dorothea eine Spritze in ihrer Hand hielt. Gerade in diesem Moment erwachte Mathias. Alarmiert versuchte er, der Spritze auszuweichen. Doch bevor Mathias Hände die Spritze abwehren konnten, tauchte Wiktoria an der Seite von Dorothea auf, erfasste

290

ihre rechte Schulter. Daraufhin zuckte Dorothea merklich zusammen. Die Spritze fiel zu Boden.

Eik stürzte sich auf Dorothea, hielt sie fest.

„Lass mich los! Sonst schreie ich."

„Das wagst du nicht! Ansonsten wird dir Wiktoria die Hölle auf Erden bereiten. Schließlich weißt du nicht, wozu verstorbene Seelen fähig sind", brachte ich in einem ironischen Tonfall heraus. Eik sah mich an, schmunzelte. In diesem Augenblick war ich froh, dass Eik hinter Dorothea stand, um sie festzuhalten. Sonst hätte sie vermutlich erkannt, dass ich Wiktoria bestimmt nicht für eine derart skurrile Situation missbrauchte.

Dorothea überlegte, doch sie wagte es nicht zu sprechen, ihre Angst Wiktoria würde sie noch einmal berühren, ließ sie merklich erschaudern. Mich verwunderte es immer wieder, dass Menschen die Berührung einer Seele als derart unangenehm auffassten. Wenn mich eine Seele berührte, empfand ich diese als real, als lebend.

Benommen, sichtlich erschöpft fragte Mathias. „Wer sind diese Personen alle, Eugenia? Und bitte was ist das für ein Aufstand? Warum ...?"

„Du erkennst mich?"

„Ja natürlich. Ich bin zwar verwirrt, weiß nicht, warum ich hier in einem Krankenhausbett liege. Aber blind bin ich deshalb noch lange nicht!"

„Entschuldige, ich dachte nur, du hast mich vergessen."

„Wie kommst du denn darauf. Weißt du nicht mehr die Vorlesung meines Vaters?"

„Natürlich weiß ich, was du meinst", meine anfängliche Euphorie wich. Ich wurde traurig. „Und kannst du dich daran erinnern, wann wir uns danach wiedersahen?"

Ich spürte, dass er angestrengt nachdachte, abwägte. Doch er schwieg. Als ob er ahnen würde, dass ich ihm vergangene Ereignisse beschreiben werde, die seine Stimmung in tiefen Kummer taucht.

„Weißt du Mathias? Wir sahen uns mehrmals wieder", begann ich vorsichtig zu sprechen. „Wenn ich dir alles erkläre, versprich mir bitte nicht wütend auf mich zu sein. Versuch bitte, ruhig zu bleiben!"

Mathias nickte. Sein Gesicht verriet keine Regung, kurzzeitig dachte ich, Angst darauf zu erkennen. Ich stellte alle vor, die um ihn herumstanden. Wiktoria jedoch verschwieg ich noch. Froh war ich darüber, dass er die kurze Bemerkung über sie augenscheinlich vergessen hatte. Er schien in diesem Moment erfreut zu sein. Mathias tat mir so unendlich leid, als ich erneut mit Bedacht versuchte, seine vergessene Erinnerung darzulegen. Es dauerte. Seine Mimik verdunkelte sich. Direkt, als ich ihm über seinen Vater berichten wollte, fasste er sich erschöpft an seine Schläfe.

„Au!", sprach Mathias, als er seine Brandverletzung berührte. Sie war verbunden.

„Stopp Eugenia! Du brauchst nicht weiter zu erzählen, ich weiß, was jetzt kommt. Meine Erinnerung ... Ich dachte, es war ein furchtbarer Traum. Jetzt muss ich erkennen, dass alles der Realität entspricht."

Wir sahen gebannt in Mathias Gesicht. Der aufkommende Trübsinn verriet seine Stimmung.

„Ich dachte, es wäre ein schlimmer Alptraum, aber leider entspricht mein Traum der Wahrheit. Oder?", flehende Blicke waren es, die mir begegneten. Ich konnte ihm einfach nicht sagen, dass all sein Erlebtes kein Alptraum war. Also schwieg ich. Meine Blicke fielen traurig zu Boden.

Eik unterbrach die trübsinnige Stimmung. Er schien es sehr eilig zu haben. Ich glaube die Angst, Doktor Leichtenschlag könnte Beweise vernichten, beunruhigte ihn zusehends.

Hektisch fragte er. „Kannst du dich noch daran erinnern, als wir deinen Vater mit seiner widerlichen Vergangenheit konfrontierten?"

Angespannt richteten wir unsere Blicke erneut auf ihn.

„Ja und danach fuhren wir zurück. Nachdem wir wussten, dass Eugenia von ihren Eltern nach Hause gebracht wird, wollten wir den Doktor Leichtenschlag in der Psychiatrie einen Besuch abstatten."

„Das taten wir auch.", sprach Eik schnell.

„Hat unser Plan funktioniert? Konnten wir Beweise sammeln?", aufgeregt schien er. Mathias versuchte sich zu erinnern.

„Nein, darum liegst du in diesem Bett. Er hat … Doktor Leichtenschlag hat eine Elektroschocktherapie an dir durchgeführt."

„Was? Dieser Mistkerl! Ich dachte mir so etwas schon. Ich habe eine Verbrennung an meinen Schläfen. Habe ich recht?" Mathias schaute mich an.

Ich nickte zaghaft.

Dorothea mischte sich ein. Die ganze Zeit über sprach sie kein Wort, verfolgte gebannt das Ereignis. Ich bin mir fast sicher, dass sie uns alle analysierte.

„Dieser Mistkerl ist ein Arzt der Wissenschaft. Er ist brillant! Was wisst ihr denn. … Ein brillanter Wissenschaftler. Er ist am Ziel und wir müssten alle vor diesem Mann auf die Knie fallen. So sieht es aus, nicht anders!", versuchte sie uns ehrfürchtig zu vermitteln.

Entsetzen stand auf den Gesichtern der anderen. Auch mir wurde wieder einmal schmerzlich bewusst, welche Macht dieser Arzt innehatte. Er konnte Menschen für seine Zwecke missbrauchen, manipulieren. Egal zu welchem Preis. Ich sah, dass Dorothea nicht die geringsten Schuldgefühle aufwies. Verbohrt, getrieben von Macht, unter einer starken suggestiven Hypnose eingebunden. Einer Person verfallen, die keine Skrupel, oder gar Reue aufwies. Dieser Doktor Leichtenschlag war zu allem entschlossen. Und er hatte mächtige Freunde. Wieder erkannte ich die gefühlskalte Spinne in ihm. Alles war verbunden. Jeder Faden führte zum Mittelpunkt. In diesem Mittelpunkt sitzt die dicke Spinne, wartet geduldig auf Beute. Ein einzigartiges Fadengeflecht, das keine Makel aufwies! Mittendrin war ich schon so unbeschreiblich lange gefangen. Damals als Kind. Heute als Frau. Ohne Ausweg. Eine leichte Beute.

Meine Gedanken kreisten. Ich begann mir erneut insgeheim Fragen zu stellen. *„Warum war es so schwer meine Vergangenheit loszulassen? Warum hatte dieser Arzt immer noch so unendlich viel Macht über mich?"* Ich verspürte die Angst in mir. Sie wuchs stetig. *„Was soll ich nur tun?"* Allein das war mir bewusst, konnte, nein wollte auch nichts gegen diesen skrupellosen Menschen ausrichten. Aber Eik und Mathias einer erneuten Bedrohung auszusetzen. Das alles nur für mich? Sie waren doch meine besten Freunde. Darüber hinaus noch viel mehr. Ich erkannte, dass ich sie beide liebte. *„War es eine Liebe, wie es Geschwister zueinander fühlten, oder war da mehr? Was passierte, wenn ich herausfand, dass Mathias nicht mein Halbbruder war? Musste ich eine erneute Entscheidung treffen? Doch was für mich viel wichtiger erschien, wollte ich mich denn überhaupt zwischen ihnen entscheiden? Schließlich war ich doch in beide verliebt!"*, erschrocken über diese Feststellung versuchte ich mich abzulenken. „Was werden wir als Erstes unternehmen?", brachte ich urplötzlich heraus.

„Na was wohl. Wir involvieren Doktor Leichtenschlags Schwachstelle", sprach Eik voller Überzeugung und Tatendrang.

„Dieser Mann, dieses große Genie, hat keine Schwachstelle!", erwiderte Dorothea hochmütig.

Zornerfüllt sah ich sie an. Aber zu meiner Verwunderung verstand ich nicht, dass die übrigen Drei, diese Äußerungen nicht erschrocken wahrnahmen. Ich erkannte, dass sie angestrengt überlegten. Nur ich war entsetzt über so viel falsche Arroganz und Blindheit.

„Natürlich, dass mir das nicht gleich eingefallen ist. Seine Familie", sprach Wiktoria plötzlich zu mir.

Überrumpelt von dieser einleuchtenden Tatsache erwiderte ich. „So ist es! Warum fällt mir etwas so Offensichtliches nicht ein?"

„Was ist offensichtlich?", fragte Eik. Aber auch Mathias und Dorothea schauten neugierig.

„Na, wie Wiktoria gerade sagte. Seine Familie ist die Schwachstelle."

„Eugenia! Ich glaube, du hast nicht daran gedacht, dass weder ich, noch die Anderen, Wiktoria sehen noch hören können! Ein Geist, oder wie du es immer formulierst, eine menschliche Seele. Wir besitzen nicht deine Gabe."

„Entschuldige bitte! Ich vergesse immer wieder, dass nur ich Wiktoria sehen kann", brachte ich geknickt heraus. „Wir müssen versuchen Diana auf unsere Seite zu ziehen. Aber wie?"

„Ich kann euch helfen!", sagte Mathias. Er versuchte, aufzustehen.

„Du bist noch zu schwach!", gerade als ich die Worte aussprach, sackte er schon in sich zusammen. Ich eilte, noch bevor er auf den Boden aufschlug, an seine Seite, um ihn zu stützen.

Mathias lächelte. Ich bemerkte, dass er diese harmlose Berührung genoss.

„Mathias sei vernünftig, du bist noch zu schwach und kannst jetzt noch nicht aufstehen!" Eiks Einwand war einleuchtend, doch in seiner kühlen Äußerung entdeckte ich wütende Erregtheit. Meine Blicke wanderten zu ihm. Ich erkannte, dass er verzweifelt war. Ein Handeln schien für ihn unmöglich. Er hatte Dorothea immer noch in Gewahrsam. Eik wusste, dass sie einen Fluchtversuch unternehmen würde, wenn er sie loslässt. Schon einmal hatte sie die Wahrheit verdreht, war ungeschoren davongekommen. Ein zweites Mal wollte er das auf keinen Fall zulassen.

„Bleib einfach im Bett! Lass Diana zu dir kommen! Sie kann dir helfen. Schließlich seid ihr verlobt", sprach Eik sehr ernst.

Ich wurde etwas wütend, denn in dieser Situation, war Eifersucht überaus überflüssig. „Bist du eifersüchtig? Glaube mir, das brauchst du nicht zu sein!", flunkerte ich etwas.

Eik antwortete. „Nein, bin ich nicht!"

„Dann entschuldige bitte!", brachte ich sehr ernst heraus, stützte Mathias noch einmal. Ein kleines Schmunzeln auf meinem Gesicht konnte ich mir dennoch nicht verkneifen.

Beobachtend, mit einem Hauch Spott in Dorotheas Stimme, kam es aus ihrem Mund. „Oh, wie rührselig! Eine Dreiecksbeziehung. Mir reicht's. Lass mich sofort los, oder ich schreie um Hilfe!"

„Nichts dergleichen werde ich tun!", wandte Eik schnell ein.

Ich bückte mich, hob die Spritze auf, die immer noch aufgezogen am Boden lag, gab diese Mathias, lächelte dabei.

Ohne ein weiteres Wort wussten sie, was ich von ihnen wollte. Eik hielt Dorothea noch fester.

„Au!", sprach sie, versuchte sich von ihm zu lösen. „Du tust mir weh, lass los oder ich schreie!"

Abrupt nahm er seine linke Hand, hielt ihr den Mund zu. Mathias setzte die Spritze. Sie hatte keine Chance. Es war einfach aussichtslos für sie. Nicht eine Minute dauerte es, bis die Injektion wirkte und sie in einen tiefen Schlaf fiel.

Ich genoss den Augenblick. Dieses Gefühl der Macht, als ich beobachtete, dass zwei geliebte Menschen einen anderen Menschen gewaltsam etwas aufzwangen. Aus einem inneren Impuls heraus verbreitete sich höhnisches Grinsen auf meinem Gesicht. Meine Blicke fielen auf Wiktoria. Doch was war das? Entsetzt sah sie mich an. Erschrocken war ich in dieser Sekunde. Ich erkannte, warum ihr Blick mich traf. Eiskalt lief mir eine Gänsehaut den Rücken herunter. Ich glaubte die Kälte in mir zu spüren. Frostiger Atem kroch aus meiner Kehle. Mein Herz verstummte. Tod, ohne jegliches Gefühl. Verängstigt erkannte ich etwas, was ich geglaubt hatte, vergessen zu haben. Schnell tauchte er auf. Die Zeit um mich herum, eingefroren. Kalt die Umgebung, kalt mein Innerstes. Da stand er.

Ein dunkler Schatten, der nach mir zu greifen schien. Ich erschrak, zuckte merklich zusammen, atmete tief ein. Wieder fiel mein Blick auf Wiktoria und ich sah eine Träne. Eine Träne, die ich glaubte, nie auf dem Gesicht einer verstorbenen Seele zu sehen. *„War da noch mehr?"* Ich dachte zurück an unsere zweite Begegnung in der Pathologie. Damals erschien dieser Schatten das erste Mal. *„Was bedeutet er? Wer ist er?"* Tief verschmolz mein Blick auf Wiktorias Gesicht. Ihre Träne rann langsam. Langsam bahnte sie sich ihren Weg entlang ihrer Wange. Nicht entsetzt sah sie mich an. Nein Trauer, verriet mir ihr Gesicht. Ich begriff, was geschehen war. Der dunkle Schatten, der nach mir tastete, war es gewesen. Mein Gewissen, das eben noch kalt, jetzt voller Reue war. Ich erkannte die eiskalte Hand, die nach mir griff. Es war der Tod. Doch nicht der Tod, den jeder Mensch ersehnte. Nicht in einen Himmel getragen auf Wolken. Nein ein Tod, dessen Kälte sich schon lange an meine Fersen geheftet hatte. Erschrocken brachte ich heraus. „Hoffentlich haben wir sie nicht getötet!"

„Nein, das glaube ich nicht!", erwiderte Mathias. Er sah mich etwas beunruhigt an. Doch schnell bemerkte ich auf seinem Gesicht ein mitfühlendes Lächeln. „So blöd sind die nicht! Mich hier um die Ecke zu bringen. Ich denke eher, dass es ein starkes Schlafmittel ist. Legt sie in mein Bett! Wir gehen!"

Wärme erfasste mein Wesen. Der Schatten verschwand endlich. Erleichterung machte sich in mir breit. Dennoch schwieg ich über ihn.

Mathias war immer noch schwach. Deshalb beschloss er, Diana anzurufen. Er log, erzählte ihr, dass er einen Schwächeanfall wegen Überarbeitung hatte, sich ausruhen müsste. Sie solle ihn abholen und danach würde er mit ihr in ein Wellnesshotel fahren. Wir schauten ihn überrascht an.

Erklärend sprach Mathias. „Was denn, Diana liebt Luxus. Keine Angst! Ich fahre mit ihr in ein sündhaft teures Hotel. Ich lasse es mir mit ihr gut gehen. Wenn ich das Telefon unbemerkt ausstelle, bekommt sie nichts mit. Dem Leichtenschlag sagt ihr, dass ihr Diana an einem verborgenen Ort festhaltet! So könnt ihr, falls ihr in Schwierigkeiten kommt, Diana als Druckmittel verwenden. Wenn er eine Schwachstelle hat, dann ist sie die einzige Schwachstelle."

„Und was ist, wenn Dorothea aufwacht, Doktor Leichtenschlag alles erzählt?", wollte ich wissen.

„Das glaube ich nicht. Sie wird mindestens acht Stunden schlafen. Und wer weiß, was noch alles in diesem Medikamentencocktail war.", Mathias lachte zufrieden.

„Du kommst wirklich allein zurecht?", fragte ich besorgt.

„Ja, mir geht es gut!", brachte er angespannt heraus. „Wenn ich nicht so unglaublich erschöpft wäre, würde ich zu gern mit euch kommen. Bitte versprecht mir, ihr müsst vorsichtig sein!"

Ich war etwas verängstigt. Mathias Zustand beunruhigte mich. Dann dieser Schatten, der anscheinend auftauchte, als sich mein Wesen veränderte. Ich war irritiert, angespannt. Beunruhigend rumorte es in meiner Magengegend. Dennoch schwieg ich.

Eik, Wiktoria und ich brachen auf, ließen Mathias in der Eingangshalle des Krankenhauses zurück.

Auf dem Weg in die psychiatrische Klinik, die ich vor vielen Jahren verließ, vor der ich eine Heidenangst hatte, sprach keiner auch nur ein Wort. Auch Wiktoria fuhr mit, beobachtete und schwieg.

Die Stille brachte den Schatten erneut vor mein geistiges Auge. Angst stieg wiederholt in mir auf. Ich bekam Zweifel. *„War es wirklich der Tod? War es mein Gewissen? Oder hängt sich der Schatten an jede Seele? War der Schatten ein Verbündeter? Konnte ich mit der Hilfe von ihm, diesen Arzt hinter Gitter bringen? War er überhaupt eine Hilfe, oder war er nur ein stiller Beobachter, der meine Schwächen erkannte, sie für seine Zwecke benutzte? War ich gemeinsam mit Eik und Wiktoria überhaupt dazu in der Lage, Doktor Leichtenschlag zu überführen?"* Letztendlich beschloss ich die Zweifel aus meinem Kopf zu entfernen. Positiv wollte ich sein. Den Schatten verbannen.

Über eine Stunde dauerte die Fahrt von Leipzig aus. Als wir ankamen, ich diese psychiatrische Einrichtung nach so vielen Jahren wiedersah, kehrte die Furcht zurück. Eiskalt war mir. Wieder fiel mein Gedanke zurück. Der kalte Schatten, das Gefühl der Angst. Obwohl wir im Auto saßen, zitterte ich. Zum wiederholten Male wurde mir schmerzlich bewusst, dass ich diese psychiatrische Einrichtung nie wieder sehen wollte. Und doch saß ich jetzt in einem Auto direkt davor, kurbelte das Fenster herunter.

In der kühlen Nachtluft sah das große graue Gebäude noch angsteinflößender für mich aus. Eik spürte meine Angst, nahm meine Hand, sagte. „Du musst das nicht tun! Ich erledige das allein!"

Mein Blick fiel in den Rückspiegel, Wiktoria lächelte mitfühlend. Mein Herz machte einen gewaltigen Sprung, schwer schluckte ich. „Nein, auf keinen Fall! Ich kenne die Wege. Ich weiß, wo wir hinmüssen. Wiktoria wird uns zusätzlich helfen!"

Wiktoria, die ich immer noch durch den Rückspiegel hinter mir sitzen sah, nickte.

„Wie kommen wir in das Gelände?", wollte Eik wissen.

Die plötzliche Frage von Eik riss mich aus meinen dunklen Gedanken. Noch einmal blickte ich Wiktoria an. Sie lächelte beherzt. Ich stieg aus dem Auto, sprach dabei. „Keine Sorge! Hinter dem Hauptgebäude befindet sich eine hohe Mauer. Von außen kann man leicht darüber klettern, ohne, dass man uns bemerkt", kamen die Worte schnell aus meinem Mund.

„Ich habe gedacht, geschlossene Einrichtungen sind uneinnehmbar."

Ich lächelte, obwohl die bevorstehenden Ereignisse, mich innerlich ängstigten. Je näher ich an diesen Ort des Grauens kam, desto mehr Angst stieg in mir auf. „Wer will schon in eine geschlossene Anstalt. Herauskommen, das ist die Kunst."

„Verstehe. Darauf hätte ich eigentlich auch selbst kommen können."

Mein Zittern wurde stärker, als wir auf die Mauer kletterten. Obenauf lagen nur noch zwei Höhenmeter zwischen mir und dem Boden der psychiatrischen Einrichtung. Eik sprang als Erster. Beklommen blickte ich ihn an.

„Spring!", beschwor er mich. „Du schaffst das!"

Meine Hände schwitzten. Nach kurzem Zögern sprang ich in Eiks Arme.

„Na siehst du, war doch gar nicht so schlimm." Kurz drückte er mich an sich. Gleich darauf schlichen wir uns an die Rückseite des Hauptgebäudes heran. Hinter einem Busch, der unweit der Hintertür stand, versteckten wir uns.

„Und jetzt?", fragte Eik.

„Wir warten!"

„Auf wen, auf Wiktoria? Kann sie verschlossene Türen öffnen?"

„Nein. … Vielleicht oder kannst du das denn?"

„Ich weiß nicht, ob ich dazu in der Lage bin. Ohne Werkzeug auf keinen Fall."

Wiktoria fragte dazwischen. „Kannst du dich noch an die Vase erinnern, die ich damals vom Küchentisch warf?"

„Ja."

„Siehst du. Du musst es wollen, dann klappt es vielleicht", sprach Wiktoria.

Doch noch ehe ich es versuchen konnte, ging alles sehr schnell.

„Was spricht Wiktoria, kann sie eine …"

„Schsch …", befahl ich Eik. Ich legte meine Hand auf seinen Mund.

Die Tür ging auf. Zwei Pfleger traten heraus. Jeder von ihnen zündete sich eine Zigarette an.

Einer von ihnen eröffnete das Gespräch. „Endlich eine ruhige Nacht. Der Vollmond ist weg. Wir können aufatmen."

„Du hast recht. Ich bin immer wieder überrascht darüber, dass die Patienten auf den Mond so überaus stark reagieren. Aber beschreien wir nichts! Unsere Schicht ist noch lange nicht beendet."

Wiktoria verschwand ins Gebäude. Einen Augenblick später überschlugen sich die Ereignisse. Schreiende

Patienten waren zu hören. Einer der beiden lief ins Haus, der Zweite dagegen, rührte sich nicht. Zog noch einmal genüsslich an seiner Zigarette.

Ich war der Verzweiflung nahe. Dachte, unser Plan wäre schon im Vorfeld gescheitert. Doch dann nahm Eik einen größeren Ast, der neben ihm am Boden lag, schmiss diesen in einen der Büsche hinter uns. Der Pfleger horchte auf. Er blickte in unsere Richtung, kam langsam auf uns zu.

Mein Herz schlug schnell. Mit jedem Schritt, den er näher kam, wurde ich unruhiger. Ein paar Meter lagen nur noch zwischen uns. Kurz entschlossen sprang ich auf, lief in entgegengesetzter Richtung davon. Er verfolgte mich. Als er an der Stelle vorbeirennen wollte, an der ich mich bis vor wenigen Augenblicken noch versteckt hatte, sprang Eik auf, überwältigte den Pfleger. Er hatte keine Chance sich zur Wehr zu setzten. Bewusstlos lag der Pfleger am Boden.

Schwer atmend lief ich zurück. „Ist er verletzt? Hast du ihn getötet?"

„Nein. Ich bin doch kein Mörder. Er schläft nur ein bisschen." Erschrocken und gekränkt schien Eik über diese Vermutung meinerseits. „Was hast du auf einmal immer wieder mit dem Tod?"

Ich schämte mich ein wenig angesichts meiner Äußerung. Wie konnte ich auch nur ansatzweise denken, Eik würde Menschen töten. Er, der eigentlich Gerechtigkeit heißen müsste.

„Tut mir leid, ich wollte dich nicht kränken!", versuchte ich kleinlaut zu äußern.

„Schon gut, das ist der Nervenkitzel der Gefahr. Keine Pause Eugenia. Komm!" Er nahm meine Hand. Wir verschwanden im Gebäude.

Viele Jahre waren vergangen. Ich konnte es immer noch nicht ganz begreifen. Ich stand auf dem langen hellauf beleuchteten Korridor, den ich nie wieder betreten wollte. Doch war dieser Augenblick real. Mit Erschrecken nahm ich die Kamera wahr, die ich an der Decke vor uns angebracht sah. „Alles ist vorbei, man hat uns entdeckt!"

Wiktoria tauchte plötzlich neben uns auf. „Keine Panik, die Kameras habe ich lahmgelegt."

„Wie hast du das gemacht?"

„Na denk doch an die Vase. Was habe ich dir erzählt?"

Ich lächelte.

„Warum lachst du? In jedem Moment könnte der Alarm ausgelöst werden", waren Eiks ungläubige Worte. „Was erzählst du denn? Habe ich etwas verpasst?"

„Nein, Wiktoria hat alles im Griff."

Dieses Mal war ich diejenige, die ihn an die Hand nahm und Eik zum Fahrstuhl führte. Rechts neben den Fahrstühlen befand sich eine Tür. Wir müssen ins Treppenhaus, sprach ich schnell. Zu meiner Überraschung zog Eik ein großes Schlüsselbund aus seiner Hosentasche, versuchte mit einem der Schlüssel, die Tür zu öffnen.

„Wo hast du die denn her?"

„Na von dem Pfleger."

Wiktoria machte mich darauf aufmerksam, dass der Fahrstuhl gleich auf unserer Etage ankam.

„Schnell!", beschwor ich Eik. „Sonst werden wir doch noch entdeckt."

Endlich hatte er den passenden Schlüssel. Wir verschwanden hinter der Tür, betraten das Treppenhaus. Im selben Moment hörte man ein, „Bing." Sofort wussten wir, der Fahrstuhl ist angekommen. Gerade wollte Eik die Tür zuschließen, als jemand die Klinke von außen herunterdrückte. Ich stemmte mich lautlos dagegen, auch Eik war sich sofort dieser brenzlichen Situation bewusst. Er tat es mir vorsichtig gleich.

Mein Herzschlag raste. Vor der Tür hörte ich, dass jemand hektisch sprach. „Verschlossen!", darauf rasche Schritte, die sich entfernten.

Wir atmeten auf. Eik verschloss eilig die Tür vom Treppenhaus. Daraufhin rannten wir endlich ins Kellergeschoss.

„Weißt du, vor vielen Jahren waren noch keine Kameras vorhanden. Aber hier im Keller gibt es keine, hat mir Wiktoria erklärt", sprach ich zu Eik.

„Gut. Wo müssen wir lang?"

„Nach links", erwiderte ich schnell.

Dunkle unendlich wirkende Flure durchquerten wir. Breiter erschienen sie uns. Dunkle Ecken, dunkle Stellen, die das Kellergeschoss noch unheimlicher auf mich wirken ließen. Abgedeckte Krankenbetten, Nachttische erkannte ich, aber auch alles Mögliche an weiterem Gerümpel befand sich dort. Versteckmöglichkeiten gab es zur Genüge. Angst flammte erneut in mir auf. Wieder dachte ich an den Schatten. Nervös griff ich nach Eiks Hand, der genau wie ich die Umgebung aufmerksam nach Personen absuchte. Wieder war es Wiktoria, die vollkommen unerwartet, dicht neben mir auftauchte. Ich zuckte merklich zusammen.

„Beruhige dich, wir sind allein!" Erleichtert atmete ich auf. „Gut!"

„Was ist gut?", wollte Eik wissen.

„Wir sind allein."

„Wiktoria?"

„Ja, das weißt du doch. Du brauchst nicht zu flüstern!"

Ich weiß nicht, wie viele Schritte es waren, bevor wir am Heizungsraum ankamen. Es kam mir wie eine Ewigkeit vor. Das Kribbeln in meinem Bauch verstärkte sich, meine innere Unruhe wuchs. Auch Wiktoria erklärte mir, dass sie diese Situation als beklemmend empfand. Mir schwante nichts Gutes. Das Zittern in mir kehrte zurück.

Eik öffnete langsam die Tür, der Heizungsraum wurde sichtbar. Einer der Brenner sprang an. Ich zuckte erneut sichtbar zusammen.

„Nur ruhig! Ich bin bei dir", sprach Eik leise. Dennoch schien er besorgt. Er betätigte den Lichtschalter. Das helle Licht ließ uns erst die enorme Größe des Raumes erkennen. Drei Heizungsanlagen, mehrere Kessel standen darin. Wir gingen bis zum Ende des Raumes, an denen Regale befestigt waren. Viele Werkzeuge lagen darauf. Doch weitere Türen waren keine zu entdecken. Nicht im Geringsten konnte man hinter diesen massiven Wänden mehrere Räume vermuten.

„Irgendwo gibt es eine Tür! Das ist mir bewusst", sprach ich. Erfasste jeden Gegenstand mit meinen Augen.

Wiktoria folgte langsam meinen Blicken, griff nach einem der Ventile, die sich auf der rechten Seite an der Wand befanden. Sie drehte daran. Und tatsächlich. Das mittlere Regal schwang auf die Seite. Eine verborgene Tür kam zum Vorschein.

„Na Super! Ein Zahlenschloss.", sprach Eik ernüchternd. „Was machen wir jetzt?"

Ich schaute Wiktoria an, doch auch sie zuckte mit den Schultern. Plötzlich kam mir eine Idee. „Wir sprechen doch immer wieder davon, wie schlau dieser Mensch ist. Was wäre, wenn er dann eine Zahlenkombination verwendet, die überhaupt nicht seinem Wesen entspricht. Ich drückte auf die Tasten 1, 2, 3, 4 zuletzt die 5. Aber die Tür blieb verschlossen. „Misst, das wäre auch zu schön gewesen."

„Naja, so abwegig finde ich diese Methode gar nicht. Gut, deine Kombination ist wirklich einfach. Viel zu einfach!", brachte sich Wiktoria ein.

„Ja und was möchtest du damit sagen, Wiktoria?"

„Na was wohl. Denk nach! Was macht dieser grausame Mensch immer noch?"

„Er quält Menschen! Missbraucht seine Position als Arzt, im Namen der Wissenschaft!"

„Nein! Doch, aber das meine ich nicht."

„Ich weiß nicht, was du meinst?"

„Er benutzt dich immer noch. Dieser Gedanke beschäftigt dich doch schon lange."

Ungläubig schaute ich Wiktoria an.

„Was ist los Eugenia, was sagt Wiktoria denn?", fragte mich Eik wissbegierig.

„Ja, du hast recht.", meine Blicke wanderten zu Eik.

„Womit hat Wiktoria recht?", warf Eik hektisch ein, doch als ich die Zahlenkombination ausprobierte, staunte er nicht schlecht.

„Mein Geburtstag, dass ich da nicht gleich drauf gekommen bin." 2 1 6 8 1, tippte ich ein. Die Tür sprang auf.

„Gut gemacht Wiktoria!", sagte Eik, blickte zu seiner Linken. Doch Wiktoria und ich wussten, dass sie sich rechts von ihm befand. Beide lächelten wir kurz.

Vorsichtig öffneten wir die Tür. Die Anspannung war uns allen anzusehen. Die spontan aufgekommene Euphorie in mir, diesen Raum geöffnet zu haben, wich.

Ein dunkler, steril riechender, kühler Raum kam zum Vorschein. Voll konzentriert blickte ich hinein. Angst brach wiederholt in mir aus.

Suchend nach einem Lichtschalter streckte Eik seine Hand aus. Er tastete, doch nichts geschah. Mutig schritt ich als erste in den unbekannten Raum. Das grelle Licht der Neonröhren sprang an. *„Bewegungsmelder"*, dachte ich.

Ein großer Raum, in dem wir jetzt standen. Kaltes Licht, das jede Ecke des Raumes erhellen ließ. Es mussten mehr als fünfzig Quadratmeter gewesen sein. Auf der linken Seite stand ein komplett eingerichteter Operationstisch. An den Wänden waren halbhohe, weiße Schränke, darauf standen unzählige Tinkturen. Medikamente erspähten wir in einer weißen Glasvitrine. Zugleich fielen unsere Augen auf die von uns gegenüberliegende Tür. *„Es musste einfach hinter dieser Tür liegen!"* Mein Herzschlag wurde schneller. Eik drückte den Türgriff nach unten, öffnete den Raum. Das Licht ging an, gerade als wir ihn betraten.

Erneut wirkte der Raum riesig auf mich. Direkt vor uns in der Mitte stand ein großer Schreibtisch. Doch hinter ihm gab es Berge von Akten auf hohen Regalen, die darauf sorgsam gestapelt waren. Die Regale wiederum standen in langen Reihen aufgestellt. Drei breite Gänge lagen dazwischen.

Die riesige Menge entmutigte mich ein wenig. *„Wie sollte uns das in dieser kurzen Zeit, die uns vermutlich blieb, gelingen, meine Akte zu finden?"*, brach die Verzweiflung in mir aus. Wir teilten uns auf. Jeder betrat einen der Gänge zwischen den Regalen.

Instinktiv betrat ich den mittleren Gang. Die Dokumente dort waren in dicke Ordner geheftet. Diese wiederum nach Jahreszahlen geordnet. Langsam schritt ich an den Regalen entlang. Etwas in mir befahl mir, genau hier zu suchen. Aufmerksam las ich die Jahreszahlen auf den Ordnern gedanklich, schritt zögernd vorwärts. Kalt wurde die Umgebung. Wieder bemerkte ich ein leichtes Zittern meiner Hände.1970 war die erste Jahreszahl, welche mir ins Auge fiel. Andächtig schritt ich weiter. 1960, 1950. schließlich erblickte ich das Jahr 1940. Die Aktenberge wurden größer. Nicht mehr gesammelt in Zehnerschritten. Nein jedes Jahr hatte einen dicken Ordner, manche Jahre von ihnen sogar mehrere. Der Schlag meines Herzens erklang so laut in meinen Ohren, dass er schmerzte. Das Zittern meiner Hände verstärkte sich. Meine Umgebung wurde immer kälter. Angstvoll fragte ich mich insgeheim. *„Was suche ich hier? Diese Jahreszahlen hatten nichts, aber auch überhaupt nichts mit meiner Person zu tun.*

Und doch waren es die Anfänge dieser Vielzahl an Aktenordner, die mich interessierten. " Erst als ich im Jahr 1935 stehen blieb, holte ich eine der Akten vorsichtig aus dem Regal. Die Furcht in mir, das Gefühl nicht genügend Luft zu bekommen. Meine wirren Gedanken ließen meine Hände noch stärker erzittern. War es die Zeit, die mich beunruhigte? Die Zeit, bei der jeder sofort wusste, dass sie nichts Gutes beinhaltete. Langsam schlug ich sie auf. Lautlos las ich.

„Versuchsreihe vier. Die Schmerzverträglichkeit, unter Auswirkung der Schocktherapie: Probandin. Nummer 173.

Kind, weiblich zehn Jahre.

Schwere körperliche Fehlstellung der unteren Extremitäten.

Ziel des Versuches: Mit Hilfe der Stromtherapie körperliche Fehlstellung korrigieren.

Bemerkungen: Nach der dritten Stromtherapie kann die Patientin mit Hilfe einer Schwester gehen. Kein Schreien mehr.

Fortschritte verursacht, durch Therapie.

Probandin weist große Angstzustände auf.

Verweigert weitere Behandlung.

Probandin Nummer 173 bittet um Einstellung der Therapiemaßnahme, versichert keine Schmerzen, bei ihren Gehversuchen zu spüren.

Erneuter Behandlungsversuch, Probandin verstorben. Weitere Versuchsreihen an ähnlichen Krankheitsbildern erforderlich."

Entsetzt waren meine Blicke, meine Atmung fiel schwer. Im Stillen las ich weiter. *„Ausmerzung von körperlichen Gebrechen durch Behandlungen mit Schocktherapien."*, Tränen liefen über mein Gesicht. Ich konnte nicht fassen, zu welchen Grausamkeiten Menschen fähig waren. Ich zwang mich, weiter zu lesen.

„Neue Versuchsreihe. Dreitausend Reichsmark, weitere Probanden zur Verfügung gestellt." Mir war übel. Ich war geschockt. *„Konnte es sein, dass dieser hochgelobte Doktor Leichtenschlag Versuchsreihen auch an körperlich Behinderte fortsetzte? Im Namen der Wissenschaft?"* Ich ließ die Akte fallen. Laut fiel sie auf den Boden. Ich sackte neben ihr zusammen, hielt meine Hände vor mein Gesicht. Ich weinte, hockend am Boden, den Ordner vor mir ausgebreitet. Eik und Wiktoria kamen auf mich zugeeilt.

„Was ist passiert? Geht es dir gut?", wollte Eik wissen. Ich ignorierte ihn. Er sah den Ordner, der am Boden vor mir lag, schlug ihn auf. Sein Gesicht verfinsterte sich. Eik schaute zum Regal, erblickte mit Entsetzen die Vielzahl der Akten. „Das müssen unzählige Menschen gewesen sein. Nicht nur Erwachsene, nein Kinder waren unter ihnen. Scheusale, die so etwas tun können! Ich verstehe das nicht …!"

Wiktoria versuchte mich zu trösten, doch meine Trauer war einfach zu groß. Ich erkannte, dass nicht nur ich unendliches Leid in dieser psychiatrischen Klinik durchleiden musste, sondern unzählige mehr. Verweint, tief schluchzend, kaum in der Lage aufzublicken. Kurz darauf erfasste mein Blick erneut die große Vielzahl von Akten. *„Wie vielen Menschen wurde hier wohl unendliches Leid zugefügt? Wie viele Ärzte haben hier im Namen der Wissenschaft Versuchsreihen durchgeführt? Vor allem, wie viele Menschen wurden von Doktor Leichtenschlag als Versuchsobjekte missbraucht? Das alles, im Namen der Wissenschaft. Hatte ich noch die Kraft weiter zu machen?"*, stellte ich mir, fortwährend die Frage. *„So viele Akten, die mit unendlichem Schmerz gefüllt waren. Sie alle durchzusehen?"* Mir war bewusst, dass ich es tun musste. Ich musste diesen Menschen helfen. Jetzt. Dieser Doktor Leichtenschlag würde bis zum bitteren Ende weitermachen. Nicht nur er, auch Dorothea, die überaus überzeugt von einer Person war, die keine Skrupel hatte. Einer Person, die nicht nur ohne Skrupel, sondern auch ohne jegliche ethischen Bedenken sein Handeln vollzog. Ich musste, nein ich wollte handeln. Das sofort! Diese Tatsache stand für mich fest. Auch Wiktoria und Eik waren eindeutig kampfentschlossen.

„Ah, wie ich sehe, kannst du dich wieder erinnern!", sprach eine eiskalte Stimme, die eindeutig aus Richtung der offenstehenden Tür herrührte.

Jeder wusste, welche kalte Stimme gerade gesprochen hatte. Alarmiert blickten wir in diese Richtung. Doktor Leichtenschlag stand in voller Größe am Anfang des Raumes. Mein Herz machte einen gewaltigen Satz. Die aufkommende Panik ließ mich sichtlich erschauern. Ich bewegte mich abrupt, erneut wurde mir übel. Ein schmerzhafter Stich, der einem Messerstich gleichkam, durchfuhr meine Brust, durchstach mein Herz. Fast erstickt wäre ich, wenn ich nicht letztendlich allen Mut zusammengeholt hätte, um diesem grausamen Menschen, standhaft gegenüberzutreten.

Ohne zu überlegen, eilte Eik auf das Scheusal zu. Gerade noch wollte ich ihn an seinem Arm festhalten, doch es war zu spät. Zu spät kam eine Reaktion von mir. Ich erblickte die drei Pfleger, die diesen Arzt ohne Gewissen schon zu oft halfen. Es waren die Pfleger aus meinen Visionen. Sie stürmten Eik entgegen.

Augenblicklich ganz unerwartet tauchten sie auf, Stimmen in meinen Ohren. Stimmen, die ich schon lange vermisst hatte. Sie tauchten auf. Die Stimmen wurden zu Körpern. Ganz deutlich sah ich den alten Herrn Stahl, Igor Kaschtchenko und ich sah Thomas Körner.

Eik hatte die Pfleger fast erreicht. Ohne Bedenken, seine Hände zu Fäusten geballt, zu allem entschlossen. Die Angst, die mich vor wenigen Augenblicken fast lähmte.

Sie war verschwunden. Ich wusste, sie wären nicht dazu in der Lage zu flüchten. Wie auch, ihre Gegner waren nicht sichtbar für Sterbliche. Gleichzeitig griffen sie an. Alle drei Seelen stürzten sich auf die Pfleger, hielten sie fest. Nicht mehr in der Lage, sich zu wehren.

Eik erkannte, dass etwas mit ihnen passierte. Verblüfft stoppte er. Die Pfleger waren komplett überrumpelt, sie wollten sich befreien, konnten es aber nicht. Fast bewegungsunfähig, verunsichert standen sie mitten im Raum. Sie hatten den ersten Moment der Irritation überwunden, doch dann versuchten sie ihre unsichtbaren Fesseln zu lösen. Es gelang ihnen nicht. Angsterfüllt starrten sie Eik an. Deutlich erkannte ich, dass sie die Berührung nicht nur als unangenehm empfanden, nein es war die pure Furcht, die ich in den Augen der Pfleger las.

Immer noch durcheinander verfolgte Eik das Geschehen. Er sah zu mir. Ich lächelte. Erst gegenwärtig begriff er, was geschah. Auch er grinste.

Das augenscheinliche Entsetzen des Psychiaters Doktor Leichtenschlag wich. Sein kalter Blick verschwand zu einem faszinierenden Staunen. Er kehrte um, verließ abrupt den Raum. Wieder veränderte sich das Gesicht von Doktor Leichtenschlag. Ein hartherziges Lächeln war auf seinem Gesicht zu entdecken, als er sich wieder zu uns umdrehte. Seine linke Hand langsam bewegend, sie verschwand sogleich hinter dem Türrahmen.

„Was hat er vor?", dachte ich gerade noch. Zu spät merkte ich, dass seine Hand nach etwas griff. Keiner, weder die Seelen, noch die Pfleger oder Eik und ich waren in der Lage, sich zu rühren. Unsere Augen gebannt auf diesen grausamen Menschen gerichtet.

„Was hatte er nur vor?", fragte ich mich zum wiederholten Male im Unterbewusstsein.

Er sprach, sein eiskaltes Wesen erfüllte den Raum, in dem wir standen. Entsetzen war es, was uns alle verstummen ließ.

„Was denkst du eigentlich Eugenia Heidenreich, wen du vor dir hast! Glaubst du, ich kann nicht sehen? Ich sehe. Nicht nur dich, diesen jämmerlichen Polizisten, auch deine Freunde. Seelen, die noch immer nicht verschwunden sind." Er lachte laut. „Ja, ich kann sie erkennen. Aber sie haben nicht die Macht mich zu stoppen. Ihr seid alle gefangen. Ihr steht in einem Käfig. Schaut nicht so überrascht! Glaubt ihr allen Ernstes, dass ich mich so leicht überrumpeln lasse?"

Die Pfleger, die noch vor wenigen Augenblicken auf seiner Seite standen, wollten zu ihm. Denn jetzt, nachdem die Seelen, die Pfleger aus ihren Griffen entließen, hastete der jüngste und hagerste als Erster auf Doktor Leichtenschlag zu. Doch, als er den Türrahmen erreichte, um hindurchzulaufen, wurde das Grauen sichtbar. Ein starkes Stromfeld erfasste den Pfleger, stieß ihn mit einem gewaltigen Stoß zurück. Er flog durch die Luft und kurz bebend, fiel er zu Boden. Rauch stieg langsam aus seinem Körper.

Er war Tod. Der Geruch von verschmortem Fleisch, der in meine Nase kroch, ließ mich erneut erschaudern.

„Tadellos, es hat funktioniert! Ihr müsst wissen, dass ich noch keine Gelegenheit hatte, um dieses Kraftfeld zu testen", sprach der Arzt eisig. „Schaut nicht so! Ich muss so handeln. Danke für eure Hilfe, aber es bleibt alles, wo es ist! Keine Angst meine treuen Helfer, euer Tod wird zwar schmerzhaft, aber ich gebe euch mein Wort, es geht schnell. Wenn ihr alle eure Blicke an die Decke heften würdet, seht ihr die feinen Wasserdüsen! Aus denen kommt nicht nur Wasser bei einem Brand, sondern auch Giftgas. Eine sehr effektive Methode, die sich millionenfach bewährt hat.", sein Gesicht verzog sich zu einer höhnisch lächelnden Fratze.

Blankes Entsetzen durchfuhr jeden von uns. Keiner brachte ein Wort über seine Lippen.

„Ja glaubt ihr wirklich, dass ich einen von euch gehen lasse? Und du Eugenia mit deiner Gabe kannst nichts, rein gar nichts dagegen unternehmen. Seelen sind nicht in der Lage, ein starkes Kraftfeld zu durchbrechen. Und wenn du nicht mehr unter den Lebenden weilst, werden sie verschwinden. Glaub mir, das weiß ich. Versuchspersonen gibt es hier zur Genüge.", wieder lachte er berechnend. Das kalte Blau in seinen Augen begann vor Ergötzen zu glänzen.

„Vielleicht wird es mir schon bald gelingen, Seelen aus der Unendlichkeit zurückzuholen. Meine Vorgänger, müsst ihr wissen. Einige von ihnen waren brillant. Deren brillanter Verstand mit mir vereint. Wir werden die Menschen von ihren Gebrechen heilen. Na ja die, die es in meinen Augen verdient haben. Geschrieben in jedem Geschichtsbuch werde ich sein. Verehrt! ... Ihr Möchtegernhelden seid schneller vergessen, als der Tod euch erfasst.", sprach der Arzt Doktor Leichtenschlag ohne Gewissen höhnisch und gleichzeitig mit tiefer Verachtung in seinen Augen.

„Soll das etwa heißen, dass diese Scheusale, die im Namen der Wissenschaft experimentierten, töteten? ... Wollen sie diese babarischen Ärzte etwa zurückholen?", kam es fassungslos aus meinem Mund.

Abermals lächelte er eiskalt. „Schlau warst du schon immer. Noch nicht einmal die EKT waren in der Lage deinen IQ zu schmälern. Faszinierend warst du für mich. Deine Hirnzellen schienen keinen Schaden genommen zu haben. Nur mit Hilfe der Medikamente konnte ich deine Erinnerungen für einen sehr langen Zeitraum verschwinden lassen. Aber ohne Medikamente bist du für mich nicht tragbar. Schade eigentlich, dass du die Wissenschaft verachtest. Deine Talente, die du verschwendest. Dein größter Fehler Eugenia ist Mitgefühl. Mitgefühl schwächt deine Sinne. Sinne, die du brauchst, um deinen Gegenüber zu entwaffnen!"

Einer der Pfleger meldete sich zu Wort. „Aber Herr Doktor Leichtenschlag, wir stehen doch auf ihrer Seite. Treu ergeben, bis in den Tod. Uns können sie doch nicht hier beiseiteschaffen!"

Wieder lächelte er. „Eben bis in den Tod. Danke, aber ich werde neue Helfer finden. Es gibt immer wieder Menschen, die für Geld alles tun!"

Zu spät erkannten die Pfleger, dass sie diesem Menschen nicht trauen durften. Zu spät ist ihnen bewusst geworden, dass ein Menschenleben für diesen Arzt nichts bedeutete.

Ich erkannte, dass er recht hatte, wurde traurig, doch aufgeben wollte ich keinesfalls. Unerwartet erblickte ich eine kleine schnell vorbeihuschende Silhouette hinter diesem Scheusal. Ich glaubte, nicht nur ich sah etwas. Doch niemand sprach ein Wort. Alle Blicke waren gebannt auf diese Bestie gerichtet.

Doktor Leichtenschlag, ein Mann, der nach außen anerkannt, ohne jedweden Tadel war. Im Inneren ein wiederliches Scheusal, fuhr mit seinen Ausführungen gelassen und eiskalt fort. „Wenn ich jetzt die Tür schließe, das Gift den Raum durchströmt, werdet ihr meine Person erst in der Unendlichkeit wiederfinden. Noch ein letztes Wort?"

Da tauchte erneut eine kleine Silhouette hinter diesem Arzt auf. Unklar, verschwommen. Ein kleines Wesen. Ein grauwirkendes Wesen. Die Umrisse wurden klar, ein Kind. Deutlich erkannte ich ein Lächeln auf ihrem Gesicht. Kein Böses lächeln.

„Ja, ich möchte noch etwas sagen!", brachte ich schnell hervor. Ich hatte auf einmal Angst, diesem lieblichen kleinen Geschöpf könnte etwas zustoßen. *„Vielleicht ist dieses Kind eine Patientin. Oh, was mache ich nur?"*

„Na diesen Wunsch kann ich dir erfüllen, sprich!"

„Mathias ist über unsere Schritte eingeweiht. Er weiß, dass wir uns in ihrer Psychiatrie befinden. Und wir halten Diana an einem Ort fest, an dem man sie nicht findet!", sprach ich und wollte dabei überzeugend auf ihn wirken.

„Eugenia hältst du mich wirklich für so überaus naiv! Du bist nicht in der Lage zu töten oder gar zu verletzen. Schließlich war ich lange genug dein Psychiater. Wenn ich eines über dich herausgefunden habe, dann ist das, dass du einfach zu gutmütig bist! Du möchtest immer nur das Gute im Menschen sehen. Die dunkle Seite übersiehst du einfach."

„Aber ich erkenne das Schlechte im Menschen!", brachte sich Eik sehr ernst ein.

„Ah, Eik der Polizist. Schön sie wieder zu sehen. Ich bin der festen Überzeugung, dass sie längstens ein Polizist gewesen sind. Ach und ihr Partner Mathias, ja ich erinnere mich. Diese Niete, der Verlobte meiner Nichte Diana, noch ein paar Schocktherapien ... Nicht zu vergessen, was sein Vater betraf, dieser dilettantische Waschlappen mit einem Professor Titel, den er im Übrigen ohne mich nie erhalten hätte. Bevor er sich das Leben nahm, rief er mich an, erzählte mir, was ihr herausgefunden habt. Er hatte seine Schuld über Jahre hinweg getragen. Jetzt als er erfuhr, dass sein Sohn sich abwandte, knickte er ein. Ich fuhr zu ihm. Noch in derselben Nacht wollten wir uns in der Uniklinik Berlin treffen. Eigentlich hatte ich vor den Mann zu beruhigen. Schließlich stand mein guter Name auf dem Spiel." Er grinste höhnisch. „Er hatte sich das Leben genommen. Den Abschiedsbrief ließ ich verschwinden. Jetzt sucht man die Mörder."

„Sie haben gewusst, dass man Eik und Mathias bezichtigen wird", kamen die Worte bestürzt aus meinem Mund.

„Natürlich. Meinst du etwa, ich riskiere meinen guten Ruf! Und was Diana, meine Nichte, anbelangt. Sie glaubt alles, was ich ihr sage. Außerdem reichen ein paar wertvolle Geschenke. Sie ist schließlich meine kleine luxusverwöhnte Diva! … Dorothea wird meine neue Oberärztin. Sie hat sich ihren Posten verdient. Schließlich arbeitet sie schon Jahre für mich. Ihr vergesst, wenn ich hier fertig bin, gibt es keine Beweise", fuhr Doktor Leichtenschlag verträumt fort. Der Irrsinn war ihm jetzt ins Gesicht geschrieben. Erneut formte er seine Gesichtszüge zu einem eiskalten grauenerregenden Lächeln.

Ich umfasste die Hand von Eik, drückte sie fest. Wir alle standen regungslos in einem Raum, der angefüllt war mit unendlichen Schmerzen, Leid von mehreren Generationen. Hunderte Akten, die angesammelt waren, mit eindeutigen Beweisen. Nichts konnten wir an dieser, doch so überaus aussichtslosen Situation tun. Geschockt, auch benommen vor Hilflosigkeit. Jeder versuchte, sich innerlich vorzubereiten. Den Tod ins Auge blickend. Ich hoffte immer noch.

Wieder erschien das kleine Mädchen hinter diesem kranken Arzt. Wieder bangte ich um dieses Kind. Unfähig mich zu rühren, die Angst dem Kind könnte etwas geschehen. *„Hilf Gott. Bitte, nicht mir. Hilf ihr! Mach, dass er sie nicht entdeckt! Dass sie aus dieser Psychiatrie verschwindet! Er darf sie nicht verletzen!"*

Dieser erbarmungslose skrupellose Mensch war gerade im Begriff die Tür zu schließen, ich betete wieder und wieder. Nicht für mich, sondern für dieses Kind. Ich merkte, wie Tränen aus meinen Augen fliehen wollten. Ich hielt sie zurück. Keine Tränen. Diese Genugtuung musste ich unbedingt unterbinden. Aufrecht, tapfer nicht weinen, das war es, was ich anstrebte.

Eiskalt erstarrt, blickte er mir tief in die Augen. Hasserfüllt existierten, starrten sie.

Endlich konnte ich über meinen Schatten springen, meinen Mut bündeln, um ein barmherziges Lächeln hervorzubringen. Ein warmes mitfühlendes Lächeln. Denn ich wusste, dass der Mensch, der so überaus berechnend und eiskalt erschien, dieser Mensch war einsam. *„Auch nach seinem Tod würde seine Energie einsam in die Unendlichkeit verschwinden."* Das dachte ich in diesem Augenblick.

Insgeheim betete ich immer noch für das kleine Mädchen. Ein Kind, das nicht wusste, welches Scheusal vor ihr stand. Etwas Bestürzung stieg wiederholt in mir auf, als ich merkte, dass das Kind nicht verschwand, sondern fröhlich hinter ihm zu hüpfen begann. Als ob es spielte. Ich durfte mir nichts anmerken lassen! Schützen wollte ich dieses Kind. Dieses kleine Mädchen.

Es war so weit. Er wollte seine Beweise vernichten. Die Tür bewegte sich langsam, unsere Blicke immer noch ineinander verhangen. Ein Bangen zwischen Leben und Tod begann für alle.

Doch urplötzlich sprang das kleine Mädchen laut lachend von hinten auf ihn zu. Mit gestreckten Armen stieß sie ihn mit aller Kraft nach vorn. Zu spät, nahm er sie wahr. Er drehte sich kurzzeitig um, dadurch verlor er sein Gleichgewicht, kam ins Stolpern, stürzte vornüber direkt in den Türrahmen.

Das unsichtbare Band der Energie erfasste ihn mit voller Wucht. Die starke Energie durchströmte seinen Körper. Er sackte zuckend in sich zusammen. Ein stinkender Geruch durchflutete den Raum. Erneut roch es nach verbranntem Fleisch, versenkten Haaren. Und endlich lag der Arzt ohne Gewissen, Doktor Leichtenschlag, tot am Boden.

Ich war nicht erschüttert, nein ich beobachtete genau. Vielleicht hatte ich Angst, seinen Geist, seine Seele zu erblicken. Ich wusste, dass ich diesem Menschen auf keinen Fall helfen würde.

Ich betete, hoffte, wenn es einen gütigen Gott wirklich gibt, stünde er jetzt auf meiner Seite. Ich beobachtete. Immer noch voller Hoffnung. Ich war glücklich seine Seele nicht zu erblicken. *„Danke Gott, oder wer immer mir gerade geholfen hat."*

Erst in diesem Augenblick erblickte ich das Gesicht des kleinen Mädchens. Bewegungslos stand sie außerhalb des Raums. Sie lächelte. Kein böses, nein ein trauriges Lächeln. Einen kurzen Moment dachte ich, sie würde die Tür schließen, doch der Gedanke war falsch. Das Mädchen hob ihre linke Hand. Sie verschwand hinter dem Türrahmen.

„Ihr seid frei", sprach sie, ging auf mich zu, schritt langsam in den Raum.

„Nein!", schrie ich. Die Furcht in mir ihr könnte etwas passieren. Ich stürmte nach vorn, stoppte, als ich sah, dass nichts geschah. Glücklich begann sich ein Lächeln den Weg über mein Gesicht zu bahnen, als ich begriff, dass das kleine Mädchen zuvor das Energiefeld abschaltete.

Sie war so jung. So klein, so liebenswert. Das Kind hob ihre Hand und ich erkannte starr vor Entsetzen eine Nummer auf dem rechten Arm. Ich las still, *„173"*. Tränen der Betroffenheit liefen noch einmal über mein Gesicht. Ich bückte mich etwas, nahm diese zerbrechliche kleine Seele in meine Arme. Ich weinte. Ich weinte, hielt sie fest. Ich versuchte, etwas zu sagen, mich zu bedanken bei einem kleinen Kind. Das war mein innigstes Verlangen. Einem Kind, das zu Lebzeiten unendlich litt. Worte formten meine Gedanken, doch bevor ich sie aus meinem Mund entlassen konnte, vernahm ich ein leises Flüstern an meinem Ohr. „Danke, Eugenia Heidenreich!

Danke, dass du mir einen neuen Anfang ermöglicht hast! Danke, auch im Namen der vielen anderen! Danke!" Und ihre zerbrechliche Seele umarmte mich. Ich spürte das Leid, die Trauer, die sie empfand. Ich litt.

Auf einmal wich mein Leiden und entsetzt erkannte ich, dass der dunkle kalte Schatten auf mich zukam. Machtvoll war er. Der Schatten, der mir schon mehrmals schaudernd vor Angst erschien. Seine Hand gestreckt, weit nach vorn in meine Richtung. Ich hob das Kind auf meine Arme, ging ein paar Schritte rückwärts. Meine Augen angstvoll, strikt auf den Schatten gerichtet. Der Raum füllte sich mit Kälte. Mein Atem eiskalt. Das kleine Geschöpf in meinen Armen zitterte. Der Schatten griff nach ihr.

Ich schrie. „Nein, nicht dieses Kind!"

Es waren grausame dunkle Worte, die zu mir sprachen. „Gib mir das Kind!"

„Nein, nicht das Kind!", ich setzte sie ab und schob sie hinter meinen Rücken. „Nimm mich!"

Der dunkle Schatten kam sehr nah. Ich konnte kaum atmen. Unerträgliche Kälte erfasste mich. „Nicht das Kind, nimm mich!", wiederholte ich flehend.

Ich schloss meine Augen, spürte die Tränen, die eben auf meinen Wangen gefroren waren. Kurz davor war ich, ohnmächtig zu werden. „Nicht das Kind! Nimm mich!", sprach ich noch einmal merklich schwankend. Mein Herzschlag verlangsamte sich. Immer noch schwer atmend. Ich zwang mich, die Augen zu öffnen. Zu dicht stand er vor mir. Ich sah das Böse in den Augen des Schattens, das Grauen.

Er lachte.

Benebelt von dem süßlich stinkenden Geruch der Verwesung. Benommen taumelnd. „Nicht dieses Kind!", schrie ich jetzt mit letzter Kraft.

Er drehte sich um. Schwebte aus dem Raum, griff belanglos in die beiden toten Körper, die am Boden lagen.

Entnahm ihre Seelen. Sie flehten, wimmerten vor Entsetzen. Doch es berührte ihn nicht. Und mit einem grauenerregend schallenden Lachen verschwand er.

Noch immer bewegungslos, starr vor Angst, stand ich da. Stille umhüllte mich. Die Wärme kehrte allmählich zurück. Langsam, vorsichtig begann ich durch den Raum zu blicken. Steif waren meine Glieder noch vor Kälte. Meine Sorge noch immer fühlbar, dass der düstere Schatten erneut den Raum betreten wird.

Das kleine Mädchen zog an meiner Kleidung. Ich sah sie an. Sie war umhüllt in einem hellen warmen Licht. Ich war gerührt, gleichzeitig unendlich traurig, strich zärtlich über ihr Haar. Ich blickte durch den Raum, sah, dass die anderen Seelen langsam verschwanden. Ein Lächeln auf ihren Gesichtern, auch sie begleitet von einem hellen warmen Licht. Mein Blick fiel auf Wiktoria. Sie lächelte, das strahlende Licht bedeckte jetzt auch ihre Seele. Eik schien ergriffen von diesem Moment, obwohl er nichts sehen konnte. Er strahlte mich an. Andächtig beobachtete ich, wie dieses warme wunderschöne Licht verschwand, die Seelen mitnahm.

Schweigend, mit einem Lächeln auf meinem Gesicht, erkannte ich Wiktoria, die fest an meiner Seite stand. Das Leuchten verschwand langsam von ihrem Körper. Ich war glücklich, dass sie bei mir geblieben war. Ihre Seele endlich rein von Trübsinn und Schmerz, so kam es mir vor. Keine der anderen Seelen sah ich je wieder. Keine.

Ergriffen von diesen letzten aufwühlenden Ereignissen, befreit von einer schweren Last, sank ich in Eiks Arme. Tränen der Erleichterung rollten aus meinen Augen. Meine Liebe fest an mich gedrückt. Daraufhin erblickte ich Wiktorias strahlendes Lächeln.

Jetzt war ich endlich befreit von meiner eigenen düsteren Vergangenheit. Einer Vergangenheit, die mich bis zu diesem Zeitpunkt stetig quälte.

Nur die Pfleger standen immer noch regungslos da, blickten fassungslos auf den toten Körper ihres Kollegen. Schuldbewusst erkannten sie erst in jenem Moment, an welchen grausamen Verbrechen sie beteiligt gewesen waren. Vieler grausamer Verbrechen, die sie zu Lebzeiten nicht mehr sühnen konnten. Mir war bewusst, dass ihre Seelen ins Fegefeuer wandern würden. Wenn man diesen Ort so überhaupt bezeichnen kann. Nicht heiß ist es dort, sondern kalt. So kalt, wie ihre Herzen und die Seelen, die darum wohnen.

Wo weiße Blumen stehen

Zwei Tage sind seither vergangen. Die ermittelnden Polizeibeamten waren entsetzt, zu welchen Grausamkeiten im Namen der Wissenschaft, Menschen fähig sind. All das über viele Jahre, verborgen in einer der renommiertesten psychiatrischen Kliniken des Landes.

Ein riesiger Skandal, der mehrere Wochen von der Presse verschlungen wurde.

Sämtliche Ärzte, das Pflegepersonal, die Patienten, jeder, der mit dieser psychiatrischen Klinik je zu tun hatte, wurde vernommen. Obwohl keiner von ihnen wusste, welches riesige Ausmaß diese Verbrechen hatten, trugen sie doch alle eine kleine Schuld mit sich. Jedem war bewusst, wie kalt der leitende Arzt der Psychiatrie gewesen war. Alle hätten sich zuvor schon einmal für die Patienten einsetzen können. Aber niemand wagte es. Erst nachdem Doktor Leichtenschlag tot war, äußerten sie Bedenken an seinen Behandlungsmethoden.

Augen zu verschließen, ist für mich eindeutig eine Mitschuld.

Die zwei Pfleger, die gemeinsam mit ihm an vielen unmenschlichen Verbrechen beteiligt waren, gestanden ausführlich. Sie kamen für viele Jahre ins Gefängnis.

Dorothea musste sich wegen Mitwisserschaft vor Gericht verantworten. Sie kam auch ins Gefängnis, durfte nie als Ärztin praktizieren.

Der Minister, der immer hinter Doktor Leichtenschlag stand, verließ seinen Posten, kehrte der Politik den Rücken. Er ging ins Ausland.

Nach einer langen Untersuchung fand man heraus, dass Professor Doktor Nitschke Selbstmord begann. Auch die Ursache wurde aufgeklärt.

Nach fast fünfundzwanzig Jahren kam endlich die Wahrheit ans Licht. Sein Sohn Mathias brachte es jedoch nicht übers Herz, seiner Mutter über die schreckliche Vergangenheit des Vaters zu erzählen. Ich verstand das.

Mathias trennte sich von seiner Verlobten.

Diana studierte nicht mehr Medizin. Sie brach ab, lernte einen jungen Mann aus Amerika kennen und heiratete ihn. Danach zog sie in die USA.

Darüber hinaus fand Mathias heraus, dass er nicht mein Bruder war. Das war eine Erleichterung für mich, dennoch wurden wir kein Liebespaar. Doch das Band der Freundschaft blieb ein Leben lang zwischen uns erhalten.

Meine Eltern waren sehr froh, dass der Alptraum endlich beendet war.

Was meine große Liebe betraf. Er wurde befördert, blieb mit mir in Leipzig. Nach zwei Jahren einer glücklichen Ehe wollten wir Kinder. Leider stellte man Unfruchtbarkeit bei mir fest. Die vielen Medikamente waren die Ursache.

Am Anfang war ich darüber sehr traurig, doch unsere Liebe hielt. Glücklich lebten wir, auch ohne Kinder. Das war aber auch der Verdienst von Eiks Nichten und Neffen, die sehr gern zu uns kamen. Nicht nur durch ihre immer wiederkehrende Präsenz, die aus uns eine Art Zweiteltern machte, wuchs unser Glück dauerhaft an. Nein, auch ich fand endlich eine perfekte berufliche Aufgabe. Das Archäologie Studium beendete ich noch. Jedoch machte mich diese Arbeit nicht so richtig glücklich. Meine wahre Berufung erkannte ich erst, nachdem mich eine wiederholte vertraute Vision heimsuchte. Eine Vision, der ich schon länger nicht mehr beiwohnte. In einem Traum erschien sie mir, während ich zufrieden in meinem Bett neben meiner großen Liebe Eik lag.

Ich ging ein paar Schritte. ... Langsam. Der Boden war weich und warm. Meinen Korb aus Reisig hielt ich in der rechten Hand. Gefüllt mit einigen Heilkräutern, die ich schon gesammelt hatte. Ich schritt fast gleitend über den Boden.

Da stand sie wieder. Es war der mumifizierte Körper, den ich schon vor vielen Jahren das erste Mal als Kind gesehen hatte. Nichts schien verändert. Die ausgetrocknete dunkelbraune Haut. Das Durchschimmern einzelner Knochenstücke am Kopf. Halb versunken im Moor, stand sie vor mir. Ich bemerkte erneut, die von Wind und Wetter zerfetzte schmutzige Kleidung. Einige gemusterte Stofffetzen hingen noch an dem Oberkörper der Mumie. Leider konnte ich das Muster nicht genau erkennen, da es von der andauernden Sonneneinstrahlung schon sehr geblichen war.

Mitgefühl durchströmte meinen Körper. Ich fiel auf die Knie. Unsere Köpfe standen sich nun gegenüber. Ihr Mund war geöffnet, als habe sie zuletzt geschrien. Auge in Auge schaute ich sie mir an. Lange weiße Haare hatte die Mumie. Obwohl sie schon mumifiziert war, sah man noch ein paar lange Strähnen an ihrem Kopf. Die rechte Hand der Mumie nach vorn gestreckt. Etwas geöffnet schien sie, als ob sie nach etwas greifen wollte. Leblos stand sie da.

Ganz in Ruhe betrachtete ich den mumifizierten Körper. Sie war mir vertraut. Ich wusste, dass sie mich begleitete, über endlos viele Jahre. Jahre der Traurigkeit, des Schmerzes. Jetzt da ich glücklich bin und meine düstere Vergangenheit überwunden hatte, erschien sie mir erneut. Neugierig bewegte sich mein Kopf, um die Umgebung zu durchsuchen. Sie war stets mein Zufluchtsort. Immer wenn ich bei ihr war, wollte ich nach ihr greifen. Doch warum? Irgendetwas verband uns. Langsam hob ich meine Hand. Unbedingt mochte ich sie endlich berühren. Zärtlich, nur ein leichtes Streicheln über ihre Wange. Nicht ängstlich, frei. Frei von allem. Vom Schmerz, vom Leid der vergangenen Jahre war ich jetzt. Alt war ich, meine Haare weiß. Meine Seele kam mir so unbeschreiblich leicht vor. Nicht mehr weg, wollte ich von dort. Einfach nur an diesem Ort, wollte ich sein. Bei ihr. *„An diesem schönen friedlichen Ort, ohne Schmerz"*, dachte ich. Meine Hand erreichte fast die Mumie.

Plötzlich und vollkommen unerwartet tauchte er hinter ihr auf, sah mich finster an. Verängstigt in jenem Augenblick. Mir wurde kalt, mein Herz verlangsamte seinen Schlag. Der Schlag des Lebens, der mich zu verlassen schien. Meine Atmung schwer. Mein Körper kalt. Die Macht des Schmerzes erfasste mich mit aller Wucht. Fest war sein Blick auf mich gerichtet. Düster erschien er mir von Neuem.

Es war der Schatten. „Berühr sie nicht!", sprach er in einem schauderhaften Ton.

Sein Atem des Todes bahnte sich seinen Weg zu mir. Ich roch den Gestank der Verwesung. Die Übelkeit holte mich ein. Starr vor Angst bahnte sich Gänsehaut über meinen Körper. Nur meine Hand, die zitterte. Sie hatte die Mumie noch nicht erreicht.

„Berühr sie!", befahl eine helle Stimme überraschend neben mir. Ich erkannte sie. Langsam sah ich, wer es war. Wiktoria. Sie kniete. „Eugenia hab keine Angst! Vertrau mir!", flehte sie mich an.

Ich versuchte mich zu bewegen, die Mumie zu berühren. Fast hatte ich sie erreicht.

„Nein…!", wütete der Schatten. Deutlich verstärkte sich der grauenerregende Gestank der Verwesung. Die Übelkeit in mir, brach heraus.

Mein Blick gebannt auf den düsteren Schatten gerichtet. Langsam kam er näher.

Die Kälte wurde unerträglich. Eiskristalle, die sich ausbreiteten, erblickte ich auf meiner Hand.

„Berühr sie! … Bitte!", flehte Wiktoria erneut.

Ich konzentrierte mich, zwang mich. Endlich hatte ich die Mumie erreicht, strich vorsichtig über ihre Wange. Doch die eisige Kälte ließ mein Herz erstarren. Nach Atem ringend fiel ich bewusstlos zu Boden.

Stille umhüllte mich.

Ein vertrautes Flüstern in meinem Ohr vernahm ich, als mein Bewusstsein wiederkehrte. „Es ist so weit. Erkennst du, wo die Blumen stehen?", sprach Wiktoria freudig.

„*Was könnte sie meinen?*" , formten meine Gedanken die Worte im Kopf.

Ich öffnete meine Augen, sah ihr Gesicht. Wieder sah ich die Mumie, doch schien sie mich jetzt anzulächeln. Erneut hob ich meine Hand, damit ich sie endlich berühren konnte. Noch einmal. Ganz zärtlich. Sie nicht verletzen. Vorsichtig. Mir wurde warm, dann etwas kalt. Meine Augen verschlossen sich, als meine Hand die Mumie zum wiederholten Mal berührte. *„Doch, was ist mit mir? Warum ist es mir nicht möglich, meine Beine zu bewegen?"*

Weich, so scheint der Boden unter mir. Nicht mehr kniend, nein stehend. Erst jetzt begriff ich, dass ich einsank. Einsank, in den Boden.

„Öffne deine Augen, Eugenia! Hab keine Angst! Du bist nicht allein."

Ich hörte die Worte und dennoch hatte ich Angst. Die Angst in mir breitete sich aus. *„Wusste ich, was geschieht? Träumte ich? Oder war es gar kein Traum?"*

„Öffne deine Augen, Eugenia! Hab keine Angst! Ich bin bei dir. Spürst du die Wärme?"

Ich versuchte zu fühlen, doch noch immer überwog die Furcht. Mein Herzschlag wurde schneller. Ich hörte die Vögel, die friedlich sangen. Ein Knacken vor mir. Meine Augen schnellten auf. Ich sah ein Reh. Es fraß das Gras, welches auf dem Boden nur ein paar Meter entfernt vor mir wuchs. Anfangs immer noch verwirrt, irritiert, auch leicht überfordert.

Meine Blicke wanderten weiter. Erst jetzt wusste ich, dass ich versunken im Boden steckte. „Aber …"

Wiktoria, die jetzt vor mir kniete. Auge in Auge blickten wir uns an. „Hab keine Angst! Nimm meine Hand!", sprach sie freundlich. Langsam griff ich danach.

„Keine Angst, gleich ist es geschafft!"

Behutsam erfasste ich ihre Hand und ohne irgendein schweres Hindernis zu überwinden, stieg ich leichtfüßig aus dem Moor. Warm wurde mir ums Herz. Ich war glücklich.

Ein glücklicher Moment, der sich in meinem Inneren einbrennen sollte. Ja, das war es, was ich wollte. Den Ort noch einmal betrachten, um das Geschehene zu verinnerlichen. Zurückblicken, den Moment bildlich erfassen.

Wiktoria wandte auf einmal besorgniserregend ein. „Blicke nicht in deine Vergangenheit, sondern in deine Zukunft!"

Ich überlegte, ob ich ihrer Bitte widersprechen sollte. Wägte ab. Durchflog mit meinen Gedanken das Geschehene. Erschrak, als ich an den Schatten dachte. Entschlossen gab ich nach, lächelte. Meine Augen in die Zukunft gerichtet. Strikt nach vorn. Weiße Blumen erkannte ich auf der Wiese, die uns umgaben. Milder Wind, der sanft meinen Körper umspielte. Ich genoss diese friedliche Stimmung. „Es ist ein schöner Ort, an dem wir uns befinden.", antwortete ich.

„Ja, das finde ich auch.", erwiderte Wiktoria.

Und beide verschwanden wir in einem sanftmütigen weißen warmen Licht, blickten gedanklich noch einmal in ein Leben zurück, in dem wir beide Gutes taten. Nicht für uns, sondern für andere mit der Kraft alten Wissens. Wir lernten von der Natur, mit der Natur. Ich erkannte, dass meine Gabe wachsen wird und das bis über den Tod hinaus.

Ich schreckte auf. Eik, der neben mir lag, erwachte. „Hattest du einen Alptraum?", fragte er besorgt, während er das Licht anschaltete.

„Nein, vielleicht doch!", antwortete ich.

„Möchtest du mir deinen Traum erzählen?"

Ich dachte nach, wägte ab. *„Sollte ich ihm anvertrauen, dass ich mein Ende sah? Sollte ich ihm preisgeben, dass ich erkannte, in welche Richtung meine Seele am Ende geht? Wusste ich das überhaupt?"* Sicher war ich mir nicht.

„Eugenia! Was hast du? Möchtest du nicht über deinen Traum sprechen?"

Ich überlegte, dachte erneut nach. Wollte ich ihm überhaupt begreiflich machen, dass es noch mehr gab? Mehr Unbegreifliches, Unfassbares.

„Kannst du dich noch daran erinnern, als Doktor Leichtenschlag starb?"

Er nickte zaghaft. Besorgniserregend sah er mich an.

„Hast du nicht etwas gefühlt, nachdem er starb? Oder vielleicht doch etwas gesehen?"

„Ja", sprach er beunruhigt. „Eisige Kälte. Dein Wesen veränderte sich. Ich sah dich als Kämpferin. Ich sah viel und doch erkannte ich nur Dich. … Und diese furchteinflößende Kälte, die wieder verschwand. Es war sehr beängstigend für mich. … War es dieser Doktor Leichtenschlag?"

Vorsichtig senkte ich meinen Kopf. Ich konnte ihm einfach nicht in die Augen blicken. Still saß er neben mir. Stumm. Hörte zu.

Nachdem ich Eik alles gesagt hatte, sah ich ihn erneut an. Er schien gefasst.

„Meinst du, es war der Teufel?"

„Ich weiß es nicht. Ich kann es dir nicht sagen. Es gibt unendlich viele unerklärbare Dinge zwischen Himmel und Erde. ... Ich weiß nur eins. Jeder wird für sein Handeln zur Rechenschaft gezogen! Jeder!"

Ich lächelte ihn an, legte behutsam meinen Kopf auf seine starke Brust und beide schwiegen wir.

Glücklich bin ich gewesen, das wusste ich jetzt. Ich liebte einen Mann, der mich immer unterstützte. Einen Mann, der fest an meiner Seite stand, mich mehrfach rettete. Das Leben ohne ihn, konnte ich mir einfach nicht mehr vorstellen.

Für mich war er ein Heiliger. Ein Engel mit dem Namen eines Engels. Einen Namen, den ich auch zukünftig mit Stolz tragen werde. Engelhard.

Danksagung

An alle, die an mich glaubten und meine Arbeit unterstützten. Namen, die ich nicht vergessen werde.
  Ein besonderer Dank geht an meine Tochter.